SANDRA BROWN

SANDRA BROWN
LETHAL

САНДРА БРАУН

СМЕРТЕЛЬНО ВЛЮБЛЕННЫЙ

ЭКСМО
МОСКВА

УДК 82(1-87)
ББК 84(7США)
    Б 87

Sandra Brown

LETHAL

By arrangement with MARIA CARVAINIS AGENCY, INC.
and PRAVA I PREVODI. Translated from the English LETHAL
Copyright © 2011 by Sandra Brown Management, Ltd.
First published in the United States by Grand Central Publishing,
New York

Перевод с английского *Е. Тарасовой*

Художественное оформление *В. Безкровного*

Браун С.

Б 87   Смертельно влюбленный / Сандра Браун ; [пер. с
англ. Е. Л. Тарасовой]. — М. : Эксмо, 2012. — 480 с.

ISBN 978-5-699-60523-1

Только что молодая вдова полицейского Хонор Джиллет
пекла кексы в своей уютной кухне — и вот в грудь ей нацелено
дуло пистолета. Вооруженный и раненый Ли Кобурн поначалу
кажется женщине смертельно опасным преступником. Но очень
скоро Хонор убедится, что в безвыходной ситуации лучше доверять не первому впечатлению, а своей интуиции. Глядя в пронзи-
тельно-синие глаза Ли Кобурна, утверждающего, что он — агент
ФБР под прикрытием, а вовсе не жестокий убийца, за которым
охотится вся полиция города, она принимает жизненно важное
решение...

УДК 82(1-87)
ББК 84(7США)

ISBN 978-5-699-60523-1

1

ама?

— А?

— Мааам!

— Ну что?

— Там во дворе какой-то дядя.

— Что еще за дядя?

Четырехлетняя девочка подошла к кухонному столу и бросила жадный взгляд на кексы, которые покрывала глазурью ее мать.

— Я возьму, мам?

— Не «я возьму», а «можно мне взять?». Ладно уж, когда закончу, разрешу тебе облизать тарелку из-под глазури.

— Ты сделала шоколадные кексы!

— Да, потому что шоколадные твои любимые. А ты моя любимая девочка Эмили, — сказала женщина, подмигивая ребенку. — А еще, — с заговорщицким видом произнесла она, — а еще у меня есть вкусная и красивая посыпка, и мы обязательно посыплем ею глазурь.

Хорошенькое личико Эмили озарила улыбка, которая тут же сменилась озабоченным выражением.

— Но он болеет, мам.

— Кто болеет?

— Дядя.

— Какой еще дядя?

— Во дворе.

Слова девчушки наконец пробились через сидящий внутри каждого родителя защитный фильтр, не пропускающий в мозг бессмысленную детскую болтовню.

— Так во дворе действительно кто-то есть?

Хонор положила покрытый глазурью кекс на блюдо, лопатку — в тарелку и рассеянно вытерла руки кухонным полотенцем, обходя вокруг дочурки и направляясь к выходу.

— Он лежит там, потому что заболел, да?

Эмили прошла вслед за матерью в гостиную. Хонор выглянула в окно рядом с входной дверью, огляделась по сторонам, но увидела лишь зеленую лужайку, спускавшуюся к небольшой лодочной пристани.

За потрепанными досками виднелась почти неподвижная вода протоки, и только парящие над водой стрекозы время от времени проскальзывали над сонной гладью, и она покрывалась мелкой рябью. Бродячий кот, который отказывался воспринимать всерьез попытки Хонор объяснить, что здесь вовсе не его дом, выслеживал в зарослях цинний какую-то невидимую дичь.

— Эм, здесь никого нет...

— Ну вон там, около куста с белыми цветочками, — упрямо настаивала на своем девочка. — Я видела его в окно из моей комнаты.

Хонор подошла к двери, отперла замок, отодвинула щеколду, вышла на крыльцо и посмотрела в том направлении, где виднелся куст гибискуса.

Под кустом действительно был человек. Он лежал лицом вниз, завалившись на левый бок, так что Хонор не могла различить его лица, левая рука мужчины была поднята над головой. Он не шевелился. И ей никак не удавалось разглядеть, вздымается ли грудная клетка незнакомца.

Быстро повернувшись, Хонор торопливо втолкнула дочку обратно в дом.

— Дорогая, сходи, пожалуйста, в мою спальню. Там на тумбочке мой мобильный. Принеси его сюда.

Чтобы не напугать дочку, Хонор старалась говорить абсолютно спокойно. Но как только Эмили скрылась в доме, она почти побежала по влажной от росы траве к лежавшей под кустом неподвижной фигуре.

Подойдя поближе, Хонор увидела, что одежда на мужчине вся в грязи, местами порвана и в некоторых местах заляпана кровью. Потеки крови виднелись и на его выкинутой вперед руке, и на слипшихся в темный комок волосах на макушке.

Опустившись на корточки рядом с мужчиной, Хонор коснулась его плеча, и когда незнакомец застонал, женщина облегченно вздохнула.

— Сэр? Вы слышите меня? Вы ранены. Я позову на помощь!

Мужчина вскочил на ноги так быстро, что Хонор даже не успела понять происходящее, не говоря уже о том, чтобы защититься. Незнакомец действовал стремительно и точно. Левой рукой обхватив Хонор вокруг шеи, правой он приставил револьвер к ее груди в том месте, где заканчивались ребра. Револьвер был нацелен прямо в сердце Хонор, учащенно бившееся от охватившей ее паники.

— Кто еще есть в доме? — спросил незнакомец.

Голосовые связки молодой женщины словно парализовало от ужаса. Она не могла ничего ответить.

Слегка сжав ее шею, мужчина повторил вопрос:

— Кто еще есть в доме?

Потребовалось несколько попыток, прежде чем Хонор, задыхаясь, смогла выдавить из себя:

— Мо... я... до...

— Кто-нибудь, кроме ребенка?

Хонор покачала головой. Вернее, попыталась это сделать, поскольку мужчина стальной хваткой продолжал сжимать ее горло. Испуганная до смерти женщина чувствовала прикосновения каждого его пальца.

Голубые глаза незнакомца были холодными, как лазерные лучи.

— Ну если ты соврала мне...

Ему не пришлось заканчивать фразу, потому что к Хонор вернулся дар речи.

— Я не лгу вам, — почти простонала она. — Клянусь. Мы здесь одни. Не причиняйте нам вреда. Моя дочь... ей всего четыре года. Не трогайте ее. Я сделаю все, что вы скажете, только не надо...

— Мама?

Сердце Хонор сжалось, и она издала звук, похожий на стон беспомощного животного, угодившего в капкан. Она по-прежнему не могла повернуть голову, и ей лишь краем глаза удалось взглянуть на Эмили.

Девочка была всего в нескольких ярдах от них. Светлые кудряшки, обрамлявшие лицо, розовые пальчики ног, выглядывающие из-под цветов, украшавших босоножки, Хонор почему-то показалось, что она похожа на утенка. Эмили сжимала в руках мобильный и с тревогой смотрела на мать.

Хонор вдруг захлестнула волна любви и нежности. И у нее промелькнула мысль, что, возможно, она видит дочь здоровой и невредимой в последний раз. Эта мысль ужаснула женщину, и у нее на глаза навернулись слезы, которые она поспешила смахнуть ресницами, дабы не напугать малышку еще больше.

Она и не подозревала, что у нее стучат зубы, пока не попыталась заговорить.

— Все в порядке, солнышко! — с трудом удалось выдавить из себя Хонор.

Хонор перевела взгляд на мужчину, от которого зависела сейчас ее жизнь и которому достаточно было нажать на курок, чтобы ее сердце разорвало на куски.

«Пожалуйста!» — Во взгляде молодой женщины читалась мольба.

— Я умоляю вас, — вслух произнесла она.

Не сводя с Хонор тяжелого, холодного взгляда синих глаз, незнакомец медленно опустил пистолет. Затем он положил его на землю позади себя так, чтобы ребенок не мог видеть оружие. Но угроза и враждебность продолжали витать в воздухе.

Мужчина убрал руку, которой сжимал горло Хонор, и обратился к девочке:

— Привет!

Он произнес это без улыбки. Хонор отметила про себя глубокие морщины по обе стороны его губ и тут же подумала, что вряд ли они появились от смеха.

Эмили застенчиво разглядывала незнакомца, ковыряя траву носком босоножки.

— Здравствуйте!

Мужчина протянул руку:

— Дай-ка мне телефон.

Эмили не шелохнулась.

А когда мужчина недовольно зашевелил пальцами протянутой руки, выражая нетерпение, малышка смущенно произнесла:

— Ты не сказал «пожалуйста».

Видимо, незнакомцу подобное даже в голову не пришло. У Хонор промелькнула мысль, что он вообще незнаком с этим словом. Однако спустя несколько секунд мужчина все же выдавил из себя:

— Пожалуйста!

Эмили сделала шаг в его сторону, затем резко остановилась и посмотрела на мать, взглядом спрашивая разрешения. Губы Хонор дрожали, но ради дочери она сумела изобразить на лице подобие улыбки.

— Все в порядке, дорогая. Отдай дяде телефон.

Эмили робко преодолела разделявшее их расстояние. Подойдя поближе к незнакомцу, она протянула руку и вложила телефон в его протянутую ладонь.

Измазанные кровью пальцы сомкнулись вокруг пластмассовой трубки.

— Спасибо, — сказал мужчина.

— Пожалуйста, — вежливо ответила девочка. — Вы собираетесь позвонить дедушке?

— Дедушке? — Мужчина вопросительно взглянул на Хонор.

— Дедушка приедет к нам сегодня ужинать, — радостно сообщила Эмили.

— Это правда? — спросил незнакомец, не сводя глаз с Хонор.

— Ты любишь пиццу?

— Пиццу? — Он снова перевел взгляд на Эмили. — Да, конечно.

— Мама сказала, что мне можно пиццу на ужин, потому что сегодня праздник.

— Хм. — Мужчина положил телефон Хонор в передний карман своих грязных джинсов, затем свободной рукой взял женщину за предплечье и притянул к себе. — Так я как раз вовремя! Пойдемте-ка в дом, и вы все мне расскажете о сегодняшнем празднике.

Продолжая сжимать руку Хонор железной хваткой, он потащил ее к дому. У Хонор подкашивались ноги, и первые шаги дались ей с большим трудом.

Тем временем Эмили отвлеклась на кота. Она бежала за ним с криками «киса, иди сюда!», пока тот не забрался в кусты в другом конце двора.

Как только Эмили отошла достаточно далеко, Хонор нервно заговорила:

— Послушайте, у меня есть деньги. Правда, немного — всего пара сотен долларов. И кое-какие драгоценности. Вы можете забрать все. Только не причиняйте зла моей дочери.

Продолжая бормотать все это, Хонор одновременно оглядывала двор в поисках чего-то, что можно было бы использовать в качестве оружия. Шланг для полива, намотанный вокруг бухты? Горшок с геранью на нижней ступеньке? Один из кирпичей, выложенных вокруг цветочной клумбы?

Но ни до одного из этих предметов у нее не было шанса добраться быстро, даже если и удалось бы высвободиться из рук этого бандита, что, учитывая его силу, казалось маловероятным. Скорее, практически невозможным. К тому же он мог запросто пристрелить ее в процессе борьбы. Но тогда Эмили осталась бы с ним один на один, и он смог бы сделать с ней все, что угодно. При мысли об этом у Хонор пересохло во рту.

— Где твоя лодка?

Хонор посмотрела на незнакомца невидящим взглядом, не понимая, к чем он клонит.

Тот нетерпеливо кивнул на пустой причал:

— Кто взял лодку?

— У меня нет лодки.

— Нечего морочить мне голову.

— Я продала лодку, когда... Пару лет назад.

Незнакомец задумался, словно взвешивая, стоит ли доверять словам Хонор, затем спросил:

— А машина где?

— Припаркована перед домом.

— Ключи в замке?

Какую-то долю секунды Хонор колебалась, но когда мужчина крепче сжал ее руку, покачала головой:

— Нет. Ключи в доме. На крючке, на стенке у двери в кухню.

Мужчина, толкая ее перед собой, стал подниматься на крыльцо.

Хонор чувствовала прижатое к ее спине дуло пистолета. Она повернула голову, собираясь позвать

Эмили, но незнакомец, словно предугадав ее намерения, скомандовал:

— Пока оставь ее в покое.

— Что вы собираетесь делать?

— Ну, для начала, — произнес мужчина, вталкивая Хонор в дом, — для начала убедимся, что ты не врешь и в доме действительно никого нет. А потом... потом посмотрим.

Хонор даже спиной ощущала его напряжение. Мужчина протащил ее через гостиную и небольшой коридор, ведущий в спальню.

— Здесь никого нет, кроме меня и Эмили, — снова заверила незнакомца Хонор.

Дулом револьвера мужчина открыл дверь в спальню Эмили. Но здесь все было безмятежно и тихо, и никто не прятался внутри, притаившись в ожидании. Все еще не доверяя, мужчина двумя шагами быстро пересек комнату и распахнул дверцу шкафа. Убедившись, что и там пусто, он выволок Хонор обратно в коридор и подтолкнул ко второй спальне.

— Если там кто-то есть, первой я пристрелю тебя, — прошипел он в самое ухо Хонор. — Поняла?

Он сделал паузу, словно предлагая ей передумать и признаться, что в доме есть кто-то еще.

Но Хонор молчала, и тогда незнакомец носком ботинка с такой силой распахнул дверь, что она ударилась о стену.

В безмятежности и чистоте спальни Хонор чувствовалась какая-то горькая ирония. Проникавший через ставни свет падал на деревянный пол, белый стеганый плед и бледно-серые стены. На потолке вращался вентилятор, заставлявший пылинки плясать в луче света.

Подтолкнув Хонор к шкафу, незнакомец велел ей самой открыть дверцу. Но окончательно успокоился только после того, как заглянул в ванную, где тоже никого не обнаружил.

Незваный гость угрюмо посмотрел на Хонор и спросил:

— Где твоя пушка?

— Пушка?

— Ну, должно же в этом доме быть оружие.

— У меня его нет.

Незнакомец прищурился.

— Клянусь!

— На какой стороне ты спишь?

— Что? Зачем вам это?

Мужчина не стал повторять вопрос и просто продолжал в упор смотреть на Хонор, пока та не ответила:

— На правой.

Незнакомец попятился, не сводя глаз с женщины, добрался до тумбочки, стоявшей справа от кровати, и проверил содержимое ящика. Внутри обнаружился фонарик и роман в мягкой обложке. И ни малейшего намека на холодное оружие. Затем, к изумлению Хонор, он скинул с кровати постель и матрац и принялся шарить внутри. Но и там не оказалось ничего, кроме кроватных пружин.

Мужчина сделал Хонор знак выйти из комнаты и последовал за ней. Они вернулись в гостиную, оттуда прошли в кухню, где он все внимательно осмотрел своим цепким взглядом, задержав его ненадолго на крючке у двери, на котором, как и говорила Хонор, висели ключи от машины.

Проследив за его взглядом, Хонор снова предложила:

— Берите машину. И уезжайте.

— Что там? — спросил незнакомец, не обратив внимания на ее слова.

— Прачечная.

Подойдя к двери, он распахнул ее. Его взору предстали стиральная машина, сушилка, в специальном углублении на стене сложенная гладильная доска, раскладная вешалка, на которой висело белье Хонор — масса кружев в пастельных тонах и черный лифчик.

Когда мужчина снова повернулся к Хонор, его холодные, как воды Северного моря, глаза ощупывали ее с таким выражением, что кровь прилила к ее лицу, а все тело, напротив, похолодело от ужаса.

Незнакомец сделал шаг в сторону Хонор. Женщина инстинктивно отпрянула. Нормальная реакция на угрозу, исходившую от этого человека. У Хонор не имелось на этот счет иллюзий: незнакомец представлял смертельную опасность. Глупо было бы думать иначе.

Угрожающим в нем казалось все: и леденящий взгляд голубых глаз, и выступающие скулы. Незнакомец был высоким и худым, но кожа на его руках была настолько натянута, что отчетливо виднелись игравшие под ней мускулы и проступали вены. Вся его одежда была перепачкана садовым мусором: прилипшими сучками, кусочками мха, небольшими листочками. Но, судя по всему, его это нисколько не волновало, как и грязь, налипшая на ботинки и измазавшая штанины джинсов. От мужчины пахло болотом, пóтом и опасностью.

В наступившей тишине Хонор слышала его дыхание и биение своего сердца. Незнакомец пристально смотрел на нее, и молодой женщине было не по себе.

Она понимала, что его невозможно победить силой: одного едва заметного движения его указательного пальца, лежавшего на курке, было достаточно, чтобы выпустить в нее пулю. Он занял позицию между Хонор и ящиком, где она хранила огромные ножи для разделки мяса. На разделочном столике стоял почти полный кофейник, к тому же еще не успевший остыть после завтрака, и можно было попытаться ошпарить незнакомца. Но чтобы добраться до ножей или кофейника, Хонор предстояло каким-то образом пройти мимо мужчины, а это в ее ситуации не представлялось возможным. Так же как и вряд ли ей удалось бы сбежать от него. Но даже если бы Хонор сумела оказаться за дверью, она бы ни за что не оставила наедине с этим мерзавцем свою дочь.

Единственное, что ей оставалось, это попытаться уговорить или убедить его.

— Я ведь честно ответила на все ваши вопросы, не так ли? — чуть хриплым, дрожащим голосом начала Хонор. — Я предложила вам забрать мои деньги и другие ценности...

— Мне не нужны твои деньги.

Хонор показала пальцем на кровоточащие ссадины на руках незнакомца:

— Вы ранены. У вас идет кровь. Я... я могла бы помочь вам...

— Первая помощь? — Мужчина недоверчиво хмыкнул. — Не думаю.

— Тогда... тогда чего же вы хотите?

— Сотрудничества.

— Но в чем?

— Сложи-ка руки за спиной.

— Зачем?

Мужчина сделал несколько шагов в ее сторону.

Хонор попятилась.

— Послушайте... вы ведь не сделаете этого. — Она нервно облизала губы.

— Руки за спину! — повторил ее мучитель, делая акцент на каждом слове.

— Пожалуйста! — всхлипнула Хонор. — Моя маленькая девочка...

— Я не собираюсь тебя уговаривать. — Еще один решительный шаг в ее сторону.

Хонор попятилась и оказалась прижатой спиной к стене.

Последний шаг — и незнакомец уже был совсем рядом.

— Давай же, делай то, что тебе говорят!

Инстинкт требовал от Хонор, чтобы она боролась, боролась до последнего — кусалась, царапалась и дралась, дабы пусть и не предотвратить, то хотя бы оттянуть кажущееся неизбежным. Но она не могла не думать о жизни Эмили, о том, что будет с ее несчастной дочерью, если она вздумает не подчиниться. Поэтому Хонор сделала, что ей приказывали, — сложила руки за спиной и привалилась к стене.

Незнакомец склонился к ней еще ближе. Хонор отвернула голову, но он взял ее за подбородок и снова заставил смотреть на себя.

— Видишь, как легко мне было бы сделать тебе больно? — прошептал он.

Глядя в его глаза, Хонор молча кивнула.

— Что ж, я не собираюсь причинять тебе вред. Я обещаю, что не трону ни тебя, ни твоего ребенка. Но ты должна делать то, что я скажу. О'кей? По рукам?

Возможно, это деловое предложение немного успокоило бы молодую женщину, несмотря на то что она не верила этому человеку. Но в тот же момент Хонор вдруг поняла, кто перед ней, и новая волна ужаса захлестнула ее.

— Так вы, — почти не дыша, прошептала она, — вы — тот человек, который убил всех этих людей... вчера...

2

— Кобурн. К-о-б-у-р-н. Зовут Ли. О втором имени ничего не известно.

Сержант Фред Хокинс из полицейского управления Тамбура снял фуражку и отер со лба пот. Из-за невыносимой жары страж порядка уже успел стать липким и грязным, хотя не было еще и девяти утра. Фред мысленно выругался, проклиная климат прибрежных районов Луизианы. Он прожил здесь всю свою жизнь, но все равно так и не смог привыкнуть к влажной жаре. И чем взрослее становился Фред, тем больше она его раздражала.

Сержант говорил по сотовому с шерифом соседнего округа Терребон, посвящая его в подробности вчерашнего массового убийства.

— Возможно, имя и фамилия вымышленные, — продолжал он. — Но все, чем мы пока располагаем, — это имя на его рабочей карточке. Мы сняли отпечатки пальцев с его машины. Да, это самое необычное. Каждый на его месте драпал бы со всех ног с места происшествия. Но его машина до сих пор стоит на стоянке для сотрудников. Может, решил, что так его будет слишком легко обнаружить. Думаю, парень, способный хладнокровно застрелись семь человек, вряд ли способен мыслить логически. Мы можем лишь предположить, что с места происшествия преступник скрылся пешком.

Фред остановился, чтобы перевести дух.

— Я уже отправил запрос в национальную базу данных на его отпечатки пальцев. Готов поспорить, там на него что-нибудь найдется. У такого парня, как он, должно быть прошлое. Любую информацию, которую получу, тут же сообщу вам. Но я не жду особых подробностей. И вам не советую. Начинайте искать мерзавца как можно скорее. Вы получили мой факс? Отлично. Снимите копии и раздайте своим помощникам, чтобы распространили.

Пока шериф на другом конце провода заверял Фреда Хокинса в способности его команды поймать человека, пустившегося в бега, полицейский приветливо улыбнулся своему брату-близнецу Доралу, который подошел и встал рядом с ним возле патрульной машины.

Машина была припаркована у обочины двухполосного шоссе, соединявшего два соседних штата, в тени щита, рекламирующего мужской клуб возле аэропорта Нью-Орлеана, всего на расстоянии каких-то ста пяти километров. «Самые холодные напитки. Самые горячие женщины. Совершенно обнаженные».

Фреду понравилось предложение, но что-то подсказывало, что ему еще долго будет не до развлечений. Во всяком случае, до тех пор, пока он не сможет отчитаться о завершении операции по поимке Ли Кобурна.

— Вы все расслышали правильно, шериф. Самое кровавое место преступления, которое я имел несчастье исследовать. Расправился со всеми. Сэм Марсет был убит выстрелом в затылок с близкого расстояния.

Шериф возмутился чудовищной жестокостью преступления и пообещал быть все время на связи и немедленно сообщить, если кровожадного психа обнаружат на вверенной ему территории.

— Этот болтун кого угодно заговорит до смерти, — пожаловался Фред брату.

Дорал протянул ему пластиковый стаканчик:

— Кажется, немного кофе тебе не повредит.

— Времени нет.

— Так найди.

Фред нетерпеливо снял со стаканчика крышку, сделал большой глоток и удивленно вздрогнул.

Дорал рассмеялся.

— Я подумал, что пропустить по стаканчику тоже пойдет на пользу.

— Черт побери, братец, не зря мы с тобой близнецы. Спасибо!

Попивая сильно разбавленный бурбоном кофе, Фред разглядывал ряд патрульных машин, припаркованных вдоль дороги. Десятки офицеров в форме из различных подразделений охраны порядка толпились вокруг машин. Кто-то разговаривал по сотовому, кто-то изучал карты, но все выглядели озадаченными и слегка напуганными предстоящей работой.

— Что за дерьмо! — процедил сквозь зубы Дорал.

— Скажи мне лучше что-нибудь, о чем я не знаю.

— Как городской чиновник, я пришел предложить помощь от имени муниципалитета Тамбура и от себя лично.

— Как главный следователь по этому делу я ценю помощь города, — кривляясь, произнес Фред. — А теперь, когда мы покончили с чертовыми формальностями, скажи мне, куда, по-твоему, он мог деться.

— Ну, из нас двоих коп вообще-то ты.

— Зато ты — лучший следопыт в округе.

— С тех пор как убили Эдди, может быть...

— Ну да, Эдди больше нет, так что теперь ты лучший. Ты почти как гончая. Можешь найти блоху на лужайке.

— М-да. Но блохи не так изворотливы, как этот парень.

Дорал сейчас совершенно не походил на муниципального чиновника. Собираясь к брату, он оделся как охотник, поскольку не сомневался, что брат захочет привлечь и его к поискам беглеца. Сняв охотничью фуражку, Дорал обмахнул ею лицо, глядя на край леса, возле которого собрались участники поисков.

— Его изворотливость не на шутку меня тревожит, — в этом Фред мог признаться только своему брату. — Мы должны поймать этого сукиного сына, Дорал.

— Это еще мягко сказано.

Фред допил щедро сдобренный бурбоном кофе и швырнул пустой стаканчик на пассажирское сиденье своей машины.

— Готов? — спросил он брата.

— Если ты ждешь меня, то зря теряешь время.

Они присоединились к остальным участникам поисковой группы. Фред, назначенный ее организатором, принял на себя командование. Офицеры двинулись по траве в сторону первой линии деревьев, за которой начинался густой лес. Кинологи спустили с поводков собак.

Они начинали поиск именно с этого места, потому что водитель, менявший у обочины шину прошлой ночью, видел мужчину, бегущего к лесу. Тогда он не придал этому значения, но сразу вспомнил об увиденном, когда утром из местных новостей узнал о массовом убийстве на складе Royal Tracking Company. Предполагаемое время убийства примерно совпадало с тем временем, когда водитель видел бегущего человека, которого он, к сожалению, не смог описать, потому что тот находился от него довольно далеко. Мужчина направлялся пешком в глубь леса и очень торопился. Водитель решил позвонить в полицию Тамбура.

Информации для Фреда и остальных было маловато, но, поскольку других сведений все равно не было, пришлось довольствоваться этим. И теперь все они собрались именно здесь, чтобы попытаться напасть на след предполагаемого убийцы — человека по имени Ли Кобурн.

Дорал, опустив голову, изучал под ногами почву.

— А Кобурну знакомы эти места? — вдруг спросил он.

— Не знаю, — отозвался Фред. — Может, знает как свои пять пальцев. А возможно, никогда в жизни не видел ни одного болота.

— Будем надеяться...

— В его личном деле в отделе кадров сказано, что до Тамбура он жил в городишке Оранж, это где-то в Техасе. Но я проверил адрес, и он оказался фальшивкой.

— То есть никто не знает наверняка, откуда он взялся?

— Не у кого спросить, — сухо заметил Фред. — Все его коллеги мертвы.

— Но он прожил в Тамбуре больше года. Должен же он был общаться еще с кем-нибудь.

— Никто не объявился.

— И не объявится. Зачем им это?

— Думаю, ты прав. После того, что случилось прошлой ночью, вряд ли кто-то поспешит с заявлением, что был его другом.

— Бармен? Продавщица? Ведь были же у него с кем-нибудь деловые контакты?

— Офицеры пытаются выяснить. Роузи, кассирша из бакалейной лавочки, где он отоваривался несколько раз, говорит, будто Кобурн был довольно приятным и вежливым человеком, но не сказать, чтобы очень дружелюбным и общительным. Платил всегда наличными. Мы пробили его по номеру социального страхования. Не всплыло никаких кредиток или долгов. Никаких счетов в банках небольших городков. Он обналичивал чеки на зарплату в одном из мест, где берут за это процент.

— Этот парень очень не хотел оставлять за собой бумажный след. А?

— И он его не оставил.

Дорал поинтересовался, опросили ли соседей Кобурна.

— Я сделал это лично, — ответил Фред. — Все в многоквартирном доме знали Кобурна в лицо. Женщины даже считали его в некотором роде привлекательным.

— Как это в некотором роде?

— Ну хотели бы с ним перепихнуться, но при этом считали его плохим парнем.

— И это ты называешь в некотором роде?

— Ну да.

— И кто же рассказал тебе об этом?

— Я просто знаю, — Фред легонько пихнул Дорала под ребро. — Потому что понимаю женщин гораздо лучше, чем ты.

— Ну ты и рассмешил!

Они вместе посмеялись, затем Фред вновь сделался серьезным.

— Ребята, которых я опросил, сказали, что им не
очень-то хотелось иметь дела с Кобурном. Впрочем,
избегать его было несложно: он приходил и уходил,
едва удостоив окружающих кивком.

— Подружки?

— Ни одной, о которой было бы известно.

— Друзья?

— Тоже ничего.

— Квартиру обыскали?

— Очень тщательно. Однокомнатная малогаба-
ритка в восточной части города, и там не нашлось ни
одной чертовой мелочи, которая дала бы хоть какую-
то зацепку... Рабочая одежда в гардеробе. Пирожки с
курицей в морозилке. Этот парень жил как монах. На
журнальном столике — один экземпляр зачитанного
«Иллюстрированного спортивного вестника». Есть
телевизор, но кабель не подключен. Вообще ничего
личного во всей этой чертовой квартире. Никаких
блокнотов, ежедневников, записной книжки. В общем, ничего.

— Компьютер?

— Нет.

— А как насчет его телефона?

Фред обнаружил на месте преступления сотовый
и сумел определить, что ни одному из убитых он не
принадлежал.

— Один звонок — в китайскую закусочную с до-
ставкой, а другой — входящий, от агента по телемар-
кетингу.

— Что? Всего два звонка?

— За последние тридцать шесть часов.

— Черт побери! — Дорал прихлопнул укусившую его мушку.

— Мы проверяем распечатку остальных звонков. Выясняем, кому принадлежат номера. Но сейчас нам по-прежнему ничего не известно о Ли Кобурне, кроме того, что он где-то здесь, и мы будем по уши в дерьме, если не поймаем его. — Фред понизил голос и продолжил: — И я, черт побери, предпочел бы сдать этого парня в мешке для перевозки трупов, а не в наручниках. Самое лучшее для нас, не так ли? Типа, мы нашли его безжизненное тело в болоте.

— Что ж, жители Тамбура не будут возражать. О Марсете все были очень высокого мнения. Прямо чертов принц Тамбура.

Сэм Марсет являлся владельцем Royal Tracking Company, президентом местного ротари-клуба, старостой прихода католической церкви Святого Бонифация, скаутом из отряда «Орел», масоном. Он председательствовал в различных советах и обычно выступал главным церемониймейстером во время городского парада Марди-Гра во вторник после Масленой недели. Марсет был столпом общества, горожане любили этого человека и восхищались им.

А теперь Сэм Марсет представлял собой труп с огнестрельным ранением в голове, и, словно этого было недостаточно, еще одну пулю убийца выпустил Сэму в грудь. Об остальных шести жертвах преступления, возможно, не горевали бы так сильно, но Марсет, точнее его убийство, стало темой пресс-конференции, которую транслировали по телевидению наутро после убийства. На конференции присутствовали журналисты из крупнейших газет побережья штата и представители главных телеканалов Нового Орлеана.

Фред был ее председателем. Рядом с ним сидели городские чиновники, включая братца Дорала. Из управления полиции Нового Орлеана прислали в полицейское управление Тамбура художника, который сделал эскиз портрета Кобурна, опираясь на описания соседей. Белый мужчина ростом примерно метр девяносто, вес средний, телосложение спортивное, волосы черные, глаза голубые, тридцать четыре года, если верить записям в рабочей карточке.

В конце конференции Фред попросил показать крупным планом портрет преступника и предупредил местных жителей, что Кобурн все еще находится где-то поблизости, вооружен и очень опасен.

— Ты сгустил краски, — сказал Дорал Фреду по поводу его заключительной ремарки. — Каким бы скользким типом ни был этот Кобурн, теперь его будут ловить все. Не думаю, что парень знает молитву, которая помогла бы ему выбраться отсюда.

Фред, приподняв бровь, хитро посмотрел на брата.

— Ты это всерьез или пытаешься выдать желаемое за действительное?

Прежде чем Дорал успел ответить, у Фреда зазвонил телефон.

Взглянув на номер, высветившийся на экране, Фред улыбнулся брату:

— Том ван Аллен. ФБР спешит на помощь.

3

Кобурн отступил от женщины на несколько шагов, но даже теперь чувствовал исходивший от нее страх. «Что ж, это хорошо», — решил он. Ему хотелось напугать ее. Страх делает женщин покладистее.

— Они ищут вас, — выдавила из себя Хонор.

— Под каждым кустом, — подтвердил Ли Кобурн.

— Полиция, спецназ штата, волонтеры. Собаки.

— Я слышал, как они тявкали сегодня утром.

— Они вас поймают!

— Пока что им это не удалось.

— Вам надо бежать дальше.

— Вам бы очень этого хотелось, не так ли, миссис Джиллет?

Лицо Хонор сделалось еще более испуганным. Она поняла, почему Кобурну известно ее имя. Он не случайно выбрал именно этот дом в качестве укрытия. Он шел сюда целенаправленно. Ему нужна была именно она.

— Мама, котик забрался в кусты и не выходит.

Кобурн стоял спиной к двери, но отлично слышал, что девочка зашла с улицы в дом. Слышал, как протопали подошвы ее сандаликов по дощатому полу в сторону кухни. Но Кобурн не обернулся, чтобы посмотреть на ребенка. Он по-прежнему не сводил глаз с женщины.

Лицо Хонор было бледнее мела, губы казались бескровными, она испуганно переводила взгляд с дочери на Кобурна и обратно, но все же сумела совладать с собой и заговорить спокойным, даже веселым голосом, чем вызвала уважение Ли:

— Котики всегда так делают, Эм. Они любят прятаться.

— Почему?

— Котик ведь тебя не знает. Наверное, он испугался.

— Какой глупый!

— Да. Очень маленький и глупый. — Хонор перевела взгляд на Кобурна и с нажимом произнесла: — Ему следовало знать, что ты не сделаешь ему ничего плохого.

Что ж, он отлично понял намек.

— Если ты попробуешь, он будет царапаться и сделает тебе очень больно, — тихо произнес Кобурн.

Глядя прямо в глаза Хонор Джиллет, он засунул пистолет за пояс и поверх опустил футболку, затем обернулся. Малышка Эмили смотрела на него с нескрываемым любопытством.

— Бо-бо?

— Что?

Эмили показала на рану на его голове. Подняв руку, Кобурн ощупал покрытые засохшей кровью волосы.

— Нет, совсем не больно.

Обойдя вокруг девочки, он подошел к столу. С того самого момента, как Ли зашел в кухню, его ноздри щекотал запах свежей выпечки. Сняв с кекса бумажную формочку, он откусил сразу половину, затем засунул в рот оставшуюся часть и потянулся за вторым кексом. Он не ел со вчерашнего дня. Всю ночь Кобурн бродил по болоту, и ему казалось, что он умрет от голода.

— Ты не помыл руки, — укоризненно произнесла девочка.

Кобурн проглотил кекс почти целиком.

— Что?

— Перед едой нужно мыть руки.

— Да? Правда? — Он удалил бумажку еще с одного кекса и снова откусил большой кусок.

Эмили серьезно кивнула:

— Так правильно.

Кобурн посмотрел на женщину, которая уже успела встать позади дочери и положить руки на ее хрупкие плечики, словно стремясь защитить.

— Я не всегда веду себя правильно, — заявил Кобурн.

Не спуская глаз с матери и дочери, он подошел к холодильнику, открыл его и достал пластиковую бутылку молока. Свинтив крышку, поднес бутылку ко рту и жадными глотками начал пить.

— Мама, дядя пьет прямо из...

— Я знаю, дорогая. Ничего, один раз можно. Он очень-очень хочет пить.

Девочка зачарованно смотрела на Кобурна, который выпил не меньше трети бутылки, прежде чем остановился перевести дух. Затем он вытер рот тыльной стороной ладони и поставил бутылку обратно в холодильник.

Эмили наморщила носик:

— Твоя одежда грязная и плохо пахнет.

— Я упал в ручей.

Глаза ребенка изумленно округлились.

— Несчастный случай?

— Что-то в этом роде.

— А ты был в нарукавниках?

— В нарукавниках?

— А ты уже умеешь опускать лицо в воду, когда плаваешь?

Кобурн растерянно посмотрел на Хонор.

— Эмили ходит в секцию плавания.

— Мне все еще приходится носить нарукавники, — продолжила Эмили. — Зато я получила золотую звезду на свой... фертисикат.

Хонор нервным жестом развернула дочурку к двери и подтолкнула в сторону гостиной:

— Сейчас будут показывать про Дору. Иди, посмотри! А я поговорю пока с... с нашим гостем.

Но девочка не двинулась с места.

— Ты обещала дать мне облизать тарелку, — напомнила она.

Поколебавшись несколько секунд, Хонор вынула силиконовую лопаточку из глубокой тарелки с глазурью и протянула ее ребенку.

Девочка схватила ее, светясь от счастья.

— Только не ешь больше кексы, — сказала она. — Это ведь для дня рождения.

С этими словами Эмили покинула кухню, а ее мать обернулась к Ли Кобурну. Но оба молчали, пока не услышали, что Эмили включила телевизор.

— Как вы узнали мое имя? — спросила Хонор.

— Ты ведь вдова Эдди Джиллета, не так ли?

Хонор старалась не смотреть на него.

— Не такой уж сложный вопрос. Да или нет?

— Да.

— Значит, если ты не вышла замуж снова...

Хонор покачала головой.

— Тогда логично предположить, что ты до сих пор откликаешься на миссис Джиллет. А как твое имя?

— Хонор.

Хонор? Честь? Ли не знал никого с таким именем. Впрочем, он ведь в Луизиане. Здесь полно людей со странными именами. Да и фамилиями.

— Что ж, Хонор, мне, похоже, представляться не надо.

— По телевизору сказали, что вас зовут Ли Кольер.

— Кобурн. Рад познакомиться. А теперь садись. — Он указал на стул возле кухонного стола.

Поколебавшись, Хонор выдвинула стул и опустилась на него.

Кобурн вынул из переднего кармана джинсов сотовый и набрал номер, затем, подвинув ножку стула носком сапога, уселся за стол напротив Хонор. Он не сводил с нее глаз, одновременно прислушиваясь к гудкам на другом конце провода.

От этого взгляда Хонор стало не по себе. Сцепив руки, она положила их на колени и отвела взгляд. Затем повернулась и почти дерзко посмотрела ему прямо в лицо. Женщина была напугана до полусмерти, но изо всех сил старалась этого не показать. Во всех поступках Хонор явно читался характер, что вполне устраивало Кобурна, поскольку в его представлении лучше было иметь дело с храброй девчонкой, чем с плаксой и истеричкой, которая ныла бы, умоляя ее отпустить.

На том конце провода отозвался автоответчик, Кобурн тихо выругался, дождался сигнала начала записи и произнес:

— Вы знаете, кто это. Все пошло хуже некуда. Небо почти упало на землю.

Как только он положил трубку в карман, Хонор спросила:

— У вас есть сообщник?

— Можно сказать и так.

— Он был там во время... стрельбы?

Кобурн молча посмотрел на женщину.

Хонор облизала губы, затем закусила нижнюю.

— В новостях передали, что убито семеро.

— Я насчитал столько же.

Сложив руки на животе, Хонор обхватила себя за локти:

— Почему вы их убили?

— А что говорят об этом по телевизору?

— Что вы недовольный начальством работник.

Кобурн пожал плечами:

— Что ж, пожалуй, меня можно назвать недовольным.

— Вам не нравилась грузовая компания?

— Нет. Особенно ее босс.

— Сэм Марсет. Но другие работали просто грузчиками, такими же, как вы. Неужели было необходимо убивать и их тоже?

— Да.

— Почему?

— Они были свидетелями.

Его циничная откровенность вызывала изумление и отвращение. Ли видел, как женщину буквально передернуло от услышанного. Какое-то время она просто молча смотрела на крышку стола.

Затем медленно подняла голову и посмотрела на него в упор:

— А откуда вы знаете моего мужа?

— Не имел такого удовольствия. Но много о нем слышал.

— От кого же?

— В Royal Tracking Company часто упоминали его имя.

— Эдди родился и вырос в Тамбуре. Здесь все знали и любили его.

— Уверена в этом?

Слегка обескураженная его вопросом, Хонор произнесла:

— Да, разумеется. Уверена.

— Кроме всего прочего, он ведь был копом?

— Что означает это ваше «кроме всего прочего»?

— Твой муж — покойный великий Эдди-коп — владел кое-чем очень ценным. И я пришел сюда, чтобы это забрать.

Прежде чем Хонор успела ответить, в кармане джинсов Кобурна зазвонил ее сотовый. Звук заставил обоих вздрогнуть. Кобурн достал телефон из кармана и, взглянув на экран, спросил:

— Кто такой Стэнли?

— Мой свекор.

«Дедушка», — Кобурн вспомнил слова Эмили во дворе.

— Если я не отвечу...

— Забудь об этом! — Кобурн подождал, пока телефон замолчит, затем кивком указал на кексы. — И чей же сегодня день рождения?

— Стэна. Он должен приехать на праздничный обед.

— Во сколько? Не советую мне врать!

— В половине шестого.

Кобурн взглянул на висевшие на стене часы. Почти через восемь часов. Он надеялся, времени хватит. Он найдет то, что ему нужно, и уберется восвояси. Но это во многом зависело от вдовы Эдди Джиллета и от того, насколько хорошо ей было известно о неофициальной деятельности мужа.

Кобурн видел, что Хонор по-настоящему напугана. Но у этого страха могло быть сколько угодно причин, и одна из них — стремление защитить то, за чем он пришел к ней.

Или она ни о чем не догадывается и боится только за себя и своего ребенка?

Кобурн давно уже понял, что Хонор с дочкой действительно жили в этой глуши вдвоем. Никаких следов присутствия мужчин в доме не было. И когда во дворе вдруг появился заляпанный кровью мужчина и стал угрожать пистолетом одинокой вдове, вполне естественно было напугаться до полусмерти.

«Впрочем, одинокая жизнь — не всегда свидетельство добродетели», — подумал Кобурн. Он тоже долго жил один.

И внешность тоже бывает обманчива. Хонор Джиллет выглядела невинной и наивной девушкой. Белая футболка, джинсовые шорты, старомодные кеды — все это казалось таким же традиционным и правильным, как домашние кексы. Белокурые волосы собраны в хвост. Карие глаза с зеленым отливом. У Хонор была типичная внешность «девушки по соседству». Правда, самому Кобурну ни разу не повезло жить по соседству с такой симпатичной девушкой.

Увидев женское белье на сушилке в прачечной, Кобурн вдруг остро ощутил, как давно он не был с женщиной. А глядя на округлые выпуклости под футболкой Хонор Джиллет и ее стройные ноги, он с невероятной силой почувствовал, что мечтает покончить с воздержанием.

Видимо, Хонор догадалась о ходе его мыслей, потому что, когда Кобурн оторвал глаза от ее груди и посмотрел ей в лицо, он прочитал в глазах молодой женщины страх и отвращение.

— У вас серьезные неприятности, — быстро произнесла она. — А здесь вы только зря тратите время. Я не могу вам помочь. У Эдди не было ничего ценного. — Она обвела руками кухню. — Сами видите, как скромно мы жили. Когда умер Эдди, мне пришлось продать лодку, чтобы хоть как-то свести концы с концами, пока не удастся вернуться к преподаванию.

— К преподаванию?

— Государственная школа. Второй класс. От Эдди остался только весьма скромный полис страхования жизни, выплата по которому едва покрыла стоимость его похорон. Он проработал в полицейском управлении всего восемь лет, поэтому пенсия, которую я получаю, совсем небольшая. Ее я откладываю на колледж для Эмили. А мы стараемся прожить на мое жалованье. На излишества денег не остается. — Хонор замолчала, чтобы перевести дыхание. — Кто-то ввел вас в заблуждение, мистер Кобурн. Или вы сделали неправильные выводы, основанные на слухах. Еще раз повторяю: у Эдди не было ничего ценного, и у меня тоже нет. Да если бы и было, я бы с радостью отдала это вам, лишь бы защитить Эмили. Ее жизнь для меня дороже всего.

Несколько секунд Кобурн молча смотрел на нее.

— Красиво сказано. Но тебе не удалось меня убедить, — в итоге произнес он, вставая и снова обхватывая Хонор за плечи. — Начать предлагаю со спальни.

4

На улице все звали его Диего.

Он откликался на это имя всю свою жизнь, и, насколько он знал, другого у него не имелось. Его самые ранние воспоминания были связаны с худой чернокожей женщиной, которая просила принести ей сигареты или шприц и осыпала его проклятиями, если Диего делал это слишком медленно.

Он не знал, была ли эта женщина его матерью. Она этого не утверждала, но и отрицать не стала, когда Диего однажды спросил. Диего не был чернокожим. По крайней мере, не совсем. Он носил испанское имя, но это вовсе не означало, что у него были латиноамериканские корни. В городе креолов, где смешение кровей считалось явлением привычным, он был всего-навсего еще одной дворняжкой.

Женщина из его воспоминаний держала салон по плетению косичек. Салон работал, только когда она чувствовала себя нормально, что случалось довольно редко. Если деньги нужны были быстро, она ублажала клиентов в задней комнате. Когда Диего достаточно подрос, женщина стала посылать его на улицу за клиентами. Он завлекал женщин, обещая им самые плотные косы в Новом Орлеане, а мужчинам намекал на совсем другие удовольствия, которые ожидали их за водопадом бус, отделявшим крошечное помещение салона от грязной улицы.

Однажды Диего целый день рыскал по городу в поисках пищи, а вернувшись домой, увидел ее лежащей на полу в ванной. Сомнений не оставалось: женщина была мертва. Он стоял и смотрел на труп, пока его запах не сделался слишком удушливым, затем просто ушел прочь, предоставляя заниматься проблемой погребения этого распухшего тела кому-нибудь другому. С этого дня Диего заботился о себе сам. Средой его обитания стал район Нового Орлеана, куда даже ангелы боялись залетать.

Диего исполнилось всего семнадцать, но он был умен не по годам.

Это читалось по его глазам, когда парень принимал вызов мобильного.

Абонент засекречен. Это означало, что звонил Бухгалтер.

— Да? — угрюмо буркнул в трубку Диего.

— У тебя расстроенный голос, Диего, — послышалось на другом конце линии.

Голос казался рассерженным.

— Надо было поручить мне разобраться с Сэмом Марсетом. Но вы решили по-другому. Теперь смотрите, к чему это привело.

— Так ты уже слышал о деле на складе и Ли Кобурне?

— У меня есть телевизор. С плоским экраном.

— И все благодаря мне.

Диего оставил последнее заявление без комментариев. Бухгалтеру не стоило знать, что их отношения отнюдь не эксклюзивны. Иногда Диего делал кое-что и для других клиентов.

— Пушки, — с отвращением произнес Диего. — Они такие шумные. Да и зачем стрелять в помещении? Убрал бы Марсета бесшумно, и вам не пришлось бы теперь глазеть на этот цирк, в который превратился Тамбур.

— Мне надо было объяснить так, чтобы дошло до всех.

«Не пытайтесь надуть меня, или пожалеете», — примерно так могло бы звучать это объяснение. Диего не сомневался: все, кто имел дело с Бухгалтером, услышав о массовом убийстве, наверняка еще долго будут испуганно оглядываться через плечо. Несмотря на то что операция по устранению Марсета была проведена непрофессионально, она, безусловно, оказалась весьма эффективной.

— Ли Кобурна до сих пор не нашли, — почти с издевкой произнес Диего.

— Не нашли. Я слежу за ситуацией. И надеюсь, его найдут мертвым. Если же нет, с ним надо будет разобраться. И со всеми, с кем он контактировал с тех пор, как покинул склад.

— Вы звоните мне за этим?

— Не так просто будет подобраться к человеку за решеткой.

— Я как раз и специализируюсь на том, что непросто. И подбираюсь обычно близко. Очень...

— Именно поэтому в случае необходимости будет поручено устранить Кобурна. А на Марсета ты бы только зря потратил свою квалификацию. В этот раз мне нужен был шум и море крови. Но теперь все по-другому. Никаких свидетелей.

Никаких свидетелей. И никакой пощады. Такова была мантра Бухгалтера. Всякий, кто чурался мокрых дел, обычно становился его следующей жертвой.

За несколько недель до расстрела в гараже одному мексиканскому парнишке удалось сбежать из переполненного фургона, на котором его ввезли в Штаты. Он и десяток таких же несчастных были обречены на рабство в том или ином смысле. Должно быть, подросток догадался, какое будущее ему уготовано. И пока водитель расплачивался за бензин на заправочной станции, он сумел сбежать.

К счастью, патрульный, состоящий на жалованье у Бухгалтера, обнаружил мальчишку, когда тот голосовал у обочины шоссе, ведущего на запад. Патрульный спрятал беглеца, затем ему было приказано решить проблему. Но тот вдруг дал слабинку, и Бухгалтеру пришлось нанять Диего, чтобы тот доделал грязную работу. Через неделю после того, как Диего убил мальчика, Бухгалтер поручил избавиться от водителя грузовика, по чьей небрежности стал возможен его побег, а заодно и от патрульного, который оказался жадным, но трусливым.

Никаких свидетелей. Никакой пощады. Бескомпромиссная политика Бухгалтера вселяла ужас и порождала послушание.

Но Диего не боялся никого.

Поэтому, услышав от Бухгалтера вопрос, нашел ли он девушку, сбежавшую из массажного салона, Диего небрежно ответил:

— Вчера ночью.

— Она больше не представляет проблемы?

— Только для ангелов. Или для дьявола.

— Тело?

— Я не идиот!

— Диего, единственное, что в этой жизни хуже идиота, — это умник, считающий, что он круче всех.

Диего показал телефону средний палец.

— Звонит кто-то еще, мне надо идти. Будь наготове.

Диего опустил руку в карман брюк и поиграл с прямым лезвием опасной бритвы, благодаря которой стал знаменит.

— Я всегда готов, — сказал он, хотя соединение с Бухгалтером уже прервалось.

5

Поглощенная детской передачей, Эмили не обратила внимания на Хонор и Кобурна, когда они проходили через гостиную.

Оказавшись в спальне, Хонор сбросила пальцы Кобурна с предплечья и потерла кожу, на которой остались следы.

— Я не хочу оказаться застреленной и, разумеется, не стану рисковать жизнью Эмили и не сбегу, оставив ее одну. Так что держать меня необязательно.

— А это уж мне решать, — Кобурн подошел к стоящему на письменном столе компьютеру. — Это компьютер твоего мужа?

— Мы пользовались им оба.

— Включи.

— Там ничего нет, кроме моей личной переписки, личных дел учеников и поурочных планов на каждый месяц.

Кобурн молча хмуро смотрел на Хонор, пока та не подошла к столу и не села перед монитором. Казалось, компьютер загружался целую вечность. Хонор смотрела на собственное размытое отражение в экране и все время чувствовала за спиной присутствие Ли Кобурна. Его выдавал запах болота, мужского тела и исходившая от этого человека угроза насилия.

Уголком глаза Хонор следила за его рукой, расслабленно лежавшей на бедре. Трудно было прогнать от себя мысли о том, что, если захочет, этой самой рукой Кобурн легко отнимет у нее жизнь. Ведь достаточно просто было сжать ей горло. При мысли о том, как эти грязные пальцы обвивают тоненькую шейку Эмили, Хонор начало мутить.

— Спасибо, мистер Кобурн, — прошептала она.

Прошло несколько секунд, прежде чем он спросил:

— За что?

— За то, что не причинили вреда Эмили.

Он ничего не ответил.

— И за то, что постарались спрятать от нее пистолет.

В комнате снова повисло молчание, которое прервал Кобурн, заявив:

— Запугивая ребенка, ничего хорошего не добьешься.

Компьютер потребовал пароль. Хонор быстро ввела свой. Буквы отобразились на экране черными точками.

— Стоп! — потребовал он, прежде чем Хонор успела нажать «ввод». — Сотри и напечатай еще раз. На этот раз медленно.

Хонор снова ввела буквы.

— Что означает Р?

— Розмари.

— Х. Р. Джиллет. Не слишком оригинальный пароль. Довольно просто догадаться.

— Мне нечего прятать.

— Сейчас увидим.

Перегнувшись через плечо Хонор, Кобурн начал манипулировать «мышкой». Он просмотрел почту Хонор, даже те сообщения, которые были удалены, затем все ее документы, в которых для него ничего не представляло интерес, так как он давно уже не учился во втором классе.

В какой-то момент Хонор вежливо предложила:

— Не хотите присесть?

— И так хорошо, — буркнул Кобурн.

Может быть, ему и было хорошо, но только не Хонор. Кобурн склонился над ней и, когда перемещал по экрану «мышку», периодически касался ее спины, рук и плеч.

Убедившись наконец, что ни один из открытых файлов ему не интересен, Кобурн спросил:

— А у Эдди был свой пароль?

— Мы пользовались одним паролем и одним адресом.

— Что-то я не видел ни одного сообщения ему или от него.

— Я их удалила.

— Почему?

— Занимали много места на диске.

Хонор вдруг почувствовала, как на голове зашевелились волосы, и вдруг поняла, что Кобурн наматывает ее волосы, собранные в хвост, на кулак. Затем потянул так, чтобы лицо Хонор приподнялось.

— Открой глаза!

Вспомнив о силе его рук, женщина подчинилась. Теперь ее лицо оказалось на уровне пояса его брюк. Близость его тела к ее лицу предполагала нечто интимное, и от этого Хонор стало еще больше не по себе. Впрочем, на это Кобурн, видимо, и рассчитывал. Он хотел, чтобы у Хонор не осталось ни малейших сомнений относительно того, кто здесь заказывает музыку.

«Что ж, возможно, удастся извлечь из этого пользу», — промелькнула мысль у Хонор. Ее нос сейчас находился не более чем в десяти сантиметрах от пистолета, заткнутого у него за поясом. Ее руки были свободны. Сумеет ли она...

Нет. Хонор отбросила эту мысль еще до того, как она успела оформиться в ее голове. Эдди учил ее стрелять из пистолета, но Хонор никогда не умела обращаться с оружием. Она понимала, что ей не удастся даже зафиксировать руку с оружием, не то чтобы выстрелить. Потому что Кобурн успеет стукнуть ее по руке, меняя направление выстрела, или вовсе выбить оружие. Любая попытка подобного рода способна была только разозлить этого человека. И что тогда будет с ней и Эмили? Хонор не решалась даже на секунду помыслить об этом.

Кобурн, снова потянув за волосы, поднял голову Хонор так, чтобы женщина могла смотреть ему в лицо.

— Почему ты удалила все сообщения мужа?

— Он умер два года назад. Зачем мне их хранить?

— Там могла остаться важная информация.

— Но ее там не было.

— Как уверенно она это произносит!

— Потому что я действительно в этом уверена. Эдди не мог быть так неосторожен, чтобы оставлять важную информацию в электронной почте.

Кобурн прищурился и на несколько секунд задумался, словно мысленно оценивал весомость ее аргумента.

— Ты пользуешься на этом компьютере интернетбанком?

— Нет.

— Оплачиваешь какие-нибудь счета?

Хонор решительно покачала головой, насколько это позволяла рука Кобурна, сжимавшая ее волосы.

— Никто из нас не использовал этот компьютер для личных целей.

— А как насчет рабочего компьютера Эдди?

— Он принадлежал полицейскому управлению.

— И его тебе не отдали?

— Нет. Думаю, сейчас им пользуется другой офицер.

Ли изучал ее лицо еще несколько долгих секунд и вынужден был прийти к выводу, что женщина говорит правду. Он отпустил ее волосы и сделал шаг назад. Вздохнув с облегчением, Хонор встала и направилась к двери.

— Пойду посмотрю, как там Эмили.

— Стой, где стоишь.

Кобурн снова окинул взглядом комнату, и неожиданно его внимание привлекло кое-что, стоявшее на крышке туалетного столика. Быстро подойдя к нему, он схватил фотографию в рамке и сунул ее в руки Хонор.

— Кто эти парни?

— Тот, что постарше, — Стэн.

— Папаша Эдди? А он в отличной форме для своего возраста.

— Он работает над собой. Рядом с ним стоит Эдди.

— А двое других? Близнецы?

— Фред и Дорал Хокинсы. Лучшие друзья Эдди, — Улыбнувшись воспоминанию о приятных ей людях, Хонор провела пальцем по стеклу фоторамки. — Они поехали на ночь порыбачить на Залив. А когда вернулись на следующее утро, решили попозировать на пирсе с уловом. Меня попросили их снять.

— Это та лодка, которую ты продала?

— Нет. Это была лодка Дорала, которая предназначалась для сдачи внаем. Ее разбил ураган «Катрина». Теперь Дорал работает чиновником в муниципалитете. А Фред — полицейский.

Кобурн резко взглянул на нее и постучал пальцем по стеклу:

— Этот парень — коп?

— Они с Эдди вместе поступили в полицейскую академию и вместе ее окончили. Он... — Хонор вдруг осеклась и отвела глаза, но Кобурн взял ее за подбородок и повернул к себе.

— Что — он? — потребовал он ответа.

Что ж, не было смысла скрывать очевидное.

— Фред возглавил охоту на вас.

— Откуда знаешь?

— Сегодня утром он провел пресс-конференцию. Пообещал поймать вас как можно быстрее, отдавая тем самым дань памяти тем семерым, которых вы убили. Предположительно.

Кобурн осознал смысл сказанного, отпустил ее подбородок и забрал из рук фотографию. К ужасу Хонор, он перевернул рамку и начал отгибать металлические скобы.

— Что вы делаете?

— А ты как думаешь?

Он разобрал рамку, найдя под ней только то, что и должен был найти, — фотографию, кусок жесткого картона и стекло. Кобурн с угрюмым видом смотрел на снимок, на задней части которого стояла дата.

— Ну, прямо квартет!

— Мальчики подружились в старшей школе. Стэн практически вырастил близнецов Хокинсов вместе с Эдди. Они очень помогли нам после смерти мужа. Очень внимательно отнеслись ко мне и к Эмили.

— М-да? — Ли окинул Хонор долгим задумчивым взглядом. — Что ж, не сомневаюсь...

Хонор вдруг захотелось ответить, не стесняясь в выражениях, на этот грязный намек и ехидную ух-мылку. Но она сочла за благо попридержать язык, ре-шив, что это будет ниже ее достоинства — защищать свой моральный облик перед человеком, чьи руки за-литы кровью невинных жертв. В итоге женщина огра-ничилась тем, что вырвала у Кобурна фотографию и положила ее на туалетный столик вместе с поломан-ной рамкой.

— Как он умер? — вдруг спросил Кобурн. — Эдди?

— Автокатастрофа.

— А поподробнее?

— Мне сказали, что он резко свернул, чтобы не сбить выбежавшее на дорогу животное. Потерял управление и врезался в дерево.

— Он был один?

— Да.

Хонор с грустью посмотрела на фотографию, за-печатлевшую смеющееся лицо ее мужа.

— Он ехал домой с работы.

— А где его шмотки?

Вопрос вернул Хонор к действительности.

— Что?

— Его шмотки и прочий мусор. Ты ведь наверняка оставила что-то на память.

В свете их разговора желание порыться в вещах Эдди казалось верхом кощунства, и это обидело Хо-нор даже больше, чем направленное на нее дуло пи-столета. Гордо подняв голову, она встретилась взгля-дом с глазами бесчувственного подонка и отчетливо произнесла:

— Вы — жестокий сукин сын!

Но глаза Кобурна лишь сделались еще более непроницаемыми.

— Я должен увидеть его вещи, — он сделал шаг в сторону Хонор. — Или ты покажешь их сама, или я переверну твой дом вверх дном и все равно найду их.

— Что ж, чувствуйте себя гостем. Но черт бы меня побрал, если я шевельну хоть пальцем, чтобы вам помочь.

— Сомневаюсь в этом.

Поняв его намек, Хонор посмотрела через плечо Кобурна в сторону гостиной, где Эмили по-прежнему смеялась над своим любимым детским шоу.

— С вашей дочерью все в порядке, миссис Джиллет. И будет в порядке, если вы перестанете играть со мной в игры.

— Я не играю ни в какие игры.

— Тогда мы отлично поймем друг друга: я ведь тоже не шучу.

Кобурн говорил тихим, зловещим голосом, и Хонор отлично осознавала, что он имеет в виду. Злясь и на него, и на себя за то, что вынуждена сдаться без боя, она холодно произнесла:

— Было бы неплохо, если бы вы объяснили, что именно хотите найти.

— А еще лучше было бы, если бы ты не пыталась обвести меня вокруг пальца.

— Я и не пытаюсь!

— Вот как?

— Да нет же! Я действительно не понимаю, чего вы хотите и о чем вообще говорите. Что мы будем искать? Золотые слитки? Сертификаты акций? Драгоценные камни? Вам не кажется, что, если бы что-то подобное у нас и имелось, я бы давно уже была вынуждена это продать?

— Деньги?

— Разве похоже, что у меня много денег?

— Нет. Не похоже. Но ты бы не стала выставлять это напоказ. Ты не такая дура! Если бы вдруг стало ясно, что у тебя есть деньги, к тебе бы уже пришли.

— Кто пришел бы? Не понимаю...

— Думаю, понимаешь.

Во время этого спора Кобурн снова приблизился к Хонор, и теперь они оказались почти лицом к лицу. Исходившая от Кобурна мужская сила заставила Хонор почувствовать себя словно в ловушке. Было очень трудно не поддаться искушению и сделать шаг назад, но Хонор не хотелось снова начинать эту бессмысленную игру. Кроме того, она не хотела доставить ему удовольствия и показать, какие плоды принесла его тактика запугивания.

— Итак, последний раз, — с нажимом произнес Кобурн. — Где вещи Эдди?

Взгляд Хонор и ее поза выражали дерзость и неповиновение. Она собрала в кулак всю свою волю и едва сдерживалась, чтобы открыто не послать этого негодяя к чертовой матери.

Но тут из гостиной раздалось хихиканье Эмили.

Своим тоненьким и звонким, как колокольчик, голоском девочка обращалась к кому-то из мелькавших на экране персонажей. В следующую секунду она громко захохотала и захлопала в ладоши.

Вся бравада Хонор тут же улетучилась, гордо вздернутый подбородок опустился, и вместо грубых слов в адрес своего мучителя она тихо произнесла:

— Под кроватью стоит ящик.

6

Дорога от дома Тома ван Аллена до офиса ФБР в Лафайете была не такой уж долгой. Во всяком случае, Том часто так думал, поскольку за целый день только в это время он позволял себе отключиться ото всех тревожных мыслей и не думать ни о чем более сложном, чем движение по прямой: главное — не вылететь на встречную полосу и не превысить допустимую скорость.

Том выехал на дорожку, ведущую к дому, и с грустью отметил про себя, что его дом по сравнению с соседними выглядит каким-то обтрепавшимся и унылым. Но он не представлял, откуда взять время на ремонт, если его не хватало даже на стрижку газона.

К тому моменту, когда Том открыл дверь, самобичевание уступило место мыслям о чрезвычайной ситуации в Тамбуре.

Дженис, услышав, что он пришел, поторопилась в прихожую, сжимая в руке мобильник.

— Я как раз собиралась звонить тебе, чтобы спросить, когда ты приедешь обедать.

— Сегодня не до обеда. — Том снял пиджак и повесил на вешалку за петлю. — В Тамбуре массовое убийство.

— Да-да, передают во всех новостях. Этого негодяя еще не поймали?

Том покачал головой.

— Мне придется самому туда ехать.

— Но зачем ехать тебе? Ты ведь утром уже направил туда агентов.

Royal Tracking Company занималась перевозками грузов в нескольких штатах. Когда узнали о кровавой бойне, устроенной в гараже компании, Тома ван Аллена уведомили об этом как руководителя местного отделения ФБР.

— Мое личное присутствие — вопрос принципа, — ответил он жене. — Как сегодня Ленни?

— Как обычно.

Притворившись, что не расслышал горечь в словах жены, Том направился по широкому коридору в заднюю часть дома, где был прикован к кровати их тринадцатилетний сын, равно как и они с Дженис к этому месту. Эта комната стала центром их жизней, их брака, их будущего.

Нелепая случайность во время родов привела к тяжелому поражению мозга. Ленни не говорил, не ходил и даже самостоятельно не мог сидеть. Его ответная реакция на любые раздражители ограничивалась морганием, и то лишь иногда, и утробным звуком, значение которого ни Тому, ни Дженис истолковать никогда не удавалось. Годами они старались, но так и не научились понимать, узнает ли их сын по голосам или по ощущениям от их прикосновений.

— Наделал под себя, — сообщил Том, войдя в комнату и уловив неприятный запах.

— Я проверяла всего пять минут назад, — сказала в свою защиту Дженис. — А утром поменяла ему постель и...

— Это работа для двоих, — перебил ее Том. — Тебе надо было подождать меня.

— Ну, ждать-то пришлось бы долго, правда?

— Ты же знаешь, мне необходимо было уехать сегодня раньше обычного, Дженис, — спокойно, словно не слыша ее упрека, произнес Том. — У меня не оставалось выбора.

Дженис с шумом выдохнула:

— Знаю. Мне очень жаль. Но после смены белья пришлось идти стирать. Еще не наступил полдень, а я уже чудовищно устала...

Том остановил жену, когда она попыталась подойти к кровати сына:

— Я сам.

— Но ты ведь торопишься...

— Пять минут ничего не решают. Приготовь мне, пожалуйста, сэндвич. Я перекушу по пути в Тамбур.

Убрав за Ленни, Том прошел в спальню и переоделся. Костюм пришлось сменить на менее официальную одежду, поскольку он не исключал, что к концу дня ему, возможно, придется принять участие в охоте на убийцу. Он мало чем мог помочь в подобном мероприятии, но сам факт его присутствия мог сыграть решающую роль.

Том надел джинсы и белую рубашку с коротким рукавом, кроссовки и подумал, что надо проверить, по-прежнему ли лежат в багажнике машины его резиновые сапоги, которые он надевал когда-то, отправляясь на рыбалку.

Когда он вошел в кухню, Дженис стояла к нему спиной. Она занималась сэндвичем, и Том получил возможность несколько минут понаблюдать за женой, пока Дженис об этом не подозревала.

Его жена была уже не той миловидной девушкой, с которой он когда-то познакомился. Тринадцать лет рядом с постелью больного ребенка не прошли даром. Некогда легкие и грациозные, теперь движения Дженис стали быстрыми и точными. Создавалось впечатление, будто, если она не сделает все немедленно, у нее вообще не останется ни на что сил.

От стройного тела также не осталось и следа, теперь фигуру Дженис можно было назвать скорее сухопарой. От горя и трудностей появились морщинки вокруг глаз, а уголки губ, раньше всегда готовых к улыбке, теперь были опущены.

Том не винил жену за это. Ведь он тоже изменился не в лучшую сторону. Горе и безнадежность отпечатались на лицах обоих. И, что гораздо хуже, изменения коснулись не только тела, но и души. Их любовь не смогла устоять перед кошмаром, в который превратилась их жизнь. И то чувство, которое испытывал Том ван Аллен к жене на сегодняшний день, имело куда больше общего с жалостью и сочувствием, чем со страстью.

Когда они только поженились, у них были общие интересы — джаз, кино и тосканская кулинария. Они планировали провести лето в Италии, поступить там на кулинарные курсы, а жаркими днями попивать в тени местные вина.

И эта мечта стала не единственной, с которой пришлось расстаться.

Том каждый день спрашивал себя, сколько еще они продержатся в своем теперешнем состоянии. Что-то должно измениться. Он точно знал это. Ему казалось, что и Дженис думает так же. Но ни один не хотел первым выбросить белый флаг и признаться, что не готов сдержать клятвы верности и преданности больному сыну. Никто не хотел первым произнести: «Я так больше не могу» и предложить то, чего поклялись никогда не делать — поместить Ленни в специальное учреждение.

Хорошие учреждения такого рода были частными и дорогостоящими. Но огромные расходы являлись лишь одним из препятствий. Том не представлял, как отреагирует Дженис, если он предложит пересмотреть их позицию относительно Ленни. Он боялся, что жена станет его отговаривать. Но еще больше боялся, что не станет.

Почувствовав его присутствие, Дженис взглянула через плечо на мужа.

— Ветчина и сыр с темной горчицей?

— Отлично.

Дженис положила сэндвич в пластиковый пакет.

— Ты не придешь ночевать?

— Но я не могу надолго оставлять тебя одну с Ленни...

— Я справлюсь.

— Я вернусь, — настаивал на своем Том. — Фред Хокинс покажет мне потом все свои записи по этому делу.

— Оракул из полицейского управления Тамбура?

Саркастическое замечание Дженис заставило Тома улыбнуться. Она знала близнецов Хокинсов с последнего класса школы, где ей пришлось доучиваться, когда отец Дженис решил переехать «на свежий воздух», в результате чего забрал дочь из приходской школы Нового Орлеана и перевел в государственную школу

Тамбура. Расстояние было не таким уж большим, но девушка оказалась словно на другой планете.

Дженис испытала культурный шок. Она так и не простила своих родителей за то, что во время такого важного выпускного года ее вырвали из привычной обстановки и переместили в самый настоящий кошмар. Дженис считала всех жителей Тамбура деревенщинами, и первыми в ее списке значились Фред Хокинс и его брат-близнец Дорал. Казалось невероятным, что один из них стал сотрудником органов правопорядка, а другой — муниципальным чиновником. Даже по стандартам Тамбура близнецы превзошли ожидания окружающих.

— Все в Тамбуре хотят увидеть на колу голову убийцы Сэма Марсета, Фреду приходится работать под давлением, — сообщил Том. — Коронер определил время смерти всех семи жертв. По его мнению, это произошло около полуночи, так что Фред ведет свое расследование, — Том взглянул на часы, — уже двенадцать часов, но он пока еще не может похвастаться результатами.

Дженис поморщилась:

— Говорят, там была настоящая бойня.

— Фотографии, которые прислали оттуда мои ребята, приятными не назовешь.

— Что делал владелец компании на складе в такое время?

— Фреду это тоже показалось странным. Разговор с миссис Марсет ничего не прояснил, потому что ее не было в городе. Фред думает, что этот самый Кобурн, возможно, подрался с коллегой или произошло что-то еще... достаточно серьезное, и старший по смене решил позвонить Марсету. Телефонные разговоры еще предстоит проверить. Пока не установлено, что привело Марсета на склад в столь поздний час.

— Я смотрю, этот Ли Кобурн привык создавать проблемы?

— Да нет, по его рабочей карточке этого как раз не скажешь. Но, похоже, никто по-настоящему не знал этого парня.

— Так я и поняла из выступления Фреда на пресс-конференции. Похоже, у них ничего нет, кроме описания его внешности и эскиза портрета.

— В заявлении о приеме на работу он указал фальшивые данные.

— И их не проверили, прежде чем его нанять?

— Небрежность, о которой отдел кадров наверняка уже жалеет.

— И почему он, интересно, наврал? Скрывал уголовное прошлое?

— Все пришли примерно к такому выводу. Но пока его отпечатки пальцев не обнаружились ни в одной картотеке. Похоже, под арест этот парень не попадал.

Дженис нахмурилась:

— Он, должно быть, один из тех ненормальных, которым удается просачиваться сквозь щели общественной системы, пока они не совершат что-то вроде вчерашнего. Вот тогда их все замечают. Я только не могу понять, почему эти мерзавцы нападают на ни в чем не повинных людей. Если он имел что-то против компании, почему было, скажем, не испортить один из грузовиков. Зачем убивать всех подряд?

Когда Том только познакомился с Дженис, она была человеком, преисполненным сочувствия ко всему живому. Иногда подбирала бездомных псов.

Но с годами она стала менее терпимой.

— За Кобурном не замечали каких-либо признаков сумасшествия, — прокомментировал Том.

— Психи редко выглядят как психи, — заметила Дженис.

Том кивнул:

— Кобурна недавно назначили ответственным за транспортные накладные. Может быть, он не выдержал груза новой должности.

— Вполне правдоподобно, — выражение лица Дженис ясно давало понять, что уж она-то знает, что такое сломаться под грузом ответственности.

Том взял из холодильника банку с напитком.

— Ну все. Поеду. Фред меня ждет. Если понадоблюсь, звони. Сотовый всегда со мной.

— Все будет хорошо.

— Я перевернул Ленни, когда его мыл. Так что тебе какое-то время не придется этого делать.

— Не беспокойся за нас, Том. Иди. Делай свою работу. Я справлюсь.

Том колебался, стараясь изо всех сил придумать, что бы такое сказать, чтобы хоть чуть-чуть поднять жене настроение. Но так и не нашел нужных слов. Выйдя из дома, он снова взглянул на заросший газон, чувствуя, как их жизнь давит тяжелым грузом на плечи обоих, и самое ужасное, что Том не знал, как быть.

7

Хонор достала из-под кровати запечатанную коробку.

Кобурн вернул на место матрац, затем без всяких церемоний вывалил содержимое коробки на кипенно-белый плед Хонор и стал рыться в вещах Эдди.

Прежде всего его внимание привлекли аттестаты и дипломы — высшая школа, юридический факультет университета Луизианы, полицейская академия. Кобурн вынул первый диплом из папки и внимательно осмотрел ее. Но когда он сорвал муаровую подкладку, Хонор запротестовала:

— В этом нет необходимости!

— А по-моему, есть.

— Я храню эти документы для Эмили.

— Я ничего не сделаю с документами.

— За подкладкой ничего нет.

— В этой нет. — Отшвырнув первую папку, он принялся за вторую, которая подверглась такому же акту вандализма. Покончив с папками, Кобурн стал осматривать наручные часы Эдди.

— Часики навороченные...

— Я подарила их Эдди на Рождество.

— А где купила?

— Какое это имеет значение?

— В местном магазине?

— Я заказала их через Интернет. Это копия модели известной фирмы.

— И сколько они стоили?

— Около трехсот долларов.

— Точно не пару тысяч?

— Хотите посмотреть чек?

— Нет, но ты противоречишь сама себе. Ведь ты говорила, что не используешь компьютер для личных целей.

Хонор устало вздохнула:

— Да, я иногда заказывала товары.

— А Эдди?

— Мне ничего об этом не известно.

Кобурн посмотрел ей прямо в глаза, затем перевел взгляд на свидетельство о смерти Эдди Джиллета.

— Перелом шейных позвонков?

— Он умер мгновенно. По крайней мере, так мне сказали.

Хонор хотелось верить, что ее муж действительно умер мгновенно и не страдал перед смертью. Судмед-эксперт сказал ей и Стэну, что даже если бы он пережил травму позвоночника, то все равно скончался бы от множественных внутренних повреждений, прежде чем его успели бы довезти до больницы.

Изучив свидетельство о смерти, Кобурн занялся списком приглашенных на похороны.

— Что бы вы ни искали, здесь этого нет, — снова попыталась убедить его Хонор.

Ей больно было смотреть, как в вещах, которые имели ценность только для нее, роется человек, чьи руки были запятнаны кровью в прямом и в переносном смысле.

Особенно неприятно стало, когда Кобурн взял обручальное кольцо ее мужа. Эдди не снимал его с того дня, когда они обменялись клятвами перед алтарем, до того, когда ее вызвали в морг, чтобы опознать тело мужа.

Поднеся кольцо к глазам, Кобурн прочел гравировку внутри:

— Что это значит?

— Дата нашей свадьбы и инициалы.

Кобурн снова прочел надпись, затем положил кольцо на ладонь и стал зачем-то задумчиво его разглядывать. Наконец он поднял глаза и протянул руку Хонор. Она протянула в ответ свою. Кольцо упало ей на ладонь, и Хонор тут же сжала пальцы:

— Спасибо.

— Мне оно больше не нужно. Я запомнил текст гравировки.

Кобурн несколько раз просмотрел бумажник Эдди, буквально вывернув его наизнанку. Там не оказалось ничего, кроме кредиток с истекшим сроком годности, водительских прав Эдди — Кобурн изучил ламинат, чтобы убедиться, что край нигде не распаян, — и карточки социального страхования. В пластиковые окошки были вставлены фотографии Хонор и Эмили.

Кобурн взял пустое кольцо для ключей и помахал им перед носом Хонор:

— Зачем нужно кольцо без ключей?

— Я сняла с него ключ от дома и спрятала снаружи, на случай если захлопну дверь. А ключ от патрульной машины забрали коллеги Эдди.

— У вас нет ячейки в банке?

— Нет.

— А если бы была, ты бы мне сказала?

— Если бы это требовалось для безопасности Эмили, я бы даже отвезла вас в банк. Но у меня нет ячейки.

Кобурн продолжал копаться в вещах и задавать Хонор вопросы по поводу каждой мелочи, вываленной на ее белоснежный плед, который он уже успел испачкать своей одеждой. Но все было напрасно.

— Вы зря теряете время, мистер Кобурн, — снова начала Хонор. — Того, что вы ищете, здесь нет.

— Это здесь. Я просто еще не нашел. И можешь забыть про «мистера». Зови меня просто «Кобурн».

Он встал с кровати, поставил руки в бока и сделал круг по комнате, внимательно разглядывая ее. Хонор от всей души надеялась, что он сумеет быстро найти то, за чем пришел, и покинет этот дом, не причинив вреда ни ей, ни Эмили. Но безрезультатность поисков явно приводила Кобурна в раздражение, и это было ей совсем не на руку. Хонор боялась, что первыми, на кого он выплеснет свое раздражение, могут стать они с Эмили.

— Банковские выписки, налоговые уведомления — где все это?

Хонор глазами указала на потолок:

— Коробки со старыми документами хранятся на чердаке.

— А где вход на чердак?

— В прихожей.

Кобурн снова потащил ее за собой. Подняв руку высоко над головой, он дернул за свисающую веревку и открыл люк. Затем развернул выпавшую лестницу и показал на нее Хонор:

— Поднимайся!

— Я?

— Не собираюсь оставлять тебя тут одну вместе с дочерью.

— Но я не убегу!

— Это точно. Уж я позабочусь, чтобы ты не убежала.

Спорить с ним было явно бесполезно, и Хонор начала подниматься по лестнице, не в силах перестать думать о том, что Кобурн смотрит на ее голые ноги. Она постаралась подняться как можно скорее и облегченно вздохнула, когда ступила на пол чердака, хотя Хонор всегда старалась избегать этого места. Чердаки всегда ассоциировались у нее с паутиной и крысами и казались ей помещением, где лежат, покрываясь плесенью, отбросы давней жизни.

Хонор зажгла свисавшую с потолка лампочку. Коробки для документов лежали повсюду на своих обычных местах. Она взялась за специальные отверстия в боковых стенках и подняла одну из коробок. Кобурн ждал у открытого люка. Передав ему коробку, Хонор пошла за следующей. Процедура повторялась до тех пор, пока пол чердака не опустел.

— Все это бесполезно, — упрямо подтвердила Хонор. Отряхнув руки от пыли, она было потянулась к веревке, чтобы погасить свет.

— Погоди-ка, — Кобурн просунул внутрь голову и заметил оставшийся скарб, который, как надеялась Хонор, ускользнет от его внимания. Это были ничем не примечательные упаковочные коробки, заклеенные скотчем. — Что это?

— Рождественские украшения.

— Хо-хо-хо!

— Но там нет ничего из того, что вы просили показать.

— Спускай вниз все.

Хонор подчинилась не сразу. Несколько секунд она размышляла, глядя на Кобурна сверху вниз, сумеет ли ударить его ногой по лицу достаточно сильно, чтобы сломать нос. В итоге она решила, что вполне возможно. Но если не сумеет, то может оказаться запертой здесь, на чердаке, а Кобурн останется один на один с Эмили. Было очень неприятно чувствовать трусость, но этого требовала безопасность дочери.

Она передала вниз одну за другой оставшиеся три коробки.

Когда Хонор спустилась вниз и закрыла люк, Кобурн срывал скотч с одной из них. Открыв коробку, он с удивлением обнаружил внутри не блестящие шары и мишуру, а мужскую рубашку.

Кобурн вопросительно взглянул на Хонор.

Женщина упрямо молчала.

Наконец Кобурн прервал паузу, спросив:

— Сколько, говоришь, его уже нет в живых?

Его намек попал в цель, так как Хонор и сама не раз задавала себе вопрос, сколько можно держать на чердаке практически новую мужскую одежду, которую можно было бы пожертвовать в пользу нуждающихся.

— Я раздала почти все, — словно оправдываясь, произнесла она. — Стэн спросил, можно ли ему взять полицейскую форму, и я разрешила. Но кое-что я просто не смогла...

Она не закончила фразу, так как подумала, что глупо выкладывать жестокому убийце, что некоторые вещи Эдди вызывали в ее памяти особенно яркие, греющие душу воспоминания о счастливых днях. И отдать эти вещи было равнозначно тому, чтобы отдать сами воспоминания. А так они тлели понемногу где-то внутри, словно бы без всякого участия с ее стороны.

Время шло и уносило воспоминания с собой, какими бы сладкими они ни были. Теперь Хонор уже могла провести целый день или даже несколько дней, не вспоминая Эдди, то есть думая о нем, но не представляя при этом ничего конкретного.

Смерть мужа оставила в ее жизни воронку, которая казалась бездонной. Но на деле она потихоньку заполнялась заботами, связанными с ребенком, да и другими повседневными делами. Пока Хонор наконец не научилась радоваться этой самой жизни, несмотря на отсутствие в ней Эдди.

Правда, это умение было изрядно приправлено чувством вины. Хонор не могла избавиться от ощущения, что даже мельчайшая крупинка счастья является предательством. Как она смеет радоваться чему-то на этом свете, когда Эдди умер и покоится в земле?

Поэтому она сохранила вещи мужа, способные вызвать воспоминания, и таким образом держала в узде свое чувство вины.

Но молодой женщине вовсе не хотелось обсуждать личные переживания с убийцей, ворвавшимся в ее дом. Ее спасло от этого появление Эмили.

— Дора кончилась, Барни тоже, и я хочу есть. Мы будем обедать?

Вопрос ребенка напомнил Кобурну, что он ничего не ел уже сутки, если не считать двух жирных домашних кексов.

Решив, что обыск снятых с чердака коробок займет время и вначале лучше подкрепиться, он сделал вдове знак следовать в кухню.

Сняв со стола кексы и миску с глазурью, Хонор приготовила дочери сэндвич с арахисовым маслом и мармеладом. Кобурн попросил сделать ему такой же и внимательно следил за каждым ее движением, опасаясь, что она попытается подложить что-нибудь в еду, например сильнодействующее снотворное или крысиный яд. Кобурн привык не доверять никому.

— На этот раз тебе придется помыть руки, — заявила Эмили. Сама она поднесла к кухонной раковине низенький стульчик, на котором было написано ее имя. Даже забравшись на стул и встав на цыпочки, девочка с трудом доставала до раковины, но все же как-то умудрилась повернуть кран.

— Можешь взять мое мыло с Элмо[1], — разрешила она Кобурну.

Затем Эмили взяла пластиковую бутылочку, на которой был нарисован нелепый персонаж с жуками вместо глаз, выдавила на ладошку немного жидкости и деловито передала бутылочку Ли. Он бросил взгляд на Хонор и отметил про себя, что женщина смотрит на них настороженно. Кобурн подумал, что, пока она так боится его пребывания рядом с ребенком, она, пожалуй, не станет делать глупости.

Они с Эмили намылили руки и подставили их под кран, чтобы смыть мыло и грязь.

Эмили откинула голову и посмотрела на Ли:

— А у тебя есть Элмо?

Кобурн стряхнул с рук воду и взял протянутое ему девчушкой полотенце.

— Нет, у меня нет... Элмо.

— А с кем же ты тогда спишь?

При этих словах Кобурн невольно взглянул на Хонор. Она ответила таким взглядом, словно мечтала прожечь в нем дыру.

— Ни с кем, — ответил Ли на вопрос Эмили.

— У тебя нет дружка, с которым можно спать?

— Последнее время нет.

— Как же так?

— Ну, так уж вышло.

---

[1] Элмо — кукла из международного телешоу «Улица Сезам». Пушистый красный монстрик с большими глазами и оранжевым носом. — *Примеч. ред.*

— А где твоя кроватка? Твоя мама читает тебе сказки перед сном?

Кобурн оторвал взгляд от Хонор и снов посмотрел на девочку:

— Мама? Н-н-нет... она умерла.

— Мой папа тоже. Он живет на небесах, — глаза девочки засверкали. — Может, он познакомился там с твоей мамой?

— Сомневаюсь в этом! — Кобурн не сдержал усмешки.

— А ты боишься темноты?

— Эмили, — прервала дочурку Хонор. — Перестань задавать так много вопросов. Это невежливо. Садись-ка, и давай обедать.

Они уселись за стол. Хонор была готова выпрыгнуть из собственной кожи, если Ли сделает хоть одно резкое движение. Она ничего не ела. Кобурн также чувствовал неловкость от этой чинной семейной сцены. Он съел сэндвич, затем взял яблоко из стоявшей на столе вазы с фруктами. Девочка ковырялась в почти что полной тарелке с супом.

— Эмили, ты ведь говорила, что хочешь есть, — упрекнула ее мать.

Но девочка слишком сильно отвлекалась на Кобурна. Она буквально не сводила с него взгляда. Изучала все, что он делал. Когда он надкусил яблоко, Эмили прокомментировала:

— А я не люблю кожуру.

Ли пожал плечами и ничего не ответил, так как рот его был полон.

— И еще я не люблю зеленые яблоки. Только красные.

— Да нет. Зеленые тоже хорошие.

— Знаешь что?

— Что?

— Мой дедушка умеет очистить яблоко сверху донизу, не отрывая ножа. Говорит, что ему нравится делать из кожуры длинную кудряшку. Как мои волосы. И знаешь что еще?

— Что же?

— Мама так не может, потому что она девочка. А дедушка сказал, что мальчики делают это лучше. К тому же у мамы нет волшебного ножа, как у дедушки.

— Ты не сказала, — Ли поглядел на Хонор, которая сидела, закусив губу, — что же это за особый волшебный нож есть у твоего дедушки?

— Большой-пребольшой. Стэн носит его на ноге на ремешке, но мне не разрешают его трогать, потому что ножик очень острый и можно пораниться.

— Хм.

Хонор встала, резко отодвинув стул:

— Тебе пора спать, Эм.

Девочка недовольно наморщила носик.

— Но мне не хочется.

— Надо отдохнуть. Пойдем.

Хонор говорила тоном, не терпящим возражений. Эмили, с лица которой не сходило упрямое выражение, тем не менее слезла со стула и направилась к выходу из кухни.

Кобурн, оставив на тарелке недоеденное яблоко, последовал за Эмили и Хонор.

В разукрашенной оборками розовой спальне девочка забралась на кроватку, свесив через спинку обе ноги. Хонор сняла с нее сандалики и сказала:

— Ложись спать.

Малышка положила головку на подушку и уткнулась в сложенный стеганый плед, такой выцветший и потрепанный, что он выглядел здесь совершенно неуместно.

— Дай мне, пожалуйста, Элмо, — обратилась она к Кобурну.

Он проследил за взглядом малышки и увидел красную мягкую игрушку, лежащую на полу рядом с заляпанным грязью сандаликом. Ли узнал смеющуюся рожицу с упаковки жидкого мыла. Нагнувшись, он поднял Элмо, который тут же запел, заставив его вздрогнуть. Кобурн быстро передал игрушку ребенку.

— Спасибо, — прижав Элмо к груди, девочка со счастливым видом вздохнула.

Кобурн вдруг подумал о том, что не помнит в своей жизни времени, когда он чувствовал бы себя таким же довольным жизнью. Даже в детстве, а тем более сейчас, когда давно успел забыть, что такое ложиться спать, не беспокоясь о том, удастся ли проснуться.

Хонор, склонившись над кроваткой, поцеловала дочурку в лоб. Девочка уже закрыла глаза. Ли обратил внимание, что веки малышки выглядели почти прозрачными, так что виднелись пересекавшие их тоненькими ниточками красные вены. Ли никогда не разглядывал ничьи веки. Разве что за секунду до того, как их владелец направлял на него пистолет. Но тогда этот человек умирал, не успев моргнуть.

Когда они с Хонор вышли из комнаты, игрушка Эмили все еще пела какую-то глупую песенку о друзьях. Женщина осторожно прикрыла за ними дверь. Кобурн посмотрел на стоящие у стены коробки, затем вынул из кармана мобильный Хонор и протянул его молодой женщине. Глядя в широко раскрытые от изумления глаза, он холодно отчеканил:

— Звони своему свекру. Ну, тому мужику, который прилагает недюжинные усилия, чтобы сохранять отличную спортивную форму. И ходит с большим волшебным ножиком. Скажи ему, что вечеринка отменяется.

8

Склад Royal Tracking Company был оцеплен специальной лентой, которой обычно огораживают место происшествия. А прямо за ограждением скопилась куча машин, начиная от служебных автомобилей и заканчивая машинами зевак, остановившихся поглазеть на происходящее. Собираясь группками, они обменивались последними слухами о массовом убийстве и о человеке, который его совершил.

«Предположительно совершил», — мысленно поправил себя Стэн Джиллет, припарковывая машину и выбираясь из нее.

Прежде чем выехать из дома, он критически посмотрел на свое отражение в зеркале ванной, похлопал себя по плоскому животу, провел рукой по коротко стриженным волосам, поправил накрахмаленный воротничок рубашки, проверил стрелки на брюках, удовлетворенно оглядел начищенные до блеска ботинки и в который раз подумал о том, что дисциплина, к которой он приучился на военной службе, отлично выручает его и на гражданке.

Стэн никогда не испытывал протеста против строгих стандартов Корпуса морской пехоты США, которым почти невозможно было соответствовать. По правде говоря, он бы не воспротивился, чтобы они стали еще строже, поскольку считал, что, если бы морским пехотинцем было быть легко, каждый захотел бы им стать. Стэн являлся одним из немногих и очень этим гордился.

Бывший морпех осознавал, что выглядит весьма внушительно, пробираясь сквозь толпу, которая инстинктивно расступалась перед Стэном, словно излучавшим силу и власть. Именно поэтому он решил заехать на место кровавой бойни, и именно поэтому ему удалось практически беспрепятственно добраться до самого ограждения из желтой ленты.

А внутри огороженной зоны уже стоял Фред Хокинс и беседовал с группой мужчин, среди которых маячил его брат Дорал. Стэн поймал заискивающий взгляд Дорала, и тот, словно радуясь, что появился повод прерваться, тут же подбежал к нему.

— Ну и вляпались мы все, парень, — сказал ему Стэн.

— Да уж, началась черная полоса. — Дорал достал сигарету и щелкнул зажигалкой. Заметив, что Стэн недовольно нахмурился, он поспешил оправдаться: — Знаешь, вся эта ситуация... А я ведь уже две недели как бросил...

— Мне сегодня шестьдесят пять, а я пробежал восемь километров еще до восхода солнца, — назидательно произнес Стэн.

— Тоже мне, великое дело. Ты каждый день пробегаешь по восемь километров до восхода солнца.

— Если только не случается ураган.

Дорал закатил глаза.

— А если случается — ты пробегаешь четыре.

Это была их старая шутка.

Дорал постарался выдохнуть дым так, чтобы он не попал на Стэна, затем вопросительно посмотрел на старшего товарища:

— Я так и думал, что даже табун диких мустангов на пути не задержит тебя надолго.

— Да уж. Спасибо, что отвечал на мои звонки, держал меня в курсе дела, но быть самому в гуще событий — это совсем другое.

Стэн внимательно смотрел на Фреда, который, оживленно жестикулируя, объяснял что-то окружившим его людям.

Проследив за направлением его взгляда, Дорал кивком показал на высокого худого мужчину, внимательно слушавшего его брата.

— Только что подъехал Том ван Аллен. Фред вводит его в курс дела.

— Как он тебе?

— Лучшая разновидность федерала. Не слишком умный. И не слишком амбициозный.

Стэн усмехнулся:

— То есть если расследование пойдет не так, как надо...

— Взбучку получит Том. По крайней мере большая часть критики достанется ему. Ведь если не смогли разобраться федералы, то чего ждать от местных полицейских?

— Неплохая страховка.

— И я о том же. Я рад, что можно переложить часть ответственности на федералов. А мы будем внимательно наблюдать за происходящим.

— А теперь расскажи мне, о чем не говорили в новостях, — потребовал Стэн.

Рассказ Дорала занял несколько минут, но Стэн не услышал ничего такого, чего бы уже не знал или о чем бы не догадывался.

— И ни одного свидетеля? — переспросил Стэн, когда Дорал замолчал.

— Ни одного.

— Тогда почему все решили, что виноват Кобурн?

— На складе было в тот день только семь человек. Восемь, считая Сэма. И Кобурн единственный, чье тело не найдено среди трупов. Так что он пока главный подозреваемый.

— А какой у него может быть мотив?

— Повздорил с боссом.

— Это факт или предположение?

Дорал пожал плечами:

— Факт. Пока кто-нибудь не заявит обратное.

— Что вы знаете об этом человеке?

— То, что он до сих пор не пойман, — со злостью и отчаянием произнес Дорал. — Люди и собаки прочесывают участок, где, как мы думаем, он углубился в лес, но ничего стоящего пока не обнаружили. Живущая неподалеку леди говорит, будто пропала ее лодка, но она подозревает, что ее взяли соседские подростки. Полицейские проверяют эту версию. Посмотрим.

— А почему ты не участвуешь в поисках? Если кто и может найти этого парня...

— Фред хочет лично сопровождать Тома ван Аллена и убедиться, что тот попал в кадр телекамер, тем самым подтверждая, что к делу подключились федералы. Как представитель городских властей я официально приветствовал ван Аллена.

Переварив услышанное, Стэн спросил:

— А что насчет орудия убийства?

— Коронер говорит, что Сэма застрелили из крупнокалиберного пистолета. Остальных — из автоматической винтовки.

— И?

Дорал повернулся к старшему товарищу:

— Оружие на месте преступления не найдено.

— То есть нам следует предположить, что Кобурн вооружен до зубов.

— И ему нечего терять. А это делает его еще более опасным. Врагом общества номер один.

Дорал заметил, что брат машет рукой, стараясь привлечь его внимание.

— Пора идти на выручку Фреду. — Дорал бросил себе под ноги окурок и втоптал его в землю.

— Скажи Фреду, что попозже я присоединюсь к волонтерам, — попросил Стэн.

— Почему не сейчас?

— Хонор готовит для меня ужин в честь дня рождения.

— Там, у нее? Но это так далеко. Когда ты наконец уговоришь ее перебраться в город?

— Я серьезно продвинулся вперед, — солгал Стэн, понимая, что Дорал специально поддел его по поводу их вечного спора с невесткой.

Стэн хотел, чтобы Хонор с малышкой Эмили перебрались жить в город. Но молодая женщина решительно отказывалась. Он понимал, что Хонор хочется остаться в доме, куда они с Эдди переехали сразу после свадьбы. Молодая семья вложила много сил, стараясь сделать свое жилище уютным. Молодожены тратили на благоустройство все выходные, пока не добились, чтобы дом стал таким, как они мечтали. И Хонор очень привязалась к этому месту.

Но Стэну легче было бы приглядывать за овдовевшей невесткой и внучкой, если бы они жили к нему поближе. И он не собирался сдаваться.

— Присоединюсь к вам после вечеринки, — сказал он Доралу. — Это будет не очень поздно.

— Надеюсь, к тому моменту мы уже поймаем Кобурна. Если нет, спроси ребят, где мы, если сразу не разыщешь меня и Фреда. Ты нам очень нужен, Стэн.

— Такая трудная задача?

— Только не для нас Фредом.

Кобурн думал, что Хонор Джиллет обрадуется возможности поговорить со свекром, но молодая женщина принялась с ним спорить:

— Стэн приедет сюда не раньше половины шестого. Вас ведь к тому моменту уже не будет, — сказала она.

Ли тоже надеялся на это. Но ему вовсе не улыбалось, чтобы старик Джиллет неожиданно появился здесь раньше времени. Он кивнул на телефон, зажатый в руке Хонор:

— Придумай что-нибудь. Пусть вообще не приезжает.

Хонор нажала кнопку быстрого набора.

— И не пытайся меня перехитрить, — предупредил Кобурн. — Поставь на громкую связь.

Хонор сделала все, как он сказал, и вскоре в трубке послышался скрипучий голос Стэна:

— Хонор? Я пытался тебе дозвониться.

— Прости, Стэн, я не могла подойти.

— Что-то случилось? — встревоженно переспросил он.

— Боюсь, вечеринку придется отложить. У нас с Эм какая-то инфекция. Кишечная. Я слышала, что такая ходит по округе. Двое ребятишек в воскресной церковной школе тоже...

— Я уже еду.

Кобурн энергично затряс головой.

— Нет, Стэн, — быстро произнесла Хонор. — Ты можешь заразиться. Не дай бог, если еще и ты подцепишь эту дрянь.

— Ко мне такая зараза никогда не пристает.

— Тем более я буду ужасно себя чувствовать, если ты все же заболеешь. К тому же с нами все в порядке.

— Но я привезу вам сок, пресные крекеры...

— У меня все это есть. — Хонор не дала ему договорить. — И худшее уже позади. Эмили сейчас дремлет. Думаю, завтра уже все будет в порядке и мы сможем отпраздновать твой день рождения.

— Мне так не хочется откладывать... из-за Эмили. Ей наверняка понравится подарок.

Хонор печально улыбнулась:

— Ты не забыл, что это твой день рождения, Стэн?

Громкий шум, на фоне которого говорил с нею Стэн, превратился в настоящий грохот.

— Что там у тебя происходит? — спросила Хонор. — Ты сейчас где?

— Выхожу со склада Royal. Если ты приболела, то, возможно, не слышала о том, что случилось вчера вечером, — впрочем, вдаваться в подробности Стэн не собирался. — Фред возглавляет операцию. Дорал только что сообщил мне подробности.

Посмотрев на Кобурна, Хонор произнесла:

— Этот человек... судя по тому, что о нем говорят... он очень опасен.

— Теперь наступило его время бояться. Несмотря на выходные, его ищет каждый, кто носит полицейский значок, в пяти смежных округах. Скоро гнусного убийцу поймают, и ему очень повезет, если его не вздернут на ближайшем дереве. Все участники погони мечтают отомстить за Сэма Марсета.

— Какие-нибудь свежие новости есть?

— У пожилой леди вчера украли лодку. Сейчас проверяют, где она может быть. И ФБР уже подключилось.

Хонор что-то невнятно пробормотала, и это можно было истолковать как угодно. Стэн Джиллет, вероятно, просто решил, что его невестка устала.

— Пойди отдохни, пока есть возможность, — посоветовал он. — Позвоню попозже узнать, как вы с Эм. Но если тебе что-то понадобится...

— Я позвоню. Обещаю.

Они распрощались, и Стэн Джиллет положил трубку. Кобурн протянул руку, и Хонор с неохотой отдала ему телефон. Между тем Кобурн использовал свой сотовый, вновь и вновь пытаясь дозвониться по номеру, на котором ему все время отвечал автоответчик.

— Что сейчас за праздник? — спросил он Хонор.

— Вчера было четвертое июля, — ответила она. — И, поскольку выпало на воскресенье...

— Так сегодня национальный праздник? Черт побери! Об этом я не подумал.

Положив в карман оба телефона, Ли окинул взглядом коробки, которые намеревался распотрошить.

— Как долго спит твоя дочь?

— Около часа. Иногда чуть дольше.

— Хорошо. Тогда пошли в спальню.

Кобурн взял ее за локоть, но Хонор вырвалась.

— Зачем? Я думала, вы хотите просмотреть наши скромные пожитки.

— Я их просмотрю. После.

Кровь отхлынула от лица Хонор.

— После? — испуганно переспросила она.

— После, — кивнул Кобурн.

9

Он потащил Хонор в сторону спальни. Женщина слышала в ушах оглушительный стук собственного сердца. Войдя в комнату, она затравленно огляделась в поисках чего-то, что могло бы послужить оружием.

— Садись на кровать! — приказал Кобурн.

Ей так и не удалось обнаружить ничего, что она могла бы обрушить на голову мерзавца, прежде чем он успеет выстрелить. И все же она не собиралась подчиняться. Повернувшись к Кобурну лицом, Хонор дерзко спросила:

— А это еще зачем?

Ли медленно вынул из-за пояса пистолет. Он не стал наводить его на Хонор, но даже так, опустив оружие и постукивая им по бедру, он выглядел достаточно угрожающе.

— Сядь на край кровати!

Хонор выполнила его приказ, но на лице ее было ясно написано все, что она думает по этому поводу.

Кобурн попятился из спальни в коридор. Не сводя глаз с Хонор, он ногой втолкнул в спальню открытую коробку с одеждой и толкал ее до тех пор, пока она не оказалась в пределах досягаемости Хонор.

— Выбери там одежду, которая мне подойдет, — велел он. — Мне-то все равно, что напялить, но возможно, что тебе нет. Не хотелось бы осквернять священные одежды.

Хонор понадобилось несколько секунд, чтобы осознать, что ей не грозит изнасилование, и все, что хотел этот мужчина, — переодеться. Но не просто в чистую одежду — в одежду Эдди.

Она уже было открыла рот, чтобы заявить, что пусть он сгниет в своих окровавленных лохмотьях, но подумала, что это бессмысленно, поскольку Кобурн все равно возьмет что-нибудь из коробки сам.

Встав на колени рядом с коробкой, она порылась в одежде и выбрала пару поношенных джинсов и футболку с логотипом университетского спортивного клуба. Хонор подняла то и другое, предлагая Кобурну посмотреть, подойдет ли.

— Носки? Белье?

— Я ничего такого не сохранила.

— Хорошо. Неси одежду в ванную.

— Я? В ванную? Это еще зачем?

— Я должен принять душ. Меня тошнит от собственного запаха.

Хонор посмотрела через дверь в смежную со спальней ванную и предложила:

— Оставьте дверь открытой. Вы сможете видеть меня.

— Даже не думай! — Он указал дулом пистолета в сторону ванной.

Хонор медленно встала и направилась туда. Кобурн знаком велел ей сесть на опущенную крышку унитаза, женщина повиновалась, со страхом глядя, как он закрывает дверь и запирает замок.

Открыв дверцу в душевую кабину, Ли включил воду, затем положил пистолет на декоративную полочку далеко за пределами досягаемости Хонор, снял свои тяжелые ботинки, носки, а потом стянул футболку и бросил ее на пол.

Хонор смотрела с отвращением на грязные полосы на полу, но боковым зрением от ее внимания не ускользнуло стройное мускулистое тело, волосы на груди, татуировка на мощном бицепсе.

Запертая и напуганная, она лишь надеялась, что Кобурн забудет мобильники в кармане джинсов, но нет — он вынул оба аппарата и положил на полочку рядом с пистолетом. Он также достал из кармана пачку денег и какой-то листок бумаги, сложенный до размеров игральной карты. Все содержимое карманов постепенно перекочевало на полку.

Руки Кобурна уже расстегивали заклепки на джинсах. Нисколько не стесняясь присутствия незнакомой женщины, он скинул джинсы и отшвырнул их прочь. За джинсами последовали трусы.

Сердце Хонор вдруг забилось так сильно, что заболели барабанные перепонки. Она успела забыть, вернее, запрещала себе вспоминать, как это — находиться рядом с обнаженным мужчиной, забыла очертания мужского тела, ощущения от прикосновений к коже.

Наверное, потому, что она боялась Кобурна, представлявшего для нее физическую угрозу, сейчас Хонор особенно остро ощущала рядом его обнаженное тело. Ее руки, спрятанные под одеждой Эдди, лежавшей на коленях, непроизвольно сжались в кулаки. Несмотря на данное себе слово, что убийца не сможет ее запугать, широко раскрытые глаза Хонор вдруг непроизвольно захлопнулись.

Через несколько секунд, показавшихся ей бесконечными, Хонор почувствовала, что Кобурн отошел от нее и залез в душевую кабину. Закрывать дверцу он не стал. Как только струи горячей воды коснулись его кожи, у него вырвался стон удовольствия.

Именно этого мгновения ожидала Хонор. Она вскочила на ноги, не обращая внимания на упавшую на пол одежду Эдди, и, протянув руки, кинулась к полочке над кабиной, которая оказалась пустой.

— Я так и знал, что ты попробуешь.

Хонор сердито обернулась.

Кобурн стоял в кабине для душа под струями воды с куском мыла, которое он старательно превращал ладонями в пену. С лукавой улыбкой он кивнул на узенькое высокое окошко, перед которым лежали в целости и сохранности пистолет и оба телефона, а также деньги и сложенный клочок бумаги.

Со сдавленным криком отчаяния Хонор кинулась к двери. Она даже успела отпереть замок, прежде чем мыльная рука схватила ее за плечо и захлопнула дверь. Вторую руку Кобурн положил ей на бедро, затем переместил вниз живота и крепко сжал. Она чувствовала отпечаток этой мокрой горячей руки, как и его присутствие позади себя. В следующую секунду Кобурн навалился на Хонор всем весом, прижимая к двери. Прямо перед лицом женщины оказалась зловещая татуировка, изображавшая колючую проволоку.

Хонор застыла, пораженная ужасом. Кобурн тоже не двигался, только порывисто вздымалась его мокрая грудь. Одежда Хонор впитывала влагу его кожи. Вода капала вниз и стекала по ее босым ногам. Мыльная пена, превращаясь в воду, текла с его руки, по-прежнему прижатой к двери перед носом Хонор.

Дыхание Ли, касавшееся ее шеи, было прерывистым и горячим. Бедра его двинулись вперед, прижавшись к ее ягодицам. Вроде бы случайный жест, но в результате два тела отреагировали друг на друга так, что у Хонор снова перехватило дыхание.

— О господи! — хриплым голосом тихо произнес он слова, не имевшие с молитвой ничего общего.

Хонор боялась пошевелиться, она не решалась даже дышать, прекрасно понимая, к чему может привести в такой ситуации любое неловкое движение.

Прошло секунд тридцать, и напряжение вдруг отпустило Кобурна. Он слегка ослабил хватку и укоризненно произнес:

— У нас был договор. Ты помогаешь мне, а я не причиняю зла тебе.

— Я не верила, что ты собираешься сдержать слово.

— Значит, мы квиты, леди. Ты только что утратила право на доверие.

Он наконец отпустил Хонор и отошел к кабине.

— Сядь здесь и сиди смирно, или я за себя не ручаюсь.

Он так ясно дал понять, что с ним лучше не шутить, что даже рискнул не запирать дверь. Колени Хонор подогнулись сами собой, едва она снова оказалась рядом с крышкой унитаза.

Кобурн снова вошел в кабину, и хотя Хонор не смотрела в его сторону, она чувствовала, как он подбирает с пола упавший кусок мыла и круговыми движениями водит им по своему обнаженному телу, стараясь смыть грязь.

Она уловила запах своего шампуня, когда Кобурн снял крышку с пластиковой бутылочки.

Хонор сразу подумала о том, что, чтобы смыть шампунь, Кобурну придется засунуть голову прямо под душ. Может быть, стоит снова попробовать выбежать за дверь? Хотя вряд ли дрожащие ноги будут ей повиноваться, и старшно даже думать о том, что сделает с ней Кобурн, если попытка выбраться опять окажется неудачной.

К тому времени, когда Кобурн выключил воду, в ванной стоял влажный, теплый пар. Дверца душевой кабины открылась, и Кобурн сорвал с вешалки полотенце. Через несколько секунд он взял с ее колен старые джинсы Эдди и натянул их на себя. Затем надел выцветшую лиловую футболку.

— У меня на голове снова кровоточит рана.

Открыв глаза, Хонор увидела, что одной рукой Кобурн пытается натянуть футболку на мокрое тело, а другой держится за голову, стараясь остановить кровотечение. Кровь сочилась сквозь пальцы.

— Возьмите полотенце и прижмите к ране посильнее, — встав со своего места, она потянулась к аптечке над раковиной. — И лучше обработать перекисью водорода.

Хонор передала Ли бутылку. Он отвинтил крышку и сделал так, как она сказала, щедро полив прозрачной жидкостью прямо на рану. Хонор поморщилась, представив себе, что он при этом чувствует.

— Рана глубокая? Может, потребуется наложить швы.

— Пока и так сойдет.

— Где это вас так?

— Я напоролся на сук. — Кобурн бросил окровавленное полотенце на пол. — А тебе-то что?

Хонор ничего не сказала. Впрочем, она была уверена: ответа Кобурн и не ждет. Он взял все, что лежало на окне над душевой кабиной, и засунул пистолет за пояс джинсов Эдди. Хонор отметила про себя, что джинсы ему коротковаты и чуть широки в поясе. Оба сотовых, пачка денег и странный сложенный листок были спрятаны в передних карманах джинсов. Подобрав с пола носки и ботинки, Кобурн заявил:

— Можешь открыть дверь.

Когда они вышли в спальню, Хонор сказала:

— Пока мы были в ванной, кто-нибудь мог сюда прийти. Кто-нибудь из поисковой группы. Вы сильно рисковали, могли оказаться в ловушке.

— Я понимал это, но благодаря твоему свекру я теперь знаю, где сосредоточены их основные силы.

— И где же вы украли лодку?

— Довольно далеко отсюда. Им потребуется время, чтобы снова напасть на мой след.

* * *

— Вы уверены? — Миссис Арлеета Тибадо с сомнением прищурилась. — Говорю же вам, это противные, подлые дети, они всегда делают какие-нибудь пакости. Наверное, все они наркоманы.

Том ван Аллен уступил место Фреду Хокинсу, давая возможность сотруднику полиции самому допросить пожилую женщину, чья лодка пропала из сарая примерно в том месте, где последний раз видели Ли Кобурна. Или думали, что видели последний раз. Чтобы знать наверняка, надо было убедиться, что именно Кобурн оказался тем мужчиной, которого водитель со спустившим колесом видел убегающим в лес. Свидетельство сомнительное, но другим полиция не располагала, вот и следователи ухватились за эту версию.

Троих подростков, живущих неподалеку от миссис Тибадо, допросили и исключили из числа подозреваемых в краже лодки. Вчера вечером они с большой компанией ездили в Новый Орлеан прошвырнуться по французскому кварталу. Они заснули, точнее, отрубились в фургоне, принадлежавшем одному из парней, и только успели добраться до дома, когда приехала полиция, чтобы их допросить.

Все это объяснили миссис Тибадо, которая все равно была не готова исключить трех парней из списка потенциальных злодеев.

— Мне пришлось наорать на них всего несколько дней назад. Я застукала поганцев, когда они возились с замком на моей лодке.

— Но их друзья готовы засвидетельствовать их местопребывание, начиная с восьми часов вечера вчерашнего дня, — сказал Фред Хокинс.

— Хм. Ну, хорошо, — старуха поморщилась. — Эта лодка в любом случае много-то не стоит. С тех пор как умер муж, я вообще не доставала ее из сарая. Много раз думала продать, да как-то руки не доходили, — она улыбнулась щербатым ртом. — А теперь, если в моей лодке сбежал убийца, она и стоить будет дороже. Так что, если найдете, не позволяйте никому ничего с ней делать.

— Ну что вы, мэм, конечно, не позволим. — Фред приподнял фуражку, прощаясь с пожилой леди, и вышел на крыльцо. Спускаясь по ступенькам, он вскрыл пачку жевательной резинки и предложил ожидавшим его товарищам.

— Нет, спасибо. — Том ван Аллен отер со лба пот и отмахнулся от круживших вокруг насекомых.

— Так вы думаете, что лодку украл Кобурн?

— Лодка могла и сама отвязаться и уплыть вниз по течению, — покачал головой Фред. — Хотя старуха клянется, что привязала ее надежно. В любом случае надо выяснить, был ли это Кобурн, и как можно скорее обнаружить лодку.

Фред был расстроен и зол, и слова его прозвучали немного грубовато. Том про себя отметил, что терпение полицейских, похоже, на исходе. Чем дольше Кобурн оставался на свободе, тем больше у него было шансов ускользнуть. Фред чувствовал, как возрастает давление и воздух вокруг него становится гуще. Он энергично шевелил челюстями, снимая напряжение с помощью жвачки.

— Пока вы разговаривали с миссис Тибадо, позвонили из моей конторы, — сказал Том. — Обыск грузовиков ничего не дал.

Первое, что сделал вчера вечером Том, когда ему поручили контролировать расследование массового убийства, это велел обыскивать все грузовики Royal Tracking Company, проезжающие по дорогам в радиусе 100 миль.

— Я и не ждал успеха, — отозвался на это Фред. — Если у Кобурна и был сообщник, который вывез его в фирменном грузовике, или приятель, предоставивший ему убежище, наверняка Кобурна уже там нет.

— Это понятно, — охотно согласился Том. — Но водителей все равно продолжают допрашивать и обыскивать. Еще мы просмотрели документы компании и допрашиваем каждого, кто побывал на этом складе за последний месяц. Кобурн мог вступить в сговор с сотрудником любой фирмы, ведущей дела с Royal. Возможно, и не с одним.

— Но со склада ничего не пропало.

— Насколько нам известно, — с нажимом произнес Том, — Кобурн мог подворовывать понемногу, не попадаясь. Может быть, как раз вчера его застукали, Сэм пригрозил ему, и Кобурн слетел с катушек. В любом случае мои агенты продолжат разработку этой версии.

Фред пожал плечами, словно тем самым говоря, что это дело федералов, если они хотят зря тратить время и силы своих сотрудников.

— Можете спросить подробности у Кобурна, когда поймаете, — саркастически произнес он.

— Если его поймаем мы.

— Но его поймаем мы, — почти что прорычал Фред. — Клянусь, он все еще здесь, в нашем округе, или в моих жилах не течет кровь индейцев кунас.

— Но почему ты так в этом уверен?

— У меня волосы на загривке встают дыбом, как подумаю об этом. Ошибки быть не может.

Том не стал спорить. Он и не сомневался, что у некоторых работников правоохранительных органов есть особое внутреннее чутье, влияющее на выбор профессии. Том не был из их числа. Он с самого детства мечтал стать офицером ФБР и работать именно здесь, где родился и вырос, но никогда не обманывал себя по поводу наличия у него необыкновенных способностей к дедукции или анализу. Том полагался исключительно на знания и соблюдение предусмотренных законом процедур.

Он отдавал себе отчет, что его внешний вид не вызывает в памяти окружающих сексуального и элегантного агента ФБР, прославленного Голливудом, — мужчину с холодными голубыми глазами и волевым подбородком, который ловит пули руками, не переставая преследовать гангстеров на шикарной машине.

Проблемы, с которыми пришлось столкнуться Тому, были совсем другого свойства.

Он прочистил горло, придав голосу уверенности:

— Значит, ты думаешь, что Кобурн все еще где-то рядом...

Том прикрыл глаза от солнца, еще не опустившегося за вершины деревьев. Он слышал звук подлетающего поискового вертолета, но не мог разглядеть его.

— Вертолет, скорее всего, обнаружит лодку, — сказал Том Фреду.

— Может быть, а может, и нет.

— Нет?

Фред перегнал жвачку языком за другую щеку.

— Вертолет летает уже часа два. Думаю, Кобурн не такой дурак, чтобы позволить легко себя обнаружить. Вертолет ведь не может подкрасться к нему незаметно. А между тем полицейские катера прочесали уже много километров...

Громкий свисток привлек их внимание к обшарпанному лодочному сараю в пятидесяти метрах от владений миссис Тибадо. Дорал Хокинс махал им руками. Том и Фред быстро побежали по травянистому склону, на котором был разбросан всякий мусор — вещи с гаражных распродаж, которые оставили на растерзание соленому воздуху.

Дорал и несколько полицейских столпились вокруг места на берегу протоки.

— Что у вас здесь, брат? — спросил Фред.

— След. И, что еще лучше, кровь.

Дорал с гордостью указал на брызги крови рядом с отчетливым отпечатком на глине.

— Черт побери! — Фред опустился на колени, чтобы рассмотреть повнимательнее единственный реальный след, подтверждающий правильность их поисков.

— Не радуйся раньше времени, — охладил его пыл Дорал. — Это явно отпечаток ковбойского сапога. След может принадлежать одному из идиотов-тинейджеров, о которых говорила пожилая леди.

— Она как раз говорила, что видела их в сарае совсем недавно, — заметил Том.

— Мы сличим с их обувью, — пообещал Фред. — Но дело в том, что одна женщина из офиса Royal, похоже, была к Кобурну неравнодушна и описала его очень подробно. Буквально до кончиков пальцев. — Фред лучезарно улыбнулся остальным. — Так вот, она ни разу не видела его ни в какой другой обуви, кроме ковбойских сапог.

— А что можешь сказать про кровь?

— Здесь только капли, лужицы нигде нет. Значит, рана у него не особенно серьезная.

Фред встал с колен и обратился к другому полицейскому:

— Вызови сюда ребят из лаборатории.

Затем он поручил еще двум офицерам охранять территорию.

— Огородите двадцать футов в ширину. От дома до самой воды. И скажите миссис Тибадо, чтобы держала подальше отсюда своих чертовых собак.

— Они могли бы взять след, — с надеждой произнес Том ван Аллен.

Фред поморщился:

— Только не эта жалкая парочка. Интересно, где они были, когда Кобурн воровал лодку.

Хороший вопрос. Впрочем, даже сейчас, когда вокруг находилось столько чужих людей, псы ни разу не зарычали.

Дорал, смотревший на мутную воду протоки, большим пальцем сдвинул на затылок головной убор.

— Не хотелось бы никого разочаровывать, но если он спустился в протоку здесь, наши шансы...

— У нас вообще нет шансов, — перебил его Фред.

— Именно об этом я и собирался сказать, — уныло подтвердил Дорал.

Том ни за что не хотел продемонстрировать свое невежество, но он абсолютно не понимал, о чем они говорят.

— Ну что ж, — продолжал Дорал. — Отсюда Кобурн мог двинуться в любом из пяти направлений. — Он показывал рукой в сторону разветвлений протоки, начинавшихся сразу за владениями миссис Тибадо.

— Эти пять каналов делятся на новые каналы, а потом еще и еще. Их там целая сеть. И все заканчиваются заводями или болотами.

Радостное возбуждение Фреда уступило место злобе и отчаянию.

— Черт побери! А ведь от нас ждали, что мы сразу бросим сукиного сына за решетку, где ему самое место.

— Тут с тобой трудно поспорить, — отозвался Дорал.

— Он ведь работал грузчиком, — проворчал себе под нос Фред. — Откуда такая сообразительность?

Тому не очень хотелось констатировать очевидное, но все же он произнес:

— Похоже, Кобурн выбрал это место специально. Как будто бы знал, что каналы переплетаются именно на этом участке.

— Но как он мог это знать, если он не местный? — спросил Дорал.

Фред вынул из-за щеки комок жвачки и забросил его в темную воду протоки.

— Это означает, что мерзавец спланировал путь к отступлению заранее.

У Тома зазвонил сотовый.

— Жена, — пояснил он, доставая трубку из кармана.

— Тогда лучше ответить, — заметил Фред.

Том никому не рассказывал о своих семейных обстоятельствах, но нисколько не сомневался, что люди обсуждали их у него за спиной. О Ленни никогда не говорили вслух, но каждый, кто знал ван Алленов хотя бы по имени, знал и об их сыне. Инвалиды вроде Ленни всегда вызывают нездоровое любопытство, поэтому Том и Дженис никогда не появлялись с ним в общественных местах. Они щадили таким образом не только себя, но и своего беспомощного сына, стараясь уберечь его от унижения и насмешек.

Даже друзья ван Алленов — бывшие друзья — проявляли порой любопытство, достойное лучшего применения. И это было настолько неприятно, что Том и Дженис предпочли разорвать все дружеские связи. Они давно уже ни к кому не ходили в гости. К тому же почти все их друзья растили нормальных, здоровых ребятишек. И ван Алленам было неприятно слушать их разговоры о школьных пьесах, днях рождения и футбольных матчах.

Отвернувшись, Том ответил на звонок:

— Все в порядке?

— Да. Все отлично, — послышался в трубке голос Дженис. — Я звоню узнать, как дела у тебя. Как продвигаются поиски?

— Только что наметился прорыв, — Том рассказал жене о последних находках. — Хорошие новости. Похоже, мы напали на след. Но есть и плохая весть — след ведет в заболоченную часть протоки. Придется прочесать огромную территорию.

— Когда думаешь добраться до дома?

— Уже собираюсь уезжать. Но ты не жди меня с ужином. Мне надо будет еще заскочить в офис. Как Ленни?

— Ты каждый раз спрашиваешь об этом.

— Я каждый раз хочу это знать.

Дженис тяжело вздохнула:

— С Ленни все хорошо.

Том хотел поблагодарить ее за информацию, но слова застряли у него в горле. Ему вдруг стало обидно, что он чувствует себя обязанным благодарить жену за ответ на простой вопрос об их общем ребенке.

— До вечера, — произнес он и нажал отбой.

Обнаруженные след и кровь словно вдохнули новые силы в офицеров, занятых поимкой убийцы. Послали за новыми собаками-ищейками. Миссис Табадо вопила с крыльца, что кому-то придется заплатить за ущерб, нанесенный ее двору и сараю. Фред и Дорал не обращали на нее внимания. Они организовывали работу группы, распределяя обязанности между представителями различных полицейских подразделений.

Том решил, что лучше всего ускользнуть именно сейчас: в суматохе его отъезд останется незамеченным, и вряд ли его кто-то хватится.

10

Темнота затрудняла поиски Кобурна. Поэтому садящееся солнце не радовало Бухгалтера.

Устранение Сэма Марсета потребовало целой недели подготовки и тщательного планирования, и Бухгалтера не страшили последствия. Шумиха вокруг кровавого убийства была даже выгодна, поскольку чем громче скандал, тем лучше усвоят урок те, кому необходимо было его преподать.

Так случалось всегда. Например, с патрульным, упустившим мальчишку-эмигранта. Когда его хоронили, процессия растянулась чуть ли не на километр. Ничего не подозревавшие офицеры полиции из разных штатов собрались почтить память покойного коллеги, не подозревая, а может, просто не желая знать, что он был бессовестным подонком, регулярно смотревшим в другую сторону, когда мимо его поста проезжали грузовики с наркотиками или оружием, а то и с живым товаром.

Бухгалтеру докладывали также, что иногда мерзавец позволял себе поразвлечься с какой-нибудь девчонкой, которую затем возвращал в кузов грузовика, везущего своих пассажиров в настоящий ад. Поговаривали даже, подонок предпочитал девственниц.

Когда тело патрульного нашли у заднего колеса его машины с почти оторванной головой, все эти придурки из газет и телевидения тут же подняли вой о небывалой жестокости и потребовали от полиции немедленной поимки убийц, которые должны ответить за это кровавое преступление. Но через несколько дней внимание журналистов и публики переключилось на досрочный выход из реабилитационной клиники какой-то старлетки.

До такой вот степени дошло моральное разложение современного общества. И если бесполезно с этим бороться, надо к этому приспособиться. Поняв это несколько лет назад, легко было решиться заложить первый камень в основание собственной империи внутри прогнившей насквозь общественной структуры. Речь шла не о промышленной или финансовой империи, не о царстве искусства и даже не о крупномасштабной фирме по спекуляции недвижимостью. На свет появилась империя коррупции. Именно этот товар — услуги — единственный, который предлагала империя, — позволил Бухгалтеру за довольно короткий срок сколотить огромное состояние.

Чтобы преуспеть в любом начинании, необходима некоторая доля безрассудства. Надо действовать нагло и решительно, не оставляя за собой концов, не зная пощады ни к конкурентам, ни к предателям. И последним, кому пришлось испытать на собственной шкуре жесткую политику Бухгалтера, стал Сэм Марсет. Но Марсет был любимым сыном города Тамбура, и Бухгалтеру пришлось признать, что к моменту, когда солнце скрылось за горизонтом и на город опустились сумерки, последствия его убийства разрослись и сделались непредсказуемыми, как волна во время прилива.

И все из-за Ли Кобурна, которого должны были поймать, чтобы он замолчал раз и навсегда. Чтобы исчез с лица земли.

Бухгалтера не покидала уверенность в том, что это непременно произойдет. Он полагал, что, каким бы умным ни считал себя этот парень, ему не удастся ускользнуть из широкой сети, раскинутой Бухгалтером, поскольку миновать эту сеть попросту невозможно. Скорее всего, Кобурна убьют рвущиеся в бой, но слегка неловкие преследователи. Если же нет, Кобурн окажется в тюрьме. И тогда можно будет поручить Диего позаботиться о его устранении. Так размышлял Бухгалтер. Диего был неподражаем, если требовалось подловить человека в тот момент, когда он забывал о необходимости быть начеку. Ему требовалось на это всего несколько секунд. Мысли власти, ловкости и неумолимости первоклассного убийцы рождали в душе Бухгалтера подобие зависти.

К моменту, когда солнце скрылось за горизонтом, дом Хонор выглядел так, будто внутри прошелся ураган.

Эмили пробудилась от дневного сна через час, как и сказала Хонор. Пакетик сока, хлопья в виде мишек и разрешение смотреть телевизор сколько душа пожелает несколько успокоили ее, но даже DVD с любимыми диснеевскими мультиками не способны были полностью отвлечь внимание девочки от их странного гостя.

Она пыталась продолжать диалог с Кобурном, ходя за ним по дому, пока Хонор не одернула дочь с несвойственной ей резкостью:

— Оставь дядю в покое, Эмили!

Хонор боялась, что болтовня девочки, не говоря уже о чудовищном пении Элмо, приведет Кобурна в такое раздражение, что он примет самые решительные и неприятные меры, чтобы все это прекратить.

Пока непрошеный гость перетряхивал книги в гостиной, Хонор объясняла Эмили, что дядя — охотник за сокровищами и не любит, чтобы ему мешали. Смышленая девочка посмотрела на мать с сомнением, но вернулась к своим мультфильмам без дальнейших споров.

День заканчивался. Самый длинный день в ее жизни. Он казался даже длиннее, чем первые дни после смерти Эдди, напоминавшие ночной кошмар, от которого Хонор никак не удавалось очнуться. Время словно перестало существовать. Часы сами по себе складывались в дни, а Хонор пребывала в каком-то замороженном состоянии. Дни шли, а она едва замечала, как день сменял ночь.

Но сегодня все было по-другому. Сегодня имела значение каждая секунда, потому что этих самых секунд могло не хватить, поскольку, когда все секунды кончатся, Кобурн убьет их с Эмили.

Весь день Хонор отказывалась принимать вероятность трагичного финала, боясь, что осознание факта сделает его неизбежным. Но теперь, когда солнце скрылось за горизонтом и сгустились сумерки, она вдруг поняла, что не может больше обманывать себя. Их с Эмили время подходило к концу.

Пока Кобурн переворачивал мебель, чтобы посмотреть, нет ли чего-нибудь в днищах, уставшая и почти отчаявшаяся женщина цеплялась за робкие проблески надежды. Раз Кобурн не убил их сразу, хотя это было бы гораздо проще, чем возиться тут с ними, значит, возможно, он думал, будто хозяйка дома может оказаться полезной в его поисках. Если же он убедится в том, что она и вправду ничего не знает, Хонор станет ему больше не нужна. И что он сделает тогда?

Ночь поглотила последние солнечные лучи, и надежды Хонор растаяли вместе с ними.

Кобурн включил настольную лампу и еще раз внимательно осмотрел руины, в которые превратил ее дом. Опухшие глаза его, остановившиеся на Хонор, были налиты кровью, а зрачки сверкали, как капли железа, из глубоких впадин. Перед ней стоял человек, бегущий от правосудия. Человек, не сумевший выполнить стоявшую перед ним задачу, убийца, злость и отчаяние которого достигли крайней точки.

— Иди сюда! — велел он.

Сердце Хонор забилось сильнее, грудь пронзила боль. Что ей делать? Закрыть своим телом Эмили, пытаясь ее защитить? Кинуться на него? Молить о пощаде?

— Иди сюда.

Стараясь не выдать обуревавшие ее эмоции, Хонор медленно подошла к Кобурну.

— Дальше я буду сдирать со стен обои. Вскрывать полы и потолки. Ты этого хочешь?

Хонор чуть не закричала от облегчения. Значит, он еще не закончил. У них с Эмили еще есть в запасе немного времени. И надежда на спасение.

Кобурн решится на все, чтобы найти то, за чем он пришел. Не влияют ни в малейшей степени ее заверения в том, что ничего такого здесь нет. Хонор решила испробовать другую тактику.

— Тщательный обыск занял бы слишком много времени, — заметила она. — Вам лучше выбраться отсюда, пока темно.

— Не раньше, чем я получу то, за чем сюда пришел.

— Это так важно?

— Я не стал бы возиться тут с вами из-за пустяков.

— Чем бы это ни оказалось, вы тратите драгоценное время, пытаясь искать в совершенно неправильном месте.

— Я так не думаю.

— Зато я точно знаю. Здесь нет того, что вы ищете. Так почему бы вам не уйти, пока еще есть шанс скрыться?

— Заботитесь о моем благополучии?

— А вы сами не боитесь, что будет хуже?

— А что еще может со мной случиться хуже того, что уже произошло?

— Вы можете умереть.

Кобурн лишь пожал в ответ плечами:

— Тогда я буду мертв, и мне уже будет все равно. Но сейчас я жив. И мне не все равно.

Хонор задала себе вопрос: действительно ли этот человек так равнодушен к перспективе собственной смерти? Но она не успела сделать вывод, так как на пороге появилась Эмили.

— Мам, а когда приедет дедушка?

Диск с мультфильмами закончился, и теперь на экране только вспыхивали искорки салюта. Эмили стояла рядом с матерью, сжимая в руках Элмо. Нагнувшись, Хонор обняла девочку:

— Дедушка сегодня не приедет, солнышко. Мы устроим вечеринку завтра. Так будет еще лучше, — быстро произнесла она, увидев, что Эмили собирается протестовать. — Потому что — вот ведь какая я глупая — я забыла купить праздничные колпаки и шляпы. Мы не можем праздновать дедушкин день рождения без колпаков и шляп. Кстати, я видела отличную шляпку, похожую на диадему.

— Как у Белль? — спросила девочка, вспомнив героиню только что просмотренного мультфильма.

— Да, точно такую же. С блестками. — Понизив голос до шепота, Хонор продолжала: — И еще дедушка сказал, что у него есть для тебя какой-то сюрприз.

— А какой?

— Я не знаю. Ведь если бы дедушка сказал мне, это бы уже не было сюрпризом.

Теперь глаза девочки сияли.

— Но я ведь все равно могу съесть на ужин пиццу?

— Конечно. И кекс.

— Ура! — Эмили вприпрыжку побежала на кухню.

Хонор встала и посмотрела в упор на Кобурна.

— Ей давно уже пора было поужинать.

Ли закусил нижнюю губу, затем кивнул в сторону двери:

— Только быстро!

Это было нетрудно, поскольку к моменту, когда Кобурн и Хонор зашли в кухню, Эмили уже достала пиццу из морозилки.

— Хочу пепперони, — заявила она.

Хонор разогрела маленькую пиццу в микроволновке и поставила ее перед дочерью.

— А еще есть? — спросил вдруг Кобурн.

Хонор разогрела пиццу и ему, и Кобурн съел ее с такой же жадностью, как за несколько часов до этого кексы и бутерброд.

— А что будешь ты, мам? — поинтересовалась Эмили.

— Я не хочу есть.

Кобурн посмотрел на нее в упор и удивленно приподнял бровь:

— Кишечная инфекция?

— Испорченный аппетит.

Кобурн равнодушно пожал в ответ плечами, подошел к морозилке и вынул для себя еще одну пиццу.

Когда наступила очередь кексов, Эмили настояла, чтобы мать тоже съела хотя бы один.

Хонор положила кексы на тарелки с изображением персонажей мультфильмов и церемонно подала их, чтобы сделать Эмили приятное.

— Только не забудь посыпку, крошка!

Хонор взяла с крышки стола банку с цветной посыпкой и передала ее девчушке. Кобурн как раз собрался поднести кекс ко рту, как вдруг Эмили ударила его по руке. Ли вздрогнул, словно от укуса кобры.

— Не спеши, надо подождать остальных. И тебе нужна посыпка.

Кобурн смотрел на протянутую ему банку с посыпкой так, словно ему предлагали взять в руки лунный камень. Хрипло пробормотав «спасибо», он взял из рук девочки банку, посыпал цветной карамелью кекс и вернул ее Эмили.

Кобурн был на взводе, нервы до предела напряжены от усталости, признаки которой становились все более заметными. Потолочный светильник освещал его лицо так, что особенно четко обозначились глубокие тени, от чего нижняя часть лица казалась совсем худой и костлявой. О чудовищной усталости свидетельствовали также поникшие плечи и хрипловатое дыхание. Несколько раз Хонор заметила, как он усиленно моргает, словно борясь с непроизвольно слипающимися веками.

Сообразив, что от усталости у него замедлилась реакция и притупились все чувства, Хонор решила, что не спустит с Кобурна глаз, ожидая удобного момента, чтобы снова попытаться вырваться. Ей достаточно было сотой доли секунды, когда он устанет и ослабит бдительность.

Но проблема состояла в том, что Хонор тоже едва держалась на ногах. Весь день ее обуревали сильные эмоции — страх сменялся то гневом, то отчаянием. И все это требовало больших затрат энергии.

Наконец наступило время укладывать Эмили спать. Хонор переодела дочку в пижаму.

Пока девочка была в ванной, Хонор обратилась к Кобурну:

— Эмили может поспать в моей кровати.

— Она может поспать в своей кровати, — прозвучало в ответ.

— Но если дочка будет со мной, вы сможете наблюдать за нами одновременно.

Кобурн только помотал в ответ головой, но с таким видом, что сразу стало ясно: спорить с ним бесполезно. Хонор не покинет свой дом без Эмили, и Кобурн отлично понимал это. Если разделить мать и дочь, Хонор не станет пытаться убежать.

Пока Хонор читала дочке сказку, Кобурн обыскал шкаф с одеждой девочки, отодвинув вешалки и простучав заднюю стенку. Он поднял с пола детскую обувь и простучал половицы каблуками своих ковбойских сапог, проверяя, не отзовется ли одна из них пустотой.

Он прощупал каждую мягкую игрушку. Видя это, Эмили захихикала и сказала:

— Не забудь обнять Элмо.

И доверчиво протянула ему любимую игрушку.

Кобурн тут же перевернул ее и расстегнул липучку на спинке.

— Нет! — в ужасе воскликнула Хонор.

Кобурн бросил на нее полный подозрения взгляд.

— Там внутри только батарейки, — умоляюще произнесла Хонор, понимая, как сильно расстроится Эмили, если сломают ее любимца. — Пожалуйста!

Кобурн исследовал внутренности игрушки, даже вынул батарейки, чтобы посмотреть, что под ними, но в конце концов, убедившись, что ничего не спрятано внутри, вложил механизм и батарейки обратно, закрыл ее и вернул Эмили.

Хонор продолжала читать. Наконец сказка достигла своего счастливого конца, она послушала, как Эмили читает молитву на ночь, поцеловала дочурку, обняла ее, прижав к себе особенно крепко, не в силах прогнать мысли о том, что, возможно, она обнимает свою Эмили перед сном в последний раз.

Хонор хотелось остановить это мгновение, запечатлеть его в сердце и в памяти, запомнить запах кожи и волос Эмили, которая казалась сейчас такой маленькой и хрупкой, такой уязвимой. Любовь и чувство собственной беспомощности разрывали материнское сердце на части.

Но надо было идти. Уложив дочку, Хонор с трудом заставила себя покинуть комнату. Кобурн стоял в коридоре прямо за дверью. Закрыв за собой дверь, женщина посмотрела в его неподвижное лицо, застывшее наподобие маски.

— Если вы... что-то сделаете со мной, — начала она, — пожалуйста, пусть Эмили этого не видит. Она не представляет для вас угрозы. Нет смысла причинять ей зло. Она...

В этот момент раздалась трель сотового телефона.

Определив, что звонит аппарат Хонор, Кобурн вынул его из кармана и протянул ей:

— Все, как и в тот раз. Ставь на громкую связь. Узнай все, что сможешь, об охоте на меня, но так, чтобы не вызвать подозрений.

— Привет, Стэн, — Хонор услышала собственный голос в телефонной трубке.

— Как ты себя чувствуешь? — послышалось в ответ. — Эмили в порядке?

— Ну, ты же знаешь, как это бывает у детей. Они оправляются от таких болезней куда быстрее взрослых.

— Так мы празднуем завтра вечером?

— Ну конечно! — Глядя в налитые кровью глаза Кобурна, она спросила: — Что слышно о беглом убийце?

— Еще не поймали, но это вопрос времени. Он в бегах уже двадцать четыре часа. Либо уже мертв, либо устал настолько, что будет легкой добычей.

Он рассказал невестке об украденной лодке и о том месте, где Кобурн спустил ее на воду.

— Десятки патрульных лодок обследуют протоки и будут искать его всю ночь. Вся болотная зона кишит полицейскими.

— Но если у него есть лодка...

— Насколько я понял, не очень надежная. Вряд ли ему удастся уплыть на ней далеко.

— Может быть, лодка уже затонула, — предположила Хонор.

— Тогда, если этот мерзавец не затонул вместе с ней, ребята наверняка возьмут его след. На суше у них есть отличные следопыты и собаки-ищейки.

Стэн пожелал невестке доброй ночи и повесил трубку. Передавая Кобурну телефон, Хонор испытала очередной приступ отчаяния. Ей совсем не нравилось то, что сообщил Стэн. Чем меньше у Кобурна шансов ускользнуть, тем меньше оставалось их и у нее.

Но Хонор решила не демонстрировать страх, а попытаться обратить безнадежность ситуации себе на пользу.

— Вместо того чтобы разносить мой дом по кирпичику, почему бы вам не попытаться скрыться, пока это еще возможно? — спросила она. — Возьмите мою машину. До рассвета можно уехать на...

Слова застряли у Хонор в горле, когда она услышала тихий звук мотора. Звук постепенно приближался. Резко повернувшись к Кобурну спиной, она кинулась в гостиную.

Если реакция Кобурна и была замедленной от усталости, при звуке мотора она сработала молниеносно. Он схватил Хонор прежде, чем та успела добежать до середины комнаты. Обхватив женщину одной рукой за талию, Кобурн прижал ее к себе, другой рукой зажал ей рот.

— Сейчас со мной не стоит играть в игры, Хонор, — зловеще прошептал Кобурн. — Выйди к ним, прежде чем они доберутся до крыльца. Разговаривай спокойно и достаточно громко, чтобы я мог слышать. Если я почувствую, что ты пытаешься подать им сигнал, буду действовать без колебаний. Помни, для этих людей я добыча, так что терять мне нечего. До того как решишься на какой-нибудь хитрый трюк, подумай о том, что я стою в этот момент у постели твоей дочери.

Мотор лодки работал теперь вхолостую. Хонор увидела огни между деревьев и услышала мужские голоса.

— Ты все поняла? — спросил Кобурн, тихонько встряхивая Хонор.

Женщина кивнула.

Кобурн отпустил ее и убрал руку с ее губ. Резко обернувшись, она покорно взглянула ему в лицо и выпалила:

— Пожалуйста, умоляю, не трогайте мою дочь.

— Все зависит от тебя.

Развернув Хонор, он ткнул ей чуть ниже спины дулом пистолета:

— Иди!

У Хонор дрожали колени. Взявшись за ручку, она несколько раз глубоко вдохнула, затем открыла дверь и вышла на крыльцо.

По тропинке со стороны пирса двигались двое мужчин, осматривая ее владения с помощью карманных фонариков. На обоих были форменные рубашки с нагрудными знаками. И у обоих на поясе кобура. Один из мужчин приветственно помахал Хонор:

— Вы миссис Джиллет?

— Да.

— Не бойтесь, мэм. Мы помощники шерифа.

Помня указания Кобурна, Хонор спустилась по ступенькам. Она знала: убийца следит за происходящим из окна спальни Эмили. От воспоминаний о его угрозах болезненно сжималось все внутри.

Постаравшись спрятать страх под маской любопытства, Хонор спросила:

— Что-то случилось? Чем я могу быть вам полезна?

Помощники шерифа представились и показали ей свои удостоверения.

— Мы ищем человека, подозреваемого в массовых убийствах в Тамбуре.

— Я слышала об этом. Какой ужас!

— Да, мэм. И у нас есть основания полагать, что убийца по-прежнему находится в нашем районе.

— О!

Один из помощников сделал рукой успокаивающий жест.

— Он может быть за много километров отсюда, но мы проверяем все дома вдоль протоки в надежде, что кто-нибудь располагает ценной для нас информацией.

И он кратко описал Хонор внешность человека, прячущегося в спальне ее дочери. Она ясно представляла его стоящим над кроваткой малышки с пистолетом в руке, поэтому, когда один из помощников спросил, не видела ли она кого-нибудь, подходящего под это описание, Хонор быстро ответила:

— Нет!

— Никто не проплывал сегодня мимо вашего дома на каком-нибудь небольшом плавсредстве?

Хонор покачала головой:

— Но я не особенно присматривалась. Мы с дочкой приболели. Кишечная инфекция.

— Сочувствую, мэм.

Хонор кивком поблагодарила за сочувствие.

— Вы в доме одна?

— Только я и моя дочь, — уточнила Хонор.

— Пожалуйста, будьте осторожны и внимательны, миссис Джиллет. И если заметите что-нибудь необычное, тут же звоните девять один один.

— Разумеется.

— И лучше заприте все двери и окна.

— Я всегда запираю.

Один из помощников шерифа уже дотронулся прощальным жестом до полей фуражки. Другой сделал шаг назад.

Они уходят! Что же делать? Она должна что-то сделать. Подать знак руками?

«...для этих людей я добыча, так что терять мне нечего!» — вспомнила она слова Кобурна.

— Не смеем больше вас беспокоить, мэм. Приятного вечера.

Повернувшись, оба помощника направились прочь.

Но она не может дать им уйти! Ради бога, делай же что-нибудь, Хонор!

Но что она может, когда в опасности жизнь Эмили?

«Все зависит от тебя», — снова прозвучали в ушах слова убийцы.

Да, все действительно зависело от нее. Только она может спасти жизнь своей дочери. Но как? Как?

Неожиданно один из помощников обернулся:

— Миссис Джиллет?

Хонор задержала дыхание.

— Я знал вашего мужа. Он был замечательным офицером.

Сердце Хонор оборвалось и заныло. Исчезла последняя надежда дать понять этим людям, что она в опасности.

— Спасибо, — пробормотала она.

Помощник снова коснулся пальцами фуражки в знак прощания, повернулся и зашагал за своим напарником к пирсу.

Хонор повернулась, поднялась по ступенькам и вошла в дом. Кобурн стоял между гостиной и прихожей. Между нею и Эмили.

— Включи фонарь на крыльце, — потребовал он. — Встань так, чтобы тебя было видно, и помаши им.

Хонор выполнила его указание, сомневаясь при этом, что помощникам придет в голову оглядываться. И даже если бы они оглянулись, ни один из них не увидел бы слезы, катившиеся по ее щекам.

Офицеры дошли до пирса, сели в свой катер, завели мотор и медленно стали выруливать в протоку. Через несколько секунд их уже не было видно. Шум мотора затихал вдали.

Хонор закрыла дверь, затем привалилась к ней, касаясь лбом гладкого дерева. Она чувствовала, как Кобурн движется у нее за спиной.

— Хорошая девочка. Эмили цела и невредима и спит как младенец.

Его шутливый тон стал последней каплей. Эмоции, весь день переполнявшие ее, требовали выхода.

Не думая о том, что делает, и нимало не заботясь о последствиях, Хонор резко обернулась и в упор взглянула на Кобурна.

— Меня тошнит от вас и ваших угроз! — произнесла она. — Я не знаю, зачем вы пришли в мой дом, но я не собираюсь больше все это терпеть. Если вы все равно планируете меня убить, то лучше сделайте это прямо сейчас. Если же нет, — она нащупала ладонью ручку у себя за спиной и распахнула дверь, — если же нет, то убирайтесь отсюда.

Кобурн потянулся, чтобы закрыть дверь. Воспользовавшись моментом, Хонор выхватила у него из-за пояса пистолет. И была поражена тем, какой он тяжелый. Кобурн ударил ее по руке, Хонор вскрикнула от боли и выпустила оружие, которое, ударившись о пол, заскользило по гладкому дереву.

Оба кинулись за ним. Хонор упала на пол как раз в тот момент, когда Кобурн ногой отшвырнул пистолет подальше, туда, где она не могла его достать. Женщина поползла за пистолетом. Все, что ей было нужно, это взять его в руки и суметь быстро спустить курок, и тогда помощники шерифа услышат звук выстрела.

Обдирая колени и руки, она сумела наконец коснуться холодного металла, но не смогла схватить пистолет, а лишь подвинула его дальше.

Кобурн лег прямо на спину Хонор и поверх ее распростертого на полу тела протянул руки, старясь схватить пистолет раньше, чем это сделает она. Напрягая каждый мускул, Хонор вытянулась всем телом, и пальцы ее сомкнулись вокруг дула пистолета.

Но прежде чем она успела переместить руку и схватить его так, как надо, Кобурн прижал ее запястье к полу чем-то, что показалось ей сделанным из стали.

— Отпусти!
— Иди к черту!

Пытаясь сбросить Кобурна, Хонор извивалась под его огромным, тяжелым телом. Но он только крепче прижимал ее к полу, так что у Хонор перехватило дыхание.

— Отпусти!

Вместо этого Хонор изо всех сил потянула руку, освобождаясь от его мертвой хватки.

Кобурн выругался, увидев, что Хонор подтянула пистолет под себя.

Они продолжали бороться.

Хонор лежала неподвижно, а Кобурн шарил руками под ее телом, стараясь добраться до оружия. Борьба шла не на жизнь, а на смерть. И, конечно же, Кобурн одержал верх. Хонор задыхалась, лишенная возможности вздохнуть, когда он схватил пистолет и вырвал его из ее слабеющих пальцев.

Затем он вытащил пистолет наружу, а женщина обмякла, признавая поражение, и заплакала.

Кобурн перевернул ее на спину. Он стоял на коленях, по-прежнему оседлав ее. Его руки, в одной из которых Ли сжимал пистолет, лежали на ее бедрах. Он тяжело дышал, и лицо его искажала гримаса ярости.

«Вот сейчас, — подумала Хонор. — Сейчас я умру».

Но, к ее удивлению, Кобурн откинул пистолет прочь, положил обе руки ей на плечи и наклонился над ней.

— Какого черта ты... Пистолет мог сработать и проделать в тебе дырку. Вы вели себя по-идиотски, леди. Ты разве не знаешь, что... — он запнулся, словно не мог подобрать слова, затем сильно тряхнул Хонор за плечи. — Почему ты это сделала?

Тяжело дыша, Хонор спросила:

— Скажи мне, только честно, ты собираешься нас убить?

— Нет, — глаза его буквально впились в глаза Хонор, и он повторил хриплым голосом: — Нет.

Ей так отчаянно хотелось верить в это, что Хонор почти поверила.

— Тогда зачем мне обращать внимание на твои угрозы? Зачем делать, как ты велишь?

— Потому что у тебя в этом деле свой интерес.

— У меня? Я даже не знаю, что ты ищешь. Но что бы это ни было, эта вещь...

— Это вещь, из-за которой убили твоего мужа.

11

Когда Том ван Аллен вернулся домой, время обеда давно миновало. Он нашел жену в комнате Ленни. Дженис обмывала сына губкой. Водные процедуры необходимо было делать каждый вечер, прежде чем переодеть его в пижаму. Утром они надевали на сына тренировочный костюм. Конечно, было абсолютно все равно, во что одет Ленни, но регулярные переодевания утром и вечером словно помогали сохранять призрачную иллюзию нормального течения жизни. Это требовалось как воздух обоим.

Том поставил портфель на пол и принялся засучивать рукава.

— Почему ты не подождала меня, дорогая?

— Я не знала, когда ты придешь, и мне надо было подготовить Ленни ко сну, чтобы и самой прилечь.

— Прости. Мне надо было закончить кое-какую бумажную работу в Тамбуре, потому что завтра будет уже не до нее. После праздников всегда творится бог знает что. А тут еще это массовое убийство.

Он взял из рук Дженис губку и отстранил ее:

— Присядь. Я закончу сам. — Опуская губку в миску с водой, Том сказал: — Привет, Ленни!

Но глаза мальчика оставались неподвижными. Отсутствие реакции повергло Тома в привычное отчаяние. Отжав губку, он принялся обмывать руку мальчика.

— Как там дела? — спросила Дженис.

— Где?

— В Тамбуре.

Том поднял безжизненно висящую руку сына, чтобы протереть под мышками.

— Подозреваемый все еще на свободе. Думаю, надо быть полным идиотом, чтобы в его положении оставаться в наших краях. Мне кажется, он попросит какого-нибудь знакомого на грузовике увезти его из южной части Луизианы как можно дальше.

— А такой человек существует? — Дженис уселась в кресло с откидывающейся спинкой, поджав под себя ноги.

— Никого пока не нашли, но мы проверяем компании, которые вели дела с Royal Tracking. Правда, Фред Хокинс считает это пустой тратой времени. Он уверен, что Кобурн еще здесь, — Том улыбнулся. — Говорит, что чует это так же верно, как то, что волосы на загривке встают дыбом.

— Боже правый! — Дженис поморщилась. — А что будет дальше? Гадание по куриным внутренностям? Надеюсь, он не полагается только на шестое чувство при поисках убийцы семи человек?

— Наверняка для решения проблемы понадобятся еще мозги.

— Дело поручено Фреду Хокинсу?

Том перешел к обмыванию ног и ступней сына.

— Да. И мотивации у него хоть отбавляй. Миссис Марсет позвонила его начальству, и на Фреда как следует надавили. А он передал по цепочке. Церковь Марсета проводит сегодня молебен в его память. В общем, и от бога достается, и от начальства. Фред почувствовал на своей шкуре это в полной мере.

— А вид у него весьма самоуверенный.

Дженис махнула рукой в сторону телевизора, который они держали включенным весь день в надежде, что какая-нибудь передача вдруг вызовет у Ленни хоть какую-то реакцию. Сейчас на экране горела картинка, но звук был выключен.

— В вечерних новостях Фред отвечал на вопросы репортеров в прямом эфире, — сказала Дженис. — И был уверен, что часть следа и брызги крови, которые ты сегодня обнаружил, наверняка решат проблему.

Тому польстило, что жена заметила и оценила его роль в происходящем, хотя и немного преувеличила ее.

Радуясь, что завладел ее вниманием, Том продолжал:

— Я говорил тебе о миссис Арлеете Тибадо?

Рассказом о смешной колоритной даме, у которой отсутствовала половина зубов, ему даже удалось заставить Дженис рассмеяться. И перед глазами Тома мелькнул на секунду образ юной девушки, в которую он когда-то влюбился и которой сделал предложение.

Он вспоминал тот день как один из счастливейших в своей жизни. После того как Том надел на палец Дженис кольцо с небольшим бриллиантом, они долго занимались любовью на продавленной кушетке в его забитой всякой всячиной, обшарпанной холостяцкой квартире. Оба были молодыми, спортивными и полными сил. Потом они отпраздновали помолвку, разделив бутылку пива на двоих.

Больше всего на свете Тому хотелось вернуться в тот день и снова увидеть румянец на щеках Дженис, ее призывно улыбающиеся губы, глаза удовлетворенной женщины, лучащиеся счастьем.

Если бы он повернул время вспять, у них бы не было Ленни.

Следующая мысль, невольно промелькнувшая у него в голове, показалась Тому подлой, и он тут же устыдился своей фантазии.

Уронив губку в миску с водой, он внимательно посмотрел на Дженис. Судя по выражению лица, ее мысли двигались в том же или примерно в том же направлении и так же заставляли ее чувствовать себя виноватой.

Словно отгоняя от себя эти мысли, Дженис быстро поднялась с кресла:

— Пойду приготовлю ужин, пока ты заканчиваешь здесь. Омлет подойдет?

Не дожидаясь его ответа, она выскочила из комнаты с такой скоростью, словно за ней гнался сам дьявол.

Через десять минут они сидели друг напротив друга и ели омлет почти в полной тишине, лишь изредка обмениваясь вынужденными репликами. Том помнил те дни, когда они не могли наговориться и без умолку рассказывали друг другу обо всем, что произошло за день. Закончив есть, Том поставил свою тарелку в раковину и включил воду. Затем, собравшись с силами, обернулся к жене:

— Давай поговорим, Дженис!

Она положила вилку на край тарелки и сложила руки на коленях.

— О чем?

— О Ленни.

— А именно?

— Может быть, настало время пересмотреть наше отношение к уходу за ним.

Наконец-то он нашел в себе силы произнести это вслух.

И не прогремел гром, его не поразила молния, и даже не последовало бурной реакции его жены. Она только смотрела на него взглядом, непроницаемым, как тяжелые оконные ставни.

— Я думаю, — продолжил Том, — что нам надо снова рассмотреть — только рассмотреть — возможность помещения его в специальное учреждение.

Дженис отвела взгляд и закусила губы. Желая дать ей время переварить сказанное, Том собрал со стола оставшиеся приборы и тарелку и отнес их в раковину.

Наконец тяжело повисшую тишину прервала Дженис:

— Мы дали слово ему и друг другу, Том.

— Дали, — печально подтвердил он. — Но, когда мы клялись, что Ленни всегда будет с нами, мне кажется, мы лелеяли смутную надежду, что произойдет хоть какое-то развитие, он сможет хоть как-то реагировать на окружающий мир. Ведь так?

Дженис не стала подтверждать его мысль, но и не возразила.

— Не думаю, что это когда-нибудь произойдет.

Оба знали это, но никогда не произносили вслух. И сейчас голос Тома срывался от нахлынувших эмоций.

— И тем больше причин считать, что он нуждается в тщательном уходе, — напряженно произнесла Дженис.

— Согласен с тобой. Но не уверен, что мы обеспечиваем ему надлежащий уход.

Дженис явно обиделась, и Том поспешил добавить:

— Я не критикую тебя. Твое терпение и твоя выносливость просто поражают. Правда. Но забота о сыне убивает тебя.

— Ты преувеличиваешь.

— Разве? Все это разрывает тебя на части. Душу и тело. И я вижу следы разрушения каждый день.

— Ты способен заглянуть в мою душу?

Сарказм Дженис был куда эффективнее откровенной отповеди. Том протер глаза, почувствовав, как на него наваливается разом вся усталость, накопленная за сегодняшний непростой день.

— Пожалуйста, не усложняй и без того нелегкое дело, — попросил он. — Ты ведь знаешь, мне тяжело даже представить, что мы отдадим Ленни в спецучреждение.

— Тогда зачем ты поднял эту тему?

— Потому что кто-то из нас должен был это сделать. Мы деградируем как личности, Дженис. И я думаю не только о нас. Я думаю о Ленни. Откуда нам знать, что мы делаем для него лучше?

— Мы его родители.

— Любящие родители, да. Но не знающие точно, как надо за ним ухаживать. А есть специалисты по уходу за такими детьми, как Ленни.

Дженис встала и заметалась по кухне, словно в поисках выхода.

— Зря ты затеял этот бесполезный разговор, Том. Даже если бы мы пришли к мнению, что так будет лучше, мы не сможем позволить себе поместить Ленни в частную клинику. Что же касается современных бедламов, открытых государством, даже не заговаривай со мной о них. Я никогда не соглашусь отдать сына в такое место.

Намек на то, что он мог бы пойти на компромисс со своей совестью, задел Тома, но он решил не вступать в спор, а сосредоточиться на главной мысли.

— Мы должны — ради себя самих и ради Ленни — посетить лучшие из таких заведений и посмотреть, что там и как. — Затем, немного поколебавшись, Том спросил: — Ты готова была бы это обсудить, если бы не было проблем с финансами?

— Но они есть.

— Если бы не было? — с нажимом переспросил Том.

— Ты собрался выиграть в лотерею?

Он снова ощутил болезненный укол ее сарказма, но не стал отвечать. Для одного вечера Том сказал более чем достаточно. Он дал жене пищу для размышлений. Том заранее знал, что, подняв больную тему, автоматически превратится в плохого парня, но кто-то из них должен оказаться плохим, и уж точно не Дженис.

Дженис, которая была старостой в старших классах, почетной выпускницей Вандербильдта, молодой, подающей надежды сотрудницей инвестиционной компании. Но судьба жестоко сломала не только ее карьеру, но и ее жизнь.

Дженис пришлось всем пожертвовать ради Ленни, и признать свое поражение как матери она не могла. Сдать Ленни в спецучреждение было равносильно тому, что опять не завершить начатое.

Том вздохнул:

— Пойду посплю, пока есть такая возможность. Не удивлюсь, если меня разбудят среди ночи.

— Зачем?

— Я велел агентам, которые остались в Тамбуре, звонить мне, если обнаружат что-нибудь новое. — Том остановился в дверях: — Ты тоже выглядишь усталой. Пошли?

— Я устала, но спать пока не хочу.

— Будешь играть в слова по телефону со своим другом из Японии?

— Из Сингапура.

Том улыбнулся. Игры были для Дженис единственным отдыхом, и она подсела на них всерьез.

— Надеюсь, ты победишь.

— Я впереди на сорок восемь очков, но мне попалась буква «ж», а ее не так просто пристроить.

— Ты наверняка придумаешь нужное слово, — приободрил жену Том. — Не засиживайся слишком поздно.

Через два часа Том все еще одиноко вертелся в постели. Он встал и тихо прошел босиком по коридору. Заглянув к Ленни, он отправился дальше и нашел Дженис в семейной гостиной упершейся глазами в экран мобильного телефона и всецело поглощенной игрой, что явно ей было гораздо интереснее, чем спать с ним.

Стараясь, чтобы Дженис не заметила, что он за ней наблюдает, Том повернулся и отправился обратно в спальню.

12

Кобурн медленно убрал руки с плеч Хонор, потом слез с нее и снова засунул пистолет себе за пояс. Хонор по-прежнему лежала неподвижно, глядя на него снизу вверх.

— Ты поступила очень глупо, — сказал он. — Если бы ты случайно нажала на курок, один из нас был бы уже мертв. И если бы это оказалась ты, я остался бы один на один с твоим ребенком.

Кобурн понимал, что жестоко озвучивать эту мысль, но именно поэтому произнес вслух. Ее дочь была той кнопкой, на которую приходилось нажимать, когда он хотел чего-то добиться от ее матери, а прямо сейчас Ли хотелось, чтобы она перестала пялиться на него, как выброшенная на берег рыба.

Он знал, что Хонор услышала его, потому что часто заморгала, хотя по-прежнему лежала неподвижно, и на секунду Кобурн вдруг замешкался при мысли, что она, возможно, серьезно пострадала во время их борьбы.

Интересно, почему это так его взволновало?

— С тобой все в порядке?

Хонор кивнула.

Вздохнув с облегчением, Ли отвернулся и окинул взглядом, во что он превратил ее дом. Когда он появился здесь сегодня утром, все стояло на своих местах. Видно было, что в доме живут люди и пользуются некоторыми вещами, но все выглядело чисто и опрятно. Здесь пахло домом. И свежими кексами.

Теперь все оказалось перевернуто вверх дном, и обыск не принес результатов. Точнее, зашел в тупик.

То же можно было сказать и обо всей жизни Ли Кобурна, который, покинув этот мир, оставит за собой только обвинение в убийстве семи человек. Семи жертв, которым не дали возможности защититься. Которые умерли прежде, чем успели сообразить, откуда пришла беда.

Тихо выругавшись, Ли потер ладонями виски. Он чудовищно устал. Устал загружать и разгружать эти чертовы грузовики. Устал от унылой однокомнатной квартиры, в которой жил последние тринадцать месяцев. Устал от жизни в целом и от собственной в частности. Как он сказал сегодня вдове Эдди Джиллета, если он умрет, то все это уже не будет его волновать.

Но пока он продолжал коптить это небо, его интересовали ответы на вопросы — и еще как! Отнимая руки ото лба, Ли отчетливо понял, что пока еще не готов позволить дьяволу забрать себя.

— Вставай!

Хонор пошевелилась, перекатилась на бок и села. Кобурн протянул руку, на которую Хонор ошалело смотрела несколько секунд, прежде чем сообразила, что к чему, и взялась за нее, позволяя помочь себе подняться.

— Что ты имел в виду?

Голос ее дрожал, женщина молча открывала рот, но ей не хватало дыхания. Кобурн отлично понял, о чем она спрашивает. Вместо того чтобы отвечать на вопрос, он подтолкнул ее в коридор, затем в сторону спальни и только там отпустил ее руку. Подойдя к кровати, он поправил покрывало, которое еще утром было таким белоснежным, а теперь благодаря его стараниям покрылось пятнами грязи.

— Я должен прилечь. А это означает, что и тебе придется лечь, — сообщил он Хонор.

Молодая женщина стояла неподвижно, глядя на него стеклянными глазами, словно не понимая языка, на котором с ней говорят.

— Ложись, — повторил Кобурн.

Хонор подошла к кровати, но встала у противоположной ее стороны, глядя на Ли так, словно он был экзотическим животным, которое ей никогда не приходилось видеть. Она не играла по правилам. Весь день Кобурн изучал реакцию этой женщины на свои действия и слова, чтобы лучше понять, в чем ее слабости и какие ее страхи можно использовать, дабы манипулировать ею.

Он видел Хонор Джиллет испуганной, умоляющей о пощаде, отчаявшейся и даже разъяренной. Но сейчас на лице ее было совершенно незнакомое ему выражение, и Кобурн не знал, как его расценивать. Может быть, она вообще ударилась головой об пол, когда боролась с ним за пистолет?

— То, что ты сказал об Эдди, — она остановилась, сглатывая. — Что ты имел в виду?

— А что конкретно я сказал? Не помню.

— Ты сказал, что ищешь то, что его убило.

— Я никогда не говорил этого.

— Ты сказал именно так.

— Ты, наверное, неправильно расслышала.

— Я все расслышала правильно!

Теперь эта женщина снова вела себя нормально, а не как зомби, телом которого овладел злой дух. Ее аккуратным миниатюрным телом, которое ему было так приятно ощущать под собой...

— Эдди погиб в аварии, — разборчиво прошептала Хонор.

— Что ж, если ты так считаешь...

Кобурн отвернулся и начал копаться в ворохе вещей, которые вынул из ящиков комода, когда обыскивал спальню.

Он почувствовал ее приближение всего за долю секунды до того момента, когда Хонор схватила его за руку и развернула лицом к себе. И он позволил ей это сделать. Он знал, что эта женщина все равно не остановится, пока не услышит объяснение. Только если заткнуть ей рот кляпом. А ему не хотелось этого делать. Если только она сама его не вынудит.

— Что ты здесь ищешь?

— Я не знаю.

— Скажи мне.

— Я не знаю.

— Скажи мне, черт тебя побери!

— Да не знаю же!

Он вырвал руку и достал из кучи белья колготки. Самые обычные черные колготки. Когда Кобурн снова повернулся к Хонор, она смотрела ему прямо в глаза, не оставляя надежды найти ответ на свой вопрос.

— Так ты действительно не знаешь?

— Какая именно часть фразы «я не знаю» вызывает у тебя трудности с пониманием?

Он взял Хонор за руку и начал обматывать колготками ее запястье. Женщина не сопротивлялась. Она словно бы не замечала, что он делает.

— Если есть что-то такое о смерти Эдди, что ты мог бы мне рассказать... пожалуйста... думаю, ты понимаешь, как для меня это важно.

— Вообще-то нет. Он все равно останется мертвым. Так какая разница?

— Разница огромная. Если его смерть не была результатом аварии, как я считала все это время, то я хочу знать, от чего умер мой муж и кто виновен в его смерти. — Хонор положила ладонь ему на руку. Ли, обвивавший колготками ее запястье, на секунду остановился. — Пожалуйста!

У нее были глаза различных оттенков зеленого цвета, постоянно сменявших друг друга. Он приметил эту особенность еще утром, во дворе, когда Хонор склонилась над ним и он упер дуло пистолета ей в живот. Затем глаза ее стали огромными от страха и бездонными, как море. Еще он видел, как они блестят от ярости. А теперь в них стояли слезы. И они снова меняли оттенок.

Кобурн опустил взгляд на лежащую на его предплечье руку молодой женщины. Хонор одернула руку, но не переставала не моргая смотреть ему прямо в глаза.

— Так ты считаешь, что авария с машиной Эдди не была случайной?

Поколебавшись, Кобурн медленно покачал головой.

Не разжимая губ, Хонор тяжело вздохнула.

— Ты думаешь, что кто-то устроил эту катастрофу так, чтобы все выглядело как несчастный случай?

Ли молчал.

Хонор нервно кусала губы.

— И Эдди убили из-за чего-то, что у него было?

Кобурн кивнул:

— Из-за чего-то, что хотел любой ценой получить кто-то другой.

— Это что-то ценное?

— Так думали люди, которым это понадобилось.

Он смотрел, как сменяют друг друга на лице Хонор разные эмоции, по мере того как она переваривает сказанное. Затем ее блуждающий взгляд снова остановился на Ли.

— И для тебя это тоже имеет ценность?

Он поспешно кивнул.

— Это деньги?

— Возможно. Но не думаю. Скорее, что-то вроде шифра к замку. Или номера счета в банке на Каймановых островах. Что-то в этом роде.

Хонор растерянно покачала головой:

— У Эдди не могло быть ничего такого... Только если это попало к нему в руки в качестве улики.

— Или...

До Хонор наконец дошло, на что он намекает, и она с негодованием отвергла эту мысль:

— Эдди не мог быть связан с криминалом. Ты ведь не это хотел сказать?

Он проглотил смешок:

— Нет, что ты. Конечно нет.

— Эдди был честным человеком.

— Может быть. А может, и нет. Но он перешел дорогу человеку, с которым не стоило связываться.

— Кому же?

— Бухгалтеру.

— Кому?

— Эдди знал Сэма Марсета?

— Само собой.

— Почему «само собой»?

— Потому что до того, как мы поженились, Эдди подрабатывал по вечерам охранником у Марсета.

— Охранником склада?

— Всего комплекса.

— И долго это продолжалось?

— Несколько месяцев. К ним вламывались несколько раз. Ничего особенного — мелкое хулиганство. И Сэм Марсет нанял Эдди патрулировать комплекс по ночам. Взломы прекратились, но Сэму понравилось ощущение покоя, которое давало присутствие ночного охранника. Только Эдди отказался, когда Сэм предложил ему постоянную работу. — Хонор печально улыбнулась. — Он мечтал стать полицейским.

— А насколько хорошо вы его знали?

— Сэма Марсета? Скорее, в лицо... Он был старостой в нашей церкви. Еще мы вместе заседали один сезон в обществе охраны памятников.

— Церковный староста, охрана памятников. Мать его! — скривился Кобурн. — Он был жадным сукиным сыном, неразборчивым в средствах.

— И заслужил выстрел в голову?

Кобурн пожал одним плечом:

— Быстро и безболезненно.

Было видно, что это заявление, сделанное как ни в чем не бывало, вызывает у Хонор отвращение. Она попыталась отшатнуться. И только теперь поняла, что запястье ее крепко связано.

У Хонор помутилось в глазах. Она отчаянно пыталась сорвать с себя чулок.

— Убери это. Черт возьми! Сними это с меня!

Кобурн схватил ее руку, стараясь не запутаться в чулке, и принялся привязывать другое запястье Хонор.

— Нет! Нет! — Пока еще свободной рукой она колотила его по пальцам, затем попыталась дотянуться до лица.

Но Кобурн поймал ее за руку, затем, тихо выругавшись, толкнул Хонор на кровать и оказался сверху. Придерживая коленом левую руку Хонор, он быстро примотал правую к кованому изголовью кровати.

Только страх разбудить Эмили помешал ей закричать во весь голос.

— Отпусти меня!

Ли и не подумал выполнить ее просьбу. Вместо этого он привязал к изголовью левую руку непокорной женщины, отчаянно пытавшейся справиться со своими путами. Хонор задыхалась от паники.

— Пожалуйста! — попросила она. — У меня что-то вроде клаустрофобии...

— Плевать я хотел.

Кобурн встал с кровати и, тяжело дыша от перенапряжения, смотрел на Хонор сверху вниз.

— Развяжи меня!

Он не только проигнорировал ее просьбу, но и вышел из комнаты.

Хонор закусила нижнюю губу, чтобы не закричать. Кобурн оставил довольно длинные куски чулка, позволявшие ее рукам лежать рядом на подушке, но это не избавляло молодую женщину от ощущения загнанности в ловушку. Охваченная новым приступом паники, она сделала еще одну отчаянную попытку освободиться.

Но вскоре стало ясно, что все усилия тщетны и она только зря тратит силы. Усилием воли Хонор заставила себя прекратить бессмысленное барахтанье и восстановить дыхание. Она сделала несколько глубоких вдохов. Но доводы рассудка никогда не спасали ее от клаустрофобии. Не помогли они и сейчас. Ей лишь удалось унять биение сердца и снизить частоту дыхания, избежав угрозы опасного для жизни скачка давления.

Хонор слышала, как Кобурн ходит по ее дому. Наверное, проверяя замки на дверях и окнах. От осознания горькой иронии происходящего истеричный смешок вырвался у Хонор прежде, чем она сумела его сдержать.

В прихожей погас свет. Кобурн вернулся в спальню.

Хонор заставила себя лежать неподвижно и разговаривать как можно спокойнее:

— Я сойду с ума. На самом деле. Я этого не выдержу.

— У тебя нет выбора. К тому же ты сама виновата.

— Только развяжи меня, и я обещаю...

— Нет. Мне надо поспать. А ты будешь лежать рядом.

— Буду, обещаю.

Кобурн бросил на нее скептический взгляд.

— Клянусь!

— У нас уже был уговор. Но ты на него наплевала. Дважды. И чуть не подстрелила одного из нас.

— Я буду лежать рядом неподвижно. Совершенно неподвижно. Хорошо? Ничего не буду делать...

После их последней схватки у Ли снова открылась рана на голове, и сейчас тоненькая струйка крови стекала по виску. Он провел по коже пальцами, которые тут же окрасились в красный цвет, и вытер их о джинсы. О джинсы Эдди.

— Ты меня слышишь?

— Не глухой...

— Я не буду пытаться убежать. Клянусь. Только развяжи мне руки.

— Извините, леди, но вы подорвали мое доверие к вам. Впрочем, подрывать особо было и нечего. А теперь лежи смирно и молча. А то придется заткнуть тебе рот, и тогда уж начнется настоящая клаустрофобия.

Он положил пистолет на тумбочку и погасил свет.

— Нам надо оставить свет, — Хонор старалась говорить как можно тише. Мысль о кляпе не на шутку пугала ее. — Эмили боится темноты. Если она проснется, а в доме не будет света, то испугается и начнет плакать. Потом пойдет меня искать. Пожалуйста, я не хочу, чтобы дочь увидела меня привязанной.

Поколебавшись, Кобурн отвернулся. Хонор наблюдала, как он вышел в прихожую и зажег верхний свет. Его силуэт казался огромным и угрожающим.

Еще большее чувство нависшей угрозы охватило Хонор, когда, вернувшись в спальню, он улегся рядом с ней на кровать. Никого не было в ее кровати с тех пор, как умер Эдди. Кроме Эмили, разумеется. Но вес девочки едва оставлял след на простыне. Она не ворочалась в постели, и от нее не образовывалась вмятина в матраце, так что Хонор приходилось все время думать о том, как не скатиться прямо под бок лежащему рядом Кобурну.

Его движения, звуки, которые он издавал, устраиваясь поудобнее, пробудили в ней воспоминания о лежащем рядом мужчине. И этот мужчина, лежащий к ней так близко, не был Эдди. А кроме того, звук его дыхания, да и сам он был совершенно другим и чужим.

И то, как они старались не коснуться друг друга, почему-то казалось более интимным, чем если бы они искали объятий.

Устроившись наконец на кровати, Кобурн лежал неподвижно. Подглядывая из-под полуопущенных век, Хонор увидела, что он закрыл глаза. Рука с согнутыми пальцами лежала у него на животе.

Хонор лежала, выпрямившись и словно превратившись в деревяшку, и уговаривала себя не поддаваться надвигавшейся панике. Да, она была связана и не могла освободиться. Но Хонор строго сказала себе, что смертельной опасности не существует. Она считала удары своего сердца, стараясь держать их под контролем. Дышала медленно и глубоко.

Но все эти упражнения помогали не больше, чем доводы рассудка.

Беспокойство ее продолжало нарастать, и Хонор снова принялась тянуть за свои путы.

— Так они только станут крепче и вопьются в кожу, — произнес Кобурн.

— Развяжи! — снова потребовала Хонор.

— Спи давай!

Из горла ее вырвался приглушенный вскрик, и она принялась трясти изголовье кровати, так что оно ритмично ударялось о стену.

— Прекрати!

— Я не могу! Я говорила тебе, что не выдержу этого! Я не могу-у-у!

Она так сильно дергала за колготки, которыми была связана, что периодически ее руки больно ударялись о железное изголовье. От боли паника ее усиливалась. Хонор стонала как безумная, дрыгала ногами, стараясь прогнать от себя чувство удушья. Пока пятки ее стучали по матрацу, голова болталась из стороны в сторону по подушке.

— Ш-шш, успокойся. Успокойся, все в порядке. Ш-шш.

Осознание происходящего возвращалось к Хонор постепенно. Она не сразу поняла, что Кобурн нежно держит ее за руки и поглаживает большими пальцами ладони, утешая, словно младенца.

— Ш-шш, — повторил он, не переставая гладить. — Успокойся, все хорошо. Дыши глубже.

Но Хонор не могла. Сделав долгий выдох, она, казалось, перестала дышать вообще. И когда Кобурн поднял голову и заглянул ей в лицо, он тоже чуть не перестал дышать.

Лицо его находилось совсем близко. Так близко, что от Хонор не смогло укрыться, с каким выражением смотрят его глаза на ее губы. Затем Ли перевел взгляд на ее грудь, и Хонор вдруг почувствовала, как все напряглось у нее внутри. Даже в полутьме она не могла отвернуться от этих ярко-синих глаз, которые в ночи смотрели прямо на нее.

Чтобы прекратить ее конвульсии, Кобурн положил ногу на бедра Хонор. И невозможно было не почувствовать его возбуждение. При этом Хонор понимала: ее неподвижность ясно показывала Кобурну, что она чувствует его восставшую плоть.

Они лежали так, казалось, целую вечность, замерев в своих позах, хотя на самом деле прошло лишь несколько секунд.

Наконец, громко выругавшись, Кобурн отпустил ее руки и перекатился на спину. Он снова лежал совсем близко, стараясь не касаться Хонор. Только рукой на этот раз прикрывал глаза.

— Не устраивай больше таких трюков!

Ее припадок вовсе не был трюком, но Хонор не стала возражать. Кобурн не сказал, какое наказание ее ожидает, но сталь, прозвучавшая в его голосе, ясно показывала Хонор, что не стоит испытывать терпение этого человека.

13

За час до рассвета обнаружили лодку Арлееты Тибадо. Она была спрятана в небольшой кипарисовой роще.

Двое помощников шерифа как раз прокладывали путь через болото, когда один из них, посветив фонариком, нашел лодку. Он и его напарник тут же распространили эту новость, и уже через полчаса на место прибыло две дюжины уставших, но возбужденных свалившейся на них удачей сотрудников органов правопорядка.

Фред Хокинс, которого новость застигла в полицейском участке деловой части Тамбура, сумел подобраться довольно близко к нужному месту на вертолете, позаимствованном у полицейского управления Нового Орлеана. Приземлившись, Фред перебрался в моторку к коллегам, которые довезли его до нужного места. Дорал был уже там.

— В лодке вода, — сообщил Дорал брату, посветив фонариком на притопленный корпус собственности миссис Тибадо. — Что ж, по крайней мере у нас есть новая отправная точка для поисков.

— Но мы не знаем наверняка, был ли в лодке Кобурн.

— Либо это был он, либо мы имеем дело с каким-то совершенно невероятным совпадением, — Дорал осветил фонариком потеки крови на весле. — У него все еще идет откуда-то кровь. Черт бы побрал...

Не договорив, он посветил фонариком вокруг. Монотонная серая болотистая местность. Ничего такого, что отличало бы один квадратный метр от другого. Кроме разве что диких зверей, которые могли притаиться в чаще и в любой момент нарушить обманчивое спокойствие окружающего пейзажа.

— Да, — сказал Фред. — Но, как ты верно заметил, теперь у нас есть новая зацепка.

— Тебе лучше позвонить и сообщить об этом.

— Ты прав. — Фред сделал звонок.

Следующие полчаса на место находки прибывали новые и новые офицеры, которые получали необходимые инструкции и отправлялись обыскивать окрестности.

Предупредили агентов ФБР из офиса Тома ван Аллена.

— Передайте информацию Тому, — сказал им Фред. — Он должен узнать обо всем немедленно. Может быть, придется обращаться к федералам за подкреплением. У них есть игрушки похитрее наших.

Фред прикурил сигарету. Дорал подергал брата за рукав:

— Как насчет Стэна? Как думаешь, позвонить ему? Пусть возьмет несколько вчерашних добровольцев и подключается.

Фред задумчиво посмотрел на линию горизонта, вернее, на ту ее часть, которую мог видеть в просвете между кипарисами.

— Давай подождем до рассвета. Стэн знает об охоте на людей больше, чем мы с тобой, вместе взятые. Но от остальных вреда может быть больше, чем пользы.

Дорал выпустил облако дыма:

— Кого ты пытаешься обдурить, братец? Будто я сам не понимаю, что куча добровольцев нужна нам тут не больше, чем все эти парни со значками. Или федералы. Ты хочешь выследить и поймать Ли Кобурна лично.

Фред ухмыльнулся:

— Ты всегда читал меня как раскрытую книгу, брат.

— Потому что мы думаем одинаково.

Братья вернулись к остальным, изучили карту и распределили между собой образовывающие причудливые петли водные протоки, которые необходимо было осмотреть.

— Кобурну понадобится пресная вода, — напомнил группе Фред. — После того случая с утечкой нефти ни один человек в здравом уме и твердой памяти не станет пить воду из этих каналов. Кто-нибудь знает в этих местах рыбацкие домики, кемпинги, сараи? Что угодно, где может быть запас пресной воды?

Участники группы предложили несколько вариантов и отрядили людей, чтобы их проверить.

— Приближайтесь с осторожностью, — напутствовал Фред Хокинс коллег, садящихся в небольшие моторные лодки, в которых они разъезжали всю ночь. — Глушите мотор, прежде чем подплыть поближе.

Дорал вызвался проверить дорогу, по которой ездили реже всего, и Фред позволил ему.

— Если кто и сможет пробраться сквозь этот район, не заблудившись, так это ты, брат, — сказал он. — Держи телефон под рукой. Как только заметишь что-нибудь интересное, звони.

— Мне не надо напоминать дважды. А сам ты куда? В полицейский участок?

— Что? Отправиться в полицейский участок и дать репортерам себя зацапать? — Фред покачал головой. — Смотри сюда.

Их карта была разложена на относительно сухом куске земли. Близнецы склонились над ней. Фред провел пальцем вдоль едва заметной голубой линии, изображавшей длинный узкий канал.

— Видишь, куда выводит эта протока?

— К дому Эдди.

Близнецы обменялись долгим тяжелым взглядом. Первым заговорил Фред:

— И это не может меня не беспокоить.

— Ты читаешь мои мысли, — откликнулся Дорал. — Стэн собирался поехать к ним туда вчера на обед в честь своего дня рождения. Но он сказал мне, что Хонор отменила вечеринку, так как они с Эмили подхватили кишечную инфекцию. Неплохо было бы проверить, как они там.

Фред сложил карту и засунул ее в карман форменных брюк.

— Я буду чувствовать себя гораздо лучше, если загляну к ним. К тому же кто-то должен обследовать и эту протоку. Почему бы это не сделать мне?

Когда Хонор проснулась, она удивилась больше всего не тому, что колготки, которыми были привязаны к изголовью кровати ее руки, оказались перерезаны, а тому, что вообще проснулась. Она не ожидала, что удастся заснуть. И изумлению ее не было предела. За окном брезжил рассвет.

Хонор лежала в кровати одна.

Быстро вскочив, она побежала в комнату Эмили. Дверь была открыта настежь, как и вчера вечером, когда она вышла из комнаты дочурки. Эмили мирно спала, разметав белокурые кудряшки по подушке, уткнувшись лицом в любимый старый плед, специально разложенный у стенки кроватки, и сжимая пухлыми пальчиками Элмо.

Оставив ее, Хонор кинулась в гостиную, затем на кухню. Комнаты были пусты. Кругом царили полумрак и тишина. Зато на крючке у задней двери отсутствовали ключи. Выглянув в окно, Хонор увидела, что ее машины перед домом нет.

Кобурн скрылся.

Возможно, Хонор разбудил звук мотора машины, когда он уезжал.

Впрочем, дом казался таким тихим и спокойным. И она подумала, что, быть может, бандит уехал уже давно.

— Слава богу. Слава богу, — шептала Хонор, потирая ладонями замерзшие предплечья. Кожа ее покрылась мурашками — верное доказательство того, что она жива. Хонор не верила, что Ли Кобурн уберется восвояси, оставив их с Эмили живыми и невредимыми. Но случилось чудо. Они пережили эти изматывающие долгие день и ночь, проведенные под одной крышей с жестоким убийцей.

Хонор испытала одновременно чувство облегчения и предательскую слабость.

Но лишь на мгновение. Ей срочно требовалось предупредить полицию о том, что здесь произошло. Отсюда они могли взять след. Надо было позвонить им, сказать номер своей машины. Они...

Мысли ее грубо прервало прозрение: вряд ли удастся куда-то позвонить. Последний раз она видела свой сотовый у Кобурна. А стационарного телефона у нее больше не было. Стэн уговаривал ее не отключать наземную линию, но Хонор возражала из-за дополнительных месячных расходов.

Вспомнив этот спор, Хонор пожалела, что не послушалась тогда свекра.

Она быстро прошлась по дому в поисках своего телефона, но, разумеется, не нашла его. Да особо и не рассчитывала. Кобурн был не такой дурак, чтобы оставить ей трубку. Взяв телефон с собой, он лишил ее возможности позвонить в полицию и выиграл драгоценное время, необходимое, чтобы уехать как можно дальше.

И Хонор понимала, что не сможет его остановить. Без телефона, без машины, без лодки...

Лодка!

Так вот что разбудило ее. Не звук отъезжающего автомобиля, а звук лодочного мотора, который кто-то заглушил. Теперь, окончательно проснувшись, Хонор быстро осознала разницу, так как провела рядом с лодками всю свою жизнь.

Она подбежала к двери, открыла ее, почти перелетела через порог и сбежала вниз, шагая через несколько ступенек, а приземлившись, не смогла удержать равновесие и упала вперед, едва успев подставить руки, чтобы смягчить удар от падения. Затем Хонор вскочила и побежала вниз по склону. Кроссовки ее скользили по влажной от росы траве, но она сумела удержаться на ногах остаток пути к пирсу.

Громкий стук ее ног, ударявшихся о доски причала, вспугнул пеликана на противоположном берегу. Оглушительно захлопав крыльями, птица улетела. Прикрыв ладонью глаза от солнца, Хонор оглядела протоку в поисках лодки.

— Хонор!

Сердце ее словно рухнуло вниз. Хонор оглянулась на голос и увидела Фреда Хокинса, выплывавшего на небольшом рыбацком катере из-под развесистой ивы.

— Фред! Слава богу!

Фред включил мотор и причалил уже через несколько секунд. Хонор была так рада его видеть, что чуть не упустила дрожащими руками брошенную им веревку. Опустившись на колени, она обмотала веревку вокруг железного стержня.

Едва Фред ступил на доски пирса, как Хонор кинулась к нему.

Фред обнял бьющуюся в истерике женщину.

— Хонор, ради всего святого, что случилось?

Хонор крепко сжала его огромное тело, затем опустила руки и отступила на шаг. У нее еще будет время поблагодарить Фреда.

— Он был здесь. Человек, которого вы ловите. Ли Кобурн.

— Сукин сын! У меня появилось нехорошее предчувствие полчаса назад, когда мы нашли... С тобой все в порядке? А с Эмили?

— Да. В порядке. Все в порядке. Он ничего нам не сделал. Но он... — Хонор остановилась, чтобы перевести дыхание. — Он взял мою машину. И мой телефон. Вот почему я побежала к пирсу. Мне показалось, что я слышу лодку. Я...

— Ты уверена, что машину угнал именно Кобурн?

— Да, да... Он появился здесь вчера.

— И он был здесь все это время?

Хонор энергично закивала:

— Весь вчерашний день. И всю ночь. Я проснулась совсем недавно. Его уже не было. Не знаю, когда именно он ушел.

Грудь ее часто вздымалась. Дыхание никак не восстанавливалось. Она прижала к груди кулак.

Увидев, что ее бьет дрожь, Фред снова обнял женщину за плечи.

— Все хорошо. Успокойся. Отдышись и расскажи мне все по порядку.

Хонор сглотнула слюну и сделала несколько глубоких вдохов:

— Вчера утром...

Сбиваясь и останавливаясь, она кое-как рассказала Фреду о вчерашнем появлении Кобурна и последовавшем за этим кошмаре.

— Вчера вечером приходили два помощника шерифа. Может быть, мне следовало попытаться донести до них, что Кобурн внутри. Но ведь там была Эмили. Я боялась, что он...

— Ты все сделала правильно, — Фред, желая приободрить Хонор, легонько сжал ее плечо. — Кобурн ранен? Мы нашли кровь рядом с его следом...

Хонор рассказала про рану на голове Кобурна.

— Мне кажется, рана довольно глубокая. Еще он был весь расцарапан, так как продирался через лес. Но серьезно не пострадал.

— Вооружен?

— У него пистолет. Он угрожал мне. В какой-то момент мне удалось схватить пистолет, но Кобурн сумел его отобрать.

Фред поднес руку к лицу, черты которого были искажены чудовищной усталостью.

— О боже. Он ведь мог тебя убить!

— Мне было так страшно, Фред. Ты себе не представляешь.

— Могу только догадываться. Но главное, что он пересидел у тебя ночь и ушел, не причинив вреда.

— Кобурн пришел сюда не в поисках убежища, — возразила Хонор.– Он знал, кто я. Знал Эдди. Или по крайней мере знал про Эдди. Поэтому и пришел сюда.

— Что за черт? Он один из тех, кого Эдди арестовывал?

— Не думаю. Он говорил, что никогда не встречался с моим мужем лично. Он сказал... Он... он...

Хонор не могла унять дрожь, и Фред почувствовал это.

— Хорошо. Теперь с тобой все в порядке.

Фред бормотал слова утешения, перемежая их негрубыми ругательствами. Затем он обнял Хонор за плечи и развернул в сторону дома:

— Мне нужно позвонить и сообщить обо всем этом, — сказал он. — Пойдем-ка внутрь.

Тяжело привалившись к Фреду, Хонор двинулась вместе с ним вверх по откосу, ведущему к дому. Теперь, когда кризис миновал и им с Эмили больше ничего не угрожало, Хонор дала волю чувствам. Все тело ее сотрясала дрожь. С того момента, когда она поняла, что подоспела помощь, мужество, необходимое ей, чтобы спасти себя и дочь, оставило Хонор. Ее друг Фред подтвердил — Хонор могли убить. А сама она не сомневалась в этом ни на секунду. И сейчас, вспоминая, как находилась на волосок от смерти, Хонор едва сдерживала слезы. Она что-то слышала об этом феномене. О людях, мужественно ведущих себя в минуты опасности, которые мгновенно ломались, когда опасность миновала.

— Кобурн перевернул весь дом, — сообщила Хонор Фреду, когда они подошли к крыльцу. — Как заведенный твердил, что, когда Эдди умер, у него было нечто ценное.

Фред недоверчиво хмыкнул:

— Только не у того Эдди, которого я знал.

— Я пыталась объяснить ему, что он заблуждается, но Кобурн не хотел ничего слушать. Разнес весь дом и, конечно же, так ничего и не нашел.

— Что же он искал? — поинтересовался Фред. — Деньги?

— Не думаю. Он сам не знал, что именно ищет. По крайней мере, так он сказал. Но Кобурн настаивал, что из-за этой вещи убили Эдди.

— Эдди погиб в автокатастрофе.

Начиная подниматься по лестнице, Хонор взглянула снизу вверх на Фреда и пожала плечами:

— Кобурна это не переубедило.

Фред застыл в изумлении, войдя вслед за Хонор в дом и увидев, во что превратил его Кобурн.

— Да уж! Ты не шутила, когда сказала, что здесь все вверх дном.

— Он уже собирался сдирать со стен обои и вскрывать полы. И был уверен, что у меня есть какая-то вещь, защищая которую умер Эдди.

— Но откуда у него возникла такая мысль?

Хонор развела руками, давая понять, что сама в недоумении.

— Если вам удастся это выяснить, может быть, тогда вы поймете, почему он убил семь человек.

Сняв с ремня сотовый, Фред принялся набирать номер.

— Я должен дать знать остальным, — сказал он.

— А я пойду посмотрю, как там Эмили.

Пройдя на цыпочках по коридору, она заглянула в щелку и с удивлением увидела, что Эмили, успевшая перевернуться на спину, продолжает крепко спать. Если бы она проснулась, то решила бы, будто дядя Фред зашел в гости. А потом бы очень удивилась и расстроилась, что он не остался с ней поиграть.

Кроме того, будучи вдовой полицейского, Хонор отдавала себе отчет в том, что ее ожидают длительные допросы. И она решила после позвонить Стэну и попросить забрать девочку до вечера. Ее свекор слишком стремился опекать семью покойного сына и бывал иногда чересчур деспотичным, но сегодня его помощь оказалась бы как нельзя кстати.

А пока Эмили крепко спала, уткнувшись в любимый плед и сжимая в руках Элмо. Хонор закрыла дверь в спальню дочурки, надеясь, что та проспит еще долго.

Когда Хонор вернулась в комнату, Фред был на том же месте, где она его оставила. И так же прижимал к уху телефонную трубку.

— Миссис Джиллет не знает точно, когда именно он уехал, так что мы можем только гадать, сколько времени он уже в пути и в каком направлении движется. Но он в ее машине. Погоди-ка... — Фред прикрыл рукой микрофон: — Какой у тебя номер?

Хонор продиктовала ему цифры и буквы на номерном знаке, и Фред повторил их в трубку, а затем сообщил марку и модель ее автомобиля и вопросительно взглянул на его хозяйку, ожидая подтверждения, что он все запомнил правильно.

Хонор кивнула.

— Немедленно объяви машину в розыск. Сообщи обо всем в управление и скажи начальнику — попроси его как следует, — что нам тут нужен каждый офицер, которого смогут найти.

Отключившись, Фред печально улыбнулся Хонор:

— Скоро твой дом снова перевернут вверх дном. На сей раз копы. Боюсь, выглядит он будет еще хуже.

— Наплевать. Лишь бы вы его поймали.

Фред снова положил телефон в футляр, висевший у него на поясе.

— Обязательно поймаем. Он не мог уйти далеко.

Он не успел закончить фразу, как входная дверь с грохотом распахнулась. На пороге стоял Ли Кобурн, сжимая в обеих руках пистолет, направленный на Фреда:

— Не двигайся, черт бы тебя побрал, — бросил он Хонор.

И в следующую секунду посреди лба Фреда Хокинса расплылось красное пятно.

14

Хонор прижала ладони к губам, сдерживая крик ужаса. Она наблюдала, словно в кошмарном сне, как Фред с выражением крайнего изумления на лице валится лицом вперед на пол.

Переступив через него, Кобурн направился прямо к ней.

Подстегиваемая паникой, Хонор успела выбежать за дверь, в коридор, но Кобурн сумел схватить ее за руку. Когда он развернул Хонор к себе, она изо всех сил ударила его кулаком по голове.

Громко выругавшись, Кобурн обхватил Хонор своими сильными руками, прижав ее руки к бокам и оторвав от пола. Он придавил ее к стене так, что Хонор едва могла дышать, и поставил ногу между ее бедер, чтобы она не достала его ногами, когда брыкалась.

— Послушай! Послушай меня! — Его горячее дыхание обжигало лицо Хонор.

Хонор извивалась, пытаясь вырваться, сражалась, как дикая кошка, а когда поняла, что от движений ее рук и ног нет никакого толку, попыталась ударить его головой по лбу. Кобурн еле успел увернуться.

— Я федеральный агент!

Хонор застыла неподвижно, глядя на Кобурна во все глаза.

— Хокинс — его так зовут? — спросил Кобурн, показывая на Фреда.

Хонор слабо мотнула головой.

— Это он убил тех людей на складе. Он и его брат-близнец. Понимаешь? Это он плохой парень, а не я.

Хонор смотрела на него с недоверием, продолжая практически висеть в воздухе.

— Фред полицейский, — только и смогла произнести она.

— Уже нет.

— Он был...

— ...убийцей. Я видел, как он лично выпустил пулю в голову Марсету.

— А я видела, как ты застрелил Фреда!

— У меня не было выбора. Он уже держал в руке пистолет и собирался...

— Он даже не знал, что ты здесь!

— ...и собирался выстрелить в тебя!

Хонор застыла неподвижно, вдохнув воздух, затем с шумом выдохнула его. Во рту у нее пересохло.

— Это невозможно! — решительно возразила она.

— Я увидел, как он направляется сюда на лодке, — продолжал Ли. — И решил вернуться. Если бы не успел, вы бы обе были уже мертвы. И ты, и твоя дочь. А на меня повесили бы еще два трупа.

— Но почему... но зачем?..

— Об этом потом. Я все тебе расскажу. Но пока просто поверь на слово: этот человек убил бы тебя, если бы я не выстрелил первым. Хорошо?

Хонор медленно покачала головой:

— Я не верю тебе. Ты не можешь быть полицейским.

— Не полицейским.

— Федеральным агентом?

— Да, ФБР.

— Еще менее вероятно. Покажи мне тогда свое удостоверение.

— Я работал под прикрытием. Никаких удостоверений. Тебе придется верить мне на слово.

Несколько секунд она смотрела в его холодные глаза с тяжелым взглядом, затем произнесла, еле сдерживая слезы:

— Вот уже сутки ты занимаешься тем, что запугиваешь меня.

— Мне надо было тебя встряхнуть. Я должен был быть убедительным.

— Что ж, ты меня убедил. В том, что ты преступник.

— Подумай дважды, — сердито произнес Кобурн. — Если бы я и вправду оказался беглым убийцей, ты была бы мертва еще вчера. И сегодня утром Фред Хокинс обнаружил бы твое тело. И труп твоей маленькой дочки. Возможно, плавающим в реке, к радости голодных рыб. Если бы крокодилы не съели его раньше.

Хонор, подавив всхлип, с отвращением отвернулась от него:

— Ты хуже, чем преступник.

— Ты это уже говорила. Но на сегодня я твой единственный шанс остаться в живых.

Слезы смущения и страха застилали ей глаза.

— Не понимаю, какое отношение имею ко всему этому я.

— Не ты. Твой покойный муж.

Одной рукой он перестал держать Хонор и достал из переднего кармана джинсов листок, который Хонор уже видела вчера.

— Что это?

— Твой муж как-то связан с убийствами на складе.

— Невозможно.

— Надеюсь, это поможет мне тебя убедить.

Расправив листок, он показал его Хонор так, чтобы она могла прочитать написанное.

— Видишь, имя твоего мужа обведено, и рядом стоит вопросительный знак.

— Где ты это взял?

— В кабинете Марсета. Я пробрался туда однажды ночью. И нашел эту запись в его старом ежедневнике.

— Это может ровно ничего не значить.

— Посмотри на дату!

— За два дня до смерти Эдди, — пробормотала Хонор. Она смущенно посмотрела на Кобурна, затем попыталась выхватить у него бумажку.

— А вот и нет! — Он отвел руку, затем сложил бумажку и убрал обратно в карман. — Это может понадобиться мне в качестве доказательства. А также то, что можешь рассказать ты.

— Но я ничего не знаю.

— Поговорим об этом позже. А сейчас надо увезти тебя отсюда.

— Но...

— Никаких «но»! — Кобурн энергично тряхнул головой, подчеркивая важность своих слов. — Ты берешь ребенка и едешь со мной, прежде чем здесь появится Хокинс номер два.

— Дорал?

— Как бы, черт побери, его ни звали, можешь не сомневаться, что сейчас он несется сюда на всех парах.

— Сюда едет полиция. Фред позвонил. Я слышала.

Кобурн отпустил ее так неожиданно, что Хонор чуть не упала. Через несколько секунд он вернулся, держа в руках сотовый Фреда.

— Вот его служебный аппарат, — сказал он. — Последний раз по нему звонили час назад. — Кобурн бросил телефон на пол. — А вот личный. И он многое объясняет. По нему звонили три минуты назад. И вовсе не в полицию.

Кобурн нажал на кнопку, перезванивая по последнему номеру, набранному Фредом Хокинсом.

— Все в порядке? — раздался в трубке голос его брата Дорала.

Кобурн немедленно нажал отбой.

— Что ж, теперь он знает, что все далеко не в порядке.

Телефон почти тут же начал звонить. Кобурн выключил его, спрятал в карман джинсов и кивнул в сторону спальни Эмили:

— Бери ребенка!

— Но я не могу просто так...

— Ты хочешь умереть?

— Нет.

— Ты хочешь, чтобы придушили твою маленькую дочурку? У него займет не так много времени придавить ее подушкой и подержать, пока не кончится воздух в легких.

Хонор передернуло от этих слов.

— Но ты ведь защитишь нас? Если то, что ты сказал, правда, ты ведь арестуешь Дорала?

— Я не могу пока покончить с прикрытием. И не могу передать тебя полиции, потому что весь чертов местный отдел коррумпирован хуже некуда. Я не сумею тебя защитить.

— Я знаю братьев Хокинс много лет. Они были лучшими друзьями моего мужа. Стэн практически вырастил их. У этих ребят нет причины меня убивать.

Кобурн упер руки в колени с выражением крайнего возбуждения на лице:

— Ты рассказала Фреду, что я что-то искал здесь?

Поколебавшись несколько секунд, Хонор кивнула.

— Вот поэтому Фред и захотел тебя убить. Наверняка получил приказ от Бухгалтера.

— Ты уже упоминал этого самого Бухгалтера вчера вечером. О ком идет речь?

— Хотелось бы мне знать. Но сейчас нет времени объяснять тебе все это. Ты просто должна поверить, что, хотя Фред не может больше тебя убить, это способен сделать Дорал.

— Это не может быть правдой!

— Но это правда!

Он говорил как о точно установленном факте. Без малейших сомнений.

И все же Хонор колебалась.

— Послушай, — сказал Кобурн. — Ты хочешь остаться здесь и поставить на старую дружбу. Хорошо. Но лично я сматываюсь. Мне надо доделать свою работу. Ты могла бы мне помочь, но особой необходимости в этом нет. Все, что я пытаюсь сделать, — это спасти твою шкуру. Если ты желаешь положиться на милость Дорала Хокинса, что ж, пожелаем друг другу удачи.

— Дорал не причинит мне зла.

— Черта с два не причинит. Если узнает, что ты владеешь важной для него информацией, еще как причинит. И тебе, и твоему ребенку. Ты ошибаешься, если думаешь иначе. А затем, независимо от того, расскажешь ли ты ему что-нибудь ценное, Дорал убьет тебя. Так что оставайся и умирай или пойдем со мной. Тебе придется принять решение, пока я считаю до пяти. Один.

— Может быть, ты и не лжешь, но ты ошибаешься.

— Я не ошибаюсь. Два.

— Я не могу просто так взять и уехать с тобой.

— Когда сюда доберется Хокинс, меня уже не будет, а ты сможешь объяснить ему — попробуешь объяснить, — как его горячо любимый брат-близнец оказался в твоем доме с пулей в башке. Боюсь, он будет не очень понимающим собеседником. Три.

— Дорал не поднимет на меня руку. И тем более на Эмили. На ребенка Эдди? Это невозможно. Я знаю его.

— Так же, как знала его братца-полицейского?

— Ты не прав и насчет Фреда тоже.

— Четыре.

— Ты утверждаешь, что ты хороший парень, и думаешь, что я поверю тебе, просто потому что ты так сказал? — Голос Хонор срывался от переполнявших ее эмоций. — Я знаю этих людей и доверяю им. А тебя вижу первый раз!

Кобурн посмотрел на нее долгим взглядом, затем обхватил двумя руками спереди ее шею, так что голова оказалась неподвижной, приблизил свое лицо к лицу Хонор и прошептал:

— Но ты ведь знаешь. Знаешь, что я именно тот, за кого себя выдаю.

Жилка на шее Хонор пульсировала под его сильными пальцами, а пронизывающий взгляд вызывал желание вжаться в стену за спиной.

— Потому что если бы я не был копом, то трахнул бы тебя прошлой ночью, — Кобурн вдруг резко опустил руки и сделал шаг назад. — Пять. Так ты едешь или нет?

* * *

Дорал Хокинс откинулся на стену вместе с креслом, разозлился, что оно не пружинило и не вернулось обратно, как в кино, и стал биться о стену снова и снова. Пока не треснула деревянная панель обшивки. Затем он запустил в окно гостиной тяжеленным справочником «Желтые страницы» Нового Орлеана. После, стоя над осколками оконного стекла, он схватил себя рукой за начинающие редеть волосы и грубо дернул, словно пытаясь оторвать их от черепа.

Он был в истерике. Его охватывали попеременно то ужас и паника, то банальная ярость и злость.

Его брат-близнец лежал мертвый на полу в доме Хонор с дыркой во лбу. Дорал видел раны и похуже. Не только видел, но и делал подобное сам. Как тому парню, который медленно умирал, крича от боли и отчаяния, после того как Дорал порезал его охотничьим ножом.

Но смертельная рана его брата являлась самой ужасной из всех, какие Доралу приходилось видеть, потому что была словно бы отражением его собственной смерти. Даже кровь еще не успела свернуться.

И он понимал, что Хонор не стала бы убивать его брата. И наверняка это сделал сукин сын Ли Кобурн.

Во время их последнего разговора Фред сообщил приглушенным голосом, чтобы не услышала Хонор, что их добыча, Ли Кобурн, спокойно отсиживался в доме вдовы их друга Эдди все то время, что они искали его по болотам, кишащим насекомыми.

— Он и сейчас там? — спросил Дорал.

— Такая удача нам не обломилась. — ответил Фред. — Уже смотался.

— И насколько же он впереди нас?

— На несколько минут или на несколько часов. Хонор говорит, что Кобурна уже не было, когда она проснулась. Он взял ее машину.

— Хонор в порядке?

— В шоке. Бормочет что-то невразумительное.

— А что делал там Кобурн?

— Весь дом перевернут вверх дном.

— Он знал про Эдди?

— Еще когда он выбрал эту протоку, у меня возникло такое чувство, что знал.

— Откуда?

— А вот этого не знаю.

— А что говорит Хонор?

— Говорит, что Кобурн искал какую-то вещь, защищая которую Эдди погиб.

— Твою мать!

— Так же подумал и я.

После короткой паузы Дорал быстро спросил брата:

— И что ты собираешься делать?

— Гнаться за ним.

— Я имею в виду с Хонор?

Тяжелый вздох Фреда был отчетливо слышен в телефонной трубке.

— Разве с Бухгалтером у нас есть выход? Когда я позвонил и сказал, что должен проверить дом вдовы Эдди... Ну, ты знаешь...

Да, Дорал знал. Принцип Бухгалтера — не брать пленных. И не важно, если речь идет о друге семьи, о женщине с ребенком. Никаких свидетелей. И никакой пощады.

У Фреда разрывалось сердце. Но он должен был сделать все, что надо. Потому что знал: это единственный выход. И еще потому, что боялся ужасных последствий, ожидающих каждого, кто не выполнит приказ.

Дорал положил трубку, прекрасно понимая, что брат возьмет на себя решение проблемы, чтобы к тому моменту, когда Дорал присоединится к нему, они могли доложить в полицейское управление о чудовищном двойном убийстве Хонор Джиллет и ее маленькой дочурки Эмили.

Они припишут эти убийства Ли Кобурну, который наверняка наоставлял там по всему дому свои отпечатки пальцев. Ребята из правоохранительных органов будут вне себя. Фред знал, какие правильные слова надо сказать журналистам, чтобы они вцепились в эту историю зубами и стали с ней носиться. Скоро весь штат будет истекать слюной, мечтая вонзить зубы в Ли Кобурна, единственного подозреваемого в массовом убийстве на складе плюс в убийстве женщины и ребенка.

Такой хороший план полетел к чертям.

Дорал провел еще около десяти минут в ярости и горе, но затем ему удалось успокоиться. Стерев с лица пот и слезы, он заставил себя отложить личные чувства до того момента, когда сможет окунуться в них в полной мере, и попробовал оценить объективно сложившуюся ситуацию, которая была хуже некуда.

Самым неприятным оказалось то, что тело Фреда оставалось единственным доказательством двойного убийства. Нигде не было видно Хонор с Эмили или их останков — ни в доме, ни вокруг него. Если его брат успел разделаться с семейством Джиллет, то ему удалось спрятать трупы очень хорошо.

Или — и это было бы самым ужасным — Кобурн успел выстрелить во Фреда до того, как тот избавился от Хонор и ее дочери. И если так, то где же эти двое сейчас? Прячутся где-то, ожидая, что придет помощь? Возможно. Но это означало, что Доралу придется убить обеих, как только он их найдет. И при мысли об этом ему становилось дурно.

Существовала и третья возможность — и такой сценарий представлялся самым плохим. Кобурн и Хонор могли убежать вместе.

Дорала не отпускала эта мысль. Такой вариант развития событий обещал множество самых неожиданных неприятностей, и Дорал понятия не имел, что с этим делать. Он был охотником, а не детективом. И никогда не слыл стратегом, кроме случаев, когда дело касалось погони. Кроме того, в его задачу не входило думать, как вести себя дальше. Верный пес всегда предоставлял эту возможность Бухгалтеру.

Как и крестному отцу в знаменитом фильме, Бухгалтеру полагалось докладывать плохие новости немедленно. Дорал позвонил, и ему сразу же ответили.

— Вы нашли Кобурна?

— Фред убит.

Он подождал реакции, понимая, что она вряд ли последует. И оказался прав. Ничего. Даже изумленного вскрика. Не говоря уже о попытке изобразить сочувствие. Бухгалтера интересовали только факты. И возможность узнавать их как можно быстрее.

Как ни ужасно было произносить все это вслух, Дорал подробно описал увиденное в доме Хонор, затем пересказал все, что успел поведать ему по телефону Фред.

— Мне еще раз звонили с его номера. Но, как только я ответил, на другом конце бросили трубку. Не знаю, кто это был. Когда я звоню на номер Фреда сейчас, никто не отвечает. А телефона нет. Личного телефона Фреда. Тот, что зарегистрирован на полицейское управление, я обнаружил в коридоре. Не знаю, что случилось с Хонор и Эмили. Их нигде не видно. Пистолет Фреда исчез. И... и...

— Еще плохие новости, Дорал? Говори же!

— Дом перевернут вверх дном. Хонор успела рассказать Фреду, что Кобурн пришел сюда искать что-то, что, по его мнению, прятал Эдди.

Последовавшая за этим сообщением тишина в трубке показалась Доралу оглушительной. Оба собеседника думали о возможных последствиях обыска

Ли Кобурном дома Хонор Джиллет. Все это, разумеется, не могло быть простым совпадением.

Дорал счел за благо молчать. Он сидел, стараясь не смотреть на тело брата, но ничего не мог с собой поделать. И всякий раз, когда Дорал натыкался глазами на труп Фреда, его снова охватывала ярость. Никто никогда так не унижал члена семьи Хокинс. Он поклялся, что Кобурн заплатит ему за это, дорого заплатит.

— Кобурн нашел, что искал?

Этого вопроса Дорал боялся больше всего, потому что не знал на него ответа.

— Кто же может это знать? — произнес он в трубку.

— Ты должен это узнать, Дорал. Найди их. Узнай, что им известно, или отними то, что у них есть, а потом позаботься об обоих.

— Могли бы и не говорить мне этого.

— Вот как? Вы с братом получили от меня указание не дать никому выбраться из склада живым.

Дорал почувствовал, как кровь бросилась ему в лицо.

— И позволь мне подчеркнуть, что места для еще одной ошибки уже не осталось. Не сейчас, когда мы собрались выйти на совершенно новый для нас рынок.

Вот уже несколько месяцев основным проектом Бухгалтера было заключение соглашения с новым картелем из Мексики, которому требовалась надежная сеть для транспортировки товара через всю Луизиану. Наркотики и девочки в одну сторону, оружие и тяжелое вооружение — в другую. Картель являлся крупным игроком, готовым платить большие деньги за надежное прикрытие.

Намерение Бухгалтера прибрать к рукам этот бизнес оставалось непоколебимым. Но сделка состоится только в том случае, если удастся продемонстрировать стопроцентную надежность. Убийство Сэма

Марсета казалось быстрым и эффективным решением проблемы.

«Надо заявить о себе погромче», — в голосе Бухгалтера слышалась ирония, от которой Фреду и Доралу стало не по себе.

Но, хотя никто не хотел в этом признаваться, убийство в гараже повлекло за собой массу проблем. Они словно разворошили осиное гнездо. И теперь отлаженная система их собственного контроля вот-вот могла дать слабину. Поэтому у Дорала действительно не оставалось другого выхода. Надо было покончить с проблемой.

— В следующий раз я позвоню тебе с другого номера, Дорал, — послышался в трубке голос Бухгалтера. — Если Кобурн забрал телефон Фреда...

— У него есть ваш номер.

— Надеюсь, твой брат делал, как мы договаривались, и очищал журнал вызовов после каждого разговора со мной. Но в любом случае я поменяю номер.

— Понимаю.

— Добудь мне Кобурна.

— Это тоже понятно.

Они с Фредом заранее подобрали козла отпущения, чтобы свалить на него массовое убийство на складе транспортной компании. Но грузчик, которому удалось сбежать со злополучного склада, оказался еще лучшим подозреваемым.

Они рассчитывали обнаружить парня не позднее чем через час после убийства забившимся в какой-нибудь угол, трясущимся от страха и молящим Создателя избавить его от зла. А потом они бы доложили, что Ли Кобурна застрелил офицер полиции Фред Хокинс, поскольку тот сопротивлялся при аресте.

Но Кобурн оказался умнее, чем они ожидали. Он сумел улизнуть от них с Фредом. А потом, хотя его искали все полицейские Тамбура и соседних округов, искали опытные охотники с собаками, этот самый Ли

Кобурн умудрился направиться прямиком к дому Хонор Джиллет и обыскивать его всю ночь, теряя драгоценное время. Не требовалось быть большим ученым, чтобы...

— Знаете, я думаю...

— Я плачу тебе не за то, чтобы ты думал, Дорал.

Оскорбление больно укололо его самолюбие, но Дорал пропустил его мимо ушей.

— Этот парень, Кобурн, появился на сцене год назад и за это время сумел втереться в доверие к Марсету. Я начинаю думать, что он не простой грузчик, случайно подглядевший, чем занимается Марсет, кроме перевозки грузов, и решивший с этого поиметь. Он кажется каким-то... как бы это выразить... чересчур квалифицированным... Не похож на среднестатистического работника транспортной компании.

Последовала долгая напряженная пауза, затем снова зазвучал полный убийственной иронии голос Бухгалтера:

— И ты додумался до всего этого сам, Дорал?

15

Поскольку дом Хонор Джиллет находился за городской чертой, расследование поручили местному шерифу. Помощник шерифа по фамилии Кроуфорд был единственным в конторе детективом, расследовавшим убийства. Имени его Дорал не запомнил.

Он как раз рассказывал Кроуфорду в сотый раз, как вошел в дом и обнаружил тело брата, когда тот вдруг взглянул через плечо и воскликнул:

— Господи! Кто это? Кто пустил его сюда?

Дорал проследил за взглядом помощника шерифа. Должно быть, Стэн Джиллет сумел сказать полицейским, охранявшим место происшествие, оцепленное по периметру желтой лентой, что-то такое, что те его пропустили. Лишь на секунду задержавшись на пороге, Стэн увидел Дорала и тут же бросился к нему.

— Это Стэн Джиллет, свекор Хонор, — пояснил Дорал опешившему помощнику Кроуфорду.

— Волшебно! — угрюмо откликнулся тот.— Последний человек, который нам сейчас нужен.

Дорал был с ним абсолютно согласен, но предпочел не выказывать свои чувства. Придав лицу подобающее случаю скорбное выражение, Дорал повернулся в сторону приближавшегося Стэна.

Бывший морской пехотинец даже не взглянул на тело Фреда Хокинса, затянутое в черный пластиковый мешок, которое лежало на носилках в ожидании погрузки в машину «Скорой помощи» и отправки в морг. Вместо этого он прорычал таким тоном, словно раздает приказы подчиненным:

— Это правда? Хонор и Эмили похитили?

— Ну, во всяком случае, их здесь нет. А Кобурн успел здесь побывать.

— Боже правый! — Стэн провел ладонью по коротко стриженным волосам, схватил себя за загривок и разразился проклятиями. Затем он посмотрел тяжелым взглядом на Дорала:

— Что ты здесь делаешь? Почему не ищешь их?

— Я примусь за поиски, как только помощник Кроуфорд меня отпустит. — Дорал показал рукой на детектива, представляя их друг другу. — Детектив расследует...

— При всем моем уважении к вашему расследованию, — Стэн перебил Дорала и обратился к Кроуфорду. Причем в его голосе не было слышно ни малейшего намека на уважение, о котором он говорил, — оно может подождать. Фред умер, выполняя свой долг. Это риск, который берет на себя каждый полицейский. Он мертв, и ничто уже не способно его вернуть. Между тем исчезли двое беззащитных мирных граждан, которых предположительно похитил человек, подозреваемый в жестоком убийстве. — Стэн махнул головой в сторону Дорала. — Этот человек считается лучшим охотником в здешних местах. Он должен сейчас заниматься поисками Хонор и Эмили в надежде отыскать их прежде, чем они будут убиты, а не стоять и беседовать тут с вами о том, кто уже мертв. И если бы у вас была хоть толика здравого смысла, вы бы тоже участвовали сейчас в погоне и стремились освободить заложников, а не торчали в том месте, где их явно нет.

С каждым словом голос Стэна звучал все громче, и закончил он фразу таким громким криком, что все вокруг побросали свои дела и удивленно уставились на Стэна, стоявшего с прямой спиной, в позе, выражавшей благородное негодование. Стэн, казалось, не замечал направленных на него взглядов.

Надо отдать должное помощнику шерифа, его нимало не смутила критика мистера Джиллета. Кроуфорд был на несколько сантиметров ниже Стэна и Дорала, и его трудно было назвать импозантным, но держался он уверенно.

— Я присутствую здесь как официальное лицо, мистер Джиллет, — невозмутимо произнес он. — И только я нахожусь здесь в этом качестве.

Доралу показалось, что Стэн вот-вот взорвется, но помощника шерифа нисколько это не волновало.

— Я голову сниму с того, кто позволил вам пройти сюда через ограждение. Но раз уж вы здесь, попробуйте помочь нам хоть чем-то. Читая мне нотации и отдавая приказы, вы ничего не добьетесь, кроме того, что вас выведут отсюда, а если окажете сопротивление — арестуют и проводят в тюрьму.

Доралу показалось, что Стэн вот-вот достанет из-за голенищ свой знаменитый нож и поговорит с этим тупицей Кроуфордом по-другому. Он счел за благо вмешаться:

— Не будьте к нему строги, помощник Кроуфорд. Стэн только что узнал ужасную новость. Позвольте мне сказать ему пару слов. Хорошо?

Кроуфорд переводил взгляд с одного мужчины на другого.

— У вас есть две минуты, пока я разговариваю с коронером. А затем, мистер Джиллет, я хотел бы, чтобы вы осмотрели вместе со мной дом и сказали, что отсутствует.

Стэн оглядел царящий кругом беспорядок:

— Но как я смогу определить это в такой каше?

— Понимаю вас. Но взглянуть невредно. Может быть, вы заметите что-нибудь, что даст нам ключ к разгадке, поможет понять, куда и зачем увез их Кобурн.

— И это лучшее, что вы можете сделать? — едко спросил Стэн.

Но детектив лишь посмотрел на него в ответ таким же стальным взглядом, каким сверлил его бывший десантник.

— У вас две минуты, — напомнил он и направился в соседнюю комнату, но на пороге неожиданно обернулся: — А кто сообщил вам? Как вы смогли добраться сюда так быстро?

Стэн стоял, покачиваясь с каблука на носок, и, казалось, не собирался отвечать на заданный вопрос.

Наконец он произнес:

— Вчера Хонор сказала мне, что они с Эмили приболели. Теперь очевидно, что ее заставили так сказать, чтобы я не приезжал. Но сегодня утром меня одолело беспокойство, и я решил их проведать. А приехав, обнаружил, что дом окружен полицейскими машинами. Один из офицеров и описал мне предполагаемую картину происшедшего.

Кроуфорд снова смерил Стэна взглядом, затем повернулся и направился искать коронера.

Дорал потянул Стэна за руку:

— Пойдем туда.

И повел его по коридору. Когда они проходили мимо спальни Эмили, Стэн остановился, затем открыл дверь и вошел внутрь. Подойдя к кроватке, он рассматривал ее несколько секунд, затем обвел своим орлиным взглядом всю комнату.

С обеспокоенным выражением на лице Стэн вернулся к Доралу и последовал за ним в спальню Хонор. Затем высказался на языке военных, не стесняясь в выражениях, по поводу ущерба, нанесенного дому его покойного сына.

— Послушай, — сказал Дорал, торопясь высказать то, что хотел, пока снова не появится Кроуфорд. — Только обещай, что не слетишь с катушек...

Стэн и не думал ничего обещать, просто смотрел на него в упор.

— Кроуфорд заметил кое-что и прокомментировал это, — сообщил Дорал.

— Что же это было?

Дорал показал на кровать.

— Все выглядит так, будто вчера ночью здесь спали двое. Я не делаю из этого никаких выводов, — поспешил добавить Дорал. — Просто говорю тебе, что Кроуфорд это тоже заметил.

— Каких еще выводов? — переспросил Стэн, практически не разжимая губ. — О том, что моя невестка спала с человеком, которого разыскивают по подозрению в семи убийствах?

Дорал поднял одно плечо, выражая одновременно неуверенность и сочувствие:

— Существует ли шанс, Стэн, хотя бы малейший, что Хонор, ну, ты понимаешь... встречала этого парня раньше? До того, как он появился здесь вчера?

— Нет.

— Ты уверен? Ты знаешь всех, с кем Хонор...

— Я уверен.

— Все женщины, которых вчера допрашивал Фред, — соседки, служащие транспортной компании, — все сходились на том, что этот Ли Кобурн настоящий жеребец.

— Если Хонор сейчас с Ли Кобурном, — заявил Стэн дрожащим от ярости голосом, — то он захватил ее против воли.

— Я тебе верю, — заверил его Дорал, противореча собственным инсинуациям, высказанным всего минуту назад. — Хорошо уже то, что трупы Хонор и Эмили не нашли тут, рядом с Фредом.

Стэн впервые вспомнил о его потере.

— Прими мои соболезнования, — произнес он.

— Спасибо.

— Ты уже сообщил матери?

— Я позвонил старшей сестре. Она едет к маме, чтобы рассказать ей.

— Миссис Хокинс будет безутешна. Сначала твой отец и Монро, теперь Фред...

Отец Дорала и второй по старшинству из восьми детей Хокинсов погибли несколько лет назад в аварии на нефтяной вышке. Дорал понимал, что мама наверняка тяжело воспримет смерть Фреда, и ясно представлял себе, какой поднимется вой и рев. Его сестра явно больше подходила для такой сцены, чем он. Кроме того, у Дорала имелись собственные проблемы, которые надо было срочно решать.

— Ты должен знать еще кое-что, Стэн, — сказал он, понизив голос.

— Я тебя слушаю.

— Прежде чем ты появился, Кроуфорд задал мне много вопросов об Эдди.

Стэн не ожидал услышать такое и отнесся к этой новости настороженно.

— Что это были за вопросы?

— Наводящие вопросы. Он заметил, что кругом разбросана одежда Эдди. И в бумагах Эдди тоже как следует порылись. Кроуфорд сказал, что все выглядит так, будто Кобурн пытался найти что-то, принадлежавшее Эдди. Я пропустил мимо ушей, но детектив возвращался к этому вновь и вновь. И еще то фото, где мы вчетвером после рыбалки, — заговорщицким полушепотом продолжал Дорал. — Кроуфорд заметил, что его вынули из рамки. Он все забрал с собой в качестве улик.

От Дорала не укрылось удивление и недовольство Стэна.

— И ты не попытался с ним поспорить по этому поводу?

— Он сказал, что на стекле могут быть отпечатки пальцев Кобурна.

— Неважный предлог. Отпечатки его пальцев могут быть в этом доме на чем угодно.

Дорал только пожал в ответ плечами:

— О чем я и говорю. На фото был Эдди, а Кроуфорд одержим идеей, что Кобурн искал что-то, имевшее к нему отношение.

— Но он не сказал что.

Дорал покачал головой:

— Я думал, может быть, ты знаешь.

Именно в этот момент появился Кроуфорд. Войдя в комнату, он сказал:

— Мистер Джиллет, вы не заметили чего-нибудь необычного?

Стэн встрепенулся.

— Это была шутка? — ехидно предположил он, прежде чем броситься в словесную атаку.

— Как гражданин и налогоплательщик, — заявил Стэн, — я требую, чтобы вы сделали все необходимое, использовали все имеющиеся в вашем распоряжении ресурсы, чтобы моя невестка и внучка вернулись целыми и невредимыми домой.

Кровь бросилась Кроуфорду в лицо, но голос его оставался спокойным.

— Мы все хотим поймать Кобурна и вернуть домой членов вашей семьи, — сказал он.

— Звучит как штампованное дерьмо, — заявил Стэн. — Отставьте свои дежурные обещания для дураков, готовых на них купиться. А мне плевать, каким там инструкциям вам положено следовать. Я хочу, чтобы преступника поймали, если потребуется — убили, а моя внучка и невестка вернулись целыми и невредимыми домой. Тогда и будем любезничать, но не раньше, помощник. А если мне не удастся достучаться до вас, то я перепрыгну через вашу голову. Я лично знаком с шерифом.

— Я знаю, в чем состоят мои обязанности, мистер Джиллет. И я выполняю их так, как предписывает закон.

— Замечательно. И теперь, когда мы оба знаем, кто что думает по этому вопросу, делайте то, что должны, и я поступлю так же.

— Не стоит думать, что вы можете вершить суд сами, мистер Джиллет.

Стэн проигнорировал последнюю реплику, взглянул долгим взглядом на Дорала и, не говоря больше ни слова, величественно покинул помещение.

16

— Это не моя машина.

Кобурн отвлекся от зеркала заднего вида и взглянул на Хонор:

— Твою я оставил в канаве.

— Где?

— В нескольких километрах от твоего дома. Там, где взял эту.

— Она краденая?

— Нет, я постучал в дверь и спросил, можно ли ее одолжить.

Хонор проигнорировала его сарказм.

— Хозяева заявят.

— Я заменил номера на свинченные с другой машины.

— И все это ты успел в промежутке между тем, как оставил мой дом и как вернулся, чтобы застрелить Фреда?

— Я работаю быстро.

Хонор замолчала, обдумывая полученную информацию, затем спросила:

— Ты говоришь, что увидел Фреда в лодке?

— Дорога ведет вдоль протоки. Я ехал, не включая фар. Заметил огонек его лодки и съехал на обочину, чтобы посмотреть, кто там. Я сразу узнал человека в лодке. И представил себе, что он сделает, если ты перескажешь ему то, о чем я с тобой говорил. Я решил вернуться. К счастью для тебя, успел вовремя.

Хонор все еще сомневалась в том, что он говорит правду. И нельзя было сказать, что Кобурн осуждал ее за это. Вчера, когда он ворвался в жизнь этой женщины, она покрывала глазурью кексы для вечеринки в честь дня рождения свекра. Затем он угрожал ей и ее ребенку пистолетом. Дрался и боролся с ней. Перевернул вверх дном ее уютный дом, а ее привязал к кровати.

А теперь от нее требовалось поверить в то, что он хороший парень, и согласиться убежать с ним из собственного дома, потому что люди, которых она знала много лет и которым привыкла доверять, оказались убийцами, к тому же планировавшими присоединить ее к числу своих жертв. Пожалуй, у нее был повод для скептицизма.

Хонор нервно водила руками по собственным ногам. Сегодня на ней были джинсы, а не шорты. Время от времени она смотрела через плечо на маленькую девочку, игравшую на заднем сиденье со своим рыжим дружком. Игрушка, мягкий плед, уткнувшись в который девочка привыкла засыпать, и дамская сумочка Хонор — вот все, что Кобурн разрешил им взять с собой. Он буквально выволок их из дома в чем были.

Но по крайней мере их одежда принадлежала им самим, а на нем была одежда мертвого человека.

И в подобной ситуации он оказывался далеко не впервые.

— Как думаешь, она видела? — шепотом спросила Хонор.

— Нет.

При выходе из дома Хонор сочинила какую-то игру, по правилам которой Эмили не должна была открывать глаза, пока они не окажутся во дворе. Чтобы ускорить процесс, Кобурн отнес ее на руках из розовой детской спальни прямо в машину. Рука его лежала на теплом затылке девочки, уткнувшейся носиком в шею Ли, чтобы она не подглядывала. Если бы Эмили решила сжульничать, то увидела бы на полу в гостиной тело Фреда Хокинса.

— Почему ты не сказал мне вчера, что ты агент ФБР? Зачем запугивал меня?

— Я тебе не доверял.

Хонор была задета и искренне обескуражена.

— Ты вдова Джиллета, — пояснил Ли. — Для меня это достаточная причина, чтобы в тебе сомневаться. А потом, когда я увидел то фото, увидел, что твой муж и его отец с детства дружили с двумя парнями, на моих глазах убившими на складе семь человек, что я должен был подумать? Я не сомневался — и сейчас не сомневаюсь, что то, что было у Эдди, находится у тебя.

— Но у меня ничего нет.

— Может быть. А может быть, есть, но ты не знаешь об этом. Во всяком случае, я больше не думаю, что ты что-то от меня прячешь.

— Что заставило тебя изменить свое мнение?

— Даже если бы ты вела двойную игру, ты, думаю, отдала бы мне все, что угодно, только бы я не обидел твою дочку.

— Ты прав.

— Я пришел к этому выводу сегодня перед рассветом и решил, что лучше будет оставить тебя в покое. Но потом я увидел Хокинса, держащего путь в твой дом. И пришлось изменить свои планы.

— И я должна, по-твоему, поверить, что Фред убил Сэма Марсета?

— Я видел это своими глазами. — Ли посмотрел на Хонор и понял по выражению ее лица, что лучше развить свою мысль и объяснить поподробнее. — В воскресенье в полночь на складе Марсета была назначена встреча.

— Встреча Марсета и Фреда?

— Встреча Марсета и Бухгалтера.

Хонор задумчиво потерла лоб:

— О чем это ты?

Кобурн сделал глубокий вдох, собираясь с мыслями.

— Шоссе номер десять, соединяющее несколько штатов, проходит через Луизиану к северу от Тамбура.

— Оно проходит через Лафайет и Новый Орлеан.

— Правильно. Это самое южное шоссе, соединяющее два побережья. И близость одновременно к Мексике и к заливу делает его отличным путепроводом для наркодилеров, торговцев оружием и живым товаром. Города, через которые проходит шоссе, — Феникс, Эль-Пасо, Сан-Антонио, Хьюстон, Новый Орлеан — крупные рынки для этих ребят. К тому же через эти города также тянутся в северном и южном направлении другие крупные дороги.

— Да, это важно...

— Соединяющие шоссе номер десять со всеми крупными городами континентальной части США.

— О'кей, — Хонор снова кивнула.

— Любой автомобиль, который проезжает мимо тебя по этому шоссе — от крохотной легковушки до пикапа или семейного фургона, — гипотетически может перевозить наркотики, фармпрепараты, оружие, девочек и мальчиков, насильно вовлеченных в проституцию, — Кобурн взглянул на Хонор. — Ты следишь за моей мыслью?

— Сэму Марсету принадлежала Royal Tracking Company.

— Получаешь золотую звезду за догадливость.

— То есть ты хочешь сказать, что водители Сэма Марсета замешаны в незаконной транспортировке?

— Не водители. Сам Сэм Марсет. Ваш церковный староста, председатель краеведческого общества или чего там. И не замешан, а влез в это дело по уши. Являлся одним из главных организаторов. Воскресная ночь положила конец его преступной деятельности.

Хонор обдумала услышанное, затем обернулась, чтобы убедиться, что Эмили по-прежнему погружена в игру.

— А какое у тебя было задание?

— Я должен был проникнуть в сеть Марсета. Выявить тех, с кем он вел дела, чтобы полиция могла нанести точечные удары по главарям. У меня ушло несколько месяцев на то, чтобы завоевать доверие бригадира. Затем, только после того как на это дал разрешение Марсет, мне доверили заниматься накладными. Компания перевозит множество легальных грузов, но мне также приходилось видеть массу контрабанды.

— И людей?

— Все, кроме этого. И хорошо, потому что я обязан был бы это прекратить. И тогда пришел бы конец моей работе под прикрытием. А так приходилось пропускать огромные партии контрабанды. Моих боссов не интересует грузовик с крупой, где спрятаны автоматические ружья. ФБР нужны люди, отправляющие и получающие грузы. А я не успел собрать достаточно доказательств, чтобы поймать крупную рыбу.

— Как Марсет?

— Как он и крупнее. Но мне был нужен главный приз — Бухгалтер.

— Кто это?

— Хороший вопрос. В бюро даже не знали об этой фигуре, пока я не стал работать на Марсета. Здесь я понял, что кто-то смазывает полозья.

— Ты совсем запутал меня.

— Бухгалтер играет роль переговорщика. Приходит к тем, кому положено по должности следить за порядком на дорогах, и подкупает или запугивает, чтобы смотрели в другую сторону.

— Подкупает полицейских?

— Полицейских, патрульных, агентов на весовых, тех, кто проверяет запертые грузовики. В общем, всех, в чьей власти помешать перевозке контрабанды.

— Бухгалтер подкупает представителей власти...

— А потом берет с контрабандистов щедрые комиссионные за то, что гарантирует им и их грузу свободный проезд через Луизиану.

Хонор задумалась на несколько секунд. Затем спросила:

— Но вы так и не установили личность Бухгалтера?

— Нет, — признался Кобурн. — Мне до сих пор не хватает ключевого элемента.

Остановившись на перекрестке, он бросил на Хонор тяжелый взгляд.

— И в поисках этого элемента ты пришел в мой дом?

— Точно, — Кобурн снял ногу с тормоза и, надавив на газ, проехал перекресток. — Министерство юстиции не возбудит дело, если будет знать, что его можно проиграть в суде. Мы можем заключить с кем-нибудь сделку, чтобы он дал показания против Бухгалтера в обмен на снисхождение суда. Но еще нам нужны железобетонные доказательства. Файлы, банковские выписки, записи телефонных переговоров, погашенные чеки, квитанции по вкладам, имена, даты. Документация. Улики. Думаю, все это хранилось у твоего покойного мужа.

— Так ты считаешь, что в этом был замешан Эдди? — возмутилась Хонор. — Наркотики? Оружие? Торговля живым товаром? Вы не правы, мистер Кобурн...

— Правда в том, что я не знаю, на какой стороне был в этом деле твой муж. Но он являлся чуть ли не названным братом близнецам Хокинсам, и в моем блокноте я поместил его в список весьма подозрительных лиц. А быть полицейским в таком деле только удобнее. Как Фреду.

— Эдди был честным полицейским.

— Ты обязана не сомневаться в этом, не так ли? Ты его вдова. Но я видел, как друзья его детства хладнокровно расстреляли семерых ни в чем не повинных людей. Я мог бы стать жертвой номер восемь, если бы не сумел смыться.

— Кстати, как тебе это удалось?

— Я подозревал, что что-то случится. Встреча предполагалась мирной. Никакого оружия. Но я находился начеку. Жестокость и вероломство Бухгалтера можно считать своеобразной визитной карточкой. Помнишь, в новостях передавали несколько дней назад про латиноамериканского мальчика, найденного возле Лафайета в канаве с перерезанным горлом?

— Его не смогли опознать. Ты знаешь, кто это?

— Имени не знаю, но знаю, что его перевозил через границу клиент Бухгалтера, поставляющий живой товар в одно местечко в Новом Орлеане, которое держат люди... — Кобурн взглянул в зеркало заднего вида, чтобы убедиться, что Эмили по-прежнему поглощена игрой с Элмо. — В общем, местечко для парней с кучей денег и склонностью с затейливому сексу. Мальчишка узнал, что его ожидает, и сумел убежать во время остановки на заправке. Большинство жертв этих негодяев слишком напуганы, чтобы обращаться к властям. Но всегда может найтись кто-то посмелее. Этого они и боятся. Одним словом, люди Бухгалтера сумели добраться до мальчишки, прежде чем он смог доставить им неприятности. — Бросив быстрый взгляд на Хонор, Кобурн пробормотал: — Возможно, в его случае быстрая смерть лучше того, что ожидало парня дальше. А вскоре нашли в канаве с перерезанным горлом офицера патрульной службы. Я думаю, эти два убийства связаны.

— Ты думаешь, Бухгалтер занимает какой-то официальный пост?

— Не исключено. А может, и нет. Я надеялся установить личность Бухгалтера в воскресенье вечером. Потому что назревает что-то серьезное. Я видел лишь некоторые признаки, но, думаю, Бухгалтер окучивает какого-то нового клиента. Из тех, чьей жестокости нет предела, зато к промахам они нетерпимы.

Хонор снова потерла лоб:

— Я отказываюсь верить, что Эдди мог быть во всем этом замешан. И Сэм Марсет тоже.

— Марсет делал все это только ради денег. Эдакий толстый кот, наживавшийся на чужих пороках. Но жестоким Сэм не был. Если кто-то шел против него, он уничтожал такого человека, но не физически. Обычно финансовыми методами. Или подлавливал со спущенными штанами в комнате мотеля, а потом шантажировал. И все в таком роде. Он считал, что тело тринадцатилетнего мальчишки, найденное в канаве, очень плохо для бизнеса. И это была лишь одна из немногих претензий Марсета к Бухгалтеру. Он потребовал, чтобы они встретились, сели и обсудили все свои разногласия и договорились. С согласия Бухгалтера встречу назначили на воскресенье.

— Но оказалось, что это двойная игра...

— Это еще мягко сказано. Вместо Бухгалтера на место встречи пожаловали близнецы Хокинсы. Прежде чем Марсет успел раскрыть рот, чтобы высказать недовольство по поводу такой подмены, Фред застрелил его. У Дорала была автоматическая винтовка. Он открыл огонь по остальным. Сначала убил моего бригадира. Как только я увидел этих двоих в дверях, то понял, что дело нечисто, и спрятался за какие-то стеллажи. Но я знал, что Хокинсы меня видели. Когда остальные были убиты, они стали меня искать.

Машина подъехала к железнодорожному переезду, но Кобурн и не подумал сбавить скорость. Они быстро пролетели через рельсы.

— Я решил подстраховаться в тот день и взял с собой на работу пистолет и запасной сотовый. Один аппарат я бросил на складе специально. Это притормозило погоню. Я знал, что они будут разбираться с моими контактами, отслеживать звонки... В общем, со склада мне удалось выбраться живым, и я спрятался по соседству в заброшенном доме. Один из близнецов осматривал его, но я лежал, согнувшись в три погибели, в какой-то узкой нише, пока он не ушел, не заметив меня. Потом я тайком спустился к реке. Мне было очень важно оказаться в твоем доме прежде, чем они доберутся до меня, — Кобурн бросил быстрый взгляд на Хонор. — А остальное тебе более или менее известно.

— И что же теперь? Куда мы едем?

— Понятия не имею.

Хонор повернула голову так быстро, что у нее заболела шея.

— Что-о-о-о?

— Я ведь не планировал нашу поездку заранее. Честно говоря, я не особенно надеялся пережить прошлую ночь. Думал, что меня убьет или какой-нибудь слишком ретивый полицейский, или кто-то, состоящий на жалованье у Бухгалтера. — Кобурн снова бросил взгляд через плечо на заднее сиденье. — И я уж точно не рассчитывал заполучить в попутчики женщину с ребенком.

— Что ж, прошу прощения за неудобства, которые мы причиняем, — саркастически произнесла Хонор. — Можешь высадить нас у дома Стэна и ехать по своим делам.

Кобурн коротко рассмеялся.

— Неужели ты еще не поняла? Ты вообще меня слушала? Ели Дорал Хокинс и Бухгалтер считают, что у тебя есть нечто, что можно использовать против них, то жизнь твоя гроша ломаного не стоит.

— Я все отлично поняла. Стэн сумеет нас защитить.

— Стэн? Человек с фотографии «один за всех и все за одного» с твоим покойным мужем и близнецами Хокинсами? Тот самый Стэн?

— Ты ведь не думаешь?..

— А почему бы и нет?

— Стэн — бывший морской пехотинец.

— Я тоже. И посмотри, во что я превратился.

Кобурн высказался яснее некуда. Поколебавшись, Хонор решительно произнесла:

— Мой свекор будет защищать меня и Эмили до последнего дыхания.

— Может быть. Но я не знаю этого наверняка. И пока не получу убедительные доказательства, вы останетесь со мной. И не будете никому звонить.

Прежде чем Хонор успела что-то возразить, они услышали надсадный вой сирен. Через несколько секунд на горизонте появились две полицейские машины. С оглушительным ревом они быстро приближались.

— Должно быть, Дорал обнаружил тело брата, — прокомментировал Кобурн.

Мышцы его были напряжены, но пальцы крепко сжимали руль, и машина мчалась вперед. Сохраняя набранную скорость, полицейский кортеж проехал мимо.

— Полицейская машина! — залепетала Эмили. — Мама, смотри! Полицейская машина!

— Я вижу, малышка, — улыбнувшись дочери, Хонор снова повернулась к Кобурну: — Эмили потребуется еда. И место для сна. Мы не можем просто ехать и ехать вот так в украденной машине, рискуя нарваться на полицейский наряд. Что ты собираешься делать с нами дальше?

— Как раз решаю.

Кобурн взглянул на часы на приборной панели и увидел, что на Восточном побережье должно быть уже больше девяти. На следующем повороте он свернул с главной дороги. Асфальтированная дорога скоро сменилась гравийной, гравийная — проселочной дорогой, которая привела в конце концов к заросшей ряской бухте со стоячей водой.

У Кобурна было три сотовых телефона. Один — принадлежавший Фреду. Журнал звонков оказался пуст, если не считать последнего звонка брату. Но, поскольку было ясно, что Фред Хокинс использовал этот телефон для своей незаконной деятельности, Ли и не ожидал увидеть в записной книжке номер с надписьью «Бухгалтер». И все равно он решил оставить этот аппарат у себя. Только в целях безопасности достать аккумулятор.

Он понимал, что нельзя пользоваться телефоном Хонор, так как его могли запеленговать — ведь их с Эмили наверняка ищут. Из него Кобурн тоже вынул аккумулятор.

Оставался его собственный запасной аппарат, купленный несколько месяцев назад, которым Ли ни разу не пользовался до вчерашнего дня. Он включил телефон, с облегчением убедился, что есть сеть, и нажал повтор набора вчерашнего номера в надежде, что сегодня ему повезет больше.

— Кому ты звонишь? — настороженно спросила Хонор.

— Черт побери, ты вздрагиваешь от каждого моего движения! — раздраженно заявил Кобурн.

— И ты можешь меня в этом винить?

— Честно говоря, нет.

Кобурн посмотрел на локти и предплечья Хонор, покрытые синяками. Тыльные стороны ее запястий тоже были в синяках от ударов об изголовье кровати, к которой Кобурн ее привязал. Он жалел о том, что пришлось применить физические меры воздействия, но извиняться не собирался. Если бы он не сделал все это, Хонор и ее ребенок пострадали бы гораздо сильнее.

— Тебе не стоит беспокоиться, что я снова тебя схвачу или направлю на тебя пистолет, — заверил он Хонор. — Никаких больше нервов, хорошо?

— Если я выгляжу нервной, то это потому, что сегодня на моих глазах в моем доме убили человека.

Кобурн уже сказал все, что должен был по этому поводу, и не собирался оправдываться снова. Если выпадает шанс покончить с жестоким преступником вроде Фреда Хокинса, не успеваешь задать себе вопрос: почему? Надо скорее нажимать на курок. Или из вас двоих тем, кто лежит и не дышит, окажешься ты сам.

Смерть скольких людей он видел? И сколько из них умирали насильственной смертью? Слишком много, чтобы сосчитать и даже чтобы помнить. Но, видимо, для карих глаз учительницы второго класса это стало слишком впечатляющим зрелищем. И в ее памяти оно будет навсегда связано с ним, Ли Кобурном. Тут уж ничего не поделаешь. Но он надеялся, что звонок, который он собирался сделать сейчас, поможет по крайней мере добиться, чтобы Хонор Джиллет не вздрагивала от каждого его движения.

Он был уже готов разъединиться и попробовать набрать снова, когда женский голос на другом конце произнес:

— Приемная заместителя директора Гамильтона. Кому переадресовать ваш звонок?

— С кем я говорю? Соедините с Гамильтоном, пожалуйста...

— Как вас представить? Кто звонит?

— Послушайте, кончайте с этим дерьмом. Дайте ему трубку!

— Как вас представить?

Чертова бюрократия!

— Кобурн!

— Простите, как вы сказали?

— Кобурн, — нетерпеливо повторил он. — Ли Кобурн.

После затянувшейся паузы женщина медленно произнесла:

— Этого не может быть. Агент Кобурн мертв. Погиб больше года назад.

17

Сотовый телефон Диего завибрировал, но он вы́-ждал из вредности несколько секунд, прежде чем ответить на звонок.

— Кто это?

— А кого ты ожидал услышать? — послышался в трубке ехидный голос Бухгалтера.

— Поймали своего беглеца?

— Он оказался большей проблемой, чем все думали вначале.

— Правда? Эта ваша парочка клоунов таки облажалась, не так ли? Позволила ему смыться. — Диего очень хотелось добавить: «Так вам и надо, за то что не поручили эту работу мне». Но он решил не испытывать судьбу. Доход наемника зависел не только от Бухгалтера, но их деловые отношения — если это можно было так назвать -- были весьма плодотворными.

Покинув салон плетения кос, он несколько лет жил на улице, ночуя то здесь, то там, роясь в помойках в поисках одежды и еды. Он выжил за счет изворотливого ума, доставшегося ему неизвестно от кого из внесших свой вклад в его расплывчатую генетику, и довольно быстро сообразил: бартер, кражи и прочая дребедень не заведут его далеко. Единственным, что значило что-то в этой жизни, были деньги.

И Диего научился их зарабатывать. Он наблюдал, перенимал опыт и обучался очень быстро. Сферы применения усвоенных навыков не знали границ. Бизнес его процветал независимо от экономического климата в других сегментах рынка. На самом деле он был востребован даже больше в тяжелые времена, когда особенно жестко применялись законы джунглей.

Еще в подростковом возрасте Диего стал известен среди заказчиков безрассудной жестокостью, так что даже самые крутые из крутых уважали этого низенького худенького паренька и часто обращались к нему за услугами. У него не было друзей и почти не было конкурентов, потому что мало кто умел справляться с грязной работой так хорошо, как Диего.

Для штата Луизиана он не существовал. Его рождение нигде не было зарегистрировано, поэтому он никогда не посещал школу. Будучи практически безграмотным, Диего умел читать по-английски достаточно, чтобы прожить на этом свете. И говорил немного на испанском, которого нахватался на улице. Он не мог бы показать свой родной город на карте, но знал его как свои пять пальцев. Он никогда не слышал о делении в столбик и таблице умножения, но с феерической скоростью производил в уме сложные подсчеты. Вот и сейчас он мысленно подсчитывал, сколько сможет получить за то, что уделает Кобурна.

— Так до парня уже добрались или нет?

— Нет! Это он добрался до Фреда Хокинса.

Эта новость очень удивила Диего, но он счел за благо воздержаться от комментария.

— Теперь подняты все силы штата. И я хочу, чтобы ты вступил в игру, если Кобурну удастся пережить свой арест.

— Я готов.

— Я также хочу, чтобы ты позаботился о женщине и ребенке.

— Это будет стоить дополнительных денег.

— Понимаю, — после прохладной паузы последовал новый вопрос: — Насчет той проститутки...

— Я позаботился о ней. Я же говорил.

— Да-да, говорил... Просто голова сейчас совсем другим забита. Я на связи.

И в трубке послышались гудки.

Лишних слов не требовалось. Эти двое отлично понимали друг друга. Так было с самого начала.

Несколько лет назад кто-то, кто знал кого-то, предложил Диего работенку по контракту.

Он позвонил по записанному номеру телефона, выслушал условия деловых отношений с Бухгалтером и решил, что это, пожалуй, то, что ему надо. Никаких жестких отношений. Первый раз он сделал работу — и ему заплатили. И с тех пор они с Бухгалтером работали вместе постоянно.

Диего опустил сотовый в чехол, пристегнутый к поясу, сгорбился и засунул руки в карманы брюк. Пальцы правой руки привычно обхватили ручку опасной бритвы.

После того как над городом пронесся ураган «Катрина», некоторые районы стали ареной гангстерских войн. Диего был независимым бойцом, который старался держаться подальше от столкновений, но оставаться целиком в нейтралитете оказалось невозможно, и в конце концов он стал врагом всех банд.

Создавалось впечатление, будто этот парень внимательно смотрит себе под ноги, под грубые резиновые подошвы своих ботинок. На самом же деле Диего шарил глазами по сторонам, подозревая опасность в каждой тени, в любую секунду ожидая нападения.

Он не особенно боялся копов. Они были просто шуткой. Иногда дурной шуткой, но все равно смешной. И беспокоиться на их счет не считал нужным.

С обманчиво пришибленным видом Диего прошел один квартал и свернул в первый же переулок налево, вспугнув тараканов и двух притаившихся в ожидании добычи котов. Следующие пять минут путь его лежал между заброшенными зданиями, заполненными ржавым промышленным оборудованием или мусором, оставленным бродягами, использовавшими эти здания для временного ночлега.

Диего отлично ориентировался в лабиринте переулков, он знал здесь каждый дюйм. Каждый раз он шел разными путями, внимательно следя за тем, чтобы никто не следовал за ним. Никто не мог найти его, если он не хотел быть найденным.

После многих лет житья там, где удавалось найти пристанище, сейчас у Диего имелось постоянное жилище, хотя в маршруте почтальона оно и не значилось. Он дважды обошел вокруг заброшенного здания, прежде чем подойти к запертой на большой висячий замок двери, единственный ключ от которого находился у него. Оказавшись внутри, он запер металлическую дверь.

Его охватила полная темнота. Но это не могло послужить препятствием. Диего легко ориентировался в коридорах, влажные стены которых покрывала плесень. Стены были мокрыми все время. Дождевая вода стекала через три этажа и собиралась на неровном полу в небольшие лужицы.

Здесь, в глубине того, что называлось раньше фабрикой по упаковке консервных банок с фасолью, Диего устроил свой дом. Он отпер дверь, бесшумно проскользнул внутрь и запер за собой замок.

Внутри воздух был прохладнее и суше благодаря системе вентиляции, которую он сам смастерил из той, что имелась в здании, собрав потихоньку недостающие материалы. На полу лежал дорогой персидский ковер, который Диего лично украл с грузовика, припаркованного во французском квартале. Диего притворился одним из сотрудников службы доставки, и никто не стал возражать, когда он взвалил ковер на плечо и ушел вместе с ним. Остальные предметы обстановки он добыл похожим образом. Две одинаковые лампы гостеприимно освещали жилище.

Она сидела на краешке кровати и расчесывала волосы щеткой, которую Диего вынес вчера из супермаркета. А вот за золотую рыбку Диего заплатил. Проходил мимо зоомагазина, на который никогда раньше не обращал внимания, и увидел рыбок в аквариуме. Следующее, что помнил Диего, это как он принес домой одну из них. А улыбка девушки, когда он вручил ей подарок, стоила в три раза дороже.

У Диего никогда не было домашних питомцев. А теперь вдруг появилось сразу два. Рыбка и девушка.

Ее звали Изабель. Она была на год младше Диего. Волосы ее были такими гладкими и черными, что, казалось, отливали всеми цветами радуги. Они падали на плечи, образуя блестящий занавес вокруг ее щек.

Она была очень миниатюрной. Такой маленькой, что ее талию Диего смог бы обхватить пальцами. Диего казалось иногда, что он мог бы разорвать ее пополам, не прилагая особых усилий. Ее маленькая грудь едва вздымала ткань футболки, которую Диего для нее украл. И хотя в жизни он перепробовал много женщин всех размеров и цветов, именно хрупкая красота тела Изабель заставляла его чувствовать озноб, задыхаться и сгорать от желания.

Но Диего ни разу не прикоснулся к ней. И не собирался.

Хрупкое телосложение, почти как у девочки, сделало ее необыкновенно популярной у клиентов массажного салона. Мужчины любили, чтобы их плоть ласкали ее крохотные ручки. Многие заказывали Изабель. Были и постоянные клиенты. Ее хрупкость возбуждала, давая тем, кто потел над ней, возможность чувствовать себя сильнее, мужественнее, крупнее.

Как и многим другим, Изабель и ее семье пообещали лучшую жизнь в Соединенных Штатах. Девушке гарантировали работу в шикарном отеле или дорогом ресторане, где она за неделю могла бы зарабатывать больше денег, чем ее отец за год.

А когда она отдаст долг за свое перемещение в США и как следует устроится — это займет немного времени, всего пару лет, — то начнет посылать деньги семье. Может быть, денег будет достаточно, чтобы оплатить приезд в США ее брата. Все это звучало как сказка, как сбывшаяся мечта. Простившись со слезами, но в то же время с надеждой со своей семьей, Изабель залезла в грузовик, направляющийся в сторону границы.

Чудовищная, адская дорога длилась пять дней. Ее и еще восьмерых поместили в кузов пикапа и заложили сверху фанерой. Во время поездки им почти не давали есть и пить, так как не хотели часто останавливаться, чтобы дать пассажирам возможность облегчиться.

Одна из девушек, не старше самой Изабель, заболела и тряслась в лихорадке. Изабель постаралась скрыть ее болезнь, но шофер и другой мужчина, весь обвешанный оружием, который ехал в кабине, обнаружили состояние несчастной во время одной из кратких стоянок. Грузовик поехал дальше без девушки. Ее оставили на обочине дороги. Остальных предупредили, что их тоже высадят, если они будут вмешиваться и скандалить. Изабель много раз задавала себе вопрос: успел ли девушку кто-нибудь найти или она так и умерла в канаве?

Для Изабель же дорога стала лишь началом кошмара.

Когда грузовик наконец прибыл на место, ее заставили надеть сексуальный наряд, стоимость которого вычли из жалованья, и отправили работать в бордель.

Она никого вокруг не знала. Даже тех, с кем она ехала в одном грузовике и успела немного сблизиться благодаря общим мучениям и страхам, развезли по другим местам. Изабель понятия не имела, в каком она городе, в каком штате. Она не понимала языка, на котором пытался ворковать с ней первый глумливо ухмылявшийся мужчина, лишивший Изабель невинности.

Но, хотя девушка не понимала слов, она отлично сознавала, что значит для нее все происходящее.

Она была испорчена. Жизнь ее разбита. Никакой добрый и заботливый мужчина не захочет теперь на ней жениться. Она была опозорена. Семья откажется принять ее обратно. У нее оставалось теперь два пути — продолжать развлекать клиентов или покончить с собой. Но самоубийство являлось смертным грехом, билетом в ад.

Так что теперь она могла только выбирать, в каком аду страдать и мучиться.

Вот почему ее глаза, темные и влажные, как чернила, были полны такой боли и отчаяния, когда Диего увидел ее первый раз. Он пришел в бордель, чтобы передать его хозяину предупреждение Бухгалтера, до которого дошли слухи, будто бы тот придержал плату за охрану во время транспортировки последней партии девушек.

Диего заметил Изабель, когда она вышла в коридор из одной из спален, стискивая на груди тонкий шелковый халатик. По щекам девушки катились слезы. Увидев, что Диего наблюдает за ней, девушка стыдливо вспыхнула и отвернулась.

Он вернулся через несколько дней, на этот раз в качестве клиента. Войдя в комнату, Изабель тут же узнала его и с подавленным видом начала раздеваться. Но Диего поспешно остановил ее, объяснив, что хочет только поговорить.

На протяжении часа она рассказывала ему свою горестную историю. Но не сама история, а тот отрешенный вид, с которым она это делала, заставил Диего предложить ей бежать из борделя. Девушка взяла его руку и прижала к губам, орошая слезами.

И вот теперь, когда он приблизился к кровати, она отложила в сторону щетку для волос и посмотрела на него глазами, в которых не было больше обреченности. Теперь в них робко светилась благодарность.

Диего сел рядом, но оставив между ними расстояние.

— Как дела? — спросил он по-испански.

— Отлично.

Диего улыбнулся в ответ на робкую улыбку Изабель, и несколько минут они просто смотрели друг на друга. Пауза длилась так долго, что, когда Диего протянул к девушке руку, она невольно вздрогнула.

— Шшш, — Диего нежно положил ладонь на щеку Изабель, ощущая гладкость ее кожи. Он провел по щеке пальцем, не сводя взгляда с горла девушки. Оно было таким тонким, таким беззащитным. На шее висела серебряная цепочка с распятием. Тоненькая жилка пульсировала между ключиц, поблескивая, когда на нее падал свет лампы.

Бритва у него в кармане казалась тяжелой, как свинчатка.

Его стандартная такса — пятьсот долларов.

Все будет кончено быстро. Один взмах — и Изабель свободна от всех своих несчастий. И ей не надо будет больше ничего бояться. Даже проклятия души. Он фактически освободит ее. Освободит от мужчин, тянущих к ней руки. И от осуждения бога, в которого она так верила. И выполнит приказание Бухгалтера.

Убив Изабель, он сохранит хорошие отношения с Бухгалтером. А хрупкое прекрасное тело этой красивой девушки никто больше не сможет осквернить.

Но вместо того чтобы взмахнуть бритвой, Диего погладил ее горло рукой, коснулся пальцем серебряного распятия и тихонько заверил по-испански, что ей больше нечего бояться. Он сказал, что позаботится о ней, что ей не надо больше жить в страхе. Он сумеет ее защитить. Кошмар, в котором она жила два года, теперь закончен.

Диего поклялся ей в этом своей жизнью.

Произнеся это, он сжег мосты. Ведь Диего приказали не только убить Изабель, но также узнать, кто помог ей бежать из массажного салона. И убить и этого человека тоже.

Разумеется, у Бухгалтера и мысли не возникло, что это было делом рук самого Диего.

Глядя на прекрасное лицо Изабель, ощущая сладкий аромат ее кожи, он выругался в сердцах на английском языке, как будто Бухгалтер мог его слышать:

— Черт бы тебя побрал, сволочь!

18

— Тори, мне кажется, тебе это будет интересно. Посмотри!

Ее секретарше не стоило мешать, когда она работала с клиентом. Особенно с такой кучей дряблых мышц, страдающей от ожирения, какой была миссис Перкинс. Тори сердито взглянула на Эмбер, затем сказала клиентке:

— Еще шесть раз, пожалуйста.

Миссис Перкинс со стоном опустилась на корточки.

Тори повернулась к секретарше и с недовольным видом спросила:

— Ну, и что там у тебя?

Секретарша показала пальцем на несколько телевизоров, висевших напротив беговых дорожек. На одном из экранов шло популярное ток-шоу, на другом рекламировала чудодейственный крем для лица звезда мыльной оперы, а на третьем передавали последние новости по каналу Нового Орлеана.

Тори посмотрела несколько секунд и возмущенно обернулась к Эмбер:

— И ты отвлекла меня, чтобы я посмотрела последние новости о массовом убийстве на складе Royal Tracking Company? Если только тот, кого они ловят, не находится сейчас у нас в женской сауне без полотенца, — какое все это, черт побери, имеет ко мне отношение?

Она снова повернулась к миссис Перкинс, лицо которой начинало напоминать цветом вареную свеклу. Тори подумала, что, возможно, было бы достаточно пяти приседаний.

— Но там же говорят про твою подругу, — сказала на это Эмбер. — Про Хонор. Ее, кажется, похитил этот парень.

Тори быстро взглянула на Эмбер, затем снова перевела взгляд на экран телевизора и только тогда узнала дом Хонор, видневшийся позади репортера, ведущего «репортаж с места событий в прямом эфире», если верить надписи в нижней части экрана.

— О господи, что он такое говорит?

— Что там происходит? — едва отдышавшись, полюбопытствовала миссис Перкинс.

Тори, не обращая на нее внимания, быстро прошла мимо тренажеров к стене с телевизорами. Она взяла пульт и стала ошалело давить на кнопки. После нескольких попыток ей удалось включить на нужном экране максимальную громкость.

— ...судя по всему, похищена Ли Кобурном, человеком, разыскиваемым по подозрению в массовом убийстве на складе транспортной компании Royal Tracking в воскресенье вечером. Напоминаем, что среди убитых был Сэм Марсет, один из столпов местного общества.

— Ну же, ну, — нетерпеливо повторяла Тори, которая все еще сомневалась, что ее секретарша не перепутала что-нибудь. Она наняла Эмбер на работу только потому, что та шикарно выглядела в тренировочном костюме. У нее были отличные волосы, зубы, огромная грудь, но явно недоставало серого вещества.

Однако на этот раз Эмбер оценила информацию правильно. Когда репортер снова начал объяснять, почему он ведет выпуск рядом с домом Хонор, Тори слушала его с нарастающим недоверием и тревогой.

— Видишь? — прошептала ей на ухо Эмбер. — Я же говорила!

— Тише ты! — оборвала ее Тори.

«К месту происшествия прибыли офицеры полиции, агенты ФБР. Проводится тщательное расследование. Судя по тому, что удалось узнать, миссис Джиллет и ее четырехлетняя дочь, скорее всего, насильно были увезены из дома. Мне удалось лишь кратко переговорить с мистером Стэном Джиллетом, свекром предполагаемой жертвы, который отказался дать интервью для этого репортажа. Мистер Джиллет сообщил, что пока не получал требования о выкупе. — Репортер опустил глаза, сверяясь со своими записями. — Похоже, в доме произошла жаркая схватка — все перевернуто вверх дном. По словам мистера Джиллета, невозможно определить, что исчезло. Что до тела полицейского офицера Фреда Хокинса, найденного нами в доме...»

— Господи Иисусе! — воскликнула Тори, прижимая руки к груди.

«...у нас нет никакой дополнительной информации. Можно только сказать, что, судя по всему, полицейский погиб при исполнении. — Репортер посмотрел в камеру. — Полиция и другие органы охраны правопорядка обращаются ко всем жителям с просьбой быть внимательными. Возможно, вам удастся обнаружить похитителя и его заложников. Сейчас на экране появится последняя фотография Хонор Джиллет и ее дочери».

Экран заполнила фотография, которую Хонор присылала Тори в прошлом году вместе с рождественской открыткой.

«Всякий, кто их увидит, должен немедленно уведомить полицию. Это вся информация на данный момент, но мы будем возвращаться к репортажам о поисках в наших следующих выпусках в течение дня. Ждите новостей!»

Канал продолжил показ дебильного шоу. На экране снова запрыгали какие-то придурки, выражая восторг по поводу новенького блестящего пылесоса. Тори выключила звук и сунула пульт в руки удивленной Эмбер.

— Продолжи вместо меня с миссис Перкинс, — велела она. — Ей осталось пятнадцать минут на кардиотренажерах. Позвони Пэм, пусть подменит меня в час с Клайвом Донованом и проведет общую тренировку на велотренажерах в три. Не звоните мне, если только не случится что-нибудь из ряда вон выходящее, и, ради всего святого, не забудь включить сигнализацию, когда закроешь клуб вечером.

— А ты куда?

Не утруждая себя ответом, Тори промчалась мимо Эмбер. Она не обязана отчитываться ни перед сотрудниками, ни перед клиентами. Ее лучшую подругу похитили. Эмили тоже.

Она должна была что-то делать и решила вначале отправиться домой и подготовиться к тому, что может преподнести сегодняшний день. Хотя она и боялась даже подумать что.

Времени в своем кабинете Тори провела не больше, чем потребовалось, чтобы схватить свой сотовый и сумочку, затем покинула здание через служебный вход и бросилась к своему «Корвету». Заведя автомобиль, она буквально вылетела со стоянки.

Машина реагировала на призывы Тори к быстрой езде так же, как в свое время реагировала Тори на неуклюжие сексуальные эскапады своего мужа, который купил ей этот автомобиль. Муж был номером один в залах заседания совета директоров своих нескольких фирм, но бизнес так выматывал его за день, что к вечеру он делался бесполезным для спальни. Тори поставила себе цель заставить этого милого, но застенчивого человека почувствовать себя Кинг-Конгом в постели. И ей это удалось. До такой степени, что с мужем случился удар, и он умер, не дожив до годовщины их свадьбы.

Это был единственный из трех браков Тори, завершившийся не по ее воле. Она грустила несколько недель после похорон, так как и вправду успела привязаться к мистеру Шайраху. Наверное, именно поэтому она оставила его фамилию, несмотря на то что могла выбирать из еще двух, не считая своей девичьей. Кроме того, ей нравилось само звучание. Тори Шайрах. В этих звуках слышалось что-то экзотическое, соответствующее ее стилю и дерзкому характеру.

Другой причиной с благодарностью вспоминать покойного мужа был тот факт, что именно его наследство позволило построить ее элегантный и сексуальный фитнес-центр, первое и единственное заведение такого рода в окрестностях Тамбура.

Сидя за рулем, Тори несколько раз набрала сотовый Хонор. Включался автоответчик. Выругавшись на загоревшийся не вовремя красный свет, она просмотрела записную книжку, чтобы понять, есть ли у нее телефон Стэна Джиллета. Телефон был. Она набрала номер. Та же история. Сразу включается голосовая почта.

Обогнав школьный автобус, везущий детишек в дневной лагерь, и проехав еще квартал, Тори свернула на дорожку к дому, резко дала по тормозам и через несколько секунд была уже внутри. Кинула сумочку на пол в прихожей, перешагнула через нее и прошла в спальню, стаскивая на ходу через голову спортивный топ. Она как раз швырнула его на кровать, когда мужской голос за спиной произнес:

— Они такие же упругие, как были раньше?

— Что за?.. — Тори резко обернулась. В дверях ее спальни, улыбаясь во весь рот, стоял Дорал Хокинс. — Что за хрень! Ты напугал меня до чертиков, Дорал.

— Я так и планировал.

— Ты всегда был придурком. — Нимало не стесняясь своей обнаженной груди, Тори уперла руки в бока. — Что ты здесь делаешь?

— Я звонил тебе в клуб. Дурочка, которая ответила на телефон, сказала, что ты только что уехала. А я как раз находился в нескольких кварталах отсюда.

— И не мог подождать меня снаружи. Как делают нормальные люди?

— Мог бы, мог бы. Но здесь внутри вид куда привлекательнее.

Тори закатила глаза:

— Спрошу снова: что ты здесь делаешь? Ты ведь знаешь о Фреде, правда?

— Я нашел его тело.

— О! Это ужасно!

— Можешь мне не рассказывать.

— Прими мои соболезнования.

— Спасибо.

Тори охватила вдруг такая злость, что она с трудом сдерживалась:

— Может быть, я веду себя слишком резко, Дорал, — начала она. — Но мне по-прежнему непонятно, что ты делаешь здесь, в моем доме, когда только что убили твоего брата. Думается мне, у тебя есть сейчас дела поважнее, чем пялиться на мои сиськи.

— У меня есть несколько вопросов к Хонор.

— К Хонор?

— К Хонор, — повторил Дорал, передразнивая Тори.

Отбросив показное дружелюбие, он протянул руки к Тори. Сжал ее щеки в ладонях так сильно, что исказились черты лица.

— Если ты не хочешь, чтобы твое накачанное ботоксом личико лопнуло, как спелая хурма, ты скажешь мне, где находится Хонор.

Тори была не из тех, кого легко испугать, но она и не была дурочкой.

Она хорошо знала о репутации Дорала Хокинса. С тех пор как он потерял свое судно после урагана, у него не было очевидных источников дохода, кроме небольшого жалованья, которое выплачивал ему город. Тем не менее жил Дорал очень даже хорошо. Тори нечем было обосновать свои подозрения, что Дорал замешан в чем-то незаконном, но она совсем не удивилась бы, узнав, что это так.

Дорал с Фредом всегда были источником неприятностей еще в младшей и средней школе. Доставалось от них одинаково и товарищам, и учителям. А в старшей школе братья стали баловаться мелкими преступлениями — воровали автомобильные покрышки, били фонари на стадионе из своих охотничьих ружей, терроризировали детишек, которые отказывались признавать их превосходство. Если бы их не взял под свое крыло Стэн Джиллет, близнецы Хокинсы наверняка пошли бы по кривой дорожке. Многие считали, что вмешательство в их жизнь отставного десантника спасло обоих от тюрьмы.

К чести братьев надо заметить, что они были очень добры к Хонор после смерти Эдди. Но ходили упорные слухи, что, несмотря на влияние Стэна, эта парочка так и не оставила до конца своих привычек, а Фред Хокинс пошел на службу в полицию, только чтобы иметь законное оправдание своему буйному и жестокому поведению.

Тори ни разу не представилось случая проверить, правду ли говорят сплетники о братьях, так как их дороги редко пересекались. Когда они еще учились в школе, Тори пару раз сходила с Доралом на свидание. Он вышел из себя и превратился в настоящего хама, когда Тори не позволила ему зайти дальше, чем была готова. Он назвал ее шлюхой, а девушка, не растерявшись, ответила, что даже у шлюх есть свои стандарты. И с тех пор Дорал невзлюбил Тори.

Сейчас он выглядел очень опасным. Тори достаточно хорошо разбиралась в мужчинах, чтобы знать, что демонстрировать свой страх в такой ситуации — все равно что провоцировать на новую жестокость. Ей уже пришлось проходить по этому тернистому пути с мужем номер один. И она твердо решила, что не позволит чему-либо подобному повториться. Даже с таким кретином, как Дорал Хокинс, лучшей обороной по-прежнему оставалось нападение.

Тори изо всех сил впечатала колено в его мошонку.

Он вскрикнул, отнял руки от ее лица, чтобы прикрыть свои гениталии, и отшатнулся от греха подальше.

— Не вздумай снова прикоснуться ко мне, Дорал. — Тори взяла с кровати топ, который сняла несколько минут назад, и снова натянула его. — Ты, тупой урод. С чего ты вообще взял, будто мне известно, где Хонор?

— Я не шучу, Тори! — Дорал вытащил из кобуры пистолет.

— О, пушка! — издевательски произнесла Тори. — Предполагаете, что на этом месте я упаду от страха в обморок? Буду молить о пощаде? Убери-ка лучше эту штуку, пока не покалечил кого-нибудь. Например, меня.

— Я хочу знать, где Хонор! — не унимался Дорал.

— Добро пожаловать в клуб! — заорала Тори. — Все хотят знать, где Хонор. Судя по всему, ее взял в заложники убийца. — Тори всегда умела вызвать слезы, когда это требовалось, но те, которые потекли по ее щекам сейчас, были самыми что ни на есть искренними. — Я услышала обо всем по телевизору и сразу приехала сюда.

— Для чего?

— Чтобы подготовиться на случай, если...

— На случай чего?

— На случай всего!

— Ты ждешь, что Хонор свяжется с тобой? — В устах Дорала это звучало как обвинение.

— Нет. Я надеюсь, что ей удастся со мной связаться. Но, судя по тому, что они говорят про этого Кобурна, я опасаюсь худшего.

— Того, что он покончит с Хонор и Эмили?

— Э, да ты гений!

Дорал пропустил оскорбление мимо ушей.

— Она не говорила с тобой недавно об Эдди?

— Разумеется. Хонор все время о нем говорит.

— Ну да, но я имею в виду другое. Не сообщала ли она тебе про Эдди чего-нибудь важного? Не делилась ли какими-то его секретами?

Тори, склонив голову набок, вглядывалась в зрачки Дорала.

— Все еще куришь травку, а?

Дорал угрожающе двинулся в ее сторону:

— Прекрати дурить, Тори! Так говорила или нет?

— Нет! — воскликнула Тори, ударяя его кулаком в грудь. — О чем ты вообще? Я ничего не знаю ни о каких секретах. Какие секреты?

Дорал несколько секунд внимательно изучал ее, словно пытаясь понять по каким-то одному ему ведомым признакам, лжет Тори или говорит правду, затем пробормотал:

— Ладно, забудь!

— Ну уж нет, черта с два я забуду. Зачем ты пришел сюда? Что тебе тут надо? Тот же парень, который убил твоего брата, забрал Хонор и Эмили. Почему ты не ищешь их?

— Я не уверен, что он забрал их.

Тори застыла, словно пораженная громом:

— Что ты хочешь этим сказать?

Дорал снова наклонился к ней ближе:

— Вы с Хонор обе такие. — Он поднес к самому носу Тори перекрещенные указательный и средний пальцы. — Если она знала этого парня...

— Ты имеешь в виду Кобурна?

— Да, Кобурна. Ли Кобурна. Так Хонор знала его?

— Где, по-твоему, Хонор могла познакомиться с грузчиком со склада, неожиданно оказавшимся убийцей?

Дорал снова посмотрел на Тори долгим взглядом, потом вдруг обернулся и направился прочь из комнаты, засовывая на ходу пистолет в кобуру на поясе.

— Подожди! — Тори взяла Дорала за локоть и развернула к себе. — На что это ты намекаешь? На то, что похищение — мистификация?

— Ни на что я не намекаю, — Дорал вырвал локоть из пальцев Тори, но сам вдруг схватил ее за руку. — Но я буду следить за тобой, Тори, я не отстану, так и знай. Если с тобой свяжется твоя подружка Хонор, тебе лучше дать мне знать.

Гордо вздернув подбородок и демонстрируя равнодушие к прозвучавшей угрозе, Тори дерзко спросила:

— А то что?

— А то получишь как следует. Я не шучу. Может быть, ты и богата сейчас, но ты добилась своего, продавая одно место тому, кто даст лучшую цену. Одна мертвая шлюшка не станет для этого мира такой уж большой потерей.

19

— Сукин сын!

Кобурн выругался вполголоса, чтобы не слышала Эмили. Что до ее матери, которая уже хмурилась на него сегодня, когда он выразился куда более невинно, сейчас она смотрела на Кобурна так, словно у него в самом центре лба вырос огромный рог.

Ли покрутил в руках сотовый:

— Я полагаю, ты слышала это...

— Что агент Ли Кобурн погиб год назад? Да, слышала.

— Очевидно, у нее недостоверные сведения...

— Или это я купилась на твое вранье и теперь...

— Послушай, — сердито оборвал ее Кобурн. — Я ведь тебе не навязываюсь. Можешь возвращаться в свой дом и попытать счастья с Доралом Хокинсом или еще с кем-нибудь из подручных Бухгалтера. Отлично. Поезжай. Готов придержать тебе дверь.

Разумеется, Кобурн блефовал. Он не позволил бы Хонор уехать, если бы она захотела. Оставшись без его защиты, она долго не прожила бы.

Его всегда называли хладнокровным и бессердечным. И это было чистой правдой. Но даже он не смог бы спать спокойно, отправив женщину с четырехлетним ребенком на верную смерть. Кроме того, она могла быть полезна — и сейчас, и в будущем, когда будут готовить дело против Бухгалтера. Возможно, эта женщина знала гораздо больше, чем сама подозревала. И пока Ли не вытащит из нее до последней унции всю информацию, она останется с ним.

С другой стороны, Хонор и ее ребенок, безусловно, будут серьезной обузой.

Он не рассчитывал заботиться о ком-либо, кроме самого себя, пока Гамильтон не сможет забрать его. И это тоже было бы достаточно опасно, учитывая, что каждый лихой парень в округе считал теперь Ли Кобурна убийцей и похитителем женщин и детей. Он более или менее приучил себя к этой мысли и думал, что ему вообще повезет, если удастся выбраться из этой передряги живым.

Но теперь он отвечал за Хонор и Эмили Джиллет, и к чувству ответственности добавлялось горячее желание сделать так, чтобы обе в этом кошмаре остались невредимыми. Даже если сам он эту заварушку не переживет.

Итак, практически взяв обратно свое предложение отпустить Хонор, Ли произнес:

— Известно тебе об этом или нет, но у тебя есть ключ, который поможет разомкнуть кольцо преступной деятельности Бухгалтера.

— Повторяю в тысячный раз...

— У тебя это есть! Нам надо только сообразить, что это такое и где это искать.

— Тогда довези меня до ближайшего отделения ФБР и проводи внутрь. Поищем все вместе.

— Я не могу!

— Почему?

— Потому что не могу рисковать своим прикрытием. Только не сейчас. Пока что Хокинс и Бухгалтер считают меня грузчиком со склада, достаточно удачливым, чтобы суметь убежать от убийц. Свидетелем массового убийства. И это само по себе плохо. Но не так ужасно, как быть в их глазах не простым свидетелем, а агентом ФБР под прикрытием. Если они узнают об этом, круг мишени на моей спине станет во много раз больше.

— Но ФБР тебя защитит.

— Так же, как офицер Фред Хокинс из полицейского управления штата старался защитить тебя?

Ему не надо было объяснять свою мысль: Хонор все схватывала на лету.

— Местные агенты ФБР на жалованье у Бухгалтера?

— По крайней мере я бы не поставил свою жизнь на то, что это не так. А ты?

Он дал Хонор время ответить, но она молчала, а это было все равно что сказать «нет».

— Ты вообще не сидела бы здесь, если бы не поверила хотя бы в часть того, что я сказал.

— Я сижу здесь, потому что поверила, что если бы ты хотел причинить нам вред, то сделал бы это сразу, как только появился вчера в моем доме. И если все, что ты говоришь, правда, наши жизни — моя и Эмили — в опасности.

— До тебя, черт побери, дошло!

— Но главное, зачем я поехала с тобой, так это чтобы разобраться с Эдди.

— А что с ним не так?

— Ты поднял сразу два вопроса, на которые мне хотелось бы получить ответы. Первый: была ли смерть Эдди несчастным случаем?

— Все инсценировали, чтобы выглядело именно так, но я сильно сомневаюсь.

— Я должна это выяснить, — с чувством произнесла Хонор. — Если он умер в автокатастрофе, это одно дело. Трагическая случайность, с которой все же можно смириться. Рок. Воля божья. Или что там еще. Но если кто-то сознательно спровоцировал столкновение, я хочу, чтобы этих людей наказали.

— Что ж, это справедливо. А какой же второй вопрос?

— Был Эдди хорошим полицейским или плохим? Ответ на этот вопрос я знаю. Но хочу, чтобы и ты удостоверился.

— Ну, мне-то это абсолютно все равно, — честно признался Ли. — Эдди мертв. Все, что мне нужно, это установить личность Бухгалтера и призвать мерзавца к ответу. А на все остальное, включая репутацию твоего покойного мужа, мне абсолютно наплевать.

— Зато это много значит для меня. И наверняка для Стэна, — Хонор показала на телефон, который все еще сжимал в руке Кобурн. — Мне надо, кстати, позвонить ему, сказать, что с нами все в порядке.

Кобурн покачал головой и спрятал телефон в карман.

— Он будет вне себя, когда узнает, что мы исчезли.

— Не сомневаюсь в этом.

— Стэн будет бояться худшего.

— Что вы оказались в руках убийцы?

— Но ведь он не знает, как все на самом деле. Поэтому, пожалуйста...

— Нет.

— Это жестоко!

— Такова жизнь. Ты не можешь ему позвонить. Я не доверяю этому человеку.

— Ты никому не доверяешь.

— Наконец-то ты это поняла.

— Но ты доверяешь мне.

Кобурн вопросительно взглянул на Хонор:

— С чего бы это?

— Женская логика! Чтобы тащить меня за собой, ты должен хотя бы в какой-то степени мне доверять.

— Вовсе не обязательно — я могу в любой момент тебя бросить. Это даже менее важно, чем чтобы ты мне доверяла. Но, хочешь ты этого или нет, мы друг от друга зависим.

— Как это?

— Тебе нужна моя защита, чтобы выжить. А мне нужна ты, чтобы получить то, что я ищу.

— Я уже сто раз говорила тебе...

— Я помню все, что ты мне говорила, но...

— Мама? — прервал их перепалку голосок Эмили. Хонор отвернулась от Кобурна, чтобы взглянуть на дочь.

— Что, моя сладкая?

— Ты злишься?

Хонор протянула руку к заднему сиденью и потрепала дочурку по волосам:

— Нет, малыш, я не сержусь.

— А Кобурн сердится?

От звуков голоса Эмили, произносящего его имя, у Кобурна внутри все вдруг сжалось. Ли никогда не слышал, как его имя произносит детский голосок. Это было ни с чем не сравнимое чувство.

Хонор выдавила из себя улыбку и процедила сквозь зубы:

— Нет, Эмили, Кобурн не сердится.

— А лицо у него очень сердитое.

— Нет-нет, он просто...

Кобурн старался изо всех сил не хмуриться, чтобы не выглядеть больше сердитым.

— Я не сержусь, — произнес он как можно убедительнее.

Но Эмили не проглотила эту ложь, хотя и решила сменить тему.

— Я хочу писать.

Хонор вопросительно посмотрела на Кобурна. Тот пожал плечами:

— Надо, значит, надо.

— Мы можем заехать на заправку? Я бы купила ей...

— Хммм. Она может сходить в кустики.

Хонор спорила секунд пятнадцать, но сзади раздалось жалобное:

— Ма-а-ам!

Хонор открыла дверцу и выпрыгнула из машины.

Доставая дочурку с заднего сиденья, она сказала, что сегодня их ожидает приключение, и повела девочку к задней части машины.

Больше Кобурн ничего не слышал, кроме заговорщицкого шепота. Один раз Эмили захихикала. Кобурн попытался прогнать от себя мысли о том, каково женщинам и девочкам справлять нужду посреди шоссе, и сконцентрироваться на более насущных проблемах. В том числе решить, что же делать дальше. Как совершенно справедливо заметила Хонор, они не могут вечно ехать на краденой машине.

Ну и куда же им податься? Разумеется, не к нему. Там наверняка уже засада.

И мысль о том, что их сумеет защитить Стэн Джиллет, не казалась Кобурну удачной. Этот человек слишком тесно связан с братьями Хокинс и вполне мог оказаться таким же коррумпированным негодяем. Хонор не сомневалась в любви и преданности свекра ей и Эмили, но Кобурн не готов был проверить чувства Стэна на прочность. По крайней мере, пока сам не увидит доказательства его верности. К тому же Джиллет мог оказаться честным бывшим морпехом с железобетонными представлениями о законности, который посчитает своим долгом тут же сообщить властям о звонке невестки. И в этом случае его кандидатура тоже не годится.

Покончив со своим важным делом, Эмили распахнула заднюю дверцу и одарила Кобурна лучезарной улыбкой:

— Я все сделала, — гордо сообщила она.

— Мои поздравления.

— А можно мне поехать впереди? — попросила вдруг Эмили.

— Нет, нельзя, — ответила Хонор, усаживая дочурку на заднее сиденье.

— Но здесь нет моего сиденья для машины, — закапризничала девчушка.

— Да, его нет, — Хонор бросила обвиняющий взгляд на Кобурна, который лишил Эмили сиденья, бросив его вместе с ее машиной.

— Придется нам нарушить правила. Всего один раз, — сказала Хонор, пристегивая девочку ремнем безопасности.

Когда Хонор снова забралась на переднее сиденье, Ли спросил:

— Ты знаешь какое-нибудь место, куда мы могли бы отправиться?

— Чтобы спрятаться?

— Именно это я имел в виду. Нам надо, чтобы нас не нашли, пока я не сумею связаться с Гамильтоном.

Хонор задумчиво кивнула:

— Да, я знаю, куда мы можем отправиться.

Том ван Аллен был разбужен рано утром убийственной новостью о том, что Фред Хокинс был найден мертвым, а Хонор Джиллет и ее ребенок исчезли из дома. И в убийстве, и в похищении обвиняли Ли Кобурна.

Когда Том поделился новостями с Дженис, она продемонстрировала изумление, а затем — раскаяние.

— О, мне так жаль, что я нелестно отзывалась о Фреде вчера вечером.

— Если тебя это хоть немного утешит, Фред умер мгновенно. Скорее всего, вообще ничего не успел почувствовать.

Том рассказал Дженис подробнее о том, как Дорал Хокинс нашел тело брата.

— Как это ужасно! Они были так близки! — помолчав немного, Дженис спросила: — Но что они все делали в доме Хонор Джиллет?

Том рассказал ей об обнаруженной лодке.

— Она была в нескольких милях от дома Хонор, но достаточно близко, чтобы вызвать тревогу. И Фред решил проверить, как там вдова и дочь его друга. По словам Дорала, когда Фред туда вошел, то увидел, что весь дом перевернут.

— Перевернут?

Том описал состояние дома со слов помощника шерифа Кроуфорда.

— Тело Фреда лежало прямо перед входной дверью. Кобурн явно подкрался сзади.

— Точно так же он убил Сэма Марсета.

— Да, похоже. В любом случае я должен поехать осмотреть все сам.

Том ненавидел уезжать из дома, не успев помочь жене справиться с утомительными утренними ритуалами Ленни — мытьем, одеванием и кормлением. Поскольку мальчик не мог ни жевать, ни глотать, кормили его через трубку. Зрелище малоприятное.

Дженис, однако, с пониманием отнеслась к тому, что служебные дела требуют присутствия Тома. Она заверила его, что справится со всем сама и не стоит беспокоиться.

— Это ведь чрезвычайная ситуация, Том. И ты там нужен. Будь осторожен, — прошептала Дженис у двери, провожая мужа, и встала на цыпочки, чтобы поцеловать Тома в щеку.

Большая часть работы Тома ван Аллена делалась за столом в кабинете. Наверное, элементы приключения, которые были в последнем деле, в большей степени соответствовали тому, о чем подумала Дженис, когда Том сообщил ей, что хочет стать федеральным агентом. Том жарко ответил на поцелуй, удивив и обрадовав жену.

Он дважды заблудился, петляя по проселочным дорогам, но все же нашел дом Хонор Джиллет как раз тогда, когда помощник шерифа Кроуфорд собрался уезжать. Они представились и пожали друг другу руки. Кроуфорд предложил поторопиться.

— Я предоставил поле деятельности нашему экспертному отделу, — сказал он. — И работы у них полно. Ваши агенты приехали и уехали. Мы договорились встретиться в городе, где есть доступ к телефонам. Можно устроить телеконференцию. Создать рабочую группу. Распределить обязанности. Полицейское управление Тамбура предложило расположить штаб у них в здании, на последнем этаже.

— Да, — кивнул Том. — Я говорил по дороге со своими людьми. Подчеркнул важность объединения усилий. И что наш приоритет — найти миссис Джиллет и ее дочь до того, как им успеют причинить зло.

Кроуфорд посмотрел на Тома с саркастическим сомнением, которого тот постарался не заметить.

— Дорал Хокинс сообщил что-нибудь, способное пролить свет на случившееся?

— Ничего существенного. Сказал, что брат позвонил ему на рассвете и был очень взволнован. Дорал помчался к дому Хонор Джиллет, увидел лодку Фреда, привязанную к пирсу. Первым знаком того, что что-то случилось, послужила ему распахнутая настежь входная дверь дома.

— А что он думает про беспорядок внутри?

— Если не считать трупа его брата? Думает то же, что я и остальные: что кто-то — предположительно Ли Кобурн — что-то искал в доме.

— Что же, например?

— Об этом мы все можем только гадать.

— И он это нашел?

— Тоже остается гадать. Никто не знает, что именно ищет Кобурн. Ни Дорал Хокинс, ни свекор миссис Джиллет.

Кроуфорд рассказал Тому о незваном визите на место преступления Стэна Джиллета и подробно описал бывшего морского пехотинца вплоть до начищенных до блеска ботинок.

— Он настоящий упрямый болван, — завил Кроуфорд. — Впрочем, в такой ситуации я бы тоже вряд ли оказался милым парнем.

Следователь уехал, но разрешил Тому пройтись по дому. Том постарался не путаться под ногами экспертов, которые старательно разбирали царящий вокруг хаос в поисках улик, и провел в доме всего несколько минут.

Поездка обратно в Лафайет заняла чуть больше часа, и когда Том вошел к себе в кабинет, он подумал с облегчением, что неприятное, но необходимое дело осталось позади.

Но не успел Том усесться за стол, как заработало устройство внутренней связи. Нажав кнопку селектора, Том поинтересовался у секретаря, что случилось.

— Вам звонит заместитель директора Гамильтон из Вашингтона.

У Тома все оборвалось внутри. Он прочистил горло, вздохнул, поблагодарил секретаршу и нажал на вторую мигающую кнопку:

— Агент ван Аллен!

— Привет, Том. Как дела?

— Хорошо, сэр. А у вас?

Клинт Гамильтон со свойственным ему презрением к церемониям перешел сразу к делу:

— У тебя там целая куча проблем, а?

Том, удивляясь про себя, как это Гамильтону стало обо всем известно, признал:

— Да, непростые выдались дни.

— Введи меня в курс дела.

Следующие пять минут Том говорил, а Клинт Гамильтон слушал, не перебивая. Несколько раз Том делал паузу, чтобы убедиться, что их не разъединили. Во время этих пауз Гамильтон также молчал, но Том слышал его дыхание и продолжал.

Когда он закончил, Гамильтон помолчал еще несколько секунд, достаточно долгих, чтобы Том успел промокнуть носовым платком влажную верхнюю губу. Гамильтон возлагал на него большие надежды. И сейчас проходила проверку его вера в способности Тома, который очень не хотел бы, чтобы Гамильтон решил, что этих самых способностей Тому не хватает.

Когда Гамильтон наконец заговорил, сказанное им заставило Тома вздрогнуть.

— Он был одним из твоих агентов?

— Прошу прощения?..

— Этот человек — Кобурн. Он был твоим агентом, работающим под прикрытием? Изучавшим деятельность транспортной компании Сэма Марсета?

— Нет, сэр! Я никогда не слышал о нем, пока не приехал на место преступления на том злополучном складе и не услышал от Фреда Хокинса имени главного подозреваемого.

— От Фреда Хокинса, который теперь мертв?

— Да, сэр.

— Хорошо, продолжай, — приказал Гамильтон после очередной долгой паузы.

— Я... Хм... я забыл...

— Ты говорил о том, как твои агенты работают душа в душу с полицейским управлением Тамбура.

— Да, сэр! Мне не хотелось злить их своим прямым вмешательством. Убийства на складе произошли на их территории. А убийством Фреда Хокинса занимается служба шерифа. Но как только будет установлено, что миссис Джиллет действительно похищена...

— Я отлично знаю, что на чьей территории, Том, — грубо перебил его Гамильтон. — Давай вернемся к Сэму Марсету. На его месте было бы очень удобно перевозить из штата в штат незаконные грузы.

Том прочистил горло:

— Да, сэр!

— Связь межу такого рода деятельностью и убийствами не была установлена?

— Нет, сэр. Пока нет.

Он рассказал Гамильтону о том, что сейчас обыскивают каждый грузовик Royal Tracking, допрашивают каждого водителя и других служащих.

— Я направил своих людей найти и допросить каждого, кто появлялся в районе этого злополучного склада за последние тридцать дней. Но никакой контрабанды пока не обнаружено.

— Какой мотив был у этого парня? Что заставило его убить своего босса и коллег по работе?

— Мы как раз пытаемся установить это, сэр. Но образ жизни Кобурна осложняет нашу задачу.

— В каком смысле?

— Все описывают его как одиночку. Ни друзей, ни семьи. Почти не общался с коллегами. Никто не знал его хорошо. Люди...

— Прояви сообразительность, Том, — явно теряя терпение, произнес Гамильтон. — Попробуй догадаться, почему он убил их?

— Наверное, был недоволен начальством.

— Недоволен начальством... — никакого энтузиазма в голосе Гамильтона не слышалось.

Том подумал, что лучше промолчать и не задавать лишних вопросов.

— Если Кобурн был недоволен только своим боссом, — произнес наконец Гамильтон. — Если все дело было в том, что его унизили своим невысоким положением на складе или обсчитали на сверхурочных, тогда почему он отправился в дом мертвого полицейского и перевернул его вверх дном? Если этот парень скрылся с места массового убийства, то зачем ему прятаться двадцать четыре часа под одной крышей с вдовой и ребенком? Не проще ли было бы покончить с ними сразу? Разве тебя не беспокоят все эти несоответствия? Не вызывают такого же чувства, что застрявшие в зубах непрожеванные кусочки попкорна?

Это был вовсе не риторический вопрос. Том ван Аллен проработал бок о бок с Клинтом Гамильтоном в отделении ФБР в Лафайете совсем немного, но достаточно, чтобы понять и запомнить: этот человек не тратит силы на лишние слова.

Когда Гамильтона повысили и перевели в Вашингтон, минуя окружное отделение в Новом Орлеане, он порекомендовал Тома в качестве своего последователя, и Тому было отлично известно еще в те времена, что эту рекомендацию некоторые коллеги встретили скептически. А кое-кто довольно активно высказывался против. Но Гамильтон боролся за кандидатуру Тома и победил в этой борьбе.

И каждый день, входя в кабинет, хозяином которого когда-то был Гамильтон, Том гордился тем, что пришел на смену такому способному и преданному агенту, которого многие боялись даже в ФБР. И в то же время иногда на него накатывала холодная волна паники при мысли, что он не оправдает надежд и ожиданий этого человека. Хоть в каком-то качестве.

Если бы Том ван Аллен рискнул быть убийственно честным с самим собой, он задал бы себе вопрос: не бросил ли Гамильтон ему это назначение, словно кость, из-за Ленни? Тома кидало в жар от унижения и негодования, даже если он рисковал хотя бы предположить, будто его назначили на должность из жалости. Но вполне понимал, что это могло быть именно так.

Тому также было интересно, откуда Гамильтон черпает информацию. Он вроде только что узнал об убийстве Марсета и обо всем, что случилось потом, но при этом находился в курсе таких деталей, что не оставалось сомнений: он уже обсуждал это с кем-то из местных, прежде чем позвонить Тому. Это наносило болезненный укол его самолюбию.

Однако меньше всего ему хотелось, чтобы Гамильтон почувствовал его неуверенность. Поэтому Том старался докладывать как можно бодрее.

— Я уже задавал себе эти вопросы, сэр. Они звучат тревожно.

— Это еще мягко сказано. Все это означает, что не было никакого свихнувшегося работяги, решившего всех перестрелять из чувства личной обиды. И еще это означает, Том, что тебя ждет по этому делу кое-какая работа.

— Да, сэр!

— И первый пункт твоего задания — найти их.

— Да, сэр.

После долгой многозначительной паузы Гамильтон быстро произнес:

— Я буду держать руку на пульсе.

20

Следуя инструкциям, которые давала ему Хонор, Кобурн вел угнанный автомобиль по узкой и грязной дороге, вокруг которой стеной росли сорняки и камыши, стучавшие о днище машины. Недалеко от места назначения Кобурн остановил машину и с отчаянием поглядел на показавшееся допотопное суденышко для ловли креветок, затем повернулся и внимательно посмотрел на Хонор.

— А у тебя есть идеи получше? — защищаясь, спросила она.

— Да. Мы не сумеем его завести.

Они продолжили движение очень осторожно, пока наконец не стало ясно, что на них не кинется нечто, притаившееся у самого корпуса катера. Надо было быть полными психами, чтобы лезть на этот корабль, который, казалось, готов в любой момент рассыпаться.

— Кому это принадлежит? — спросил Кобурн.

— Мне, — ответила Хонор. — Я унаследовала его после смерти отца.

Кобурн практически ничего не знал о морских судах любого размера. Но он достаточно долго прожил на побережье Луизианы, чтобы распознать рыболовецкое судно.

— Твой отец ловил на нем креветок? — спросил он Хонор.

— Мой отец жил на нем, — просто ответила она.

Судно выглядело таким же надежным плавсредством, как брошенная на воду сломанная спичка. Оно стояло наполовину на берегу, наполовину в воде небольшого канала, который, по словам Хонор, впадал в результате в Залив. Но с их наблюдательного пункта канал выглядел, как стоячее болото.

Кобурн догадывался, что катер несколько лет не спускали на воду. Его корпус оплела виноградная лоза. Краска, которой была выкрашена рубка, — точнее, то, что от нее осталось, — потрескалась и облупилась.

Остекление — там, где оно сохранилось, — потрескалось и было покрыто таким плотным слоем грязи, что вообще почти не напоминало стекло. Металлическая рама, поддерживавшая огромный садок, была изогнута под углом сорок пять градусов, напоминая сломанное крыло огромной птицы.

Но главным было то, что судно было брошено, возможно, забыто, и этим отлично им подходило.

— Кто знает, что катер здесь? — поинтересовался Кобурн.

— Никто. Отец поставил его сюда, чтобы спастись от «Катрины», а потом решил остаться. Он жил здесь, пока не заболел и состояние его не стало стремительно ухудшаться. Тогда я перевезла его в хоспис. Отец пробыл там меньше недели и умер.

— Как давно это было?

— Всего за несколько месяцев до аварии с Эдди. И от этого после смерти мужа мне было еще тяжелее, — Хонор невесело улыбнулась. — Но я рада, что отец не дожил... не увидел меня вдовой. Это очень бы его расстроило.

— А твоя мама?

— Умерла за много лет до отца. Именно тогда он продал дом и переселился на катер.

— А твой свекор знает про этот корабль?

Хонор замотала головой:

— Стэн не одобрял образ жизни отца. Считал его чересчур... богемным. И Стэн не поощрял визиты к нему. Особенно ему не нравилось, когда мой отец общался с Эмили.

— Вот как? Он считал, что богемный образ жизни заразен?

— Да, наверное, так Стэн и считал.

— Знаешь что, — прокомментировал Кобурн. — Чем больше я слышу о твоем свекре, тем меньше он мне нравится.

— Уверена, что он думает то же самое о тебе.

— Да уж. Сон я по этому поводу, пожалуй, не потеряю.

— Вот уж в этом ни минуты не сомневаюсь! — Хонор сердито откинула волосы со лба, затем, посмотрев несколько секунд на катер, тихо сказала: — Стэн хочет как лучше.

— Уверена в этом?

Кобурн невольно коснулся больного места.

— А какое тебе вообще дело? — вспыхнула Хонор.

— В данный момент мне есть дело до того, станет ли мистер Джиллет разыскивать нас на этой посудине.

— Нет.

— Спасибо.

Открыв дверцу, Ли выбрался из машины. Возле его сапога тут же прошелестела змея. Кобурн тихо выругался. Не то что бы он очень уж боялся змей, но как-то предпочитал с ними не сталкиваться.

Открыв заднюю дверцу, Кобурн потянулся за Эмили, которая уже успела отстегнуть свой ремень безопасности и теперь доверчиво протягивала к нему ручки. Ли взял девчушку на руки, обошел вокруг машины и передал Эмили матери.

— Не ставь ее на землю, я видел... — он осекся, прежде чем произнести вслух.

Глаза Хонор расширились от ужаса.

— Щитомордник? — переспросила она так, чтобы Эмили ничего не поняла.

— Я не спрашивал, — угрюмо буркнул Кобурн.

Он достал из кобуры пистолет, но быстро вложил его обратно, когда Эмили обернулась в его сторону.

— Кобурн!

— Что?

— А у нас все еще приключение?

— Думаю, можно назвать это так.

— Мне мама сказала.

— Тогда точно — приключение.

— А мы можем играть в это приключение подольше? — попросила девчушка. — Мне очень весело.

«Да уж, веселее не придумаешь», — подумал Кобурн, идя впереди Хонор и Эмили по направлению к судну. Название катера едва можно было прочесть, но Ли сумел его разобрать. Он бросил через плечо многозначительный взгляд на Хонор, которая сделала вид, что ничего не заметила.

У катера были довольно низкие борта, и Кобурн легко поднялся на палубу, хотя сапог его тут же увяз в находившемся там мхе и мусоре.

Опытным взглядом он посмотрел вокруг, ища признаки недавнего пребывания человека, но нетронутая паутина и налетевшие из леса обломки сучьев ясно указывали на то, что никто не ступал на эту палубу довольно долгое время, может быть, с тех пор, как отца Хонор перевезли в хоспис умирать.

Довольный тем, что они здесь одни, Кобурн ногой откинул с деревянного пола пласт мха, освобождая место для Эмили, которую как раз передала ему Хонор.

— Не двигайся, — приказал он, ставя девчушку на палубу.

— Хорошо, Кобурн, не буду.

С тех пор как малышка преодолела какой-то внутренний барьер, мешавший ей называть его по имени, она пользовалась любой возможностью, чтобы произнести это имя вслух. Наклонившись, он подал руку Хонор, помогая ей забраться на палубу. Оказавшись на катере, она растерянно огляделась. Кобурн заметил, что лицо ее стало грустным. Но Хонор быстро взяла себя в руки и резко произнесла:

— Вон туда!

Она взяла дочку за руку и велела ей смотреть под ноги, затем, обойдя вокруг рубки, подвела их к закрытой двери, перед которой остановилась, и посмотрела на Кобурна:

— Может, лучше войти первым тебе?

Обойдя вокруг Хонор, он открыл дверь, которая сопротивлялась, пока Ли не навалился на нее как следует плечом. Внутри рубка была не в лучшем состоянии, чем палуба. Приборную панель покрывал видавший виды брезент, в складках которого собрались озерца дождевой воды. Сук дерева проник в одно из окон так давно, что на его коре успел вырасти лишайник.

Хонор оглядела все с нескрываемым отчаянием, но произнесла только:

— Вниз.

И указала кивком головы на узкий проход со ступеньками.

Ли потихоньку спустился, пригибаясь, чтобы не удариться головой о косяк, и протиснулся через овальное отверстие в каюту с низким потолком. Пахло плесенью и гниением, морской водой и дохлой рыбой, моторным маслом и марихуаной.

Кобурн взглянул через плечо на Хонор, стоящую на ступеньках:

— Он курил травку?

Хонор подтвердила его предположение кивком головы.

— Не знаешь, где старик держал запасы?

Хонор обожгла его взглядом, но Ли только улыбнулся в ответ и снова переключился на осмотр небольшой каюты. Здесь была двухконфорочная газовая плита, затянутая паутиной. Дверь небольшого холодильника раскрыта настежь. Сам холодильник пуст.

— Электричество? — спросил Кобурн.

— Тут был генератор. Но не знаю, работает ли он.

Кобурн сильно в этом сомневался. Он открыл кладовку для припасов, где обнаружил на совершенно пустых полках мышиный помет. В каюте были две койки, разделенные проходом не больше фута в ширину.

— Туалет? — Кобурн указал на дверь в задней части каюты.

— Да, — кивнула Хонор. — Но не рекомендую. Я избегала им пользоваться даже тогда, когда папа еще жил здесь.

В общем, в пользу катера говорило только одно: воду он вроде бы не пропускал. На полу творилось бог знает что, но при этом он был сухим.

— Мы можем остаться здесь? — спросила Хонор.

— Надеюсь, это потребуется всего на несколько часов, — ответил Кобурн.

— А что будет потом?

— Я работаю над этим.

Он подошел к одной из коек и приподнял лежавший на ней матрац, проверяя, нет ли под ним насекомых. Не обнаружив их, он повернулся к Хонор и протянул руки навстречу Эмили. Когда девочку положили на матрац, она нахмурила носик:

— Здесь плохо пахнет!

— Не плохо, а резко. Сиди здесь и не спускайся на пол.

— Это будет теперь наш дом?

— Нет, малышка, — утешила ее Хонор, протискиваясь позади Кобурна в каюту. — Мы просто приехали в гости, помнишь, здесь когда-то жил дедушка.

Ребенок покачал головой:

— Дедушка живет в доме.

— Не дедушка Стэн, а другой твой дедушка. Он жил на этом кораблике. И тебе нравилось приезжать сюда с ним повидаться.

Эмили смотрела на мать ничего не понимающими глазами.

От Кобурна не скрылось, что мысль о том, что Эмили забыла своего второго дедушку, причиняет Хонор душевную боль. Но она быстро взяла себя в руки.

— А теперь это часть нашего приключения.

Эмили была достаточно смышленой девчушкой, чтобы распознать ложь. И даже умной настолько, чтобы не начинать скандалить, когда ее мать вот-вот потеряет самообладание. Она прижала к себе покрепче старый плед и принялась играть с Элмо, которого для начала заставила пропеть свою жизнерадостную песенку.

— Кобурн, нам надо достать где-то хоть немного воды и еды, — шепотом произнесла Хонор.

— Говоря «нам», ты имеешь виду меня?

Хонор хватило вежливости изобразить раскаяние.

— Да, ты прав. Мне очень жаль, — она развела руками. — Я не была здесь с тех пор, как похоронила отца. И не представляла себе...

Ей нечего больше было сказать, и Хонор беспомощно посмотрела на Кобурна.

— Пожалуйста, позволь мне позвонить Стэну.

Вместо того чтобы начинать по третьему кругу бесполезный разговор, Ли открыл дверцу чулана, в котором обнаружил швабру. И вручил ее Хонор.

— Поработай как следует. А я постараюсь вернуться как можно скорее.

Когда спустя два часа Кобурн не вернулся, Хонор принялась нервно мерить шагами палубу катера, не сводя глаз с дороги, по которой они сюда добрались, и мечтая, чтобы на ней появилась знакомая фигура. Одновременно она пыталась различить за клекотом птиц звук подъезжающего автомобиля.

И старалась, чтобы ее нервозность не передалась Эмили, которая становилась все более плаксивой и капризной. Девочке было жарко, хотелось есть и пить. Каждые пять минут она спрашивала, куда поехал Кобурн и когда он вернется, пока Хонор не потеряла остатки терпения и не прикрикнула на дочь:

— Прекрати все время спрашивать об этом!

Она не знала ответов на назойливые вопросы Эмили, но варианты этих ответов приводили ее в ужас. И самым страшным был вариант, что Кобурн бросил их одних.

Ее отец любил ставить катер на якорь именно здесь, потому что леса вокруг были труднопроходимые, местность болотистая, но в то же время защищенная от ураганов. Он удалился сюда, потому что ему нравилось жить в изоляции. Здесь не проходили дороги, и можно было не опасаться случайных прохожих. Кроме того, не надо было платить за аренду, как на стоянке в гавани, и появлялся шанс избежать назойливых посягательств на свою свободу. А также не волноваться по поводу норм и правил, законов и постановлений, налогов и штрафов.

Отец стал практически отшельником и избегал контактов с окружающими. Насколько было известно Хонор, они с Эмили были единственными, кто навещал его тут. Даже Эдди никогда не ездил с Хонор к ее отцу.

Кобурн спросил ее, знает ли она место, где можно спрятаться. Это место подходило лучше некуда, но сейчас Хонор уже жалела, что не промолчала. Те же свойства, которые делали катер отличным убежищем, могли теперь погубить Хонор и Эмили. Единственным средством связи с цивилизацией была двуполосная внутренняя дорога штата, и находилась она более чем в пяти милях отсюда. Ей не пройти столько, тем более с Эмили на руках и без воды.

Хонор вынуждена сидеть здесь, пока не вернется Кобурн. Или...

Она не позволяла себе задумываться об этом.

Когда сядет солнце и станет темно, что сказать Эмили, чтобы малышка не боялась? И как не умереть от ужаса самой? У нее не было никаких средств связи. Кобурн отказался оставить ей сотовый телефон.

— Я обещаю, что не стану им пользоваться, — настаивала на своем Хонор.

— Тогда зачем ты просишь его оставить?

— Но с нами может что-то случиться. Укус змеи, например.

— Не попадайся им на пути, и они ничего тебе не сделают.

— Я уверена, что здесь водятся аллигаторы.

— Они не такие свирепые, как в кино. И уж точно не запрыгнут в катер.

— Но ты не можешь оставить меня здесь вот так.

— Ну, пожалуй, я мог бы тебя связать.

Это замечание заставило Хонор замолчать. Ей хотелось накинуться на Кобурна с кулаками, но она не могла позволить себе этого при Эмили. Драка между ними напугала бы девочку. К тому же Хонор понимала, что все бесполезно. Все закончилось бы только саднящими мускулами и новыми синяками.

Она растерянно потерла синяк на локте, злясь еще больше и на оставившего их Кобурна, и на собственные страхи. Она ведь не была беспомощной. Одна растит ребенка, живет в уединенном месте — и так уже два года. Она храбро встречала любую возникавшую проблему, потому что у нее просто не было другого выхода. Конечно, рядом были Стэн, близнецы и другие друзья, всегда готовые предложить помощь и поддержку. Если бы Хонор попала в беду и попросила о помощи, они тут же помогли бы ей.

Но на этот раз все было по-другому. Она была совсем одна.

Но, ради всего святого, она не слабая. Она...

— Кобурн! — воскликнула Эмили.

Девочка вскочила с лебедки, на которой сидела, и через всю палубу побежала к Кобурну. Добежав, она обвила ручонками его колени.

— Ты принес мне что-нибудь? Мама говорила, что ты купишь мне ланч.

Кровь гулко стучала у Хонор в висках. Кобурн стоял в нескольких ярдах от нее на палубе, но она не слышала, как он подошел. На нем была бейсболка и темные очки, которые он сейчас снял и повесил на горловину футболки. Его ботинки и штанины джинсов были мокрыми насквозь. На палубу стекала вода.

Видя, что это не укрылось от Хонор, Кобурн пояснил:

— Мне пришлось идти по берегу вокруг протоки.

Эмили стояла рядом, то поднимаясь на носочки, то опускаясь. Не сводя глаз с Хонор, Кобурн залез в карман джинсов, вынул леденец на палочке и протянул девочке. И она, даже не спросив разрешения у матери, принялась срывать с леденца лиловую обертку.

— Что надо сказать, Эмили?

— Спасибо, Кобурн. Я люблю виноградные. Они мои самые-пресамые любимые.

Хонор с уколом ревности подумала о том, что, какой бы вкус ни выбрал Кобурн, именно он тут же стал бы любимым вкусом Эмили. Она даже не поинтересовалась, можно ли ей леденец до ланча, тут же засунула его в рот.

Но Хонор решила не ругать ее сейчас.

— Почему ты шел таким путем? — спросила она Кобурна. — И где машина?

— Оставил ее подальше. Ведь кто-то мог обнаружить вас за это время. Я не хотел приехать прямо в ловушку, — он с пониманием посмотрел на Хонор. — Уже успела решить, что я бросил вас тут, не так ли?

Ничего больше не сказав, он спрыгнул с лодки на землю и отправился к дороге.

Эмили вытащила изо рта леденец и поинтересовалась:

— Куда пошел Кобурн?

— О боже, Эмили. Да он сейчас вернется! — Слепое восхищение ее дочери этим человеком начинало немного раздражать.

Кобурн действительно вернулся через несколько минут за рулем небольшого пикапа, черная краска которого стала серой от соприкосновения с соленым морским воздухом. Пикапу было всего несколько лет, на бампере Хонор разглядела наклейку команды «Тигры» из Университета Луизианы. Автомобиль был похож, по мнению Хонор, на сотни других черных пикапов, претерпевших коррозию под влиянием соленого воздуха Залива, хозяевам которых пришло в голову украсить их стикером «Тигров». Впрочем, Хонор подозревала, что именно поэтому Кобурн и угнал пикап.

Машина остановилась около катера. Кобурн вышел и взял с сиденья несколько тяжелых пакетов.

— Протяни руку! — Он передал пакеты Хонор и вернулся за новой порцией.

Покончив с пакетами, Кобурн сказал, что должен спрятать автомобиль.

— Зачем? — удивилась Хонор.

— Кто-нибудь может прострелить шины.

Хонор не стала спрашивать, как они, по его мнению, добегут до пикапа, в случае если действительно начнется стрельба. Кобурн, совершенно очевидно, был в этих вопросах куда опытнее ее.

К моменту, когда Кобурн вернулся и спустился в каюту, Хонор успела приготовить три сэндвича с бананами и арахисовым маслом. Они с Эмили сели на одну кушетку, Кобурн — на другую.

— У нас пикник? — с сияющими глазами спросила девочка.

— Что-то в этом роде. — Хонор поцеловала теплый лобик дочурки, чувствуя себя немного виноватой в том, что накричала на нее сегодня.

В пакетах, которые привез Кобурн, была пища, готовая к употреблению и не требующая хранения в холодильнике. Еще он привез упаковку воды в бутылках, фонарик на батарейках, аэрозоль с репеллентом, влажные салфетки и бутылку средства для дезинфекции рук. Когда Эмили накормили, она принялась зевать. Девочка бурно возражала, когда ей предложили прилечь, но через несколько минут заснула.

Кобурн открыл пачку печенья.

— Тебе удалось сотворить чудо с этим местом, — сказал он.

Хонор внимательно посмотрела на него с койки, на которой сидела, обмахивая Эмили старым журналом, найденным в ящике комода.

— Ты пытаешь иронизировать?

— Вовсе нет.

После того как Кобурн уехал за покупками, Хонор взялась за швабру. Она несколько часов выметала мусор с пола и снимала паутину со всех поверхностей. Затем Хонор нашла пару простыней, сложенных в ящике для белья под одной из коек. Она отнесла простыни на палубу, чтобы вытряхнуть, и застелила ими кушетку. Теперь там точно не было насекомых, хотя простыни по-прежнему пахли плесенью. В любом случае это было лучше, чем покрытые пятнами голые матрацы.

— В переднюю часть я соваться не решилась, — призналась Хонор.

— Возможно, ты поступила мудро. Я видел на палубе пару ведер. Наполню их водой из протоки. Вы с Эмили можете пользоваться.

Хонор обрадовалась, что так легко удалось решить довольно болезненный вопрос, но обсуждать эту тему дальше не стала.

— Теперь, когда у нас есть вода, я вымою кое-какие поверхности, к которым мы вынуждены прикасаться.

— С водой лучше поэкономнее.

— Обещаю.

Настало время задать Кобурну вопросы, которые так мучили Хонор.

— Тебе удалось связаться с тем человеком? С Гамильтоном?

— Я пытался. Мне ответила та же женщина. Я потребовал, чтобы позвали Гамильтона. Она заявила, что я уже год как мертв.

— И что ты думаешь по поводу этого всего?

Ли пожал плечами и впился зубами в печенье.

— Гамильтон пока что не хочет говорить со мной.

— И что ты думаешь по поводу этого всего? — с нажимом повторила свой вопрос Хонор.

— Да ничего.

— Тебя это не беспокоит?

— Я не впадаю в панику, пока это не станет необходимо. Пустая трата энергии.

Хонор оставила эту тему для будущих размышлений или обсуждений.

— Ты проверил сохранившиеся номера в телефоне Фреда?

— Ни один из них не оказался тем, что я ожидал найти. И в журнале звонков только одна запись — последний разговор с братом. В общем, сплошное разочарование.

— А второй?

— Вообще никаких записей. Дешевый аппарат, чтобы не жалко было выкинуть. Отследить практически невозможно.

— Как и твой?

— Да. Я берег свой на черный день. И все же я думаю, что этот аппарат Фред использовал для связи с братом и с Бухгалтером. И немедленно стирал номера из списка звонков. Если мне когда-нибудь удастся передать этот аппарат технарям. Они разберут его по винтику и посмотрят, что там можно добыть. Но прямо сейчас телефон Фреда ничем нам не поможет. Я лучше даже не буду вставлять в него аккумулятор.

— Почему?

— Я не все понимаю в последних технологиях, но, насколько я помню, есть специалисты, способные с помощью особого оборудования определить местоположение аппарата, даже когда он выключен. Достаточно знать номер. Пока в телефоне стоит аккумулятор, он излучает сигнал.

— Это правда?

Кобурн пожал плечами:

— Я слышал разговоры.

— И сколько времени это займет? Определить, где телефон, я имею в виду.

— Без понятия. Это не то, в чем я хорошо разбираюсь. Но рисковать не будем.

Еще сорок восемь часов назад Хонор не могла бы представить себе, что будет участвовать в разговоре о телефонных аппаратах, спецоборудовании и всяких таких вещах. И не могла представить рядом с собой человека, который, поедая чипсы, будет обсуждать с ней человека, убитого им несколько часов назад.

Она так и не поняла, что ей думать о Ли Кобурне, и больше всего Хонор беспокоило, что этот вопрос не был ей безразличен.

— Где ты взял грузовик? — поинтересовалась она, меняя тему разговора.

— Мне повезло. Я заметил на одной из калиток почтовый ящик, полный корреспонденции. Верный признак, что хозяев давно нет дома. Домишко стоит в глубине от дороги. Ключи от грузовика висели над задней дверью. Как у тебя дома. Нельзя было не воспользоваться. Если повезет, хозяева не появятся дома еще несколько дней и грузовик в угон не заявят.

— Дай угадаю: ты привинтил на него номера от другой машины.

— СОП.

В ответ на непонимающий взгляд Хонор Кобурн пояснил:

— Стандартная оперативная процедура. Помни об этом, если решишь встать не преступную дорожку.

— Сомневаюсь, что такое произойдет.

— Я тоже.

— Думаю, я не создана для того, чтобы жить на грани.

Кобурн медленно окинул Хонор внимательным взглядом:

— Возможно, ты сама себя удивишь...

Глаза их встретились, и Хонор увидела во взгляде Кобурна настоящий огонь.

Почувствовав себя неловко, она отвернулась.

— А продукты ты купил или украл?

— Купил.

Хонор вспомнила о деньгах в кармане джинсов Кобурна.

— Ты не боялся, что тебя опознают?

— Бейсболка и очки были в грузовике.

— Но я узнала тебя в них.

Кобурн хмыкнул.

— Они и не думали на меня смотреть.

— Они?

— Я остановился у магазинчика с рыболовными принадлежностями в черт знает какой глуши. День мертвый. Посетителей никого. Только грузовик для доставки воды в бутылках во дворе.

Хонор бросила взгляд на двадцать четыре бутылки воды, закатанные в пластик.

— Ты их украл?

— Это было нетрудно. Когда я зашел в магазин, водитель грузовичка был за кассой вместе с кассиршей. Рука его была у нее в трусах, а губы — на ее соске. И видели они только друг друга. Я быстро взял все нужное, заплатил и вышел. Они наверняка меня не запомнили. Только то, что их прервали.

Щеки Хонор запылали от смущения, когда она представила себе описанную Кобурном картину. Интересно, правда все это или выдумка? А если даже и правда, зачем было все описывать так подробно? Чтобы смутить ее и вогнать в краску? Что ж, она была смущена. Но если это сколько-нибудь волновало Кобурна, то он не подал виду. Ли посмотрел на часы у себя на запястье и сказал:

— Попробую еще раз связаться с Гамильтоном.

Он набрал номер на своем телефоне, и вскоре Хонор услышала, как мужской голос в трубке произнес:

— Гамильтон.

— Сукин ты сын! Почему ты водил меня столько времени за нос?

— На моей должности никакая предосторожность не бывает лишней, — абсолютно спокойно ответили на другом конце провода. — Если номер не определяется, я обычно не беру трубку.

— Но я представился!

— После того как я услышал последние новости, я бы и так догадался, что это ты. Как всегда в центре драки. Или мне следует сказать — в бочке с дерьмом?

— Очень смешно!

— На самом деле совсем не смешно. Массовое убийство. Похищение женщины с ребенком. Ты превзошел себя, Кобурн.

— Можно подумать, я звоню затем, чтобы ты напомнил мне об этом! Если бы я не был в беде, не стал бы тебя беспокоить.

Перейдя на более серьезный тон, голос в трубке поинтересовался:

— Так слухи верны? С тобой женщина?

— И ребенок.

— С ними все в порядке?

— Да, в полном. У нас тут пикник, — после последовавшей тяжелой многозначительной тишины Кобурн заговорил снова. — Говорю тебе, с ними все хорошо. Хочешь сам поговорить?

Не дожидаясь ответа, он передал телефон Хонор. Когда она поднесла к уху трубку, рука ее дрожала.

— Алло!

— Миссис Джиллет?

— Да.

— Меня зовут Клинт Гамильтон. Я хочу, чтобы вы внимательно меня выслушали. Пожалуйста, ради блага вашего ребенка и вашего собственного блага не стоит недооценивать важность того, что я вам сейчас скажу.

— Хорошо.

— Вы, миссис Джиллет, находитесь в обществе очень опасного человека.

21

Тори громко хлопнула дверью за спиной Дорала, заперлась на задвижку, а затем полчаса ругала себя за то, что не вцепилась в физиономию этого мерзавца после его последней реплики.

Но даже долгое время спустя после того, как этот человек покинул ее дом и у нее было время успокоиться, произнесенная им угроза не давала покоя Тори. Ей было, мягко говоря, тревожно. Но больше, чем за себя, она боялась за Хонор.

Тори была самодостаточной, независимой и привыкла заботиться о себе сама, но вовсе не считала ниже своего достоинства попросить о помощи, если в этом была необходимость. Тори набрала телефонный номер.

— Тори, милая, — послышалось на другом конце. — Я как раз думал о тебе.

Этот приятный мужской голос мгновенно успокоил ее напряженные нервы. Перейдя на сексуальный, обворожительный тон, Тори хрипло спросила:

— И что же ты обо мне думал?

— Как раз сидел, мечтал, пытался угадать, есть ли на тебе сегодня нижнее белье...

— Конечно нет. Моя развратная сущность не изменилась. А иначе почему я тебе звоню?

Мужчине на другом конце провода это было явно приятно. Он рассмеялся хриплым смехом бывшего курильщика. У мужчины были тридцать фунтов лишнего веса и красные прожилки на носу от океанов бурбона, выпитого за пятьдесят восемь лет жизни. Правда, он мог позволить себе пить лучшие сорта.

Звали его Боннел Уоллес, и денег у него было больше, чем у господа бога. Он хранил эти деньги в банке Нью-Орлеана, находившемся в собственности его семьи с тех пор, как испанцы завоевали Луизиану. Или с начала времен. Что там было раньше?

Год назад умерла от рака его любимая жена лет тридцати с чем-то. Опасаясь той же участи, Боннел отказался от сигарет, ограничил себя пятью-шестью порциями выпивки в день и записался в фитнес-клуб Тори. Что более или менее предопределило его будущее.

Он стал кандидатом на роль мужа номер четыре и отлично чувствовал себя в этом качестве, так как считал, что солнце встает и садится в трусиках, которые, как утверждала Тори, она не носила.

— Ты сделаешь для меня кое-что, Боннел?

— Только скажи что, сахарная моя.

— Моя подруга в беде. Речь идет о жизни и смерти.

— Господи Иисусе! — Боннел моментально отбросил игривый тон.

— Мне может понадобиться срочно большая сумма денег.

— Сколько?

Вот так просто. И больше никаких вопросов. Сердце ее сладко заныло, преисполненное искренней симпатии к этому человеку.

— Не соглашайся так быстро. Я говорю о действительно огромной сумме. Например, о миллионе или еще больше, — Тори думала о выкупе, но ничего не знала о том, сколько денег могут потребовать за возвращение в целости и сохранности молодой вдовы и ее дочери. — Я готова вложить эти деньги сама. Но у меня может не быть возможности так быстро снять их со счета.

— Расскажи мне, что случилось. И как еще я могу помочь.

— Ты слышал о женщине и ребенке, которых похитили сегодня утром?

Боннел слышал. Тори лишь добавила кое-какие подробности, о которых он не знал.

— Мне страшно даже подумать, через что приходится пройти Хонор и Эмили. Я не знаю, что делать. Но не могу просто сидеть вот так сложа руки. С твоей помощью я хотя бы сумею быстро достать денег, в случае если похититель обратится к свекру Хонор с требованием выкупа. Стэн — человек со стабильным финансовым положением, но такой суммы ему не собрать.

— Тебе достаточно дать мне знать, как только что-то понадобится, и это будет твоим, — заверил ее Боннел, затем добавил после паузы: — Я — на расстоянии телефонного звонка, Тори. Боже правый, как ты? Должно быть, нервничаешь. Хочешь, я приеду и побуду с тобой?

Из-за взрослых детей Боннела и политики самой Тори, строго запрещавшей романы между персоналом и клиентами ее клуба, они держали свои отношения в тайне. Готовность Боннела бросить все, покинуть посреди рабочего дня свой банк и броситься к ней на помощь значила куда больше, чем просто вежливое участие.

Срывающимся от эмоций голосом Тори произнесла:

— Я уже говорила тебе, какой ты милый? И как для меня важны наши отношения?

— Ты действительно так считаешь?

— Действительно, — заверила его Тори, сама поражаясь тому, насколько честно она говорила в данный момент.

— Что ж, это хорошо, потому что я испытываю то же самое.

Когда Боннел записался в ее клуб, он сразу понравился Тори своей дружелюбной манерой держаться. Она внимательно рассмотрела его внушительных размеров тело и не менее внимательно — информацию о нем. Поняв, сколько стоит этот мужчина, Тори положила на него глаз.

Боннел провел последние пять лет, ухаживая за своей страдающей женой, и теперь созрел для развлечений, для секса, для грубоватого поддразнивания Тори, флирта и нежной лести.

Боннел Уоллес был бизнесменом, которого боялись, перед которым трепетали. Он был хитер и решителен, когда проворачивал свои сделки, но превращался в мягкую глину в опытных и талантливых руках Тори.

Однако с течением времени Тори привязалась к нему. И теперь дело уже было не только в желании заполучить в мужья очередного богатея. Под слоем жира, накопленным от сытой жизни, она обнаружила в этом человеке доброе сердце, умение быть хорошим другом и вообще отличным парнем. Теперь Тори испытывала к Боннелу искреннюю симпатию. А в ее случае это было самое близкое к настоящей любви, на что Тори была способна.

Обменявшись воздушными поцелуями, они с неохотой закончили разговор. Тори еще несколько минут улыбалась, прижимая к груди телефон. Но когда зазвонил дверной звонок, она, уронив трубку, кинулась к двери и распахнула ее настежь.

На пороге стоял Стэн Джиллет. Увидев у себя в дверях Элвиса, Тори удивилась бы меньше.

Она не любила свекра Хонор, и неприязнь эта была взаимной. При этом ни один из них не считал нужным скрывать антипатию. И дело было не только в том, что один из них был консерватором, а другая — женщиной свободных взглядов.

Единственным, что было у этих людей общего, — их любовь к Хонор и малышке Эмили. И ничего, кроме этого чувства, не могло привести Стэна на порог ее дома.

Сердце Тори, казалось, на секунду остановилось. Чтобы не упасть, она вынуждена была схватиться за косяк.

— О господи! Они мертвы?

— Нет. По крайней мере, я надеюсь, что нет. Мне можно войти?

Ослабев от нахлынувшего облегчения, Тори нерешительно сделала шаг в сторону, пропуская Стэна внутрь. Мистер Джиллет перешагнул ее порог, который, несомненно, считал входом в царство Гоморры, и тут же остановился, оглядывая вражеский лагерь. По крайней мере, Тори почти не сомневалась, что Стэн расценивал это именно так. Ее мебель была подобрана со вкусом и довольно дорого стоила, но на лице Стэна, когда он обернулся к Тори, застыло выражение неодобрения.

— Откуда ты узнала?

Тори удивилась про себя, как можно заставить самый обычный вопрос звучать так, словно ты собираешься засовывать собеседнику под ногти бамбуковые иглы, чтобы получить на него ответ. Но обстоятельства требовали от Тори вести себя цивилизованно.

— Увидела в новостях, — сказала она.

— Хонор тебе не звонила?

— Почему все спрашивают меня об этом?

Глаза Стэна подозрительно сузились.

— А кто еще об этом спрашивал?

— Дорал. Он был здесь, когда я приехала домой из клуба. Как и ты, он почему-то считает, что похититель Хонор выкроил бы минутку и позволил ей позвонить мне поболтать.

— Мне вовсе не нужен сейчас твой сарказм.

— А мне вовсе не надо, чтобы вы намекали, что, если бы я знала, что случилось с Хонор и Эмили, я бы стояла тут вот так и препиралась с вами, думала о том, как вы мне не нравитесь, а не летела бы сломя голову им на помощь. Поэтому напрашивается вопрос: почему ты не ищешь их, а вместо этого стоишь и рассматриваешь мой дом со своей невыносимой узколобой самоуверенностью?

С цивилизованным поведением, похоже, было покончено.

Стэн взорвался в ответ:

— Неужели ты можешь подумать хоть на секунду, что возможность оскорбить тебя волнует меня больше, чем судьба вдовы и ребенка моего сына — единственных членов семьи, которые у меня остались?

Тори прекрасно понимала, что он имеет в виду. Ведь ее беспокойство о Хонор и Эмили тоже пересиливало неприязнь к этому человеку. Вспылив, теперь она пыталась успокоиться.

— Да нет же, Стэн. Я вовсе так не думаю. Я знаю, что ты любишь их.

«В своей тираничной и собственнической манере», — очень хотелось прибавить Тори. Но она справилась с искушением.

— Ты наверняка чувствуешь себя сейчас, как в аду.

— И это еще мягко сказано.

— Почему бы тебе не присесть? Выпьешь чего-нибудь. Воды? Лимонаду? Чего-то покрепче?

Стэн почти успел улыбнуться, прежде чем запретил себе это делать.

— Нет. Спасибо.

Садиться он тоже не стал. Так и продолжал стоять посреди гостиной Тори, чувствуя себя явно не в своей тарелке.

— Я ведь тоже люблю их, понимаешь? — тихо произнесла Тори. — Чем я могу помочь? Тебе известно что-то, о чем не пронюхали журналисты?

— Ничего. Ничего существенного.

Стэн рассказал Тори о своем разговоре с Доралом и помощником шерифа Кроуфордом.

— Дом был перевернут вверх дном. Кроуфорда, похоже, больше всего интересовало, чего не хватает.

А исчезновение Хонор и Эмили он считал событием второстепенным.

— Он ведь помощник шерифа в жутком захолустье. Он вообще собирается предпринимать что-нибудь, чтобы мы получили Хонор и Эмили обратно целыми и невредимыми?

— Надеюсь на это. И еще делом, разумеется, заинтересовалось ФБР. Они тоже затребовали помощь из соседних округов и Нового Орлеана.

Стэн снова оглядел комнату, но Тори видела, что мысли его где-то далеко.

— Тебя что-то беспокоит? — спросила она. — Что именно?

Стэн повернулся к ней спиной.

— Возможно, все это ерунда.

Несколько секунд он пытался решить, поделиться ли своими опасениями, затем задал вроде бы не имеющий отношения к делу вопрос:

— Ты когда-нибудь оставляла здесь Эмили на ночь?

— Всего две недели назад. Хонор вытащила меня поесть гамбургеры с гриля. Потом мы приехали сюда. Уложили Эмили и распили бутылку вина.

Тори знала, что, говоря это, бьет Стэна ниже пояса, так как он считал Тори Шайрах плохой, неподходящей компанией для Хонор.

С того момента, как их познакомили, Стэн считал Тори развязной девицей, совершенно не годящейся в подруги невестке Стэна Джиллета. И это, с точки зрения Тори, было очень плохо. Их с Хонор дружба возникла тогда, когда обе были еще совсем девчонками, и не прекратилась, несмотря на то что пошли они по жизни совершенно разными путями.

Тори восхищалась образом жизни Хонор, но не завидовала ему. Сцены дома у очага были не для нее. И выйти замуж за свою первую школьную любовь вовсе не соответствовало представлениям Тори о романтике. Хотя Эдди был отличным мужем и отцом, и Тори очень хорошо относилась к нему за то, что он любил Хонор и сделал ее счастливой. Его смерть, безусловно, была трагедией.

Но Стэн вел себя так, как будто его сын жив, и подчеркивал его присутствие в жизни вдовы и дочери до такой степени, что Хонор каждый раз чувствовала себя виноватой, если даже просто задумывалась о возможности сходить на свидание. И это было одной из тем, которые они обсудили в тот вечер за бутылкой превосходного пино нуар.

Тори далеко не впервые убеждала Хонор, что той пора выходить из дома, знакомиться с людьми. Особенно с мужчинами.

— Твой траур уже продлился достаточно, — убеждала подругу Тори. — И даже в два раза дольше, чем достаточно. Тебе надо встряхнуться как следует. Что тебя останавливает?

— Если я начну с кем-то встречаться, это разобьет сердце Стэну, — грустно ответила Хонор.

Тори сказала в ответ, что Хонор, черт побери, замужем не за Стэном. И кого вообще волнует, что он думает.

Но, видимо, это волновало Хонор, потому что она беспрекословно позволяла Стэну лишать ее будущего. Он продолжал удерживать ее в прошлом, привязывать к мужу, который умер и был похоронен.

Впрочем, сегодня им было не до этого. Сегодня у них имелось дело куда более важное.

— Почему ты спросил, ночевала ли у меня Эмили? — поинтересовалась Тори.

— Она всегда спит с двумя вещами.

— Со своим пледом и Элмо, — продемонстрировала осведомленность Тори.

— Сегодня утром ни того, ни другого в постели малышки не было, — пока Тори переваривала эту новость, Стэн продолжал: — И в кровати Хонор их не было тоже. Я вообще нигде их не увидел.

— Похититель, который позволяет Эм взять с собой любимые вещи? — Тори снова вспомнились инсинуации Дорала, намекавшего, что похищение могло вовсе и не быть таковым. Во что же ты вляпалась, Хонор?

Словно прочитав ее мысли, Стэн вдруг произнес:

— Я верю в святость данного слова.

Тори никак не отреагировала на эту реплику.

— Я знаю, как вы с Хонор близки. Я не понимаю, что у вас может быть общего. Я не одобряю эту дружбу. Но я ее уважаю.

— Поняла.

— Сейчас обстоятельства критические, Виктория.

Используя ее полное имя, Стэн словно хотел подчеркнуть, насколько все серьезно. Как будто ей надо было об этом напоминать!

— Если Хонор делилась с тобой по секрету...

— Тем, что связалась с человеком по имени Ли Кобурн? Вот вокруг чего ты тут вытанцовываешь. Не стоит, Стэн. Ответ — нет. Хонор вовсе не делится со мной всеми чувствами, которые испытывает, но, думаю, я бы знала, если бы она с кем-то встречалась. Черт, да я бы первая предложила это отпраздновать. Но если Хонор и знает этого человека, клянусь, мне ничего об этом не известно.

Стэн выслушал ответ со свойственным ему стоицизмом, затем откашлялся в кулак, словно давая понять, что ему есть еще что сказать.

— Кроуфорд задавал Доралу кучу вопросов об Эдди. Похоже, помощник шерифа пребывает во власти заблуждения, что все происходящее как-то связано с моим сыном.

— Думаю, это объясняет, почему Дорал спросил меня...

— О чем тебя спросил Дорал?

— Не раскрывала ли мне Хонор в последнее время какую-то тайну, связанную с Эдди. — Тори пожала плечами. — Я решила, что он нанюхался или накурился.

— Так, значит, такого секрета не было?

Тори посмотрела несколько секунд на Стэна, затем снова обвела глазами гостиную с таким видом, будто ожидала увидеть на стенах надписи, объясняющие ей, почему все вокруг сошли с ума. Снова посмотрев на свекра Хонор, Тори произнесла:

— Стэн, я понятия не имею, о чем вообще идет речь.

— Я не потерплю никаких грязных намеков по поводу моего сына.

— А намеки помощника Кроуфорда были грязными?

— Не совсем. Но для меня все это прозвучало так, словно он пытается установить связь между Эдди и тем, что случилось на складе Сэма Марсета в воскресенье вечером. Возмутительный абсурд! Я не знаю, почему Кобурн явился к Хонор и перевернул ее дом вверх дном, но и он, и Кроуфорд ошибаются, если считают, что Эдди был замешан в чем-нибудь...

Тори с готовностью подсказала слово, которое Стэн не мог заставить себя произнести:

— ...нелегальном. — Она подождала немного. Стэн молчал. — Я полностью с тобой согласна. Эдди был бойскаутом, образцовым гражданином. Почетным копом. И о чем же ты тогда волнуешься?

— Вовсе я не волнуюсь.

— Меня не проведешь, Стэн, — сложив руки на груди, Тори внимательно наблюдала за собеседником. — Даже стадо диких лошадей не смогло бы загнать тебя в дом самой знаменитой дамы полусвета Тамбура. Но ты стоишь тут посреди моей квартиры и продолжаешь задавать мне вопросы, которые не имеют для меня никакого смысла, но, видимо, имеют смысл для вас с Доралом.

Стэн стоял, упрямо сжав губы.

— Сегодня утром убили брата Дорала, — продолжала Тори. — Твоя невестка и внучка исчезли в неизвестном направлении. И все же этот пресловутый секрет человека, которого нет в живых уже два года, заставляет вас обоих наезжать тут на меня, вместо того чтобы перерыть весь штат вверх дном в поисках моей подруги и ее маленькой дочери. Что же получается?

Не говоря ни слова, Стэн направился к двери.

— Подожди! — Тори догнала его у порога.

От взгляда, которым одарил ее Стэн, могло бы скиснуть молоко. Но Тори не отвела глаз, только сбавила немного тон.

— Мне плевать тридцать раз, что ты обо мне думаешь. И даже нравится пощипать твое орлиное оперение. Но я люблю Хонор. Я люблю Эмили. И хочу, чтобы они вернулись домой целыми и невредимыми.

Стэна, казалось, не тронули ее слова, но за дверь он все же не вышел.

Тори продолжала спокойным увещевательным тоном:

— Хочу, чтобы ты знал: я договорилась о крупной сумме денег наличными, которые будут у меня, как только ты получишь требование о выкупе. Не будь упрямым гордецом, Стэн! И высокомерным идиотом. Никто не узнает, что деньги прошли через шаловливые ручонки той, кого ты считаешь проституткой. Позволь мне сделать это. Не для тебя. Для них.

Все с тем же каменным выражением лица Стэн наконец произнес:

— Спасибо. Я дам тебе знать.

22

Хонор продолжала смотреть в упор на Кобурна, пока человек в трубке объяснял ей, насколько он опасен. Не услышав ответа, Гамильтон переспросил:

— Миссис Джиллет?

— Да, — хрипло отозвалась она. — Да, я слушаю.

— Кобурн — человек-смерть. Его специально готовили, чтобы он стал именно таким. Но тот факт, что он похитил вас, вместо того чтобы убить...

— Он не похищал меня, мистер Гамильтон. Я поехала с ним по доброй воле.

Прошло несколько секунд, прежде чем Гамильтон смог что-нибудь произнести. Затем, прочистив горло, он вежливо поинтересовался, хорошо ли Кобурн обращается с нею и с Эмили.

Хонор вспомнила все его угрозы — высказанные впрямую и подразумеваемые, — его давление с позиции грубой силы. Эпохальную схватку за обладание пистолетом. Но также вспомнила она и о том, как он задержался, чтобы взять с собой любимый плед Эмили и Элмо, когда они в спешке покидали дом. Еще она подумала о том, как Кобурн, рискуя быть пойманным, поехал за продуктами, чтобы их накормить. И о том, как он вернулся, хотя мог бы бросить их на произвол судьбы.

— С нами все в порядке, — сказала Хонор Гамильтону.

— Я рад это слышать. А теперь передайте трубку Кобурну.

Она передала, и Кобурн тут же потребовал у Гамильтона:

— Поговори же со мной наконец, черт возьми!

— Ты первый.

И Кобурн рассказал Гамильтону про массовое убийство на складе и обо всем, что произошло после.

Рассказ был кратким, но исчерпывающим. И завершил его Кобурн словами:

— Мне пришлось забрать ее с ребенком оттуда. У меня не было другого выхода. Если бы я их не вывез, они были бы уже мертвы.

— Ты уверен, что убитый тобой полицейский был убийцей Сэма Марсета?

— Я видел, как он это сделал.

— Вместе со своим братом-близнецом.

— Именно так.

Гамильтон глубоко вздохнул и громко произнес:

— Ну, хорошо! Кроме личности убийцы со склада и ошибочного мнения о том, что миссис Джиллет с ребенком были похищены, все сказанное тобой совпадает с рассказом Тома ван Аллена.

— Кто такой этот ван Аллен?

— Человек, сменивший меня на посту в Тамбуре.

— И когда ты говорил с ним?

— Когда стало ясно, что благодаря тебе снова пролился дождь из дерьма.

— Так ты переговорил с ван Алленом, прежде чем решить, ответишь ли на мой звонок?

— Мне хотелось посмотреть на ситуацию его глазами. Хотелось выслушать непредвзятое мнение. Я даже спросил его, не был ли ты агентом из его отделения, работающим под прикрытием.

— Гы, ну ты и хитрец!

— Мне надо было узнать, что Том знает и о чем подозревает.

— Мне и самому интересно это знать.

— Что касается органов охраны правопорядка, там считают тебя не имеющим друзей грузчиком со склада, который рехнулся и всех перестрелял. И это хорошо. Теперь, поговорив с тобой, мне придется признаться ван Аллену, что я сблефовал немного, чтобы услышать его непредвзятое мнение. А затем прибегнуть к его помощи, чтобы вывеси тебя и миссис Джиллет с ребенком из-под удара. Как только все вы будете в безопасности, мы сможем собраться и решить, как нам объединить усилия и работать дальше.

Кобурн нахмурился, закусил нижнюю губу и внимательно посмотрел на Хонор.

— Не пойдет, — наконец произнес он.

— Что-о? — удивился Гамильтон.

— Не пойдет. Я не хочу пока что выходить из-под прикрытия.

— О прикрытии не волнуйся. Все останется как было. По официальной версии ты застрелишься, поняв, что тебя обложили со всех сторон федеральные агенты. А мы проведем аресты на основе собранных тобой разведданных, но никто не поймет, откуда дует ветер. А тебе дадим задание в другой части страны — и все останутся довольны.

— Звучит заманчиво. Но я не закончил свою работу здесь.

— Ты отлично поработал, Кобурн, — продолжал спор Гамильтон. — И ты выбрался из передряги живым, а это уже большое достижение. А еще тебе удалось вычислить несколько ключевых фигур в организации Бухгалтера. Мои люди по всей цепочке от Сан-Антонио до ключевых пунктов на востоке, до самых Миссисипи и Алабамы, приведены в состояние готовности и начнут аресты, как только я дам отмашку. И сегодня утром ты лишил Бухгалтера одного из главных помощников.

— Но мы так и не добрались до Бухгалтера.

— Тем не менее я удовлетворен.

— А я нет. Вот-вот должно случиться что-то серьезное. И я хочу вывести Бухгалтера из игры прежде, чем это произойдет.

— Что именно должно случиться?

— Новый клиент. Предполагаю, что мексиканский картель. Думаю, именно из-за этого устранили Сэма Марсета. Он жаловался на то, что пару его грузовиков остановили и досмотрели. В грузовиках не было ничего важнее земли для растений в горшках, но это возмутило Марсета, так как ему гарантировали, что ни один из его грузовиков никогда не подвергнется досмотру. От Бухгалтера поступило указание заткнуть ему рот. Отдел жалоб в этой организации не предусмотрен. Особенно сейчас.

— Но новый альянс еще не состоялся? — поразмышляв, уточнил Гамильтон.

— Ожидается вот-вот.

— Тебе удалось выяснить, о каком картеле идет речь?

— Нет. Мое время истекло в воскресенье вечером.

И снова Гамильтону потребовалось несколько минут на обдумывание ситуации. Все это время Кобурн смотрел на Хонор, которая не сводила глаз с него.

Наконец Гамильтон произнес:

— Мы используем то, что есть. Вместе с новым альянсом или без него, но ты собрал достаточно улик для возбуждения дела. Хватит.

— Все это ерунда. И ты отлично это знаешь. Ни один федеральный прокурор не прикоснется к такому делу, если у него не будет дымящегося ружья или свидетеля, готового пожертвовать собственной жизнью, только бы правосудие свершилось. А такого свидетеля не будет, даже если пообещать потом натурализовать его в степях Монголии, потому что все до чертиков боятся Бухгалтера. И еще это станет настоящим кошмаром для бюро. Сэм Марсет — для тебя это только имя. Но здесь он считался чем-то вроде святого. Попробуй извалять его имя в грязи без веских доказательств его коррупционной деятельности, выдвинуть обвинения, которые нечем поддержать. И единственное, чего ты добьешься, это вызовешь у законопослушного населения раздражение и желание поквитаться с теми, кто опозорил светлую память выдающегося горожанина. Потом обозлятся в

Управлении наркоконтроля и обвинят нас в том, что из-за наших действий все дилеры залегли на дно. Затем наступит очередь Федерального бюро по контролю распространения табака, алкоголя и оружия, таможни, пограничной службы, службы национальной безопасности. Все встанут на дыбы, потому что получится, что мы всех их лишили возможности провести операции, которые они планировали, а все, что мы сможем этому противопоставить, — это разваленное к чертовой матери обвинение. Вот что будет, если вывести меня из игры сейчас. А через неделю или две, когда все успокоится, контрабандисты снова начнут снабжать своих клиентов нелегальными товарами. Все они продолжат убивать друг друга и иногда, когда дела идут не так гладко, как хотелось бы, — парочку ни в чем не повинных граждан. И все это будет на твоей совести. И на моей — поскольку это я не доделал свою работу.

Последовала долгая пауза, затем Гамильтон заговорил:

— Браво, Кобурн! Это была очень страстная речь, и я ее внимательно выслушал, — снова пауза. — Хорошо, ты остаешься работать под прикрытием. Но, как бы хорош ты ни был, ты не сможешь ликвидировать один все то дерьмо, в которое вляпался за последние дни. Тебя ведь подозревают в массовом убийстве. И все, кто носит в этом штате полицейский значок, будут рады возможности попрактиковаться на тебе в стрельбе. Тебе нужна поддержка. Ее обеспечит ван Аллен.

— Нет. У Бухгалтера есть информаторы в каждом полицейском отделении, управлении шерифа, городской администрации, в каждом суде. Каждый должен быть под подозрением.

— Ты хочешь сказать, что Том ван Аллен...

— Я хочу сказать: дай мне сорок восемь часов.

— Ты смеешься?

— Ладно, тридцать шесть.

— Но для чего?

Кобурн еще пристальнее посмотрел на Хонор.

— Я готовлю кое-что, что откроет все карты.

— Что это?

— Не могу сказать.

— Не можешь или не хочешь?

— Выбери сам.

— Вот дерьмо!

Хонор чувствовала беспомощность и раздражение Гамильтона по голосу, доносившемуся из трубки.

— Это как-то связано с миссис Джиллет? — поинтересовался Гамильтон.

Кобурн ничего не сказал.

— Я тебе не сопляк зеленый, — Гамильтон, похоже, начинал выходить из себя. — Ты ведь не ожидаешь, что я поверю, что ты случайно выбрал дом этой женщины из всех на речном побережье Луизианы, когда тебе надо было спрятаться? И что, пока ты был там, тебе неожиданно пришла в голову мысль обыскать жилище несчастной вдовы? И ты, уж конечно, не ждешь, что я поверю, что эта женщина без веской причины согласилась последовать с тобой по доброй воле, после того как ты убил на ее глазах старинного друга семьи. И нечего и думать, что я могу поверить, что ты, Кобурн, — именно ты — взял под свое крыло женщину с ребенком от доброго сердца, и это при том, что много раз подвергалось сомнению, есть ли у тебя вообще сердце.

— Ах, мистер Гамильтон, вы больно раните мои чувства!

— Я знаю, что покойный супруг миссис Джиллет был офицером полиции. И знаю, что недавно убитый Фред Хокинс был его лучшим другом. А теперь назови меня сумасшедшим, но все эти совпадения не дают мне спать спокойно.

— Ты не сумасшедший, — Кобурн отбросил издевательский тон.

— Так что же есть у миссис Джиллет?

— Я не знаю.

— Она знает, кто скрывается под кличкой Бухгалтер?

— Говорит, что нет.

— Ты ей веришь?

Кобурн снова пристально вглядывался в лицо Хонор.

— Да!

— Тогда на какой информации она сидит?

— Я не знаю.

— Перестань морочить мне голову, Кобурн!

— Я не морочу.

Гамильтон тихо выругался.

— Хорошо, не надо ничего мне говорить. Вот вернешься в Вашингтон, обсудим твое несоблюдение субординации вдобавок к другим нарушениям, которые...

— Применяете тактику запугивания, шеф? Валяйте. Выкиньте меня из вашего чертова бюро. Посмотрим, стану ли я плакать.

Гамильтон распалился не на шутку.

— Я снабжу ван Аллена всем необходимым, чтобы вывести тебя из-под прикрытия, если понадобится — силой. Я пойду на это ради безопасности женщины и ребенка.

Лицо Кобурна словно окаменело.

— Попробуй сделать это, Гамильтон, и они будут мертвы. Довольно скоро.

— Послушай, я знаю ван Аллена. Я сам назначил его на эту должность. Я гарантирую тебе, что он не играет на два фронта, но он...

— И кто же он?

— Бюрократ.

— Это само собой. А что он за человек?

— С мягкими манерами. Спокойный, хотя живется ему нелегко. Его личная жизнь — полное дерьмо. У него ребенок с особыми потребностями, которому надо бы жить в спецучреждении. Но живет он дома.

— Как так получилось?

— Том не обсуждает это. Думаю, дело в том, что ему не осилить расходы.

И снова на лице Кобурна появилось хмуро-задумчивое выражение, которое уже научилась узнавать Хонор.

— Дай мне сорок восемь часов, — снова попросил он Гамильтона. — А за это время проверь ван Аллена. Если ты сможешь убедить меня, что он — честный человек, я пойду на контакт с ним. Если повезет, к тому времени у меня уже будет достаточно улик против Бухгалтера.

— Но что ты собираешься пока что делать с миссис Джиллет и ее ребенком?

— Не знаю.

— Дай мне снова поговорить с ней.

Кобурн передал телефон Хонор.

— Я здесь, мистер Гамильтон.

— Миссис Джиллет, вы следили за ходом нашего разговора?

— Да.

— Извиняюсь за некоторые выражения, которые я себе позволил.

— Ничего страшного.

— Каково ваше мнение?

— О чем?

— Обо всем, что мы с Кобурном обсуждали.

— Ли Кобурн — его настоящее имя?

Казалось, этот вопрос застиг Гамильтона врасплох. После паузы он ответил положительно, но миссис Джиллет, видимо, не была уверена в правдивости его слов.

— Почему женщина в вашей приемной сказала, что он мертв?

— Она выполняла мой приказ. Для защиты Кобурна.

— Объясните.

— Он ведь попал в очень тяжелую ситуацию. Тяжелую и противоречивую. Я не мог рисковать. Кто-то, заподозрив Кобурна, мог позвонить в ФБР и косвенно убедиться в правоте своих подозрений. Поэтому я пустил по бюро слух, что Кобурн убит при выполнении задания. Эти сведения даже включены в его личное дело. На случай, если какой-нибудь хакер вскроет наши файлы.

— И вы — единственный, кто знает, что он жив?

— Я и моя ассистентка, отвечавшая на звонок.

— А теперь еще и я.

— Это так.

— И теперь, если что-нибудь случится с Кобурном, все, что он рассказал мне о Сэме Марсете и Бухгалтере, и все, что я сама сумела невольно понять, будет иметь огромную важность для ФБР и Министерства юстиции?

— Да, — неохотно ответил Гамильтон. — И Кобурн готов подвергнуть вашу жизнь опасности, охраняя эту информацию. Скажите мне правду. Что такое у вас есть? За чем охотится Кобурн?

— Этого не знаю даже я сама, мистер Гамильтон.

У Хонор было такое ощущение, что во время возникшей паузы Гамильтон пытается решить для себя, можно ли ей верить.

Затем он спросил:

— Вы говорите это под давлением?

— Нет.

— Тогда помогите мне прислать к вам других агентов. Они придут и заберут вас и вашу дочь. Вы не должны бояться, что это не понравится Кобурну. Он не посмеет вас обидеть. Я сделаю так, что от этого будет зависеть вся его дальнейшая карьера. Но вы должны выйти из подполья, чтобы я мог вас защитить. Скажите, где вы находитесь.

Она смотрела в глаза Кобурну все те несколько долгих секунд, пока здравый смысл боролся внутри ее с чем-то куда более глубоким, для чего Хонор не смогла бы придумать названия. С чем-то, что побуждало ее отбросить внутреннюю осторожность, отказаться от того, что она знала, и поступать так, как она чувствовала. И это чувство было достаточно сильным, чтобы Хонор испугалась его. Еще больше, чем сидящего напротив мужчину, впившегося в ее лицо отчаянными голубыми глазами.

И все же она поддалась этому чувству.

— Вы ведь слышали, что сказал Кобурн, мистер Гамильтон? Если вы прямо сейчас пришлете за нами других агентов, вы никогда не поймаете Бухгалтера.

И прежде чем Гамильтон успел что-то ответить, Хонор передала трубку Кобурну.

Взяв ее, Ли злорадно произнес:

— Сегодня тебе не везет, Гамильтон. Сделка не состоялась.

— Это ты промыл ей мозги?

— Сорок восемь часов.

— Вы где-то на воде?

— Сорок восемь часов.

— Господи Иисусе! Но дай мне по крайней мере номер телефона.

— Сорок восемь часов.

— Хорошо, черт бы тебя побрал! Я даю тебе тридцать шесть часов! Тридцать шесть — и это...

Кобурн отсоединился и кинул телефон на койку. Затем он спросил Хонор:

— Как ты думаешь, эта посудина сможет плыть?

23

Когда Том вернулся домой, Дженис была поглощена игрой в слова на своем сотовом. Она даже не заметила, что муж дома, пока он, подкравшись к ней со спины, не назвал ее по имени. Дженис вздрогнула:

— Том! Никогда больше так не делай!

— Извини, что испугал. Я думал, ты слышала, как я вошел.

Том старался, но не сумел до конца скрыть раздражение. Дженис играет в слова с людьми, которых никогда не видела, которые живут на другом конце света. А его мир рушится. Том видел в этом дисбалансе несправедливость. В конце концов, он делал все то, что делал, в надежде заслужить ее одобрение. Чтобы она заметила его. Чтобы ее беспросветная жизнь стала хоть чуточку лучше.

Конечно, не ее вина, что у Тома был сегодня ужасный день. И Дженис не должна быть козлом отпущения. Но Том остро чувствовал свое поражение, был раздражен, поэтому, вместо того чтобы сказать что-нибудь, что помогло бы сгладить ситуацию, он оставил портфель в семейной гостиной, где застал Дженис, и пошел в комнату к Ленни.

Глаза мальчика были закрыты. Том поинтересовался про себя почему. Не успел открыть их, моргнув, или действительно спит? Интересно, видит ли его сын сны. А если видит, то что ему снится? Было мазохизмом со стороны Тома задавать себе все эти вопросы. Ведь он никогда не узнает на них ответов.

Продолжая смотреть на неподвижного мальчика, Том вспомнил кое о чем, что произошло вскоре после рождения Ленни, когда они с Дженис еще только пытались осознать степень ограниченности его возможностей и понять, какое влияние это окажет на их будущее. К ним зашел тогда католический священник. Зашел, чтобы успокоить и утешить, но его пассажи про волю божью только расстроили и рассердили обоих супругов. Том указал святому отцу на дверь уже через пять минут после его прихода.

Но тот успел сказать одну вещь, которая Тому запомнилась. Он заявил, что некоторые люди верят, что калеки вроде Ленни знают прямой путь к душе и сердцу господа бога, и хотя они не могут общаться с живущими на земле, они постоянно разговаривают со Всемогущим и его ангелами. Разумеется, это была всего-навсего еще одна банальность, вычитанная проповедником в инструкции «как вразумить паству». Но иногда Тому отчаянно хотелось в это верить.

Сейчас он наклонился и поцеловал Ленни в лоб.

— Замолви там и за меня словечко.

Когда Том вошел на кухню, Дженис, которая успела приготовить мужу ужин, ставила на стол одну тарелку.

— Я не знала, когда ты придешь, — извиняющимся тоном произнесла она. — И никакого особого блюда не приготовила.

— Ничего страшного. — Том сел за стол и разложил на коленях салфетку. Хотя салат с креветками, намазанные маслом куски багета и нарезанная дыня красиво смотрелись на блюде, аппетит вдруг почему-то пропал.

— Хочешь выпить бокал вина?

Том покачал головой:

— Мне придется на какое-то время вернуться на работу. Надо быть в офисе на случай, если что-то произойдет.

Дженис присела напротив Тома на стул.

— Ты выглядишь очень усталым.

— Именно так я себя и чувствую.

— Ничего нового о похищении?

— Ничего. Хотя все, включая кинолога с собакой, ищут миссис Джиллет и ее дочурку. Или их трупы.

Дженис нервно обняла себя руками за плечи.

— Не смей даже говорить такое!

Том поставил локоть на стол и положил голову на руку, надавив одновременно пальцами на глазные яблоки. Дженис потянулась и накрыла рукой его руку, лежавшую рядом со стаканом воды.

— Не думаю, чтобы он убил их, Том.

— Тогда зачем он взял их с собой?

— Выкуп?

— Требований не поступало. Мы взяли на прослушку домашний телефон свекра Хонор Джиллет. Куча звонков от встревоженных знакомых. Но больше ничего. И точно так же — на сотовом.

Взяв со стола вилку, Том рассеянно постучал ею по краешку тарелки, но так и не прикоснулся к еде.

— Не думаю, что дело тут в выкупе.

— Почему ты так говоришь?

— Кобурн не похож на парня, который станет стрелять на месте работы, или в офисе, или в школе.

— Как так?

Поняв окончательно, что он не будет ужинать, Том положил вилку и начал приводить в порядок мысли, крутившиеся у него в голове.

— Такие ребята обычно решают вступить в последнюю отчаянную схватку с этим грязным, прогнившим насквозь миром и со всеми, кто причинил им зло. Но, черт побери, они делают обычно заявление с целью произвести должный эффект, а потом исчезают со сцены в лучах славы. А если они не совершают убийство сразу, то обычно возвращаются домой, убивают жену и детей, родителей, тестя и тещу или кто еще там окажется дома, а потом все равно кончают счеты с жизнью, — Том опустил руки и посмотрел на Дженис. — Они могут взять ненадолго заложников, которых потом убивают или отпускают. Но они обычно не исчезают вместе с заложниками.

— Я понимаю, что ты хочешь сказать. Но... — Дженис покачала головой. — Извини, Том, не знаю, что ответить, потому что не понимаю, к чему ты ведешь.

— Я веду к тому, что Ли Кобурн не похож на массового убийцу из учебника криминалистики.

— А такие бывают?

— Да, конечно, возможны исключения. Но он все равно не подходит под общее описание. — Поколебавшись, Том добавил: — И даже Клинт Гамильтон заметил это.

— Клинт Гамильтон? Я думала, что он сейчас в Вашингтоне...

— Да, так и есть. Но он позвонил мне сегодня. Хотел узнать, что тут у нас происходит и что я по поводу этого всего предпринимаю.

Дженис недовольно хмыкнула:

— Проверял тебя?

— Что-то в этом роде.

— И у него хватило наглости... — Дженис оттолкнула стул, на котором сидела, и показала пальцем на нетронутую тарелку Тома. — Ты собираешься это есть?

— Извини, но нет. Выглядит очень аппетитно, но... — Том беспомощно пожал плечами.

Дженис отнесла тарелку на комод, тихо ругая про себя предшественника Тома.

— Если он считал, что ты не справишься с работой, зачем добивался твоего назначения на эту должность?

Ответ на этот вопрос казался Тому чересчур унизительным, чтобы произнести его вслух, тем более при Дженис. Она ненавидела пораженческие настроения. И особенно ненавидела их в своем муже.

— Я не знаю, где Гамильтон взял информацию, — сказал Том. — Возможно, у других агентов нашего отделения, но он заметил в поведении Кобурна те же несоответствия, о которых говорил я. Он даже спросил меня, не является ли Кобурн моим агентом, внедренным под прикрытием в транспортную компанию.

Дженис усмехнулась, но затем стала серьезной так быстро, что изменение выражения ее лица сделало бы честь любому комику.

— А он был твоим агентом под прикрытием?

Том хитро улыбнулся жене.

— Нет. По крайней мере, я не отправлял его на задание, — улыбка его погасла. — Но это мог сделать кто-то из Нового Орлеана через мою голову. Или кто-то из другого ведомства.

— Не поставив тебя в известность?

Тому оставалось только снова пожать плечами. Не признаваться же вслух, что ты не имеешь для своих коллег особого значения.

Дженис снова села за стол.

— Гамильтон не имеет права вмешиваться. Конечно, у этого человека непомерно раздутое эго...

— Но ты ведь ни разу его не видела.

— Судя по всему, что ты мне рассказывал, не думаю, что он добился своей должности прямым путем. И меня бесит, что этот человек тебя контролирует.

Том решил не рассказывать Дженис, что был не единственным, кому позвонил сегодня Гамильтон. Многие агенты были против назначения Тома ван Аллена и не делали из этого секрета. Но были и такие, кто на словах или просто общим отношением продемонстрировал Тому свою поддержку.

Одна из таких агентов, занимавшаяся аналитической работой, сегодня рассказала Тому, что некоторым другим сотрудникам офиса звонил Гамильтон.

— По какой-то причине, — сказала она Тому за закрытыми дверями. — Этот случай на складе всплыл на радаре Гамильтона. Он пристально следит за ним и задает вопросы о тебе.

— Какого рода вопросы?

Она подняла руки ладонями вперед.

— Я не хочу вмешиваться в офисные интриги, Том. Мне не нужна эта работа. Но я подумала: ты имеешь право знать, что находишься под пристальным наблюдением.

Том поблагодарил ее. Остаток дня ему все время мерещился шепот за стеной. Возможно, это была его паранойя. Но Том так не думал. Тома возмущало вмешательство Гамильтона. Каковы бы ни были его причины, это было оскорбительно и тревожно.

Отодвинув стул, Том встал.

— Мне пора возвращаться.

Он вышел из кухни, не давая Дженис возможности продолжить этот неприятный для него разговор. Он помыл руки в ванной Дженис и принес из дальней комнаты свой портфель. Дженис встретила его в дверях с уложенным в пакет ланчем.

— Экстренный запас. На случай, если понадобится. Крекеры с арахисовым маслом и яблоко.

— Спасибо.

На этот раз жена не поцеловала его. И Том тоже не поцеловал Дженис. Но, прежде чем он скрылся за дверью, она положила руку на его запястье и сказала:

— Ты делаешь отличную работу, Том. И не давай Гамильтону или еще кому-нибудь заставить тебя в этом сомневаться.

Том слабо улыбнулся:

— Хорошо, не буду. Но дело в том, что Гамильтон прав.

— В каком смысле?

— Любой идиот, расследующий это дело, поймет, что это не просто похищение. Скорее всего, миссис Джиллет видела, как Кобурн застрелил Фреда Хокинса. Убийцы не оставляют свидетелей. Значит, есть причина, по которой эта женщина нужна Кобурну живой.

24

Дорал нанес скорбный визит матери.

Как и ожидалось, она была вне себя от горя. Вокруг копошились родственницы, пожимая ей руки и прикладывая ко лбу влажные полотенца. Тихо стучали четки, пока они молились о душе Фреда и об утешении тех, кого он оставил.

В кухне уже не хватало места для еды, которую продолжали приносить с собой друзья, родственники и соседи. Кондиционер с трудом справлялся с предгрозовой духотой, возникшей из-за упавшего атмосферного давления.

Мужчины, желая избежать драмы, царившей внутри помещения, отнесли наполненные едой тарелки во двор. Они сидели в шезлонгах, поглаживая стволы ружей и пистолетов, лежавших на коленях. Это было для них второй натурой. Так же как поглаживание за ушами охотничьих псов. Мужчины передавали по кругу бутылку дешевого виски и строили планы мести убийце Фреда.

— Для этого парня будет лучше, если слуги закона доберутся до него раньше меня, — сказал дядя близнецов — тот еще сукин сын, потерявший глаз во Вьетнаме, но по-прежнему стрелявший лучше всех в округе, кроме, может быть, самого Дорала.

— Завтра к этому времени я принесу вам яйца Кобурна в стеклянной банке, — хвастливо обещал кузен, которому еще не должны были по возрасту продавать спиртное, но который был так пьян, что чуть не упал с пенька, на котором сидел.

Один из младших братьев Дорала орал на своих невоспитанных детей, носившихся с криками по двору.

— Продемонстрируйте гребаное уважение к нашему горю! — разорялся он.

Затем предложил не успокаиваться, пока Ли Кобурн не будет мертв.

— Я не собираюсь щадить людей, оскорбивших нашу семью! — заявил он.

Как только все съели и выпили достаточно, они уселись в грузовички, на которых приехали, и отправились по закрепленным за ними участкам продолжать поиски убийцы их родственника.

Дорал попрощался со своей рыдающей матерью, с трудом вырвался из ее объятий и отправился вслед за остальными. Только он поехал один. Несмотря на то что Дорал был наполовину пьян, он легко справлялся с управлением автомобилем, который вел на большой скорости по извилистым проселочным дорогам. Он ездил по этим дорогам всю свою жизнь и знал каждый сантиметр. Гонял он здесь и будучи гораздо пьянее, чем сегодня. Гонял вместе с Фредом. И вместе с Эдди.

Мысли об Эдди вызвали в памяти ту поездку на рыбалку, которая была запечатлена на фото, конфискованное Кроуфордом в качестве вещественного доказательства. Та поездка вчетвером была для Дорала одним из лучших воспоминаний в его жизни.

С тяжелых мыслей сегодняшнего дня он невольно переключился на воспоминания о своем рыбачьем катере и тех временах, когда еще не связался с Бухгалтером. Они с Фредом выросли бедными и всю жизнь лезли вон из кожи, чтобы свести концы с концами. Фреду хотелось финансовой стабильности, и он пошел на службу в полицию.

Но носить форму и работать посменно — это было не для Дорала. Он любил гибкость. Он купил свой катер, взяв кредит у банкира на жестких условиях и под кабальный процент. Но Дорал ни разу не задержал выплату.

Потом он годами подряжался возить на Залив группы богатых и пьяных придурков — врачей, юристов, биржевых маклеров и других задавак, считавших себя по жизни куда выше парня с мозолистыми руками и местным акцентом, правившего судном. Он терпел их словесные оскорбления, смотрел, как они выблевывали свой дорогой алкоголь, слушал, как жаловались на жару, солнце, бурное море и рыбу, которая не желает ловиться. Он терпел все это, потому что от этого зависела его жизнь.

Дорал был отчасти благодарен судьбе за ураган «Катрина», уничтоживший его катер и положивший всему этому конец. Теперь Дорал Хокинс больше не будет лизать задницу пьяным придуркам, готовым его оскорбить. Спасибо! С него хватит.

Именно тогда они с Фредом получили от Бухгалтера предложение вместе делать деньги. Работа обещала быть куда более захватывающей и результативной, чем любое предприятие, которое братья смогли бы придумать сами. Даже в штате, где взятки были таким же частым явлением, как речные раки, предложенный Бухгалтером способ сулил возможность стать богатыми до неприличия.

Связанной с делом опасности Дорал не боялся. Ему нравилось ходить по краю пропасти, нравилось быть добропорядочным городским функционером весь день и становиться совсем другим человеком ближе к ночи.

В его обязанности входило запугивать, калечить и, если надо, убивать. У Дорала были природные склонности к выслеживанию дичи и охоте. И теперь он смог зарабатывать этим на жизнь. Только добычей стали люди.

И вот он гнался по лесам за новой добычей. За Ли Кобурном. А еще за вдовой и дочерью своего лучшего друга.

Когда зазвонил его сотовый, Дорал лишь немного замедлил ход, чтобы ответить на звонок, но, услышав срочное сообщение звонившего, вдавил в пол педаль тормоза и резко остановился, подняв облако пыли, окутавшее машину.

— Ты морочишь мне голову?

На том конце был слышен какой-то фоновый шум, но Дорал отлично различал и полушепот звонившего. Просто ему не хотелось слышать ничего из того, что тот хотел ему сообщить.

— Я подумал, что ты должен знать, чтобы ты смог передать Бухгалтеру.

— Спасибо за свежее дерьмо, — пробормотал Дорал. Отсоединившись, он свернул к обочине дороги, но не стал глушить мотор. Сначала Дорал закурил долгожданную сигарету, потом набрал номер Бухгалтера.

От полученных новостей он успел полностью протрезветь.

Опустив традиционное приветствие, Дорал выпалил в трубку:

— Ходят слухи, что Ли Кобурн — федеральный агент.

В трубке было тихо. Только слышалось дыхание Бухгалтера. Медленное и глубокое. Источавшее злобу и недоброжелательность.

Дорал, ожидая, что сейчас начнётся извержение вулкана, отёр ладонью капельку пота, стекавшую с виска прямо в угол глаза.

— Когда ты об этом узнал?

— За десять секунд до того, как позвонил.

— Кто тебе сказал?

— Один из наших ребят в Управлении полиции. А он слышал от федерала, который работает с ними в офисе шерифа по похищению. Ходят слухи, что Кобурн — агент, работавший под прикрытием.

Снова последовала долгая пауза, затем послышался язвительный голос:

— Что ж, как ты очень умно заметил еще сегодня утром, Кобурн кажется слишком умным для грузчика. Жаль только, что ты не понял этого до того, как вы дали ему ускользнуть со склада.

Сердце Дорала словно сжала стальная рука, но он ничего не ответил.

— А что там с подругой Хонор? Никаких вестей с тех пор, как ты нанес ей визит сегодня утром?

— Тори не выходила из дома. Если честно, не думаю, что Хонор вышла с ней на связь. Иначе она не сидела бы сложа руки. Я узнал одну вещь. У Тори новый бойфренд. Крутой банкир из Нового Орлеана по имени Боннел Уоллес.

— Я его знаю. Мы держим часть денег в его банке.

— Не шутишь? Я подкатил к дурочке с рецепции фитнес-клуба возле «Сабвея», когда она отправилась на ланч. Притворился, что встреча была случайной. Поболтал с ней немного, особых усилий не потребовалось. Она только рада была выложить побольше сплетен о Тори, которую называет «сучкой с большой буквы С». Это цитата.

Теперь Доралу дышалось легче. Он рад был, что ему есть о чем рассказать после новостей о Кобурне. Он не бездельничал сегодня. Проявил инициативу и добился успеха. И было очень важно сообщить об этом Бухгалтеру.

— Эта дурочка — ее зовут Эмбер — считает, что Уоллес не хочет, чтобы клиенты его банка и его напыщенные друзья знали, что ему требуется персональный тренер. Поэтому он и решил ездить к ним на тренировки. У него огромный живот, но кошелек еще огромнее. Тори накинулась на него в ту же секунду. Вонзила свои острые коготки, и теперь он у нее на крючке. Тори ошибочно считает, что их интрижку удалось скрыть, но всем ее сотрудникам отлично известно, что Уоллес жмет не только железо, когда приезжает в Тамбур.

После продолжительной паузы в трубке послышался голос Бухгалтера:

— Хорошая информация. Занесем в резерв — вдруг пригодится. Но это не делает нас ни на шаг ближе к Кобурну, Дорал. Не так ли?

— Так.

— Вы с Фредом навлекли на нас неприятности. Не важно, что представляет собой Кобурн. Он должен быть убит, и остальные тоже. И трудно забыть, кто позволил ему ускользнуть. Найди его. Убей его. Не разочаровывай меня вновь.

Дешевый виски, выпитый несколькими часами ранее, вдруг поднялся в горло и обжег его. Во рту стало кисло и неприятно. Дорал нервно сглотнул.

— Но как мы с Фредом могли знать...

— Это ваша работа — знать! — Тон Бухгалтера резанул по нервам, исключая любые возражения, вертевшиеся на языке у Дорала. И, словно чтобы было понятнее, о чем именно идет речь, прозвучала еще одна фраза: — Ты ведь слышал не раз мои отличные отзывы о Диего с его бритвой?

По покрытым потом плечам Дорала побежали мурашки.

— Единственная проблема с использованием услуг Диего состоит в том, что все кончается слишком быстро для человека, который меня подвел. Он страдает недостаточно долго.

Дорал едва успел выбраться из машины, прежде чем его стошнило.

25

Хонор с изумлением сознавала, что Кобурн и вправду решил привести в движение катер ее отца.

Ее возражений он словно бы не слышал.

Уже через несколько минут после разговора с Гамильтоном он был в рубке и сдирал брезент, которым была закрыта приборная панель.

— Ты знаешь, как запускать двигатель?

— Да, но сначала нам надо спустить судно на воду, а мы не сможем.

— Нам придется. Мы должны сменить местоположение.

Несколько раз за последние часы Хонор пыталась убедить этого человека, что затея безнадежна, но Кобурн не давал отвлечь себя. В коробке с инструментами на палубе он нашел заржавевший мачете, который теперь использовал, чтобы избавиться от назойливых растений, стебли которых оплели корпус катера. Работа была чудовищная. Хонор еще раз попыталась переубедить Кобурна.

— Гамильтон же дал тебе слово. Ты не веришь, что он его сдержит?

— Нет.

— Но он же твой босс. Куратор, начальник? Как там это называют в ФБР?

— И босс, и куратор, и начальник. И единственное, что он сделает наверняка, это постарается в первую очередь прикрыть собственный зад. Вспомни: Ли Кобурна больше не существует.

— Но он дал тебе тридцать шесть часов.

— Обманет.

— Почему ты так думаешь?

— Потому что знаю, как думает он.

— А он тоже знает, как думаешь ты?

— Да, и именно поэтому нам надо торопиться. Пока мы говорили, Гамильтон, возможно, уже засек местоположение моего сотового.

— Но ты же не давал ему номер. И ты говорил, что дешевые одноразовые телефоны не отслеживаются. И ты говорил...

— Да, я говорил. Но я не знаю всего на свете, — пробормотал Кобурн.

Хонор беспокойно посмотрела на небо, на которое наползали с Залива облака.

— Он пошлет вертолет?

— Вряд ли. Гамильтон выберет что-то более скрытое. Что-то, чего мы не сможем заметить. К тому же надвигается гроза. Нет, он не прилетит по воздуху.

— Тогда почему ты так торопишься?

Кобурн прервал работу, чтобы отереть со лба пот.

— Потому что я могу быть не прав.

Чем усерднее они работали, тем безнадежнее казалась задача. Хонор предложила в конце концов попытать счастья в украденном недавно пикапе.

— Ведь ты же сам сказал, что никто не будет искать его.

— Ну, допустим. Но куда же мы поедем?

— К одному человеку.

— К человеку...

— К человеку, с которым я знакома всю свою жизнь и который предоставит нам убежище, не задавая вопросов.

— Нет! Никаких друзей. За всеми твоими друзьями наверняка следят.

— Мы можем провести ночь в грузовике.

— Я могу. А мы не можем.

В конце концов Хонор решила не тратить энергию на пустые уговоры. Ей не хватало выдержки, не хватало сил, но она постаралась помочь и послушно делала все, что говорил Кобурн.

Эмили проснулась после дневного сна и была в болтливом настроении. Все происходившее приводило девчушку в восторг. Она путалась под ногами, но Кобурн реагировал на это с изумлявшим Хонор спокойствием. Эмили стояла на палубе и кричала, стараясь приободрить Хонор и Кобурна, которые вместе пытались столкнуть в воду освобожденный из плена растений катер.

Кобурн проверил, нет ли течи, и, убедившись, что все в порядке, присоединился к Хонор у приборной панели. Отец научил ее запускать двигатель и управляться со штурвалом. Но с тех пор прошло много лет. Как ни странно, она помнила последовательность действий. Но когда мотор загудел, возрождаясь к жизни, Хонор даже не знала, кто изумился сильнее — она или Кобурн?

Он спросил насчет топлива. Хонор проверила датчик.

— Все в порядке. Отец готовился к урагану. Но вот другие датчики... — Она растерянно посмотрела на панель. — Я не знаю, для чего они.

Кобурн разложил пожелтевшую навигационную карту на панели.

— А ты знаешь, где мы?

Хонор ткнула пальцем в карту.

— Где-то здесь. Если будем двигаться к югу, в направлении побережья, больше шансов быть обнаруженными. С другой стороны, катер для ловли креветок будет не так заметен в марине, где таких уйма. Если двигаться внутрь, протоки там у́же. Будем плыть под деревьями. Но там и мельче.

— Поскольку нам, возможно, придется выпрыгивать из катера, я выбираю места помельче. Постарайся провести нас как можно дальше.

Кобурн следил за их продвижением по карте. Им удалось проплыть около пяти миль, прежде чем двигатель начал «кашлять». Протока становилась все более заросшей. Несколько раз они чуть не застряли в переплетенных корнях кипариса, скрытых мутной водой.

Наконец Кобурн коснулся локтя Хонор и сказал:

— Пожалуй, здесь. Место ничем не лучше и не хуже остальных.

Хонор подвела катер поближе к болотистому берегу, на котором росла небольшая кипарисовая рощица, способная хотя бы отчасти скрыть их от посторонних глаз. Кобурн бросил якорь. Хонор заглушила мотор и взглянула на него в ожидании дальнейших инструкций.

— Что ж, будем устраиваться.

— Что? — воскликнула Хонор.

Кобурн сложил карту и опустил ее в карман джинсов. Затем он проверил свой пистолет и положил его на приборную панель подальше от Хонор.

— Я возьму пистолет Хокинса триста пятьдесят седьмого калибра. А ты бери этот. Он готов к выстрелу. Только на курок нажать.

— Что ты собираешься делать?

Прежде чем Хонор успела задать свой вопрос, Кобурна уже не было в рубке. Когда она вышла на палубу, то увидела его по колено в воде возле бока катера.

— Кобурн!

— Я не могу оставить там грузовик.

Он вдруг запнулся, затем, тихо выругавшись, достал из кармана сотовый телефон Хонор и аккумулятор к нему.

— Видимо, я должен оставить тебе телефон. На случай, если со мной что-то произойдет. Но надеюсь, что могу тебе доверять. И что ты не станешь использовать телефон без необходимости. Если уж надо будет кому-то позвонить, звони девять один один — и только туда, — Кобурн передал ей трубку и аккумулятор.

— Но как мне...

— К счастью для нас, у тебя довольно старая модель. С ней и обращаться проще.

Кобурн снял крышку и показал, как ставить аккумулятор.

— Надо соединить золотистые полоски, а потом подтолкнуть батарею на место. Это сможет сделать даже Эмили. — Он вдруг посмотрел прямо в глаза Хонор. — Но...

— Обещаю, что воспользуюсь телефоном, только если ты не вернешься.

Кобурн энергично тряхнул головой и отвернулся от катера.

Добредя по воде до твердой почвы, он выбрался на берег и исчез в зарослях.

Диего делал покупки в мексиканском супермаркете, когда зазвонил его сотовый. Он вышел из магазина, чтобы принять вызов.

— Вы готовы воспользоваться моими услугами?

— Да, — послышался из трубки голос Бухгалтера. — Хочу, чтобы ты понаблюдал пару дней за одним человеком.

— Что? Понаблюдал?

— Ты плохо расслышал?

— А что насчет Кобурна?

— Просто делай то, что я говорю, Диего. Имя твоего объекта — Боннел Уоллес.

Кого волнует, как зовут этого придурка? Это был не Кобурн. Прежде чем Диего успел высказать свои возражения, ему продиктовали два адреса — адрес банка на Канал-стрит и адрес резиденции в Гарден-Дистрикт. Никто и не подумал объяснить ему, почему надо следить за этим человеком, да Диего и не особенно это волновало. Дерьмовая ему досталась работенка.

Преувеличенно скучающим голосом Диего поинтересовался:

— Он должен знать, что за ним следят?

— Пока нет. Я дам знать, когда настанет время для следующего шага. Если это потребуется.

— Ну, хорошо.

Его нагловатый тон не остался незамеченным.

— Я от чего-то отрываю тебя, Диего?

«Да, черт побери, ты не даешь мне нанести высокооплачиваемый удар!»

Но такое нельзя было произнести вслух. И все же Диего решил перейти к нападению:

— Мне не заплатили за девчонку из массажного салона.

— У меня нет доказательств, что она мертва.

— И что же вы хотите — чтобы я прислал вам ее голову в коробке, как делают мексиканские стервятники?

— Так далеко заходить не стоит. Но в новостях о найденном теле ничего не передавали.

— И не передадут. Я об этом позаботился.

— Но ты не сообщил мне подробностей.

— Каких, например?

— Был ли кто-нибудь рядом, когда ты выследил девчонку?

— Нет. Это было возле доков на реке. Пыталась снимать клиентов.

— На Мунуолк?

— Черт его знает.

— И рядом не было сутенера? Ведь кто-то помог ей сбежать... Самой ей не хватило бы мужества.

— Все, что я знаю, это что девчонка была одна, когда я ее обнаружил. Никакого сутенера. Иначе она торговалась бы усерднее. Я договорился о минете всего за десять долларов, потом затащил ее под какие-то штабеля древесины и перерезал горло. Чтобы не светиться, вспорол ей живот, наполнил его камнями и бросил тело в реку. Если оно и всплывет, никто не сможет ее опознать.

Говоря такое об Изабель, Диего невольно поморщился. Но ему необходимо было держаться именно так. Смех, цинизм — все было фальшивым, но он должен был сделать, чтобы ему поверили.

Бухгалтеру нравилось играть у него на нервах, поэтому проследовавшая пауза была чудовищно долгой.

— Хорошо, — послышалось наконец-то из телефонной трубки. — Завтра можешь забрать свои деньги. Где их для тебя оставить?

Диего получал деньги в конвертах, которые оставлялись для него всякий раз в разных местах. Сейчас он назвал Бухгалтеру адрес одной химчистки, которая стояла заброшенной после урагана «Катрина».

— Там на прилавке старый кассовый аппарат. Пусть деньги оставят в ящике.

— Хорошо. Деньги будут на месте. А ты держи меня в курсе насчет Уоллеса. Я хочу знать обо всем, что он делает, что не вписывается в рамки повседневной рутины.

— О, можно подумать, это хрен его знает как трудно.

Не давая Бухгалтеру возможности ответить, Диего отключился и вернулся в магазин. Он взял другую тележку и начал все заново. Он никогда не оставлял вещи без присмотра, опасаясь, что ему могут подсунуть маячок или что-нибудь похуже.

И еще: как бы ни было приятно вскрыть конверт с пятью сотнями долларов, Диего, пожалуй, не будет забирать их несколько дней. Сначала понаблюдает за зданием химчистки и убедится, что ему не подготовили там ловушку. Бухгалтер, возможно, считает, что Диего нельзя доверять полностью. Что же касается Диего, то он не доверял Бухгалтеру вообще.

К тому моменту, когда Диего вышел из магазина с покупками и украденной банкой ветчины, принялся накрапывать дождь. Несмотря на ужасную погоду, Диего долго петлял, направляясь домой, проверял, нет ли за ним слежки, оглядываясь через плечо, и подходил к непросматриваемым углам только с бритвой наготове.

Изабель встретила его с нежной улыбкой и подала сухое полотенце. Ее робость перед ним испарялась с каждым днем. Она постепенно училась доверять Диего, начинала верить в то, что он не причинит ей зла и не собирается торговать ее услугами.

Диего перестал к ней прикасаться. Он больше не доверял сам себе. Стоило ему не то что коснуться щеки девушки, а даже просто посмотреть на нее, как сердце таяло, но брюки тут же становились тесными.

По ночам Изабель сжимала в своем маленьком кулачке серебряное распятие и плакала, пока не засыпала. Иногда она просыпалась среди ночи с криками от ночных кошмаров. А если ее посещали неприятные воспоминания, то плакала подолгу и днем, зарывшись головой в подушку, сгорая от стыда, что совокуплялась с сотнями мужчин.

Но для Диего эта девушка была чиста, невинна и прекрасна. Это он олицетворял собой зло. Это он запятнал себя грехами, от которых не отмыться во веки веков. Его прикосновение могло бы осквернить Изабель, оставить шрам на ее душе. Поэтому Диего томился от воздержания и любил этого ангела только глазами и горячим сердцем.

Диего разгрузил сумки с покупками. Они вместе съели мороженого. Потом Диего включил свой айпод и готов был поклясться, что даже музыка звучала лучше, когда рядом сидела Изабель. Она смеялась, как ребенок, когда золотая рыбка словно бы целовала через стекло ее пальцы.

Диего думал о ней как об ангеле, озарившем светом его подземное жилище. Он купался в лучах этого света. И ему очень не хотелось уходить.

Дурацкое задание Бухгалтера может подождать час-другой.

Хонор сидела на койке рядом со спящей дочерью, прислушиваясь к шелесту дождя и биению собственного сердца, когда услышала звук удара и почувствовала вибрацию. Она вынула из-под матраца пистолет и, держа его перед собой, стала тихо подниматься вверх по ступенькам.

— Это я, — послышался сверху голос Кобурна.

Вздохнув с облегчением, Хонор опустила пистолет.

— Я уже почти перестала тебя ждать.

— До грузовика оказалось очень долго. Особенно по суше. Пока я туда добрался, уже стемнело и пошел дождь. А на карту нанесены только водные пути. Наконец я нашел гравийную дорогу, которая идет примерно в четверти мили отсюда.

Хонор казалось настоящим чудом, что Кобурн вообще нашел дорогу назад.

— Все в порядке? — спросил он.

— Эмили не хотела засыпать, не дождавшись тебя. Но мы поели, затем поиграли немного с Элмо. Я начала рассказывать ей сказку, и она заснула.

— Так, наверное, лучше.

— Да. Она бы испугалась темноты, а мне не хотелось зажигать фонарь. Хотя потом я стала подумывать, не вывесить ли его на палубу. Чтобы тебе легче было искать дорогу. Ты ведь не оставил мне инструкций, когда уходил.

Если Кобурн и расслышал звучавший в ее голосе упрек, то не подал виду.

Глаза Хонор привыкли к темноте, и теперь она отчетливо различала его очертания. Одежда Кобурна промокла, волосы прилипли к голове.

— Я сейчас вернусь, — сказала ему Хонор.

Спустившись обратно в каюту, она вернула пистолет под матрац, собрала кое-какие вещи и вернулась в рубку. Прежде всего Хонор протянула Кобурну бутылку воды. Ли поблагодарил, открыл крышку и осушил ее всю.

— Я нашла здесь вот это. — Хонор протянула ему пару брюк цвета хаки и футболку. — В одном из ящиков комода. Правда, брюки будут тебе коротки, и все пахнет плесенью.

— Не имеет значения. Зато одежда сухая.

Он снял футболку Эдди с логотипом университета и заменил ее на принадлежавшую отцу Хонор. Затем начал расстегивать джинсы.

Хонор отвернулась.

— Ты голоден?

— Да.

Хонор снова вернулась вниз и ненадолго зажгла фонарь, чтобы отыскать еду, которую отложила для Кобурна. Когда она вернулась, он уже успел переодеть брюки.

— Ты забыл купить открывалку, — сказала Хонор.

— Я покупал еду с кольцами для открывания.

— Не всю. Только не ананасы. А Эмили, конечно же, захотела именно их.

— Извини.

— Я нашла открывалку в одном из ящиков комода. Она ржавая, и есть шанс отравиться свинцом, но свои ананасы Эмили получила.

Кобурн ел прямо пальцами свой ужин, состоящий из консервированной куриной грудки, кусочков ананаса и крекеров с солью. Затем он запил все это еще одной бутылкой воды, которую Хонор принесла снизу. Еще она принесла упаковку печенья, чтобы порадовать Кобурна, который явно был сладкоежкой.

Он сидел на полу, прислонясь спиной к приборной панели. Хонор села в капитанское кресло своего отца, пострадавшее от сил природы, как и все на этом катере.

Тишину нарушал только шум дождя за окном и хруст крекеров.

— Дождь все сильнее и сильнее, — заметила Хонор.

— Хммм, — откликнулся Кобурн, не переставая жевать.

— Но благодаря дождю хотя бы исчезли комары.

Кобурн почесал предплечье.

— Не все.

Он взял из пачки еще одно печенье и откусил сразу половину.

— Они найдут нас?

— Да.

Заметив, что такой короткий ответ встревожил Хонор, Кобурн добавил:

— Это только вопрос времени. Все зависит от того, как скоро Гамильтон решит взяться за поиски всерьез. Возможно, он уже взялся.

— Если они найдут нас...

— Когда...

— Когда они найдут нас, ты готов... — она не могла подобрать нужные слова.

— Готов ли я сдаться мирно?

Хонор кивнула.

— Нет, не готов.

— Почему?

— Как я уже сказал Гамильтону, я не готов выйти из игры, пока не добуду эту сволочь.

— Бухгалтера. Это уже не просто задание. Это уже схватка один на один.

— Как это все было организовано? Ну, бизнес Бухгалтера и Марсета.

— Ну, давай посмотрим. Вот тебе пример. Каждый раз, когда грузовик переезжает из одного штата в другой, он должен остановиться на весовой станции. Видела такие штуки над шоссе возле границ штата?

— Я обычно не пересекаю границы штата. Но в любом случае — нет, я не обращала внимания.

— Большинство людей их не замечают. Они похожи на обычные фонари. На самом деле это рентгеновские установки, сканирующие машины и груз. За установками постоянно следят. Агенты видят грузовик, выглядящий подозрительно или не остановившийся на весовой, приказывают ему свернуть к обочине и обыскивают.

— Если только человек, сидящий за монитором, не получил взятку за то, чтобы грузовик спокойно проехал.

— Бинго! Бухгалтером создан целый рынок вот таких вот услуг. Бизнес-стратегия этой организации — насаждать коррупцию среди тех, кто призван защищать закон, который таким образом превращается в шутку. Торговец живым товаром платит за спокойный проезд по шоссе и считает это просто расходами на бизнес.

— Сэм Марсет был...

— Клиентом. Думаю, одним из первых. Если не самым первым.

— Как это выяснилось?

— Наряду с честным бизнесом Марсет возил нелегальный товар. Поскольку он выглядел добропорядочным гражданином, никто его не подозревал. А потом грузовики Марсета стали останавливать все чаще, водители начали жаловаться. Столь пристальное внимание Марсета напугало. К тому же старосте церкви Святого Бонифация совсем не хотелось попадаться. А тут Бухгалтер с решением его проблемы, — Кобурн улыбнулся. — Вот только именно люди Бухгалтера изначально создали эту проблему.

— Организовав серию досмотров.

— И, возможно, Марсет знал об этом. Но, если люди Бухгалтера совали ему палки в колеса, то Марсет, естественно, должен был эти палки вовремя вынимать. Он должен был либо заплатить Бухгалтеру, либо рисковать, что в один прекрасный день его транспорт поймают с грузом наркотиков. И придется ему распроститься с той жизнью, к которой Сэм привык.

— И других должны были заставлять делать то же самое.

— И заставляли. У Бухгалтера огромная клиентская база. Там есть и крупные предприятия, как у Сэма Марсета, и независимые одиночки. Ребята, потерявшие работу из-за разлития нефти, у которых есть грузовики и дети, которых надо кормить. Они катят в южную часть Техаса, берут пару сотен фунтов марихуаны, везут в Новый Орлеан — и их детишки сыты еще неделю. Они нарушают закон. Но самый большой преступник — тот, кто сделал преступления выгодными для этих людей. Контрабандисты рискуют гораздо сильнее, а когда их ловят, они не могут позвать на помощь, потому что не знают, к кому обратиться. Они знают только контактное лицо, а такие люди обычно стоят на низших ступеньках иерархии преступной организации.

— Но если Марсет был таким выгодным клиентом, почему его убили? Ты упомянул в разговоре с Гамильтоном, что он на что-то жаловался...

— Какое-то время дела у них шли замечательно. Все были довольны друг другом. Но потом Бухгалтера одолела жадность. Стали расти тарифы за услуги. Марсету не требовался стеклянный шар, чтобы догадаться, что, если как-то не ограничить этот процесс, цены продолжат расти и скоро значительную часть его расходов будет составлять плата Бухгалтеру. Но если бы он отказался платить...

— Его бы поймали, изобличили и посадили в тюрьму.

— Правильно. И Бухгалтер в состоянии все это организовать. Потому что организация Бухгалтера запустила щупальца во все звенья правоохранительной системы. Поэтому Марсет, который всегда был дипломатом и еще, как выяснилось, немного наивным человеком, предложил встретиться в прошлое воскресенье и обсудить взаимовыгодные условия совместного существования.

— Но ты почувствовал неладное.

— Бухгалтер — такой же чертов врун, как волшебник из города Оз. Я просто не представлял себе, что этот человек войдет в здание склада, они с Марсетом пожмут друг другу руки и сядут за стол переговоров.

— А Марсет знал, кто скрывается под кличкой Бухгалтер?

— Если и знал, то умер, не произнеся этого вслух. Я порылся в его бумагах. Изучил каждый самый мелкий кусочек, до которого смог добраться, включая тот, где упоминалось имя твоего мужа.

— Надеюсь, ты не подозреваешь Эдди в том, что он и был Бухгалтером?

— Нет. Бухгалтер жив и прекрасно себя чувствует.

— А каким образом, как ты думаешь, замешан во все это Эдди?

— Ты говорила, что он подрабатывал у Марсета ночным сторожем. Возможно, он знал о нелегальной деятельности. Или был продажным полицейским на службе у Бухгалтера. Или работал на тех и на других, каждый раз выбирая, что будет выгоднее. Может быть, его хобби был шантаж. Я не знаю.

Хонор смотрела на него убийственным взглядом, пока он, сдавшись, не добавил:

— Или он мог быть копом, пытающимся состряпать обвинение против одного из них. Но праведными были его пути или неправедными, он должен был попытаться защитить себя, собрав железные доказательства, которые мог бы затем использовать в любых целях.

Хонор была уверена в честности своего покойного мужа. Но сейчас она решила больше не касаться этой темы.

— Royal Tracking, — задумчиво произнесла она. — Все, кто там работает, преступники?

— Вовсе нет. Те шестеро, которые умерли вместе с Марсетом, — они да. У Марсета был отдельный набор бухгалтерских книг, куда записывались все контрабандные операции. Ни сотрудники офиса, ни члены семьи Марсета о его нелегальной деятельности ничего не знали.

— Но как им это удалось?

Кобурн пожал плечами:

— Может быть, они не хотели копать слишком глубоко. Им это было не нужно. Все, что они знали, это что бизнес продолжается и идет очень неплохо в условиях слабой экономики.

— Значит, с его семьей все будет в порядке? С миссис Марсет?

— С точки зрения обвинения — да. Но ей придется нелегко, когда она узнает всю правду о покойном муже.

Хонор поставила ноги на край сиденья и обвила их руками, положив подбородок на колени.

— Они убьют тебя, — тихо произнесла она.

Кобурн откусил от еще одного печенья и ничего не сказал.

— Дорал, или кто-то другой из клана Хокинсов, или любой честный полицейский, который видит в тебе только убийцу Сэма Марсета, предпочтет сдать тебя властям мертвым, а не живым.

— Гамильтон рассказал всем, что я уже мертв. Интересно, как он будет выпутываться в таком случае.

— Как ты можешь шутить на эту тему? Тебе совершенно все равно, что тебя могут убить?

— Ну, не совсем.

— Ты не думаешь о смерти?

— Думаю. И в основном удивляюсь, что это не случилось раньше.

Хонор потянула за заусенец, образовавшийся, когда они расчищали катер.

— Ты знаешь, как делаются такие вещи, — Хонор посмотрела на Кобурна, который с любопытством глядел на нее. — То, что нужно, чтобы выжить. Много разных вещей.

— Но я не умею печь кексы.

Впервые с того момента, когда Хонор обнаружила этого человека лежащим лицом вниз у себя во дворе, он дразнил ее, но Хонор не позволила сбить себя с толку.

— Ты научился всему этому во время службы в десанте?

— По большей части.

Хонор подождала немного, но Кобурн не стремился продолжить разговор.

— Ты был совсем не таким десантником, как мой свекор, — заметила она.

— Он как с плаката, призывающего идти в десант?

— Точно!

— Тогда да, я был совсем другим. Никаких строевых маршей. У меня была форма, но я надевал ее всего несколько раз. Я не отдавал честь офицерам, и никто не отдавал честь мне.

— Так что же ты делал?

— Я убивал людей.

Хонор подозревала что-то в этом роде и даже сумела убедить себя, что сможет выслушать признание в этом, не моргнув глазом. Но слова эти оказались подобны мелким ударам прямо в грудь, и Хонор боялась, что будет только еще больнее, если слушать дальше. Поэтому она не стала развивать эту тему.

Покончив с последним печеньем, Кобурн отряхнул с рук крошки.

— Пора приниматься за работу.

— За работу?

Хонор так устала, что у нее ломило все тело. Она подумала, что если закроет глаза, то заснет прямо где сидит. Покрытый пятнами матрац, на котором можно вытянуться рядом с Эмили и уснуть, казался ей сейчас необыкновенно притягательным.

— Что еще за работа?

— Мы должны снова пройти с начала до конца.

— С начала до конца чего?

— Жизни Эдди.

26

Диего подошел к дому под покровом темноты, дождя и густого, красиво подстриженного кустарника. Жилище Боннела Уоллеса оказалось одной из элегантных усадеб на Сент-Чарльз-авеню.

С точки зрения проникновения внутрь, это была чертова крепость.

Освещение было сделано так, чтобы подчеркнуть достоинства ландшафта. Особого риска такое освещение не представляло. Диего знал сотни способов не оказаться в лучах этого искусственного лунного света.

Проблемой были прожектора, освещавшие снизу наружные стены. Мощные прожектора, дающие отличную освещенность. Тени, отбрасываемые при таком свете, будут футов тридцати в длину и будут похожи на фоне светлого кирпича на напечатанные чернилами.

Диего оценил ухоженный газон и машину за восемьдесят тысяч долларов, стоявшую на круглой подъездной дорожке, и отметил про себя, что система безопасности наверняка тоже будет лучшей, какую можно купить за деньги. Современные устройства на всех окнах и дверях с датчиками движения и разбитых стекол в каждой комнате, невидимые лучи по периметру участка. Если будет нарушена граница, сработает беззвучная сигнализация. И к тому моменту, когда злоумышленник доберется до дома, полиция уже успеет окружить территорию.

Ни одно из этих препятствий не способно было удержать Диего от проникновения в дом. Но они представляли собой трудности, которых он предпочел бы избежать.

Через окно ему видна была комната, выглядевшая как кабинет. Полный пожилой мужчина сидел в огромном кресле, положив ноги на оттоманку. Он разговаривал по телефону и делал частые глотки из стакана, который держал под рукой. Мужчина выглядел расслабленным, и его совершенно не волновало, что освещенная комната выставлена на обозрение и самого его видно с улицы.

Это было словно бы заявление, что Боннел Уоллес чувствует себя в безопасности.

В таком районе человек, выглядевший как Диего, немедленно вызвал бы подозрение. Несмотря на уверенность в своем умении быть, когда надо, невидимым, он все же опасливо косился по сторонам, чтобы вовремя заметить патрульную машину или любопытных соседей, выгуливающих собак. Дождь затекал ему за шиворот, но Диего не обращал внимания. Он застыл неподвижно. Двигались только глаза, рассматривавшие все вокруг.

Диего наблюдал и ждал, пока что-нибудь произойдет. Но ничего не происходило, кроме того, что мистер Уоллес сменил телефонную трубку на журнал, который привлек его внимание примерно на час. Затем, допив остатки из стакана, он вышел из комнаты, выключив свет.

Вскоре осветилось окно на втором этаже, но ненадолго, минут на десять. Затем и оно погасло.

Диего оставался на своем наблюдательном пункте. Но еще примерно через час ему стало ясно, что Уоллес лег спать, и он решил, что с большей пользой проведет время в другом месте. Лучше возобновить наблюдение утром. Бухгалтер все равно не догадается.

Выбравшись из своего укрытия, Диего прошел несколько кварталов и оказался в районе, где еще были открыты некоторые бары и рестораны. Он заметил машину в темном углу неохраняемой стоянки и использовал ее, чтобы оказаться примерно за милю от дома. А уже оттуда отправился к себе, понимая, что городские хищники разденут автомобиль до самых колес за несколько минут. Остаток пути он проделал пешком, а в свой дом зашел, не зажигая свет. Он не издал ни звука, оказавшись внутри своего жилища.

Сегодня Изабель спала без кошмаров. Лицо ее было мирным и безмятежным.

Но Диего не было покоя, и заснуть он не мог.

Глядя на милое личико Изабель, он продолжал гадать, с чем связано решение Бухгалтера получить такому высококлассному специалисту, как он, такую несерьезную работу, как слежка за Боннелом Уоллесом.

— Я не знаю.

Хонор охрипла от постоянного повторения этих слов. Вот уже два часа Кобурн, который, казалось, не устает никогда, бомбардировал ее вопросами о жизни Эдди, начиная с тех пор, как ее покойный муж был подростком.

— Но я ведь не знала его тогда, — устало сопротивлялась Хонор.

— Ты выросла здесь. И он вырос здесь.

— Он учился на три класса старше. Мы не замечали друг друга, пока он не оказался в выпускном классе.

Кобурн хотел знать обо всех аспектах жизни Эдди.

— Когда умерла его мать? Как она умерла? У нее были родственники, с которыми Эдди близко общался?

— Мать его умерла в девяносто восьмом. Ей делали химиотерапию. Рак груди. Организм был ослаблен тяжелыми процедурами, и она умерла от пневмонии. У нее осталась сестра, тетка Эдди.

— Где она живет?

— Сейчас уже нигде. Умерла в 2002 году. Да, кажется так. Но какое отношение все это может иметь к тому, что ты ищешь?

— Он оставил что-то кому-то. Положил что-то куда-то. Папку. Записную книжку. Дневник. Флэшку.

— Кобурн, мы ведь уже рассмотрели все варианты. Если такая вещь и существует, я понятия не имею, что это может быть и где это следует искать. Я устала. Пожалуйста, давай продолжим утром.

— Утром мы можем быть уже мертвы.

— Это точно. Я могу умереть от усталости. И тогда какая вообще разница?

Кобурн закрыл рукой нижнюю часть лица и продолжал смотреть на Хонор в упор. После долгой паузы, когда Хонор показалось, что упрямец готов сдаться, он вдруг произнес:

— Ты или его отец. Это должно быть у кого-то из вас.

— А почему не у другого полицейского? Не у Фреда или Дорала? Кроме Стэна и меня, Эдди был очень близок с близнецами.

— Потому что, какими бы сведениями он ни располагал, они наверняка обличали братьев и если бы попали к ним в руки, то были бы уничтожены. И тогда они не ходили бы вокруг тебя эти два года.

— Ожидая, что я раскрою эти сведения?

— Или желая убедиться, что ты никогда этого не сделаешь.

Размышляя, Кобурн машинально бил себя кулаком по ладони другой руки.

— Кто расследовал аварию, в которой погиб Эдди?

— Следователь из управления.

Руки Кобурна застыли неподвижно.

— Дай догадаюсь. Фред Хокинс.

— Нет. Другой коп. Он оказался там поблизости. Эдди был уже мертв, когда он прибыл на место.

— Как зовут этого копа?

— Зачем тебе?

— Я хочу знать, как это он случайно оказался поблизости от места аварии.

Хонор быстро встала и вышла на палубу. Там она встала, прижавшись к стенке рубки, так чтобы свес крыши защищал ее от дождя.

Кобурн последовал за ней.

— Что такое?

— Ничего. Мне захотелось подышать свежим воздухом.

— Черт побери! С чего это вдруг?

Хонор стояла, привалившись к стене, слишком обессиленная, чтобы с ним спорить.

— Офицер, который расследовал аварию Эдди, несколько недель спустя был найден в протоке. Его зарезали и сбросили в воду.

— Подозреваемые?

— Никаких.

— Нераскрытое убийство.

— Наверное. Я никогда больше об этом не слышала.

— Тщательно работают эти сукины дети, не правда ли? — Кобурн стоял плечом к плечу с Хонор и смотрел на дождь. — Чем любил заниматься Эдди? Боулинг? Гольф? Еще что-нибудь?

— Все перечисленное и многое другое. Он был хорошим спортсменом. Любил охотиться и рыбачить. Я уже говорила тебе.

— А где его снаряжение для охоты и рыбалки?

— У Стэна.

— Мешок с принадлежностями для гольфа?

— У Стэна. Там же его любимый шар для боулинга и лук со стрелами, которые он получил в подарок на свой двенадцатый день рождения.

Хонор произнесла это довольно сердито, но Кобурн лишь задумчиво кивнул.

— Рано или поздно мне придется нанести Стэну визит.

Прежде чем Хонор успела как-то отреагировать на это заявление, Кобурн попросил ее описать Эдди.

— Ты видел фотографию.

— Я имею в виду личностные качества. Каким он был? Серьезным и старательным? Легкомысленным? Склонным к перепадам настроения? Смешным?

— С ровным характером. Очень совестливым. Серьезным, когда это требовалось. Но повеселиться тоже любил. Обожал шутить. Любил танцевать.

— Любил заниматься любовью.

Хонор понимала, что Кобурн пытается ее разозлить, но не собиралась доставлять ему такое удовольствие. Глядя прямо в глаза Ли, она медленно произнесла:

— Очень любил.

— Он был тебе верен?

— Да.

— Уверена?

— Абсолютно.

— В таких вещах нельзя быть уверенной.

— Он мне не изменял.

— А ты ему?

Хонор изумленно смотрела на Кобурна.

Тот пожал плечами.

— Ну, хорошо, ты тоже была ему верна.

— У нас был отличный брак. У меня не было секретов от Эдди. А у него от меня.

— Ну, один секрет у него все же был, — Кобурн сделал драматическую паузу, чтобы Хонор оценила важность сказанного, потом понизил голос до шепота. — У каждого есть свои секреты, Хонор.

— Правда? Расскажи мне один из твоих?

Уголки рта Кобурна поползли вверх.

— У всех, кроме меня. У меня секретов нет.

— Звучит абсурдно. Да ты весь просто опутан секретами.

Кобурн сложил руки на груди.

— Задавай вопросы.

— Где ты вырос?

— В Айдахо. Недалеко от границы с Вайомингом. В тени Тетонских гор.

Это удивило Хонор. Она не могла бы сказать, что именно ожидала услышать, но только не это. Ли вовсе не выглядел в ее глазах жителем гор. Конечно, Кобурн мог и соврать, выдумать себе прошлое, чтобы защитить легенду. Она продолжала задавать вопросы:

— Что делал твой отец?

— Пил. Большую часть времени. А меньшую часть — работал механиком в автоцентре. Зимой водил снегоуборочную машину.

— Он уже умер?

— Много лет назад.

Хонор вопросительно посмотрела на Ли. Он так долго не реагировал на ее немой вопрос, что она уже отчаялась дождаться ответа, но наконец Ли произнес:

— У отца был старый конь, которого он держал в загоне за домом. Я дал ему имя, но ни разу не слышал, чтобы отец вообще называл коня по имени. Он редко на нем ездил. И редко его кормил. Но однажды отец оседлал коня и уехал. Конь вернулся. Отец нет. Его тело так и не нашли. Правда, искали не особенно старательно.

Хонор поинтересовалась про себя, относилась ли злоба, зазвучавшая в голосе Кобурна, к его алкоголику-отцу или к тем, кто не уделил достаточного внимания поиску его останков.

— Папаша заездил коня почти до смерти, так что мне пришлось его пристрелить, — сложенные на груди руки вдруг упали. Ли стоял рядом и смотрел на дождь. — Невелика потеря. От коня все равно толку не было.

Хонор выдержала долгую паузу, прежде чем решилась спросить о матери Ли.

— Она была из французской провинции Канады. Нрав у матери был буйный. Когда она злилась, то переходила на французский, которому не озаботилась меня научить. Поэтому в большинстве случаев я не понимал, что она там мне орет. Уверен, впрочем, что ничего хорошего. Наши пути в любом случае разошлись, после того как я закончил старшую школу. Два года я посещал колледж, потом решил, что это не для меня, и пошел в десант. Во время своей первой миссии я получил сообщение, что мать умерла. Полетел в Айдахо. Похоронил. Конец истории.

— Братья или сестры?

— Никого.

Лицо Кобурна ничего не выражало. Похоже, любви в его жизни не было с самого ее начала.

— Никаких кузенов, тетушек, дядюшек — никого. Когда я умру, военный оркестр не сыграет отбой. Не будет салюта из ружей, и никто не накроет меня флагом. Просто вольюсь в историю, и никто обо мне не пожалеет. А меньше всех пожалею об этом я.

— Как ты можешь говорить такие вещи? — возмутилась Хонор.

Кобурн удивленно посмотрел в ее сторону:

— А почему тебя это сердит?

Только теперь, когда он задал свой вопрос, Хонор поняла, что действительно рассержена.

— Я просто не понимаю, как человек может так равнодушно говорить о собственной смерти. Ты не ставишь свою жизнь ни в грош?

— Пожалуй, так.

— Но почему?

— А тебе что за дело?

— Потому что ты — человек. Который оказался со мной рядом.

— О, ты любишь человечество в целом, не так ли?

— Конечно.

— Да? — Кобурн вдруг повернулся к ней всем телом. Теперь стенки рубки касалось только его правое плечо. — Почему ты не попросила его приехать и забрать вас?

Хонор не поняла, что он сменил тему.

— Кого?

— Гамильтона. Почему ты не сказала ему, где вы, чтобы он прислал кого-нибудь вывезти вас отсюда?

Хонор тяжело вздохнула.

— Потому что после всего, что я видела и слышала за последние полтора дня, я не знаю, кому доверять. Думаю, ты можешь считать, что я выбрала знакомое зло, — Хонор казалось, что она удачно пошутила, но Ли даже не улыбнулся.

Он наклонился к ней еще ближе.

— А еще почему?

— Если у меня есть что-то, что поможет выдвинуть обвинения против Бухгалтера, я должна помочь тебе это найти.

— Ага. Патриотический долг.

— Можешь называть это так.

— Хммм.

Он придвинулся еще ближе, и эта близость вдруг заставила Хонор услышать биение собственного сердца, которое становилось все чаще.

— И... а еще... потому что... я уже говорила тебе об этом.

Ли повернулся так, что оказался лицом к лицу с Хонор. Он не обращал внимания на дождь.

— Скажи еще раз!

Горло Хонор перехватило, и не только потому, что ей пришлось высоко поднять голову, чтобы заглянуть собеседнику в лицо.

— Из-за Эдди.

— Чтобы спасти его репутацию?

— Да, это так.

— И именно поэтому ты здесь, со мной?

— Да.

— А вот я так не думаю.

И тут он вдруг прижался к ней всем телом. Сначала его бедра, потом грудь и наконец — губы. Хонор издала какой-то слабый звук, смысл которого не был понятен до конца даже ей самой, пока она не осознала вдруг, что ее руки инстинктивно обнимают Ли Кобурна, сжимают его спину, его плечи.

Ли целовал ее страстно, проникая языком внутрь, и, ответив на этот поцелуй, Хонор вдруг услышала звук, похожий на рычание, вырвавшийся из его груди. Звук изголодавшегося по женщине мужчины, который она не слышала так давно. Этот звук — чисто мужской, почти что животный — волновал и возбуждал ее.

Своей огромной рукой Кобурн взял ее за затылок. Его колено скользнуло между бедер Хонор, а поцелуй все продолжался, словно этот человек хотел высосать из нее последнее дыхание. И все, что испытывала Хонор, приводило ее в восторг.

Он прервал поцелуй только лишь для того, чтобы переместить свои горячие губы на шею Хонор. Его рука дерзко, как будто он имел на это право, накрыла ее грудь и крепко сжала. Почувствовав, как напрягся под его ладонью сосок Хонор, Кобурн застонал от удовольствия.

Это вдруг вернуло Хонор к действительности.

— Что я делаю? — хрипло прошептала она. — Я не могу.

Она отстранила от себя Кобурна. Тот стоял, не обращая внимания на ливень, барабанивший ему по голове. Грудь его тяжело вздымалась, глаза обжигали Хонор даже в темноте.

— Мне очень жаль! — Слова шли из глубины души Хонор, которая правда не знала, чего или кого ей было жаль. Себя? Ли Кобурна? Того, что случилось? Или того, чему она не позволила случиться?

Хонор не знала и не собиралась позволять себе об этом размышлять. Она забежала в рубку и кинулась вниз по лестнице в каюту.

Эмили проснулась, села и огляделась вокруг.

Было еще довольно темно. Но не совсем. Все было видно, и Эмили не испугалась. К тому же, мама была здесь — лежала рядом с ней на плохо пахнущей кровати. А Кобурн лежал на другой кровати. И оба они спали.

Мама лежала на боку, положив ладони под щеку. Колени ее были подтянуты к животу. Если бы мамочкины глаза были открыты, она смотрела бы прямо на Кобурна. Он лежал на спине, положив одну руку на живот. А вторая свисала с кровати, и пальцы ее почти что касались колена мамочки.

Прижав к себе Элмо и таща за собой плед, Эмили подвинулась к краю койки и соскользнула вниз. Ей нельзя было вставать на пол босиком, потому что он был плохой и грязный. Так сказала мама. Но Эмили совсем не хотелось садиться на этот самый пол, чтобы надеть сандалики, поэтому она на цыпочках поднялась по лестнице и заглянула в комнату, где было столько всего интересного.

Вчера мама посадила ее вон в то кривое кресло и сказала, что там сидел ее дедушка. И что он разрешал Эмили сидеть у него на коленях, когда управлял корабликом. Но она была тогда совсем маленькой и поэтому не помнит. Эмили было жаль. Ей хотелось бы помнить. Рулить корабликом — это наверняка было очень забавно.

Вчера корабликом управляла мама, а когда Эмили спросила Кобурна, можно ли ей тоже, он сказал, что нет, потому что они очень торопятся. Еще он сказал, что у него есть более важные дела, чем развлекать Эмили. Но затем пообещал, что, может быть, потом...

Кобурн велел Эмили не подходить слишком близко к разбитым окнам, потому что можно пораниться стеклом. Эмили спросила, почему стекло режет людей, а Кобурн сказал, что он не знает, но это так, и от разбитого окна надо держаться подальше.

Дождь больше не шел, но небо выглядело мокрым, как и деревья, которые были видны девочке.

Маме наверняка не понравится, если она пойдет дальше, поэтому Эмили все так же на цыпочках вернулась вниз.

И мама, и Кобурн лежали в тех же позах, почти неподвижно. Только живот Кобурна поднимался и опускался при каждом вдохе и выдохе. Эмили положила руку на собственный живот. С ним происходило то же самое.

И тут она заметила в ногах кровати Кобурна телефон, который ей запрещалось брать, и батарею от него.

Вчера, когда мама и Кобурн рубили кусты, захватившие в плен кораблик, Эмили спросила, нельзя ли ей поиграть на мамином телефоне в Паровозик Томми. Но они дружно крикнули: «Нет!» — практически одновременно. Только Кобурн намного громче, чем мама. Эмили не поняла, почему они ей не разрешили.

Раньше, когда мама не пользовалась телефоном, она разрешала Эмили поиграть в игру.

Вот сейчас мамочка телефоном не пользуется. И, наверное, не рассердится, если Эмили немножко поиграет.

Эмили видела, как вчера Кобурн показывал маме, как вставлять батарею. Она сможет сделать это сама. Так и Кобурн сказал.

Он даже не пошевелился, когда Эмили взяла телефон. Девочка совместила золотые полосочки и подтолкнула батарею на место, совсем как Кобурн. Затем она включила телефон, а когда на экране появились красивые цветные картинки, нажала на изображение Паровозика Томми. Из всех игр Эмили больше всего любила этот пазл.

Сосредоточившись, она собрала сначала колеса. Потом добавила к ним моторчик и трубу, а затем все остальные части, пока не собрала Томми целиком.

Каждый раз, когда Эмили удавалось собрать головоломку, мамочка хвалила ее, говорила, какая она умная. Мама знает, что она умная. А вот Кобурн пока не знает. Эмили хотелось, чтобы он тоже знал.

Она подошла к изголовью его койки и нагнулась поближе к спящему Кобурну.

— Кобурн! — прошептала девочка.

Ли открыл глаза. Он с улыбкой взглянул на Эмили, затем посмотрел через ее плечо на спящую маму и только потом спросил:

— Что тебе, детка?

— Я собрала пазл.

— Что?

— Пазл с Паровозиком Томми. На мамочкином телефоне. У меня получилось.

Эмили протянула ему телефон, чтобы он посмотрел. Но Кобурн, наверное, ничего не увидел, потому что вскочил с кровати так быстро, что ударился головой о потолок.

А потом он сказал очень плохое слово.

27

Помощник шерифа Кроуфорд был удивлен, обнаружив, что местом их назначения является видавший виды катер для ловли креветок, который скорее не плыл, а полз по воде.

В качестве укрытия это тоже был плохой выбор. Во-первых, внешний вид катера вызывал подозрения, что плохо само по себе. И находился он среди недружелюбного ландшафта в лабиринте проток, где легко можно было заблудиться, прежде чем доберешься до Мексиканского залива, если таков был план предполагаемого побега.

Возможно, этот Кобурн не так умен, как показалось Кроуфорду вначале. Или он впал в отчаяние.

Переговариваясь друг с другом только жестами, Кроуфорд и его спутники бесшумно и очень осторожно приблизились к судну.

Группа, созданная на временном командном пункте в Управлении полиции Тамбура, состояла из самого Кроуфорда, двух других помощников шерифа, трех полицейских из Тамбура, двух агентов ФБР и одного патрульного службы безопасности штата, который чисто случайно оказался в комнате, где все сидели, зевая, когда прибежал технический специалист и сообщил, что он засек сигнал мобильного телефона Хонор Джиллет.

Попытка определить местонахождение по сигналу увенчалась успехом.

За этим последовал час горячих дискуссий по поводу того, как лучше добраться до уединенного места, откуда поступил сигнал. По воздуху? По суше? По воде? В конце концов решили, что наиболее неожиданным будет появление с берега, и Кроуфорд дал слово офицеру, который в свободное время и за собственный счет посещал курсы тренировки офицеров спецназа.

Тот поделился полученными немногочисленными знаниями, сказав в заключение:

— Смотрите только не испортите все к чертовой матери, пристрелив женщину или ребенка.

Кроуфорд мог бы сказать группе то же самое за пятнадцать секунд, а не за тридцать пять минут.

Они расселись по трем служебным джипам, потом ехали, казалось, вечность, сквозь туман и предрассветную дымку, пока не сделалось невозможным дальнейшее продвижение даже на полноприводных автомобилях.

Кроме того, Кроуфорд не хотел, чтобы звук моторов выдал их приближение. Они двинулись дальше пешком и вот теперь, прячась между деревьями, наблюдали за признаками жизни на борту судна, с которого был получен сигнал сотового. Кроуфорд считал настоящим чудом, что поблизости от этого места оказалась башня сотовой связи, но он не готов был довериться полностью ни божественному провидению, ни точности сведений сотового оператора.

Вставало солнце, но горизонт на востоке так плотно затянули облака, что рассвету было не по силам изменить царившую вокруг мрачную атмосферу. Вода в протоке, полноводной после ночного дождя, выглядела абсолютно неподвижной, как и испанский мох, свисавший клочьями с веток деревьев, склоненных над водой. Было слишком рано даже для птиц. Тишина казалась плотной, как вата.

Кроуфорд сделал своим людям знак двигаться вперед. У них не было другого выхода, кроме как рискнуть быть замеченными, преодолевая расстояние между последним рядом деревьев и берегом протоки. Дойдя до катера, Кроуфорд прижался к корпусу, проверил оружие, затем забрался на борт и тихо ступил на палубу. Остальные последовали за ним. Но Кроуфорд первым оказался внутри рубки и первым услышал отчаянную ругань и движение внизу. Он же первый прицелился в мужчину, поднимающегося по лестнице.

Стэн Джиллет шагнул с лестницы в рубку с поднятыми руками, в одной из которых был зажат сотовый телефон.

— Помощник Кроуфорд, вы опоздали, — сказал Стэн.

Он заставил ребенка плакать.

Когда Кобурн выхватил у Эмили телефон, она издала крик, который поднял бы и мертвого. Разумеется, ее мать немедленно вскочила с койки.

Кобурн схватил вопящего ребенка и практически взвалил себе на плечо, освобождая другую руку, чтобы взять Элмо и плед, которые он засунул в пухлые лучки Эмили. Затем он схватил за руку протестующую Хонор и потащил ее вверх по лестнице, через рубку, на палубу.

Если бы он был один, ему понадобилось бы всего несколько минут, чтобы покинуть катер, перейти вброд протоку и пробежать полмили по хлюпающей болотистой почве до того места, где он оставил пикап. Даже в предрассветных сумерках он сумел бы убежать отсюда за то время, которое потребовалось, чтобы выволочь с катера этих двоих.

Хонор не хотела наступать в воду, но Ли буквально толкнул ее, и она сумела проложить себе путь по мелководью. Хонор дважды спотыкалась во время их бешеного бега в сторону автомобиля.

И все это время петлей на шее Кобурна висела девочка, вопившая ему в ухо на одной ноте:

— Я не хотела!

Когда они добежали до грузовика, малышка все еще всхлипывала. Кобурн передал ее матери, которая села на переднее сиденье. Ли захлопнул дверцу, обежал вокруг машины, уселся на водительское место и повернул ключ зажигания. Машина пробуксовывала в грязи, но в результате Кобурну удалось добиться сцепления колес с землей. Он нажал на газ — и пикап рванулся вперед.

Теперь они были уже далеко от катера для ловли креветок, но Кобурн не собирался терять бдительность. Сотовый телефон Хонор сработал, словно маяк на вышке, и наверняка привел полицию к их убежищу. Как только выяснится, что на катере их больше нет, начнется погоня.

Кобурн не знал, когда именно ребенок включил сотовый телефон своей матери. За минуту до того, как разбудил его? За несколько часов? Но надо было готовиться к худшему. Кобурн удивлялся, как это им вообще удалось убежать. Но на долгую фору рассчитывать не приходилось.

Он вытеснил из сознания присутствие рядом плачущего ребенка и его матери и сосредоточился на том, чтобы оказаться от брошенного катера как можно дальше за самое короткое время, при этом не заблудившись, не въехав в протоку и не врезавшись в дерево.

Хонор удалось успокоить Эмили, и теперь она ворковала с ней, прижав девочку к груди и тихонько покачиваясь. Одной рукой она гладила дочурку по волосам. Наконец Эмили перестала плакать, но каждый раз, глядя в их сторону, Кобурн встречался с двумя парами глаз, полных немого упрека.

Наконец они выехали на главную дорогу. Кобурну вовсе не хотелось, чтобы их остановили за превышение скорости. Он перестал отчаянно давить на акселератор и спросил Хонор, не представляет ли она хотя бы приблизительно, где они сейчас.

— Думаю, к юго-востоку от Тамбура. А куда ты собираешься ехать?

Куда он собирается?

Черт бы его побрал, если он знал.

Поняв, что сейчас он только зря жжет драгоценное топливо, Кобурн завернул на стоянку перегруженной автозаправки для грузовиков, где пикап наверняка никто не заметит среди десятка подобных. Похоже, бензозаправка и магазинчик при ней были местом сбора окрестных работяг, которые забегали сюда перед работой выпить кофе и съесть разогретый в микроволновке завтрак.

Секунд тридцать после того, как Кобурн заглушил мотор грузовика, все сидели молча. Ли посмотрел через плечо на двух особ женского пола, которые так невозможно осложняли его жизнь. Он как раз собирался сообщить им об этом в самых недвусмысленных выражениях, когда Эмили произнесла дрожащим голоском:

— Простите меня, мистер Кобурн. Я не хотела.

Ли тут же закрыл рот, моргнул несколько раз, затем посмотрел на Хонор, которая ничего не сказала, снова на девочку, чья мокрая от слез щека все еще лежала на груди матери.

— Извини, что заставил тебя плакать, — пробормотал он.

— Ничего, — ответила Эмили.

Но ее мать явно была не в настроении его прощать.

— Ты испугал ребенка до полусмерти, — сказала она. — Ты и меня испугал до полусмерти.

— Хм. Я бы тоже испугался до полусмерти, если бы, проснувшись, увидел перед собой дуло двустволки Дорала Хокинса.

Хонор хотела сказать в ответ что-то колкое, но почему-то передумала. Вместо этого она пригнула к себе головку дочери и поцеловала Эмили в макушку.

Этот успокаивающий жест заставил Кобурна почувствовать себя еще хуже от того, что он заставил ребенка плакать.

— Послушай, я ведь уже извинился. Я куплю ей... воздушный шарик или что там еще.

— Эмили боится воздушных шариков, — сообщила Хонор. — Они пугают ее, когда лопаются.

— Ну, что-нибудь еще куплю, — с раздражением произнес Кобурн. — Что она любит?

Головка Эмили поднялась, как будто держалась на пружинке.

— Я люблю Паровозика Томми.

Кобурн смотрел на нее несколько секунд, пока до него доходила абсурдность ситуации, затем вдруг рассмеялся. Он много раз оказывался лицом к лицу со злодеями, целью которых на ближайшее будущее было заполучить его голову. Он стрелял из тяжелых пулеметов, управлял ракетными установками, выпрыгивал из вертолета за секунду до взрыва в воздухе. Он обманывал смерть столько раз, что и не сосчитать.

Неужели его достанут благодаря какому-то Паровозику Томми?

Хонор и Эмили смотрели на него с опаской. Кобурн вдруг понял, что обе впервые видят, как он смеется.

— Так, вспомнил одну шутку, — пояснил он.

Снова повеселевшая Эмили спросила:

— А мы можем теперь позавтракать?

Кобурн подумал несколько секунд, потом тихо произнес:

— Почему, черт побери, нет.

Кобурн выбрался из машины и открыл коробку с инструментами, прикрепленную к кабине сзади. Вчера он обнаружил там спецовку. Промасленную. Пахнущую бензином. Но все же он решил ее надеть.

— Чего вы хотите? — спросил он, встав около открытой дверцы кабины.

— Может быть, лучше пойти мне? — спросила Хонор.

— Не думаю.

— Все еще не доверяешь мне?

— Сейчас дело не в этом. Просто в толпе... — он пробежал взглядом по спутанным волосам и покусанным губам Хонор. Под футболкой видны были очертания ее соблазнительного тела. Теперь Кобурн точно знал, что оно было настоящим. — Ты можешь привлечь внимание.

Хонор поняла, о чем он подумал, и щеки ее порозовели от смущения. Она прервала вчерашний поцелуй, но это вовсе не значило, что ей не понравилось. Понравилось, и еще как. Гораздо сильнее, чем ей бы хотелось. И Кобурн понимал это.

Вчера он простоял под дождем еще с полчаса после поспешного бегства Хонор с палубы. Но когда Ли спустился внутрь, она еще не спала, хотя и притворялась, что спит.

Даже после того, как Кобурн улегся на свою койку, он оставался еще какое-то время в сильно возбужденном состоянии. Если она отреагировала на поцелуй так же, как он, то неудивительно, что сейчас щеки ее вспыхнули и она старается не смотреть Кобурну в глаза.

Отвернувшись, Хонор наконец произнесла:

— Подойдет все, что ты сочтешь нужным купить.

Ли надел найденные в грузовике кепку и солнцезащитные очки и, как и рассчитывал, легко смешался с толпой. Он постоял в очереди к микроволновке, затем прошел на кассу и оплатил разогретые сэндвичи. Передав пакет с едой Хонор, Кобурн тут же вскочил за руль, и они поехали дальше.

Ли съел свой сэндвич и выпил крепкий кофе, сильно сдобренный цикорием, прямо за рулем. Но он не думал сейчас ни о еде, ни о кофе, потому что мозг его был занят анализом сложившейся ситуации. Надо было решить, что делать дальше. Он был в затруднительном положении и никак не мог придумать выход из него.

Как в тот раз, в Сомали, когда оружие отказало. И как раз в этот момент его заметил тот, кто должен был стать мишенью. Ему надо было сделать выбор: забыть о миссии и спасать собственную шкуру или выполнить задание и только потом думать, как выжить.

Тогда у него была сотая доля секунды, чтобы решиться.

Кобурн бросил бесполезное оружие и использовал собственные руки, чтоб сломать мерзавцу шею.

Вот и сейчас у него нет больше времени — надо принять решение. Ли еще не видел своих преследователей, но словно чувствовал на расстоянии их яростное желание его схватить.

Пока удача была на его стороне. Но Ли не собирался выходить из дела, бросить миссию и позволить Бухгалтеру и дальше творить свои грязные дела.

Он не был готов к тому, чтобы позвонить Гамильтону и попросить поддержки Тома ван Аллена, потому что не верил даже сотрудникам своего агентства. И ФБР, похоже, тоже не верило ему до конца.

По официально имеющимся у них данным, он спятил с ума и перестрелял в воскресенье вечером всех, кто был на складе транспортной компании. Если бюро будет выгодно, его объявят ветераном, страдающим от посттравматического синдрома. И если они это сделают, то никто — даже женщина, сидящая с ним в украденном пикапе, с которой их связывал после вчерашней ночи поцелуй, ясно говоривший, что она хочет его так же отчаянно, как и он ее, — не поверит, что на самом деле все по-другому.

Впрочем, есть шанс, что сам Кобурн уже не увидит струйки дыма, поднимающейся над проваленной миссией. Он закончит жизнь в канаве, и никому не будет до этого дела. Но Ли все равно не собирался становиться пассивной жертвой Бухгалтера. Его придется брать с боем.

Сегодняшнее утро чуть не стало для него последним. Кобурн был уверен, что включенный сотовый телефон тут же направил по их следу группу захвата. И почти наверняка ее возглавляет Дорал Хокинс. Если бы Эмили не разбудила его, их всех перестреляли бы прямо в койках.

Рискуя собственной жизнью, он делает свою работу. Но рисковать жизнями Хонор и Эмили он не имеет права.

Приняв решение, он спросил Хонор:

— Ты говорила вчера о каком-то человеке, готовом вас приютить?

Хонор подняла на него взгляд.

— О Тори.

— Тетя Тори! — радостно запрыгала Эмили. — Она такая смешная.

Казалось бы, пол друга, который приютит Хонор и Эмили, не должен был волновать его ни в малейшей степени. Кобурн очень удивился тому, как его обрадовало, что речь идет о женщине.

— Близкая подруга?

— Ближе не придумаешь. Эмили считает ее членом семьи.

— Ты доверяешь ей?

— Во всех отношениях.

Кобурн свернул к обочине, остановил машину и вынул из кармана свой сотовый. Затем, повернувшись к Хонор, сообщил ей:

— Я должен избавиться от вас двоих.

— Но...

— Никаких «но»! — с жаром воскликнул Кобурн. — Единственное, что я хочу знать: позвонишь ли ты моим преследователям, как только освободишься от меня?

— Ты имеешь в виду Дорала?

— Его, полицию, ФБР. Прошлой ночью ты перечислила все причины, заставившие тебя поехать со мной. Одна из них состояла в том, что ты не доверяешь властям. Это остается в силе?

Хонор кивнула.

— Скажи вслух.

— Я не стану никуда звонить.

— Хорошо. Как ты думаешь, твоя подруга сможет спрятать тебя на пару дней?

— Почему именно на пару дней?

— Потому что столько дал мне Гамильтон.

— Он дал тебе даже меньше.

— Так она спрячет вас?

— Если я ее попрошу.

— И не обманет твоего доверия?

Не колеблясь ни секунды, Хонор энергично затрясла головой.

— Это означает, что она тоже не станет звонить в полицию?

— Позвонить в полицию — последнее, что пришло бы Тори в голову.

Доверять кому-то было не в его характере, противоречило его профессии и жизненному опыту. Но сейчас у Ли не было другого выхода. Он мог только предложить Хонор задуматься еще раз. Как только он скроется из виду, она, возможно, натравит на него Дорала Хокинса, но ему придется пойти на этот риск.

Альтернативой было оставить их с Эмили при себе. Если бы он это сделал, они могли бы пострадать или даже умереть. Кобурн понимал, что даже он, видевший много раз насильственную смерть и даже бывавший ее причиной, не смог бы выдержать зрелище их смерти. Это его вина, что он втянул во все это Хонор. Надо было оставить ее в блаженном неведении.

Впрочем, не стоило тратить энергию на бесплодные угрызения совести, да и времени на сожаления у него не было.

— Что ж, хорошо. Пришло время проверить, не зря ли ты так безоглядно доверяешь своей подруге. Какой у нее номер?

— Если позвонишь ты — это не сработает. Должна звонить я.

Кобурн покачал головой:

— Если позвонишь ты, тебя могут потом обвинить.

— Обвинить? В чем?

Кобурн посмотрел на Эмили, игравшую с Элмо.

Фальшивое пение игрушки сначала раздражало его, но он уже успел привыкнуть и большую часть времени не обращал внимания. Повернувшись к Хонор, Ли тихо произнес:

— В любом дерьме, которое может случиться, когда истечет мой срок. — Зеленые глаза Хонор смотрели прямо на него, и Кобурн читал в них немой вопрос. — Если даже не получится все остальное, я позабочусь по крайней мере о Дорале Хокинсе.

— Позаботишься?

— Ты знаешь, что я имею в виду.

— Но ты не можешь так вот взять и убить его, — прошептала Хонор.

— Могу. И сделаю это.

Хонор отвернулась и посмотрела через грязное ветровое стекло на светлеющее небо.

— Все это так не похоже на то, среди чего я жила, — удрученно произнесла она.

— Понимаю. Зато я — в своей стихии. Так что тебе лучше довериться моим выводам.

— Я знаю, у тебя вызывает сомнения Стэн. Но он...

— Этот вариант не рассматривается.

— Он — мой свекор, Кобурн. И он нас любит.

Кобурн еще больше понизил голос, чтобы не отвлекать Эмили от игры.

— Ты хочешь, чтобы Эмили была рядом, когда дело дойдет до моей с ним стычки? А ты ведь понимаешь, что до этого рано или поздно дойдет. Ты ведь не думаешь, что Стэн позволит мне спокойно войти в его дом и начать обыскивать вещи Эдди? Конечно нет. Независимо от того, является ли он сообщником Бухгалтера и Марсета или честным, добропорядочным гражданином, защищающим доброе имя сына, он будет сопротивляться моему вторжению. Применит силу. И еще он будет очень зол на меня за то, что я втянул во все это его невестку и внучку.

Выражение лица выдавало чувства Хонор. Она понимала, что Кобурн прав, но все же выглядела по-прежнему очень несчастной и нерешительной. Кобурн дал ей всего несколько секунд, прежде чем снова пошел в атаку.

— Так какой же номер у Тори?

Хонор упрямо подняла подбородок.

— Извини, Кобурн, но я не могу.

— Ты не доверяешь ей в достаточной степени?

— Все это — мои проблемы. Как я могу втягивать Тори? Я ведь подвергну опасности и ее тоже.

— Понимаю, перед тобой трудный выбор. Но это единственное, что ты можешь сделать. Если только... — он кивнул головой в сторону Эмили. — Если ты веришь, что Дорал Хокинс сохранит ей жизнь... Я не верю в это ни минуты. Но у тебя может быть другое мнение.

Хонор бросила на него взгляд, полный злости.

— Ты все время бьешь по слабому месту!

— Потому что это все время срабатывает. Так какой же номер у Тори?

28

Еще до того, как Тори посмотрела в щель в ставнях и не увидела там света, она инстинктивно поняла, что телефон зазвонил в самое неурочное время.

Застонав, она уткнулась головой в подушку, прячась от шума. Затем, вспомнив о вчерашних событиях, быстро перекатилась поближе к тумбочке и схватила трубку.

— Алло?

— Тори, я тебя разбудила?

Это был не Боннел и не Хонор — два человека, которым она простила бы звонок ранним утром.

— Кто это?

— Эмбер.

Выругавшись, Тори откинулась обратно на подушку.

— Чего тебе? И лучше, чтобы это были хорошие новости.

— Ну, как ты мне говорила, каждое утро, отключив сигнализацию, я прежде всего включаю сауны и джакузи в обеих раздевалках, чтобы они успели нагреться. Потом, когда зажгутся все огни в студии, я открываю парадную дверь, потому что иногда за ней ждут люди.

— Ради бога, Эмбер, давай ближе к делу.

— А после этого я проверяю автоответчик. Так вот, сегодня кто-то оставил странное сообщение в пять пятьдесят восемь. За несколько минут до того, как я пришла.

— Ну, и что же в этом сообщении?

— «И что Барби нашла в Кене?»

Тори резко села на постели.

— Что еще она сказала?

— Вообще-то это был мужчина.

Подумав несколько секунд, Тори сделала вывод:

— Ну, тебе ведь ясно, что это был звонок какого-то психа. И не беспокой меня больше такой ерундой.

— Ты придешь сегодня?

— А вот на это не рассчитывай. Прикройте меня там.

Закончив разговор, Тори вскочила с кровати. Она не стала причесываться и краситься — такого не случалось с ней еще никогда — и надела первое, что попалось под руку в гардеробе. Затем, схватив ключи и сумочку, она выбежала через переднюю дверь.

Но на полпути к машине Тори вдруг заметила видавший виды грузовичок, припаркованный у обочины напротив ее дома, не доезжая трети пути до перекрестка. Тот, кто сидел внутри, мог беспрепятственно разглядывать именно с этого места дом Тори. Она не видела, сидел ли кто-нибудь в грузовичке, но ей тут же вспомнились слова Дорала: «Я не отстану, так и знай».

Может быть, она смотрела слишком много детективных сериалов, может быть, у нее начиналась паранойя, но Тори совершенно точно никогда не видела на своей улице этого грузовика, вчера похитили ее лучшую подругу, ей угрожал и ее запугивал местный хулиган.

Лучше паранойя, чем идиотизм.

Вместо того чтобы продолжать путь к машине, Тори нагнулась и подняла утреннюю газету, лежавшую в мокрой от росы траве.

Притворившись, что увлеченно читает первую страницу, с видом человека, которому некуда торопиться, Тори вернулась в дом и тщательно закрыла за собой дверь.

Затем, быстро пройдя через весь дом, она незаметно выскользнула из задней двери и, выбирая дорогу так, чтобы ее не было видно с улицы, прошла через собственную лужайку, сливавшуюся с примыкавшей, к соседнему дому. В кухне горел свет. Тори постучала.

Ей тут же открыл симпатичный молодой человек с фигурой борца, державший на руках удобно устроившуюся там кошку. Тори относилась к соседской кошке с презрением, и чувства ее были взаимны. Зато она обожала мужчину, который как-то сказал ей, что в следующей жизни мечтает быть не знающей угрызений совести красивой сучкой, такой, как она.

Сосед был также ее клиентом, никогда не пропускавшим тренировок. Накачанные бицепсы перекатывались под упругой кожей, когда он, открыв стеклянную дверь, сделал Тори знак войти.

— Вот это сюрприз! Хон, посмотри, кто к нам пришел! Тори!

Пытаясь продеть на ходу запонку в манжет, в кухню вошел его партнер по единственному в Тамбуре гомосексуальному браку, чья фигура выглядела не менее впечатляющей.

— Наверное, в аду замерз самый большой котел! Никогда не думал, что ты способна встать в такую рань. Садись же. Кофе?

— Спасибо, но нет. Послушайте, ребята, могу я одолжить вашу машину? Мне надо кое-что сделать... срочно...

— Что-то не так с твоей машинкой?

— Мне послышался вчера какой-то странный звук. Боюсь, она заглохнет на полпути.

Тори было неприятно врать им так нагло. Они были отличными соседями, а с годами превратились в верных друзей, предоставлявших в избытке хорошее вино и дружеское плечо, на котором можно было поплакать всякий раз, когда Тори разводилась. Или выходила замуж, что, в общем, почти одно и то же.

Ребята поглядели друг на друга. Потом на Тори. Потом снова друг на друга. Тори знала: они понимают, что соседка говорит неправду, но если бы она попыталась объяснить правду, они отвезли бы ее в ближайший дурдом.

Наконец тот из них, который держал на руках кошку, спросил:

— «Лексус» или «Мини-Купер»?

— Что за черт! — воскликнул Кроуфорд, увидев Стэна.

При других обстоятельствах смущение и унижение помощника шерифа, возможно, позабавило бы Стэна. Но мистер Джиллет умел понимать ситуацию правильно. Он не привык, чтобы из него делали идиота, и изо всех сил старался сохранять достоинство и держать свою ярость под контролем. И наброситься ему хотелось вовсе не на Кроуфорда, а на того мужчину, который двадцать четыре часа назад похитил у него Хонор и Эмили.

— Сотовый телефон моей невестки, — произнес он, протягивая Кроуфорду трубку.

Тот немедленно схватил ее.

— Я знаю, что это и кому принадлежит! Какого черта вы ее взяли и что вы тут с ней делаете?

— Чего я с ней точно не делаю, так это не играю в Паровозика Томми, — резко бросил Стэн.

Кроуфорд включил телефон. С экрана ему действительно улыбался паровозик.

— Это — любимая игра Эмили, — пояснил Стэн.

— Значит, они были здесь.

— А это — кое-что из одежды моего покойного сына, — сказал Стэн, показывая на кучу мокрого тряпья на приборной панели катера. — Внизу — еда и вода. А также пустые банки и упаковки. Да, они определенно здесь были. Но теперь их нет.

К еще большему изумлению Кроуфорда, по лестнице, ведущей в каюту, поднялся в рубку Дорал Хокинс. Помощник шерифа убрал пистолет и упер руки в бока.

— Миссис Джиллет, вероятно, позвонила вам и сказала, где находится? Почему вы меня не уведомили?

— Хонор никому не звонила, — холодно произнес Стэн. — Я уже проверил список последних вызовов. Его стерли. Там нет больше и тех звонков, которыми мы с невесткой обменивались вчера.

Помощник шерифа переводил взгляд с одного из них на другого, затем его глаза, в которых застыло обвиняющее выражение, остановились на Дорале.

— Если миссис Джиллет никому не звонила, то, возможно, один из сослуживцев вашего покойного брата сообщил, что мы получили сигнал?

Разумеется, он был прав. Полицейский офицер, друживший и с Фредом, и с Доралом, звонил Доралу и передавал последние новости из управления. Из верности старой дружбе Дорал позвонил Стэну. Пока Кроуфорд собирал команду, они двое поспешили сюда.

Но, хотя у них и была фора во времени, прибыли всего за несколько минут до Кроуфорда. Впрочем, этих нескольких минут Стэну хватило, чтобы определить, что обшарпанным катером для ловли креветок недавно пользовались. Простыни на кушетках были еще теплыми, хотя Стэну совсем не хотелось говорить об этом, особенно в присутствии Дорала. Его приводила в ярость мысль, что жена его сына и, конечно, Эмили, похоже, неплохо чувствовали себя в обществе Ли Кобурна.

Это было досадно и несправедливо.

Они с Доралом как раз говорили о хитрости и осторожности Кобурна, когда прибыли Кроуфорд и его команда.

— Я подкупил всех, кого знал, Стэн, — с отвращением произнес Дорал. — Но никто не может — или не хочет — сказать наверняка.

По полицейскому управлению и другим службам охраны порядка довольно быстро разнесся слух, что Ли Кобурн, возможно, является агентом ФБР, работавшим под прикрытием в компании Сэма Марсета. И все это придавало совсем другую окраску массовому убийству на складе в воскресенье вечером.

Мысли Стэна были противоречивы. Он никак не мог определить, что думает по поводу такого варианта и как это затрагивает лично его.

Зато Доралу все было ясно. Он так и сказал Стэну:

— Мне наплевать, кто он. Ли Кобурн хладнокровно застрелил моего брата. Будь он преступник или федерал, да хоть сам князь тьмы — я убью его.

Стэн понимал и разделял его чувства. Кем бы ни был Кобурн, он стал врагом Стэна, когда посмел бросить тень подозрения на его покойного сына. А теперь репутация Хонор была скомпрометирована. Если Кобурн взял с собой Хонор и Эмили для гарантии безопасного побега, почему он не бросил их к этому моменту? Если похитил их ради выкупа — почему ничего не требует?

И если Хонор была заложницей, почему не оставила им след, по которому они могли бы найти всех троих? Она ведь умная девочка и должна понимать, что десятки представителей органов охраны порядка прочесывают леса и протоки в поисках ее и Эмили. Разумеется, она бы придумала, как оставить знаки.

Если бы хотела. Именно эта мысль не давала Стэну покоя. Какого рода влияние имеет на нее этот чертов Кобурн?

Дорал сделал замечание по поводу тесноты каюты и тут же посмотрел на Стэна, подняв одну бровь. А сейчас Стэн почти что читал по глазам Кроуфорда его мысли, двигавшиеся в том же направлении.

Стэн решил сблефовать. Взяв агрессивный тон, он обратился к Кроуфорду:

— Предлагаю вам перестать терять время и начать наконец искать, куда Кобурн увез членов моей семьи.

— Я сам займусь этим, — сказал До́рал и приготовился выйти из рубки.

Но помощник Кроуфорд твердой рукой остановил его:

— Разве вам не надо заниматься похоронами?

— Вы это о чем?

— О том, что я понимаю, почему вы хотите выследить убийцу брата и поквитаться с ним. Но это — дело полиции. И никто не приглашал вас участвовать в операции. Если я узнаю, кто из полицейского управления или конторы шерифа сливает вам информацию, лично прибью его зад гвоздями к забору.

Дорал отодвинул руку Кроуфорда и произнес, усмехнувшись:

— Я бы заплатил, чтобы посмотреть на это зрелище.

С этими словами он покинул катер.

Кроуфорд приказал двум офицерам обыскать лодку в поисках улик, начиная с каюты, остальных он послал осмотреть окрестности на предмет следов ног, автомобильных шин — хоть чего-нибудь.

Когда они со Стэном остались одни, Кроуфорд сказал:

— Я не мог не заметить названия катера, мистер Джиллет. Он называется «Хонор».

— Эта посудина принадлежала ее отцу.

— Вы говорите в прошедшем времени?

— Он умер несколько лет назад.

— Теперь катер принадлежит миссис Джиллет?

— Думаю, да.

Хонор не упоминала ни своего отца, ни его катер с тех пор, как он скончался. Стэну ни разу не пришло в голову спросить, что стало с траулером. Вряд ли это было желанное наследство.

— Вы могли бы упомянуть о катере вчера, — с упреком произнес Кроуфорд.

— Как-то не подумал. В любом случае я не знал, где он пришвартован.

— Вы не проследили за этим? — удивленно — или скептически — произнес Кроуфорд.

— Нет. Я не любил ее отца. Он был стареющим, курящим травку хиппи, который называл себя рыбаком. Но на самом деле был бездельником, у которого никогда не было и двух монет за душой. Боже правый, да он носил бусы и сандалии! Оглянитесь вокруг. Он жил на этой посудине. Ее состояние говорит яснее всяких слов, что это был за человек.

— И все же ваша невестка пришла сюда, чтобы спрятаться.

Стэн с самым угрожающим видом сделал шаг в сторону помощника шерифа.

— Меня приводят в бешенство намеки на то, что Хонор может прятаться от меня.

Но Кроуфорд не испугался и не сделал шага назад.

— Вы ведь слышали слухи о том, что Ли Кобурн — федеральный агент.

Он говорил об этом как об установленном факте. Стэн ничего не сказал.

Кроуфорд нахмурился.

— Ну же, мистер Джиллет, вы слышали слух. Что вы об этом думаете?

Стэн не собирался ничего утверждать или отрицать перед этим человеком, которому он почему-то не доверял.

— Все, что меня волнует, — сказал он, — это благополучное возвращение в целости и сохранности моей невестки и внучки. А теперь я вынужден оставить вас, чтобы заняться их поиском самому.

Кроуфорд сделал шаг в сторону, преграждая Стэну дорогу.

— Сначала еще пару слов, — сказал он. — Очевидно, что миссис Джиллет имела доступ к своему сотовому телефону. Так почему же она не позвонила 911? Или вам? Если бы она хотела, чтобы ее нашли, она ведь сделала бы именно так, а не позволила бы своей маленькой девочке играть в игры на ее телефоне?

Стэн изо всех сил постарался не измениться в лице.

— Вы уже сказали свои пару слов? — поинтересовался он.

— Возможно, вам стоит пересмотреть свое мнение о том, с кем объединяться для поисков.

— Это еще почему?

— Я получил результат баллистической экспертизы. Пуля, которой убит Фред Хокинс, не совпадает с пулями со склада транспортной компании.

У Стэна тут же нашлось объяснение.

— Возможно, Кобурн побросал оружие, которым пользовался на складе. Небось обе пушки на дне протоки. А Фреда он застрелил из другого пистолета.

— Или, — тут же предложил свое объяснение Кроуфорд, — Кобурн не был человеком, расстрелявшим людей на складе.

29

— Она красавица.

Тишина была нарушена первый раз за последние пять минут. Даже Эмили была сейчас в неразговорчивом настроении. Она сидела на колене у матери, прервав придуманную ею самой игру с Элмо, погруженная в такое же задумчивое молчание, что и взрослые.

— Что-что? Повтори! — переспросил у Хонор Кобурн.

— Ты просто обалдеешь от Тори. Она — настоящая красавица.

— Какой бы ни была твоя Тори, — напряженно произнес Кобурн. — что-то ее здесь нет.

— Она появится.

— Мы ждем уже больше часа.

— У Тори много дел.

— В шесть утра?

— Ее фитнес-центр открывается рано.

Хонор отлично знала, что Тори не открывает фитнес-центр по утрам сама, но ей хотелось приободрить Кобурна, а заодно и себя, убедив его, что Тори обязательно приедет к месту встречи.

— В конце концов кто-нибудь проверит голосовую почту на рабочем телефоне. Хотя если бы ты позвонил ей на мобильный...

— Мы ведь уже обсуждали это.

Да, обсуждали. Кобурн отказался звонить на сотовый Тори по той же причине, по которой не хотел, чтобы Хонор звонила подруге сама.

— Все, что произойдет, должны свалить на меня, а не на тебя.

— Но нас с Тори все равно обвинят в пособничестве.

— Можешь сказать, что я использовал твоего ребенка, чтобы принудить тебя.

— О, это я могу подтвердить под присягой.

— Что ж, давай.

И вот теперь они сидели и ждали сигнала от Тори.

— Она приедет, как только получит сообщение, — уверенно сказала Хонор. — Нам надо только запастись терпением.

Но Кобурн выглядел как человек, потерявший всякое терпение еще час назад, когда они сюда приехали.

Оглядевшись, он понизил голос, чтобы не слышала Эмили, и возмущенно произнес:

— Мы — сидящие на воде утки, которых отлично видно отовсюду.

— Ну хорошо, а чего ты ожидал от секретного места встречи?

— Я рассчитывал, что там хотя бы будут стены, — парировал Ли.

— Здесь безопасно. Никто не знает про это место, кроме Тори и меня.

— Может быть, она забыла этот ваш дурацкий код.

— Ничего она не забыла.

— А что он, черт побери, значит?

— Он значит, что Кен — неотесанный мужлан.

Кобурн снова едва слышно выругался.

Разумеется, использованная в качестве кода фраза звучала глупо, если брать в расчет их теперешний возраст. Но когда они с Тори впервые придумали эту фразу и сделали ее своим паролем, они были двумя смешливыми девчонками. Потом они продолжали пользоваться этим кодом, будучи подростками, если срочно надо было назначить встречу так, чтобы никто не слышал. Бессмысленная вроде бы фраза означала: «Брось все и приходи немедленно, случилось кое-что неординарное».

Разумеется, когда они учились в старшей школе, их срочные дела ограничивались подростковыми психологическими травмами. Например, переживаниями из-за парней, злых учителей, плохих оценок и, в случае с Тори, не начавшихся вовремя месячных. А вот сегодня ситуация действительно была неординарной.

— Но почему здесь? — в который раз удивленно спросил Кобурн.

«Здесь» означало под старым дубом, огромные корни которого, каждый толще Хонор, тянулись во всех направлениях. Дерево выдерживало несколько столетий ураганы, болезни растений, нашествия застройщиков и другие катаклизмы. Огромный и величественный, дуб казался даже искусственным, словно какой-то голливудский бутафор выдумал его и поместил на поляне.

— Встречаться здесь, за городом, наверное, казалось нам более романтичным. Ведь надо было еще умудриться сюда улизнуть. Мы обнаружили это место в тот день, когда я получила водительские права. Обследовали на машине окрестности и увидели этот дуб посреди совершенно пустого пространства. И решили сделать его своим. С тех пор мы встречались здесь поговорить о вещах, слишком священных, чтобы доверить их даже телефону. — Видя, что Кобурн абсолютно не понимает, о чем она, Хонор поспешила разъяснить: — Девочки-подростки бывают весьма и весьма склонны драматизировать. Это гормональное.

Кобурн издал звук, значения которого Хонор не могла, да и не была уверена, что хотела понять. Погрузив пальцы в густые волосы Эмили, Хонор с лукавой усмешкой произнесла:

— Не удивлюсь, если в один прекрасный день Эмили, крадучись, отправится на встречу с...

Она не договорила, потому что Кобурн резко выпрямился, словно что-то привлекло его внимание.

— На какой машине ездит твоя подруга?

— На «Корвете».

— Тогда это не она.

Кобурн потянулся к спрятанному за поясом пистолету.

— Подожди! Это не ее машина. Но это Тори. И она одна.

Маленькая незнакомая красно-белая машинка пролетела скрипучий деревянный мост, запетляла по извилистой тропинке, ведущей к дубу, и остановилась в двадцати ярдах от него.

Хонор открыла дверцу пикапа, чтобы Тори могла ее увидеть. Эмили тут же соскочила на землю и побежала в сторону красной машины с криком:

— Тетя Тори!

Тори вылезла из «Мини-Купера» и распахнула объятия Эмили.

— Ты уже такая большая! Скоро не смогу брать тебя на ручки.

— Знаешь что, — сказала Эмили, высвобождаясь из рук Тори.

— Что?

— Кобурн сказал, что, если я буду вести себя спокойно и дам ему подумать, он купит мне мороженое. Только не сейчас. Потом. И знаешь что еще? Мы спали на кораблике, где раньше жил мой дедушка. Не дедушка Стэн, а другой. Там были кроватки, и пахли они плохо, но это ничего, потому что у нас же приключение. Я разбудила Кобурна, и он сказал плохое слово. Но мама сказала, что взрослые иногда говорят такие слова, когда они очень расстроены. Но Кобурн на меня уже не злится.

«Когда Эмили отвлечется, я чувствую, нам с Хонор о многом надо будет поговорить».

Через плечо Эмили она смотрела на Хонор, и в глазах ее светилось множество немых вопросов. Поцеловав девочку в щеку, Тори поставила ее на землю.

— Дай-ка мне поговорить немного с твоей мамой.

Подруги обнялись и несколько секунд просто стояли, прижавшись друг к другу. Наконец Тори отпустила Хонор и сказала, глотая подступившие слезы:

— Я готова убить тебя за то, что ты так меня напугала. Я чуть с ума не сошла от беспокойства.

— Я знала, что так и будет, но с этим ничего нельзя было поделать.

— Когда я услышала новости, то вся похолодела от страха. О, как же я рада видеть вас с Эмили живыми и невредимыми. А он не...? А ты...? О господи. Как я рада! — Эмоции переполняли Тори. — Выглядишь ты как кошка драная. Но ты по крайней мере жива.

— Да, мы с Эмили живы. И практически невредимы. Мне жаль, что тебе пришлось так из-за нас переволноваться. Но он не давал мне позвонить тебе до сегодняшнего утра. И даже потом не разрешил звонить напрямую. И я не была уверена, что ты получила сообщение. Но он...

— Он... — это он? — Тори смотрела на приближающегося к ним Кобурна. Затем взгляд ее переместился на Хонор. Безукоризненно выщипанные и накрашенные брови были вопросительно приподняты. Понизив голос, Тори произнесла: — И это твой похититель? Вот бы мне так повезло!

Проигнорировав это замечание, Хонор представила их друг другу:

— Ли Кобурн. Тори Шайрах.

Тори одарила Кобурна улыбкой, против которой не мог устоять ни один мужчина, и игриво произнесла:

— Уже очарована вами.

Кобурн не обратил внимания ни на приветствие, ни на улыбку. Вместо этого он озабоченно смотрел на мост, через который пришлось проехать Тори, чтобы попасть на поляну.

— Ваш мобильный включен? — спросил он.

Тори была слегка шокирована и самим вопросом, и резким тоном, которым он был задан, но тут же ответила:

— Да.

— Давайте сюда.

Тори вопросительно посмотрела на Хонор, затем, когда та кивнула, отбросив кокетство, вынула из лежавшей в машине сумочки свой мобильный и передала его Кобурну.

— За вами следили? — спросил тот.

— Нет. Эй, что вы делаете? — воскликнула Тори, когда Кобурн вынул аккумулятор из ее телефона.

— Вы уверены?

— Я постаралась, чтобы не следили, — Тори рассказала о грузовичке, припаркованном на улице напротив ее дома. — Мне все это не понравилось, поэтому я вернулась в дом и одолжила машину у соседей. И за мной никто не следил.

— А чем вам показался подозрительным тот грузовик? — поинтересовался Кобурн.

— Я подумала, что кто-то может следить за домом. Вчера вечером ко мне приходил Дорал Хокинс.

Тори рассказала о своем разговоре с Доралом.

— Он в бешенстве от того, что вы убили его брата. По крайней мере, он так сказал — что это вы убили Фреда.

В последней фразе подразумевался вопрос, в ответ на который Кобурн молча кивнул.

Тори внимательно посмотрела на него несколько секунд, но объяснений не последовало, и она продолжила:

— Дорал сказал, что, если со мной свяжется Хонор, я должна прежде всего позвонить ему. Или...

— Он угрожал вам?

Тори только пожала в ответ плечами.

— Скажем так: ясно дал понять, каковы его намерения. Да черт с ним, с Доралом. Но и Стэн туда же...

— Когда вы говорили со Стэном?

Тори пересказала их разговор.

— Неприятно говорить о нем хорошее, но должна отметить, что на этот раз выглядел он не таким отвратительным, как обычно. Думаю, от страха с него слетело его обычное высокомерие.

— И чего же он боится? — поинтересовался Кобурн.

Тори не удержалась от смешка.

— Вы оставляете за собой дорогу из трупов, потом исчезаете, прихватив с собой Хонор и Эмили. Не кажется ли вам, что у Стэна есть кое-какой повод для озабоченности?

— Кобурн не убивал тех людей на складе, — вмешалась Хонор. — И он не забирал нас с Эмили с собой насильно.

Тори внимательно посмотрела на подругу, потом перевела взгляд на Кобурна и задумчиво произнесла:

— Я предполагала что-то в этом роде.

Потом подперла руками бока и спросила, угрюмо поглядев на свой разобранный мобильник:

— Так что же мы имеем?

— Дело в том, что он...

— Нет, — Кобурн коснулся руки Хонор, призывая к молчанию. — Единственное, что ей надо знать, это что тебя и Эмили необходимо спрятать на пару дней. Пока все не уляжется.

— Тори заслуживает объяснений, — заспорила с ним Хонор.

— Но ты говорила, что она поможет, не задавая вопросов.

— Да, так и есть. Но несправедливо позволить ей думать, что ты...

— Мне наплевать, что она думает.

— Но мне не наплевать. Она думает, что ты — убийца.

— Я и есть убийца.

— Да, но...

— Простите, что перебиваю. — Тори подняла руку ладонью вперед, призывая Хонор к молчанию. Но обратилась она не к подруге, а к Кобурну: — Можете держать при себе свои секреты. Я ведь уже сказала, что помогу.

Затем она повернулась к Хонор:

— Эмили не боится его, а дети, говорят, отлично чувствуют истинную сущность людей. Как и собаки.

— Эмили всего четыре. Она им очарована, потому что он — что-то новое в ее жизни.

— Ничего. Я доверяю ее интуиции. Возможно, больше, чем твоей. В любом случае вы позвали меня — и вот я здесь. Скажите же мне, что я должна сделать?

— Увезти их из Тамбура, — ответил Кобурн, прежде чем Хонор успела раскрыть рот. — Прямо сейчас. Нигде не останавливайтесь, не возвращайтесь домой, никому не говорите, куда отправились. Вы можете это сделать?

— Конечно! Но куда мне их везти?

— Понятия не имею.

— Единственным моим козырем в рукаве был катер отца, — вставила Хонор.

— У меня есть домик на том берегу озера Поншартрен, — сказала Тори. — За мостом. Он подойдет?

— Кто о нем знает? — поинтересовался Кобурн.

— Муж номер два. Он отдал мне его при разводе. Домик в обмен на то, что я буду молчать о его... Впрочем, неважно. Все кончилось плохо. Единственная причина, по которой я хотела заполучить этот дом, — чтобы позлить мерзавца. Я не пользуюсь им и даже не особенно его люблю. Не была там, наверное, несколько месяцев.

Хонор прислушивалась к разговору, но смотрела на Эмили, отмечая про себя, что девочка до сих пор была в той одежде, которую она надела на нее второпях вчера утром, когда пришлось бежать из дома. Волосы девочки были не расчесаны. На коленке грязь. Маечка немного порвана. Питались они нерегулярно и не очень вкусной едой. И спать Эмили пришлось на неудобной, вонючей койке.

И все же девочка выглядела вполне довольной и беззаботной. И совершенно не подозревала о том, в какой ужасной ситуации они оказались. При мысли об этом у Хонор защемило сердце. Эмили, найдя какую-то палочку, что-то чертила на земле, беззаботно напевая себе под нос.

— Ей нужны вещи, — вслух произнесла Хонор.

— Мы купим все, что ей нужно. — Тори ободряюще похлопала подругу по руке. — Меня никто не ищет. Я обо всем позабочусь. Но в магазин я зайду, когда мы будем уже почти на месте, — продолжала она, обращаясь к Кобурну.

— Вы не можете теперь пользоваться кредитными картами. Наличных у вас много?

— Немного есть у меня, — напомнила ему Хонор.

— О деньгах нам вообще не следует беспокоиться, — сказала Тори. — Я могу достать сколько нужно. Мне достаточно просто попросить.

— Попросить кого? — потребовал ответа Кобурн.

— Моего жениха.

— Нет. Никто не должен знать, где вы.

— Он никому не расскажет.

— Расскажет. Если за него возьмутся специально обученные люди, он расскажет им все.

Кобурн произнес это так убежденно, что Тори стало не по себе, когда она представила себе то, о чем он говорил.

— Тогда мы сложим все, что у нас есть, и как-нибудь справимся.

Кобурна, казалось, удовлетворил такой ответ, но он особо подчеркнул, что Хонор и Эмили необходимо спрятать, пока их никто не увидел.

— Поняла, — заверила его Тори. — Никто не будет искать меня на этой машине, — она вдруг нахмурилась. — Единственный, кто меня беспокоит, — это

Стэн. Если он попытается снова со мной связаться, а я окажусь недоступна, он почует неладное. Вполне логично предположить, что Хонор обратится за помощью именно ко мне.

— Он может вычислить, что Хонор с вами, но все равно не будет знать где, — возразил Кобурн.

Тори повернулась к Хонор:

— Как тебе все это? Мы со Стэном терпеть друг друга не можем. Но он сгорает от беспокойства по поводу тебя и Эм.

— Я знаю, это кажется жестоким — держать его в неведении. — Хонор посмотрела на Кобурна, но, судя по выражению его лица, не стоило надеяться, что он смягчится. — Но пока все останется как есть. По крайней мере, какое-то время.

— Что уж. У тебя свои резоны, — заметила Тори. — Но я заранее дрожу, думая, что произойдет, когда Стэн узнает, что я помогла тебе с колесами, когда ты сбегала из дома.

— А я не еду с тобой.

Тори застыла, потеряв дар речи. Кобурн, напротив, высказался куда как красноречиво:

— Черта с два не едешь!

Хонор успела поразмышлять над всем этим и прийти к выводу, что она не может просто так взять и умыть руки, хотя так было бы гораздо практичнее и безопаснее. Она вдруг поняла — не в виде мгновенного озарения, а постепенно, за последние два дня, — что период практичности и безопасности в ее жизни закончился.

После смерти Эдди она нередко испытывала негодование по поводу постоянного вмешательства Стэна в ее жизнь, но ничего не сделала, чтобы его остановить. Хонор позволяла ему и другим опекать себя, быть ее поводырями в трудные времена и руководить ее решениями, словно она была ребенком, которому требовалось постоянное руководство.

Когда Хонор была замужем, свободы у нее было гораздо больше. Эдди относился к ней как к равной, как к женщине, которая могла иметь собственное мнение, что всячески поощрялось, и принимать собственные решения.

Вдовство словно наложило на нее оковы. Хонор стала неуверенной в себе, излишне осторожной. Боялась поменять место жительства, подумать о смене работы. Вообще делать что-нибудь, кроме как жить в привычной обстановке, проникнутой воспоминаниями о счастливом прошлом. Постоянный контроль Стэна сделал ее робкой. И Хонор не нравилась та женщина, которой она успела стать за это время. Ей не хватало той, более уверенной в себе Хонор Джиллет из прошлого.

Не собираясь сдаваться, она решительно произнесла, обращаясь к Кобурну:

— Я не позволю тебе так просто от меня отделаться!

— Ты не позволишь мне? Следите за речью, леди!

— Именно ты втянул меня во все это.

— В тот момент у меня не было выбора. А сейчас он есть.

— У меня тоже!

— А вот тут ты ошибаешься. Имеет значение только мой выбор, и я выбираю, чтобы ты отправилась к подруге.

— Я собираюсь участвовать в этой истории до конца, Кобурн.

— Но тебя могут убить, — он показал на Эмили, все еще игравшую с найденной палочкой. — Хочешь оставить ее сиротой?

— Ты ведь не так глуп, чтобы задавать этот вопрос всерьез? — с раздражением бросила ему Хонор. — На этот раз тебе не удастся меня запугать. Я хочу найти ответы на вопросы об Эдди.

— Я найду их для тебя.

— Ты ничего не понимаешь. Их должна найти именно я.

— Это не твоя работа.

— А вот и моя!

— Да? Это как же?

— Потому что я не сделала этого раньше.

Хонор упрямо вздернула подбородок. Признание собственной вины вырвалось у нее случайно, но теперь она не могла остановиться.

— Я должна была настоять на более тщательном расследовании аварии, в которой погиб Эдди. А я этого не сделала. Мне сказали, что речь идет о дорожном происшествии, и я поверила этим объяснениям. Я ни разу не задала ни одного вопроса, даже тогда, когда офицера, который нашел Эдди, обнаружили вскоре после этого убитым. Я позволила всем прыгать вокруг меня и принимать за меня решения, — Хонор ткнула себя в грудь указательным пальцем. — А сейчас решение принимаю я. Я останусь до тех пор, пока не выясню, что произошло с моим покойным мужем.

Тори положила ладонь на руку разгоряченной подруги и сказала:

— Все это очень благородно, дорогая, но...

— Я делаю это не только для себя. Я нужна ему, — она кивнула в сторону Кобурна, хотя все это время они и так в упор смотрели друг на друга. — Я тебе нужна. Ты сам так сказал.

Ли тихо выругался себе под нос.

— Да, я сказал. Но я ведь...

— Манипулировал мною. Я знаю. Но ты убедил меня в собственной незаменимости. Ты не можешь найти то, что ищешь, без моей помощи. По крайней мере вовремя. А сроки поджимают. Без меня ты не будешь знать, где искать. Ты даже в этих местах не ориентируешься. Помнишь? Сегодня утром ты все время спрашивал меня, куда ехать?

Кобурн сердито сжал зубы.

— Ты знаешь, что я права, — продолжала Хонор.

Кобурн кипел еще несколько секунд, но Хонор уже знала, что выиграла эту схватку еще до того, как Ли вернул Тори ее телефон и начал раздавать указания.

Тори в ответ на его вопрос рассказала, где примерно находится ее домик на озере.

— Ехать часа два. Точное время зависит от движения на шоссе и на мосту. Мне позвонить, когда мы доберемся?

— В доме есть стационарный телефон?

Тори сказала номер, который Хонор запомнила. Она знала, что Кобурн сделал то же самое.

— Мы сами тебе позвоним, — сказал Кобурн Тори. — Не отвечай, пока не услышишь один звонок, а потом остальные спустя минуты две. И держи сотовый выключенным. Аккумулятор не вставляй.

— А если что-то экстренное в фитнес-центре, — запротестовала Хонор. — Никто ведь не будет знать, где искать хозяйку.

— Фитнес-центр — всего лишь здание, — возразила ей Тори. — А вы с Эм — все равно что моя семья. К тому же там все застраховано.

Наконец они обсудили все детали, и настало время прощания Хонор с Эмили.

Изо всех сил стараясь не разрыдаться, Хонор обняла дочурку, все время повторяя себе, что, как бы ни рвалось на куски ее сердце, отправить Эмили с Тори было лучшим, что она могла сделать сейчас для своего ребенка. Слишком велик был риск, что Эмили станет случайной жертвой, если останется с ней и Кобурном.

Хонор ставила на карту собственную жизнь. Но она должна была сделать это ради Эдди. И, возможно, не в меньшей степени для самой себя.

Эмили пребывала в слишком большом восторге от перспективы провести время с тетей Тори, чтобы заметить эмоции, переполнявшие Хонор.

— Вы с Кобурном тоже едете на озеро? — спросила малышка.

— Может быть, мы приедем позже. А сейчас ты поедешь с тетей Тори сама. Как большая девочка. По-моему, будет здорово!

— Это часть нашего приключения?

Хонор старалась выглядеть веселой.

— Лучшая его часть.

— Лучше всего было спать на кораблике, — возразила Эмили. — Мы можем спать там иногда? И еще — можно мне будет им порулить?

— Посмотрим.

— Кобурн сказал так же. Но я думаю, он мне разрешит.

— Пора ехать, — сказала Хонор, наклоняясь к Эмили. — Поцелуй мамочку.

Эмили с энтузиазмом клюнула ее в щеку, затем протянула обе руки Кобурну:

— Иди поцелую!

Все это время Ли вел себя, как часовой на карауле, и явно проявлял нетерпение по поводу затянувшейся сцены прощания. И вот теперь он вздрогнут от неожиданности и вопросительно посмотрел на Эмили.

— Давай поцелуемся! — повторила она.

После долгой паузы Кобурн наклонился к Эмили, которая обвила руками его шею и поцеловала в щеку.

— До свиданья, Кобурн!

— До свидания. — Он встал, быстро отвернулся и направился к пикапу.

— Поторапливайся, — бросил он через плечо Хонор.

Эмили залезла на заднее сиденье «Мини-Купера». Хонор была недовольна тем, что ей придется ехать без детского кресла, но Тори обещала вести машину очень осторожно, пока они не найдут где остановиться, чтобы это самое кресло купить.

Настала пора прощаться. Тори озабоченно огляде́ла подругу и спросила:

— Ты уверена, что поступаешь правильно?

— Вовсе нет. Но все равно я должна это сделать.

Тори печально улыбнулась:

— У тебя всегда был характер герлскаута.

Она крепко обняла Хонор:

— Не стану даже притворяться, что понимаю происходящее. Но даже моих мозгов хватает, чтобы понять, что ты доверила мне жизнь Эмили. Я умру, прежде чем позволю, чтобы с ней случилось что-то плохое.

— Я знаю, Тори. Спасибо тебе за это.

Подруги обменялись взглядами, говорившими лучше всяких слов об огромном взаимном доверии, и Тори села за руль. Когда Хонор закрывала за ней дверцу, она произнесла через открытое окно:

— Мне наплевать, кто или что этот самый Кобурн, но я надеюсь, что тебя уложат наконец в постель.

30

Клинт Гамильтон уже минут десять разговаривал по телефону с Томом ван Алленом, который докладывал ему в подробностях об утренних событиях. Делал он это с явной неохотой, смущенным и извиняющимся тоном, и это не удивило Гамильтона, потому что смысл отчета сводился к тому, что Ли Кобурн снова обвел всех вокруг пальца и ускользнул от представителей власти.

Когда ван Аллен закончил, Гамильтон рассеянно поблагодарил его. И наступила долгая пауза, во время которой он анализировал и обобщал полученную только что информацию.

— Следы борьбы на катере? — спросил он наконец.

— Я пошлю вам по электронной почте кое-какие фотографии. Наш агент снял катер и снаружи, и внутри. Сами увидите — катер в чудовищном беспорядке. Но если вы о том, не было ли обнаружено внутри следов свежей крови, — нет, не было.

— Кобурн оставил там телефон, и он был включен?

— Мы с помощником шерифа Кроуфордом сошлись на том, что Кобурн, скорее всего, сделал это специально.

— Чтобы привлечь всеобщее внимание к катеру, в то время как он движется в противоположном направлении?

— Да, сэр.

Гамильтон нисколько не сомневался, что именно таким и было намерение Кобурна.

— Следы ног? Говорят ли они о том, что миссис Джиллет вытаскивали с катера насильно?

— Нет, сэр. Помощник Кроуфорд уже высказал предположение, что эта женщина не является заложницей, как мы думали вначале.

— Я чувствую, есть еще дополнительная информация?

— Нет никаких признаков того, что она пыталась убежать от Кобурна.

— Как она могла пытаться убежать, рискуя жизнью своего ребенка?

— Да, согласен. Но Кроуфорд указал на то, что у миссис Джиллет явно был доступ к своему мобильному телефону, а она не использовала его, чтобы обратиться с просьбой о помощи.

Все сказанное Томом придавало еще больше правдоподобия информации, полученной от самой вдовы, когда Гамильтон разговаривал с ней по телефону. Презрев закон и порядок, повернувшись спиной к друзьям, которых она знала всю свою жизнь, и даже к свекру, который был для нее чем-то вроде личного цепного пса, Хонор Джиллет объединилась с Ли Кобурном.

— Что насчет следов шин?

— Следы ног привели к следам автомобиля в паре сотен ярдов от катера. С шин уже сняли отпечатки. Это типовая модификация, которой оснащали некоторые «Форды» две тысячи шестого и две тысячи седьмого года выпуска.

— Боже правый! Поиск сужается всего до каких-то нескольких тысяч машин в одной только Луизиане.

— Да, сэр, это огромное количество автомобилей.

— Уверен, что местные уже проверяют информацию об украденных «Фордах».

— Пока никто не заявлял.

Ничего удивительного. Кобурн наверняка выбирал машину с умом.

— Полиция штата распорядилась, чтобы на дорогах останавливали и проверяли все фургоны тех лет выпуска, — говорил в трубке ван Аллен. — А тем временем мистер Джиллет очень озабочен судьбой своей невестки и внучки. Он приехал сюда прямо с катера и...

— Объясни мне, что он там делал, когда приехали полицейские.

Ван Аллен поделился мнением Кроуфорда о том, что у Дорала Хокинса и Стэна Джиллета есть информатор прямо в полицейском управлении Тамбура.

— Кроуфорд считает, что у них есть свои люди и в конторе шерифа, и в суде. Везде.

— Система старых приятелей, — заметил Гамильтон.

— Да, сэр.

Ван Аллен продолжал описывать состояние Стэна Джиллета.

— Он взбесился, услышав предположение Кроуфорда, что его невестка могла «спутаться» — это его выражение — с Кобурном. И у нас тут закатил сцену. Настаивал на личной встрече со мной, а меня обругал за то, что я «не поставил на место этого выскочку — помощника шерифа». Сказал, что я халатно отношусь к своим обязанностям и что, если убьют его родственниц, их кровь будет на мне. Впрочем, это, — со вздохом произнес Том, — я знаю и без его криков.

Поколебавшись еще несколько секунд, Гамильтон сказал:

— Том, миссис Джиллет и ее дочка действительно в опасности, но исходит она не от Кобурна. Кобурн — наш агент под прикрытием.

После недолгой паузы Том сказал:

— Кроуфорд прямо спросил меня, так ли это. Я ответил отрицательно.

— А почему ему пришла в голову такая мысль?

— Ходят слухи.

Это вызывало тревогу. Такой слух мог зародиться только в офисе Тома ван Аллена в связи со сбором информации, предпринятым вчера самим Гамильтоном. Видимо, его вопросы были не так хорошо замаскированы, как ему казалось. Отложив эти мысли в сторону на какое-то время, Гамильтон выдал Тому информацию по Кобурну:

— Я завербовал его прямо из десанта и тренировал лично. Он один из лучших агентов под прикрытием во всем бюро. Всегда копал глубоко, но еще никогда — так глубоко, как с компанией Сэма Марсета. Он забрал из дома миссис Джиллет и ее дочь, чтобы защитить их. Я говорил с ней вчера по телефону. Кобурн не сделал ничего плохого ни ей, ни ребенку. И не сделает. На этот счет ты можешь больше не беспокоиться, — после паузы Гамильтон продолжал: — А вот о чем надо беспокоиться, так это об утечке информации из твоего офиса.

На этот раз ван Аллен молчал довольно долго, но Гамильтон чувствовал, как все кипит у его собеседника внутри. Когда Том наконец заговорил, голос его дрожал от гнева:

— Почему вы сознательно ввели меня в заблуждение по поводу Кобурна?

— Потому что его миссия была сверхсекретной. Прежде чем сказать, кто он, я должен был понять, как его воспринимают.

— Вы выставили меня дураком.

— Нет, я...

— А как еще назвать такие чудовищные манипуляции?

— Тактикой, Том, — Гамильтон тоже повысил голос. — У вас там творится какое-то дерьмо. А от коррупции никто не застрахован.

— Дерьмовый ответ.

— Что делать, у нас дерьмовая работа. Чтобы делать ее хорошо, нельзя доверять никому.

— Если вы не доверяли мне, то почему назначили меня на эту работу? Или именно поэтому? Потому что не доверяли?

— Я назначил тебя, потому что ты был — и остаешься — лучшим кандидатом на эту должность.

Ван Аллен горько рассмеялся.

— Что ж, может быть, моя должность позволяет мне поинтересоваться, зачем Ли Кобурна внедрили в компанию Сэма Марсета?

— Эта линия безопасна в плане прослушки?

— А такие линии бывают?

— Хорошее замечание, — довольно холодно произнес Гамильтон.

— Здание перерыли на предмет «жучков» сегодня утром. Все безопасно, насколько это вообще возможно. Так с какой же миссией был послан Кобурн?

Гамильтон посвятил Тома в детали секретной операции.

— Сначала его внедрили, чтобы выявить игроков этого рынка. Но он накопал больше, чем рассчитывал.

— Бухгалтера.

— Да, Бухгалтера. Кобурн говорит, что почти раскопал, кто скрывается за этой кличкой.

— Тогда почему ты не организовал его связь со мной, чтобы он мог передать информацию?

— Я пытался, — признался Гамильтон. — Но Ли не хочет.

— Почему?

— Он хочет завершить то, что начал.

— Как благородно! — с сарказмом произнес Том, — но правда в том, что он не доверяет своему бюро. И своим коллегам-агентам.

Гамильтон промолчал в ответ. Некоторые заявления не нуждались в разъяснениях.

— Но какое отношение имеет ко всему этому миссис Джиллет?

— Сама по себе — никакого. Но, возможно, в деле замешан ее покойный муж. Кобурн думает, что Эдди Джиллет унес с собой в могилу секреты, касающиеся личности Бухгалтера.

— Это объясняет, почему Стэн Джиллет кричит о ложных обвинениях против его покойного сына.

— Можешь включить это в список причин, по которым Стэн Джиллет ненавидит Кобурна. И есть еще Дорал Хокинс, мечтающий отомстить за смерть брата. Круг мишени на спине Кобурна становится с каждой минутой все больше и больше.

— И это объясняет его нежелание выйти из-под прикрытия.

— Ситуация меняется стремительно и может взорваться в любой момент, — дойдя до главного, Гамильтон сделал паузу. — Именно поэтому мне надо, чтобы ты был в отличной форме, Том.

— Вы хотите, чтобы их доставил я?

— Хочу. Доставь мне их со всей информацией, которая имеется у них по поводу Бухгалтера. Мы должны завершить эту операцию.

— Понимаю, сэр.

— Одного понимания недостаточно, Том. Я хочу знать, что могу на тебя рассчитывать.

31

Кобурн забрался в пикап и положил обе руки на руль. Он изо всех сил старался не обращать внимания на мокрый след на своей щеке, оставленный поцелуем Эмили.

Больше всего ему хотелось стереть его, но, поступая так, Ли признался бы самому себе, что этот след существует и он его чувствует. Лучше не придавать этому вообще никакого значения. Но когда Кобурн смотрел, как «Мини-Купер» исчезает за углом, он вдруг понял, что ему будет не хватать лепета ребенка на заднем сиденье.

Когда Хонор присоединилась к нему, Ли сердито посмотрел на нее, выражая недовольство по поводу задержки, но ничего не сказал, потому что увидел, как она тщетно пытается сдержать слезы, а последнее, что ему нужно было сейчас, — это женские слезы и истерика.

Кобурн завел пикап, радуясь возможности смотаться наконец с этого так называемого секретного места встречи.

Когда они приблизились к шаткому деревянному мосту, Хонор сказала:

— Ты упомянул при Тори, что полицейские наверняка уже ищут этот пикап. Почему ты так решил?

Кобурн объяснил по поводу следов шин, которые они оставили неподалеку от лодки.

— Не может быть, чтобы копы это пропустили. И если шины устанавливались на заводе, они уже ищут автомобиль такой марки и модели.

— Это означает, что нас могут остановить?

— Да, мы рискуем, пока не добудем себе новые колеса.

— Планируешь украсть еще одну машину?

— Да.

— И где же?

— У той же семьи, которая любезно одолжила нам этот пикап.

Они ехали уже минут двадцать по проселочным дорогам, запутанным настолько, что даже местный житель рисковал здесь заблудиться. Но у Кобурна была фотографическая память на места, где он уже бывал, и безупречное чувство направления, так что он смог без труда найти дом, где взял вчера пикап.

До ближайших соседей было не меньше полумили. До дороги — около семидесяти ярдов. Дом был скрыт от глаз росшими вокруг соснами. Почтовый ящик на повороте был единственным признаком того, что дальше находится жилье. В ящике все еще было полно накопившейся почты.

Кобурн медленно направил пикап по подъездной дорожке, с облегчением отмечая про себя, что здесь ничего не изменилось за прошедшие восемнадцать часов. Хозяева не вернулись.

— А как ты попал сюда вчера? — поинтересовалась Хонор. — Как нашел этот дом?

— Просто ехал мимо в поисках машины, которую легко украсть. Заметил почтовый ящик. Проехал вперед. Оставил предыдущую машину в паре миль отсюда и вернулся пешком.

Кобурн припарковал пикап на его обычном месте и выключил мотор.

— Приятное место, — заметила Хонор.

— Согласен. Оно отлично подходит для моих целей.

Хонор задумчиво разглядывала закрытые ставни дома.

— Я была замужем за полицейским, давшим клятву охранять жизнь и имущество граждан. Ты никогда не чувствуешь себя виноватым, воруя чужие машины и вламываясь на чужую территорию?

— Нет.

Повернув голову, Хонор посмотрела на него со смешанным выражением отчаяния и разочарования. Это вдруг неожиданно огорчило Ли.

— Если ты так щепетильна в смысле кражи машин и проникновения в чужие владения, надо было отправляться со своей подругой. Но ради своего Эдди ты захотела пройти все до конца. А если хочешь пройти все до конца и остаться живой, пора научиться мыслить и действовать по-подлому.

— Как ты.

— Как я? Нет. Как плохие парни, которые перевозят молоденьких девчонок из города в город, чтобы сделать их сексуальными рабынями извращенцев. Вот это и есть настоящая подлость. И твой дорогой Эдди вполне мог быть частью всего этого.

Кобурн открыл дверцу фургона и вылез наружу. Он не смотрел, следует ли за ним Хонор. Его жестокие слова наверняка были для нее как удар под дых, но удар этот должен был отлично подействовать против припадков совестливости.

Кроме того, Ли был сыт по горло светлым образом святого Эдди. И кто знает — может быть, Эдди Джиллет действительно был замешан в торговле живым товаром.

Гараж находился ярдах в двадцати от дома. Приделанная снаружи лестница вела в расположенную над ним комнату. Но Кобурна интересовала только машина, которую он заметил вчера, заглянув через стекло в двери. Дверь была закрыта на старый засов и амбарный замок. Кобурн воспользовался ломиком из коробки с инструментами в пикапе и через несколько секунд уже поднимал дверь гаража.

Седану было не меньше десяти лет, но, несмотря на слой пыли, кузов был в хорошем состоянии, и шины не сдуты. Ключи болтались с замке зажигания. Кобурн забрался внутрь, надавил несколько раз на педаль газа, повернул ключ и задержал дыхание. Потребовалось несколько попыток, но в конце концов седан завелся. Датчик показывал, что топлива у них где-то около половины бака. Кобурн вывел машину из гаража ровно настолько, чтобы можно было закрыть дверь, затем остановился и вылез.

Он опустил дверь и навесил сломанный замок так, чтобы снаружи он казался целым. Затем посмотрел на молча стоявшую в стороне Хонор и кивнул на машину:

— Залезай.

— У него есть сигнализация?

— Да.

— Ты знаешь код?

— Да.

— Задний двор обнесен забором?

— Да.

— Мы сможем пробраться внутрь так, чтобы нас не увидели?

— Возможно. В заборе есть дверь, ведущая в гараж. Там кодовый замок. Но я знаю цифры. Через гараж можно пройти в кухню.

Они уже дважды проехали мимо дома Стэна Джиллета, но Кобурн хотел быть уверенным до конца, что не окажется в хитроумно расставленной ловушке. И все же у него не было выбора. Надо было идти на риск. Ему необходимо было попасть в дом.

В соответствии с характером Стэна Джиллета дом его, построенный в классическом акадийском стиле, был самым аккуратным на всей улице. Краска на стенах слепила глаза белизной. Ни травинки не пробивалось между плитами ограждения вдоль края участка и дорожки, ведущей к дому. На одной из четырех квадратных колонн, украшавших вход и подпиравших красную жестяную крышу, красовался американский флаг. Дом выглядел таким безукоризненным, словно его заказали уже собранным в последнем каталоге.

Кобурн проехал мимо входа и снова обогнул квартал.

— Стэна нет дома, — с нажимом произнесла Хонор. Она уже говорила это несколько раз.

— Как ты можешь знать наверняка?

— Потому что Стэн ставит машину в гараж только на ночь. Если бы он был дома, автомобиль стоял бы перед входом.

— Может быть, сегодня особый случай.

В двух кварталах от дома Джиллета был небольшой скверик с детской площадкой. На парковке рядом стояли две машины. Одна, очевидно, принадлежала молодой матери, снимавшей на видеокамеру свою дочку, висевшую вверх ногами на турнике, другая — подростку, кидавшему теннисные мячики о стенку.

Никто не обратил на них внимания, когда Кобурн припарковал машину рядом. Пока хозяева седана не вернутся домой, можно считать его относительно безопасным средством передвижения. Никто не будет его искать. В то же время рядом с детской площадкой машина не так будет бросаться в глаза, как если оставить ее на соседней с домом Стэна улице, где она может вызвать любопытство соседей.

Кобурн посмотрел на Хонор, которая — он это чувствовал — все еще сердилась на него за гадость, которую Ли сказал о ее покойном муже.

— Готова?

Выражение ее лица ясно говорило «нет», но Хонор кивнула и вылезла из машины.

— Мы никуда не торопимся, — инструктировал ее Кобурн. — Просто парочка на прогулке. Хорошо? Если тебе не трудно, пожалуйста, улыбайся.

— И это говорит человек, который никогда не улыбается.

Они прошли рядом по периметру лужайки, не замеченные посетителями детской площадки.

Молодая мама смеялась и давала указания дочке, которая все еще висела вверх ногами, корча в камеру забавные рожицы.

Теннисист вставил в уши наушники от айпода и не замечал ничего, происходящего вокруг.

Кобурн направлял идущую рядом Хонор. Они миновали сквер, затем зашли в задний двор, к нему примыкавший.

Хонор нервно огляделась:

— А что, если хозяин дома выйдет и спросит, что мы тут делаем?

— Наша собака убежала, прежде чем мы успели надеть поводок. Что-то в этом роде. Но никто ничего не спросит.

— Почему?

— Потому что, если они нас увидят, то, скорее всего, опознают и немедленно позвонят в полицию. Я ведь вооружен и очень опасен — помнишь?

— Ну хорошо. А что будем делать, если услышим сирены приближающихся полицейских машин?

— Я — бежать со всех ног.

— А я?

— А ты бросайся на землю, плачь и благодари их за то, что спасли тебя от меня.

Но ничего такого не потребовалось, потому что никто их не заметил. Они спокойно дошли до задней части дома Стэна. Хонор подняла крышку запирающего устройства и набрала код. Кобурн подождал, пока раздастся металлический щелчок, потом надавил на ручку и открыл дверь.

Они проскользнули в гараж и захлопнули за собой дверь. Свет, проникавший через три высоких окна, позволил разглядеть дорогу в кухню. Хонор вошла внутрь и отключила сигнализацию. Предупреждающий сигнал замолчал.

Но когда она захотела пройти дальше, Кобурн вдруг положил руку ей на плечо и покачал головой. Ему не нравилась та легкость, с которой они проникли в дом. Поэтому он остался на пороге, весь напряженный и готовый дать отпор.

Тишина бывает разная. Его научили отличать одну от другой. Шестьдесят долгих секунд Кобурн прислушивался, пока наконец не решил, что дом действительно пуст. Тогда он снял руку с плеча Хонор.

— Думаю, все в порядке.

Большинство операционных не могли похвастаться такой стерильностью, как кухня Стэна Джиллета. Кобурн подумал, что эта стерильность отражает характер хозяина. Все холодное, обезличенное, неприветливое, ни одной зоны, при взгляде на которую отозвались бы эмоции.

И это, вдруг осознал Кобурн, роднило двух бывших десантников, так как совпадало с точным описанием самого Ли.

Прогнав от себя эти мысли, он спросил Хонор, где хранятся вещи Эдди.

— По всему дому. Откуда ты хотел бы начать?

Хонор отвела Кобурна в комнату, служившую спальней Эдди, когда он рос в этом доме.

— Здесь ничего не изменилось с тех пор, как я попала сюда впервые. Эдди привез меня познакомиться со Стэном. Я ужасно нервничала.

Кобурну было на это наплевать, и его равнодушие, должно быть, было заметно, потому что Хонор прекратила путешествие на волнах памяти и встала в центре комнаты, неловко сложив перед собой руки.

— Что такое? — спросил Ли.

— Так странно быть в этом доме, в этой комнате...

— Без Эдди?

— Я хотела сказать «с тобой».

Сразу несколько ответов пришло Кобурну в голову, но все они были либо грубы, либо неприемлемы по другим причинам. У них не было времени на препирательства, к которым непременно привел бы его комментарий.

Поэтому, оставив слова при себе, он указал на бюро:

— Очисти ящики. А я начну со шкафа.

Кобурн разбирался со шкафом так же тщательно, как и с мебелью в доме Хонор. Казалось, Стэн Джиллет не стал освобождаться ни от чего, принадлежавшего его сыну. Борясь с желанием разгромить здесь все, Кобурн старался не пропустить ни одного предмета, тщательно не осмотрев его.

Решив, что полицейская форма была бы логичным местом, где можно спрятать важную улику, Кобурн осмотрел каждый шов, подкладку, карманы, проверяя, не зашито ли что-нибудь внутрь. Но не нашел ничего, кроме ватных прокладок.

Когда через час они все еще ничего не нашли, Кобурн вдруг остро ощутил, как мало у них времени.

— Джиллета обычно не бывает дома днем? — спросил он.

— Он занимается разными делами, но за его графиком я никогда не следила.

— Думаешь, он сейчас поехал по одному из таких дел?

— Нет. Я думаю, он ищет нас с Эмили.

— Я того же мнения.

Прошел еще час. Беспокойство и отчаяние Кобурна нарастали. Время словно утекало сквозь пальцы. Он посмотрел на Хонор, собираясь спросить у нее что-то еще о расписании ее свекра, но вопрос застыл у него на губах.

Хонор сидела на двуспальной кровати и разбирала коробку с памятными вещами, среди которых попадались в основном медали и ленты, выигранные Эдди на разных спортивных соревнованиях в школьные годы. Хонор молча плакала.

— Что случилось?

Она подняла голову.

— Что случилось?! Что случилось, Кобурн? Вот что случилось! Все это! — Она бросила медаль, которую держала в руке, и оттолкнула коробку от себя с такой силой, что она упала с края кровати и приземлилась кверху дном на пол. — Я чувствую себя осквернительницей могил.

И что он должен был ей сказать? «Извини, ты права, давай уйдем отсюда»? Но ведь ничего такого он говорить не собирался. Поэтому Кобурн промолчал. Несколько секунд они просто смотрели друг на друга.

Наконец Хонор издала какой-то невнятный звук и вытерла слезы со щек.

— Не обращай внимания. Не думаю, чтобы ты понимал такие вещи.

Она была права. Кобурн не понимал, что ее так расстроило. Потому что ему-то действительно довелось однажды ограбить могилу. Когда поиски выживших в стертой с лица земли деревне, где не пощадили даже скот, не увенчались успехом, он спустился в яму, где лежали одно на другом несколько тел.

И рылся там среди гниющих трупов младенцев, голых старух, сильных мужчин и беременных женщин в поисках улик, которые позволили бы понять, какое именно из враждующих племен ответственно за массовое убийство. Он получил приказ это выяснить. Не то что бы ответ был так уж важен, поскольку виновное племя все равно скоро стерли бы с лица земли с не меньшей жестокостью.

Он не смог собрать разведданные. Все, что ему удалось найти, это флягу с водой, чудом уцелевшую, когда по яме выпустили очередь из автомата. Поскольку его собственная фляга уже почти опустела. Кобурн снял ремень от фляги с плеча мертвого человека, совсем еще мальчика, лет двенадцати-тринадцати по виду, и, перекинув его через плечо, выбрался из этой братской могилы.

Это было гораздо хуже, чем сейчас. Но Хонор не надо об этом знать.

— Где комната Стэна?

Два часа спустя дом Стэна Джиллета выглядел примерно так же, как дом Хонор после обыска Кобурна. И результат был точно такой же — никакой.

Ли подумал, что, возможно, какая-нибудь компрометирующая информация содержится в компьютере Стэна. Но для входа в него не требовалось даже пароля. Порывшись в файлах, Кобурн не обнаружил практически ничего, кроме писем редакторам либо в поддержку, либо в осуждение газетных статей.

В электронной почте была в основном переписка с бывшими десантниками по поводу прошедших или предстоящих встреч однополчан. Еще среди писем обнаружилось описание хода лечения рака простаты одного армейского друга и сообщение о смерти другого.

И веб-сайты, которые посещал Стэн, были на тему службы в вооруженных силах, работы ветеранских организаций. Были сайты с новостями. Разумеется, никакой порнографии и ничего, относящегося к перевозке запрещенных веществ.

Надежда обнаружить в пещере сокровище разбилась вдребезги.

Единственным местом, которое они еще не обыскали, оставался гараж. Кобурн никогда не жил в доме с гаражом, но знал, как он должен выглядеть внутри. Гараж в доме Стэна был вполне типичным, кроме одной отличительной черты: здесь царил потрясающий порядок.

В отдельном отсеке лежала на специальном прицепе для перевозки складная лодка. Снаряжение для охоты и рыбалки было разложено так красиво, что выглядело, как на витрине магазина. Вдоль верстака безукоризненно ровными рядами стояли тщательно рассортированные баночки с краской. Инструменты висели на специальном перфорированном щите, вделанном в стену. На подиуме из кирпичей возвышались газонокосилка и фрезерный станок.

— Вот дерьмо! — выругался себе под нос Кобурн.

— Что такое?

— Надо несколько дней, чтобы обследовать все это.

Он кивнул на небольшой чердак под самым потолком в одном из углов:

— Что там?

— В основном спортивное снаряжение Эдди.

Лестница была вделана в стену. Кобурн забрался по ней и вошел на чердак.

— Дай нож, — потребовал он.

Хонор передала ему один из лежащих на верстаке ножей. Кобурн использовал его, чтобы разрезать упаковочную пленку на большой коробке. Внутри обнаружились лук со стрелами, мячи для бейсбола, баскетбола, соккера и футбола.

— Берегись!

Один за другим он пошвырял мячи вниз. Шар для боулинга оказался на дне коробки. В выемках для пальцев ничего не было. Кобурн открыл вторую коробку, где обнаружилась форма для каждого вида спорта, бейсбольная перчатка, футбольный шлем, накладки на плечи. Кобурн обыскал их все. И тоже ничего не нашел.

Когда он спустился вниз, Хонор держала в руках футбольный мяч, вертя его туда-сюда. Проведя по нему пальцем, она нежно улыбнулась и сказала:

— Эдди был ведущим игроком в школьной команде. Вбрасывал мяч. В выпускном классе они вышли на районные соревнования. Именно тогда мы стали встречаться. В том же сезоне. Он оказался маловат ростом, чтобы играть в футбол за колледж, но игру по-прежнему обожал и готов был перекидываться пассами до бесконечности, как только находился кто-нибудь, готовый эти пассы принимать.

Кобурн протянул руку. Хонор отдала ему мяч, и он всадил в него лезвие ножа.

Хонор вскрикнула и рефлекторно протянула руки, чтобы забрать мяч обратно, но Кобурн, не обращая внимания, расширил разрез, а затем потряс мяч дырой вниз, чтобы то, что находилось внутри, могло выпасть наружу. Но ничего не выпало. Кобурн отбросил сдувшийся мяч на верстак.

Когда он повернулся обратно, Хонор ударила его. Изо всех сил.

— Ты — ужасный человек, — сказала она. — Самый хладнокровный и бессердечный, самое жестокое чудовище, которое только можно себе представить, — она едва подавила рыдания. — Я ненавижу тебя. Ненавижу!

Кобурн и сам ненавидел себя в этот момент. Он был очень зол, но не понимал почему. Он вел себя, как полный придурок — и тоже не понимал почему. Ли не мог объяснить свое желание все время поднапивать и злить Хонор, но и остановиться он тоже не мог.

Кобурн сделал шаг в сторону Хонор с самым угрожающим видом.

— Так я не нравлюсь тебе?

— Я тебя презираю!

— Правда?

— Да!

— Именно поэтому ты вчера ночью чуть не проглотила мой язык?

Секунд пять Хонор стояла неподвижно, прислушиваясь к ощущениям, кипевшим внутри, затем резко отвернулась. Но прежде чем она успела выйти из гаража, Кобурн сделал шаг вперед и развернул ее к себе.

— Вот отчего ты на самом деле злишься, не так ли? Потому что мы целовались! — Приблизив свое лицо к лицу Хонор, он прошептал: — И тебе это понравилось.

— Мне было отвратительно!

А вот в это Кобурн не верил. Не хотел верить. Но он заставил себя сделать вид, что ему совершенно все равно, понравился ли Хонор их поцелуй. Он отпустил ее руку и сделал шаг в сторону.

— Не обманывай себя на этот счет. Человек — животное. А животным свойственно спариваться. А еще они чихают, кашляют и испражняются. И все это верно и про нас, как и тот поцелуй. Так что расслабься. Ты не обманула своего покойного мужа.

Хонор попыталась издать какой-то протестующий звук, но прежде чем она успела ответить что-то более вразумительное, Кобурн вынул свой сотовый и включил его. Гамильтон уже должен знать о сигнале с катера для ловли креветок. И Ли было интересно, что из всего этого вышло.

Он набрал номер. Гамильтон ответил немедленно:

— Кобурн?

— Угадал.

— Ты очередной раз надул всех сегодня утром.

— Проскочил на миллиметр.

— Что ж, миллиметра хватило. И где ты теперь?

— Попробуй снова.

— Я договорился с Томом ван Алленом, чтобы вы с миссис Джиллет встретились с ним и вышли на легальное положение. Он надежен как Гибралтар. Вам ничего не угрожает. Даю тебе слово.

Кобурн смотрел прямо в глаза Хонор. Щеку все еще жгло в том месте, куда она его ударила. И в том, на котором несколько часов назад запечатлела свой влажный поцелуй ее дочь. Кобурн не привык иметь дело с людьми, которые так активно проявляли свои эмоции. А у этих женщин семейства Джиллетов эмоции просто хлестали через край. Неудивительно, что он чувствует себя не в своей тарелке.

— Кобурн? — Гамильтон уже в третий раз повторял его имя.

— Я перезвоню, — сказал он, отключаясь.

32

— Он лгал тебе.

Том ван Аллен неопределенно пожал плечом. Это можно было истолковать и как подтверждение сказанного, и как знак полного безразличия.

— Не напрямую.

— Он намеренно вводил тебя в заблуждение, — не унималась Дженис. — Как еще это называть?

Да, это можно было назвать только ложью. Но Тому не хотелось пользоваться этим словом, объясняя Дженис, как Гамильтон манипулировал им. И как он ненавидел себя за это. Признавшись, как легко его оказалось провести, он еще ниже упал бы в глазах собственной жены.

Том пришел домой, чтобы помочь Дженис с Ленни, который всю ночь не давал им спать своими стонами. Это был хорошо знакомый обоим тревожный сигнал. Жалобные стоны были единственным доступным их ребенку способом дать понять, что что-то не так. Но что же? Болит горло? Ухо? Мышечный спазм? Головная боль? Температуры у мальчика не было. На предмет пролежней они проверяли его ежедневно. Они не знали, от чего страдает их сын, и поэтому не могли облегчить его страдания. И им было очень мучительно это сознавать.

Может быть, Ленни просто было страшно, а их присутствие у его постели успокаивало, потому что в конце концов мальчик заснул. Да, ночь выдалась тяжелая. Это и еще кризис на работе Тома привели к тому, что и Том, и Дженис чувствовали себя сегодня разбитыми.

Обработав Ленни, Том отклонил предложение жены приготовить ему ланч. Вместо этого он предпочел рассказать ей о вероломном поведении Гамильтона прямо в семейной гостиной. Том заметил, что включен компьютер. Когда он спросил об этом Дженис, та ответила, что все утро бродила по сайтам лучших заведений по постоянному уходу за инвалидами детства в округе.

Том расценил это как безусловный шаг вперед. Своего рода. Это мог оказаться шаг вперед, ведущий к концу. Том был почти что рад неприятностям на работе, отвлекавшим его от кризиса в семейных отношениях.

— Откуда тебе знать, что теперь он говорит правду? — не унималась Дженис.

— Про то, что Кобурн — федеральный агент?

— Этот человек похож на федерального агента не больше, чем...

— Не больше, чем я.

Обескураженное выражение лица Дженис снова давало понять, что Том правильно угадал ход ее мыслей. Она попыталась увильнуть:

— Я хотела сказать, что Кобурн похож на человека, слетевшего с катушек. Он убил восьмерых, включая Фреда Хокинса.

— Гамильтон утверждает, что Кобурн не убивал тех людей на складе.

— Кто же тогда это сделал?

— Он не сказал.

— А он знает?

Том пожал плечами.

Дженис с шумом выдохнула воздух, с трудом подавляя раздражение.

— Так он по-прежнему играет с тобой в интеллектуальные игры!

— У него паранойя.

Гамильтон в недвусмысленных выражениях обвинил офис Тома в том, что он весь пронизан дырами, через которые утекает секретная информация. Помощник Кроуфорд тоже жаловался на утечку информации из различных правоохранительных структур.

— У всех сейчас паранойя. И не без причины.

— Но почему Кобурн не обратился к тебе за помощью, когда ситуация вышла из-под контроля? Почему он убежал с места убийства? Перевернул дом Хонор Джиллет и сделал все, чтобы выглядеть как преступник?

— Хотел сохранить подольше свою легенду. Гамильтон — его единственный связной. Гамильтон внедрил его в компанию Сэма Марсета, и никто ничего об этом не знал. Я не был рекомендован Кобурну даже в качестве контакта на случай провала.

— До сегодняшнего дня, — Дженис даже не старалась скрыть свою злость. — А теперь, когда вундеркинд личного производства Гамильтона оказался прижат к стенке, он сваливает на тебя задачку, как его вытащить. Ты знаешь, что это означает, не так ли? Это означает, что, когда что-нибудь случится, все можно будет свалить на тебя. А не на Клинта Гамильтона, который спокойно сидит в своем уютном кабинете в Вашингтоне.

Дженис, конечно, была права, но Тому было чудовищно неприятно выслушивать нелестную для него правду именно от собственной жены.

— Всего этого может и не произойти, — ворчливо возразил он.

— Что ты имеешь в виду?

— Во-первых, Гамильтону нужно еще связаться с Кобурном, который всячески избегает лишних контактов. Затем он должен убедить его довериться моему покровительству, а это будет нелегко.

— Но почему он не хочет оказаться в безопасности, под защитой?

— Он не доверяет ни мне, ни бюро. Не верит, что мы способны обеспечить ему эту самую защиту и безопасность. Если бы верил, то позвонил бы мне в первую очередь, как ты и сказала. Честно говоря, в его ситуации надо быть сумасшедшим, чтобы забыть об осторожности. Если Марсет был настолько коррумпирован, как он утверждает, то одному богу известно, какие улики накопал Кобурн. Всякому, кто вел незаконные дела с Марсетом, теперь захочется убрать Кобурна. И еще мотив личной мести. Мне сказали, что Дорал Хокинс жаждет его крови. Образ мыслей этого бдительного гражданина тоже заставляет Гамильтона беспокоиться.

— Он хочет видеть Кобурна живым.

— Ему нужны улики, которые добыл Кобурн, — Том посмотрел на часы и протянул руку за пиджаком. — Мне надо возвращаться. Я должен быть на месте и готов ко всему, что может произойти.

Когда Том проходил мимо Дженис, она вдруг остановила его, взяв за руку.

— А если он этого не сделает?

— Не сделает чего?

— Если Кобурн не захочет выйти из-под прикрытия?

— Для меня это статус-кво. Нет шанса стать героем. Но и нет возможности испортить все к чертовой матери.

— Не говори о себе так, Том. — Дженис встала и сжала ладонями его плечи. — И даже не думай так. Все это дает тебе отличную возможность проявить характер.

Ее уверенность в нем была явно не по адресу, но Том был благодарен Дженис за верность.

— И я достаточно разозлился, чтобы использовать эту возможность.

— Отлично! Покажи Гамильтону, на что ты способен. И Кобурну. И вообще всем.

— Я постараюсь.

— Что бы ты ни делал, будь осторожен.

— Буду.

— Может быть, этот человек и агент **ФБР**, но он все равно опасен.

— Обещаю тебе, что буду осторожен.

Прежде чем уйти, Том зашел в комнату к Ленни. Глаза мальчика были открыты, но он лежал неподвижно, глядя в пространство, и Тому почти захотелось, чтобы он пришел в возбуждение, как прошлой ночью. По крайней мере, это демонстрировало, что его сын хоть что-то чувствовал, что он был хоть отчасти таким же человеком, как и его отец. Любая связь была лучше, чем вообще никакой.

— Я сделаю для тебя все, Ленни, — прошептал он. — Все. Надеюсь, что... что на каком-то уровне ты знаешь это.

Том коснулся волос сына и наклонился, чтобы поцеловать его в лоб.

Он почти дошел до входной двери, когда понял, что оставил в семейной гостиной ключи от машины. Том вернулся и был уже готов войти внутрь, как вдруг остановился, словно вкопанный.

Дженис успела вернуться на свое место на диване. В руке у нее был сотовый телефон. Пальцы отчаянно барабанили по сенсорному экрану. Не прошло и минуты, как жена думать забыла о его проблемах, погрузившись в свой собственный мир. В мир, в котором Тому не было места.

Он вспомнил, как пару дней назад — или это было вчера? — уже застал ее точно так же погруженной в происходящее на экране телефона.

— Дженис?

Она подпрыгнула.

— О боже, Том! Я думала, ты ушел.

— Это очевидно. — Он положил портфель на стол и подошел к жене вплотную.

— Ты что-то забыл?

Голос Дженис был неожиданно высоким, а улыбка — неестественно жизнерадостной.

Том кивнул на телефон в ее руке:

— Что ты делаешь?

— Играю в слова.

— Дай мне посмотреть, — он протянул руку.

— Что? Зачем?

— Дай мне посмотреть!

— Тебя интересует моя игра в слова? — Она задала этот вопрос с каким-то фальшивым смешком. — С каких это пор ты...

Том нагнулся и выхватил у нее телефон.

— Том? — Дженис была в шоке. — Том! — Она требовательным жестом протянула руку ладонью вперед, ожидая, что он немедленно вернет телефон.

Когда он не сделал этого, когда он отвел руку с телефоном так, чтобы Дженис не могла до него достать, и прочитал сообщение на экране, она произнесла его имя в третий раз — с жалобным, виноватым стоном.

— Я звоню предупредить: будь готов быстро тронуться с места.

Диего ответил саркастическим смешком.

— Что? И пропустить самое интересное?

Перед рассветом он уже был рядом с усадьбой в Гарден-Дистрикт и последовал за Боннелом Уоллесом, когда тот выехал из ворот. Вот уже несколько часов он наблюдал за машиной банкира, которая с семи тридцати пяти стояла на стоянке для работников возле здания банка.

Смотреть, как отражается садящееся солнце в глянцевой краске кузова, было чертовски скучно.

Помимо того, что Диего было скучно, он страдал от длительного бездействия. Он привык быть в движении, подобно акуле, невидимкой скользящей под поверхностью воды и наносящей решительный удар, а потом спокойно продолжающей свой путь. Движение. Он любил быть в движении, а не сидеть как истукан.

Больше всего Диего возмущало, что, после того как у него помахали перед носом морковкой в виде Ли Кобурна, Бухгалтеру пришло в голову дать ему глупое скучное задание, с которым справился бы любой идиот. Диего подумал о множестве дел, которые доставили бы ему куда большее удовольствие. И не на последнем месте в его списке было просто побыть дома с Изабель.

Дома. Именно так думал он теперь о своем подземном бункере.

Задание Бухгалтера отвлекало его от самого приятного в этой жизни.

— Я слышу в твоем тоне недовольство, Диего.

Он угрюмо промолчал в ответ.

— У меня были причины послать тебя следить за Уоллесом.

Что ж, Диего не удалось разгадать эти самые причины. Да и не очень-то они его волновали. Но звонок Бухгалтера означал возможность новой, куда более захватывающей и денежной работы. И Диего не хотелось упустить шанс.

— Сегодня день, когда я получу Кобурна?

— Кобурн — агент ФБР под прикрытием.

Сердце Диего екнуло — не от беспокойства или страха, но от радостного возбуждения. Завалить агента ФБР — да это покруче колес, чувак!

— Ты знаешь, что это означает, Диего?

— Это означает, что он — лакомый кусочек.

— Это означает, — в голосе Бухгалтера звучало раздражение, — что ты должен двигаться с максимальной осторожностью. Но при этом очень быстро. Когда я дам команду, у тебя будет очень мало времени.

— Так дайте мне время! Скажите сейчас, где и когда.

— Подробности потом. Ты узнаешь то, что я хочу тебе сообщить, когда будет пора это сообщить.

Диего перевел это для себя так, что Бухгалтеру пока что ничего не известно. Он улыбнулся, представив себе, как это должно раздражать Бухгалтера. Но Диего не был дураком, и он хотел эту новую работу. Поэтому он заговорил с наигранным унижением:

— Я буду к вашим услугам, когда понадоблюсь.

Последнее слово обычно оставалось за Бухгалтером. И этот раз не был исключением.

— Полиция Нового Орлеана все еще не нашла тело той проститутки.

— Я же говорил вам, они его не обнаружат.

— Это порождает вопрос, Диего.

— Какой же?

— Как ты можешь быть уверен в этом до такой степени?

Телефон замолчал.

33

Кобурн и Хонор вернулись на стоянку при детской площадке без всяких приключений.

Мама с ребенком успели уйти. Теннисист решил сделать перерыв в своих занятиях и теперь лежал на траве, делая что-то со своим мобильным телефоном. Он не заметил парочку, которая, усевшись в краденый автомобиль, уехала прочь.

И только после того, как они отъехали от стоянки, Хонор спросила Кобурна о его разговоре с Гамильтоном.

— Что он сказал?

— Он хочет, чтобы мы отдались на милость Тома ван Аллена. Дал слово, что тот надежен и мы будем в безопасности под его защитой.

— Ты ему веришь?

— Если ван Аллен так надежен, почему Гамильтон с самого начала не посвятил его в подробности моей операции? А теперь Гамильтон проникся к нему неожиданным доверием. Это пугает меня. Я должен встретиться с этим ван Алленом лицом к лицу, прежде чем я поверю в его надежность, и у меня будет не так много времени, чтобы решить, доверить ли ему наши жизни.

— А вторая часть программы? Его способность нас защитить?

— В этом я уверен еще меньше, — Кобурн повернул голову и посмотрел на Хонор. — Самое чудовищное, что вариантов остается не так уж много.

— Да уж. Остается только кромсать ни в чем не повинные футбольные мячи.

Кобурн проигнорировал реплику, но Хонор и не ожидала извинений.

— Дело в том, что я знаю, что прав, — он дерзко взглянул на Хонор, словно предлагая возразить.

— Ну, хорошо, допустим, у Эдди что-то было. Как долго ты можешь продолжать искать это в одиночку? Я имею в виду, — Хонор спешила продолжить, прежде чем Кобурн прервет ее, — учитывая все технологии, имеющиеся в распоряжении ФБР, если бы ты работал вместе с другими агентами, со вспомогательным персоналом, разве это не повышало бы шансы найти то, что спрятал Эдди?

— Рассказать тебе о моем опыте работы со вспомогательным персоналом? Все идет кувырком, и приходится слишком много говорить. Даже хорошие агенты опутаны сетями бюрократических формальностей. Каждому федералу приходится заполнять кучу документов. В основном исполняя требования Министерства юстиции. Вот почему Гамильтон хотел, чтобы я работал один.

— И вот почему сейчас под угрозой находится только твоя жизнь.

Кобурн пожал плечами.

— Это — часть моей работы. — Вздернув подбородок, он вдруг добавил: — Моей работы — не твоей.

— Я здесь потому, что сама так захотела.

— Ты сделала неправильный выбор.

Они подъезжали к окрестностям городка, где располагались то в одном, то в другом месте кучки домов. Но не было сбалансированных микрорайонов, как в том городе, который они покинули. Печально выглядящие стрип-клубы и одинокие торговые точки были либо в чудовищном состоянии, либо закрыты до лучших времен после урагана «Катрина», да так и не открыты, снова став жертвами экономического кризиса, на этот раз в результате разлития нефти «Би-Пи».

Кобурн остановил машину на стоянке стрип-клуба, при котором были магазинчик самообслуживания, парикмахерская и небольшой винный магазинчик. Где предлагалось также отведать домашней свиной колбасы, но на всех окнах красовались антивандальные ставни.

Кобурн заглушил мотор, затем, просунув локоть в полуоткрытое окно, закрыл ладонью нижнюю часть лица. Он выглядел как человек, глубоко погруженный в свои мысли. Но глаза его все время находились в движении.

Кобурн внимательно наблюдал за всеми. Кто входил в расположенные здесь заведения и выходил из них. Рассматривал каждую машину, въезжавшую на стоянку.

Наконец он опустил руку и достал сотовый телефон.

— Я буду все делать быстро, хорошо?

Хонор кивнула.

— Что бы я ни сказал Гамильтону, ты подтвердишь.

Она кивнула, но уже с меньшей уверенностью.

— Ты должна доверять мне в этом, — его синие глаза впились в ее лицо.

Снова кивок головы.

— Что ж, хорошо. — Он набрал номер.

И услышал на другом конце резко звучащий голос Гамильтона:

— Надеюсь, ты звонишь, чтобы сообщить, что пришел в чувства.

— На заброшенном пути стоит старый поезд.

Он продиктовал Гамильтону координаты нужного места в окрестностях Тамбура. Хонор были знакомы эти места, но никогда не приходилось видеть там заброшенные пути и стоящий на них поезд.

— Только ван Аллен, — сказал Кобурн. — Это категорическое условие. Если почувствую, что кто-то дышит в спину, мы немедленно убираемся оттуда. Я пошлю к ван Аллену миссис Джиллет, но ее ребенок останется со мной, пока не станет ясно, что все...

— Кобурн, это...

— Будет только так.

Он отсоединился и выключил телефон.

Кода Стэн с помощью пульта дистанционного управления на противосолнечном козырьке автомобиля поднял дверь гаража, ему навстречу выкатился баскетбольный мяч Эдди.

Это могло означать только одно.

Он выключил двигатель и вышел из машины, одновременно вынимая нож из чехла на лодыжке. Он осторожно приблизился к входу в гараж, но тут же понял, что внутри никого нет.

Когда Стэн увидел на верстаке вспоротый футбольный мяч Эдди, его охватила холодная ярость. Он взвесил в руке нож, с удовольствием ощущая забытую тяжесть.

Затем тихо, но быстро двинулся к двери, ведущей в кухню. Повернул ручку и распахнул дверь. Предупреждающий сигнал охранной сигнализации не прозвучал. Никто не выпрыгнул и не набросился на Стэна. В доме царила тишина, полное беззвучие. Инстинкт подсказывал, что внутри никого нет. Все же Стэн не стал прятать нож. Обойдя все комнаты, он оценил масштабы катастрофы.

Кобурн.

Стэн решил для себя, что, когда столкнется с мерзавцем лицом к лицу, разорвет его на части с той же жестокостью, с какой Кобурн разнес его дом. Особенно комнату Эдди.

Стоя на пороге спальни, которая до сегодняшнего дня практически не претерпела никаких изменений с тех пор, как здесь жил в детстве Эдди, Стэн пытался определить, взяли ли отсюда что-нибудь. Но это невозможно было понять. Комната была осквернена, а это куда хуже кражи.

Такой тщательный обыск всех комнат должен был занять немало времени. Несколько часов. Почти невозможно для человека, работающего в одиночку.

Хонор!

При мысли об этом сердце Стэна болезненно сжалось. Неужели его невестка действительно соучастница этого мерзавца? Будучи вдовой Эдди, разве не должна она, как никто другой, хотеть сохранить его честное имя? Если не для собственного блага, то для блага Эмили? Но все улики указывали на то, что она помогала человеку, решившему запятнать честное имя Эдди.

Стэну было очень больно сознавать ее предательство. Прежде чем Хонор совершит фатальную ошибку, он должен добраться до нее, поговорить с ней.

Пока что он провел все утро впустую. Выставил себя идиотом в офисе ФБР, вопя на Тома ван Аллена, в котором он был уверен еще меньше, чем в помощнике шерифа Кроуфорде или тех ведомствах, которые оба представляли. Если он хочет найти и вернуть домой Хонор и Эмили, то должен сделать это сам.

Он побывал во всех местах, где могла, по его мнению, оказаться Хонор. Позвонил некоторым еще студенческим друзьям невестки, другим друзьям и знакомым. Но все было безуспешно. Даже священник в церкви, куда она ходила молиться, утверждал, что не получал вестей от Хонор, но молится денно и нощно за нее и за малышку Эмили. Стэн расставлял словесные ловушки для каждого, с кем разговаривал, и был уверен, что понял бы, если бы эти люди ему лгали.

Дорал, пославший человека наблюдать за домом Тори Шайрах, сообщил ему, что за весь день она вышла только взять газету на рассвете. И машина ее так и стоит у дома.

Но интуиция Стэна подсказывала ему совсем другое. Он помнил место за городом, которое однажды показал ему Эдди. Место, которое Хонор ошибочно считала своим секретом, не известным больше никому. Эдди поведал отцу не без досады, что однажды проследил за Хонор от дома поздним вечером, когда после короткого телефонного разговора она вдруг быстро покинула дом под каким-то наспех состряпанным и явно фальшивым предлогом.

Но ее странная поездка оказалась не более чем встречей с Тори Шайрах. Эдди со смехом рассказал, что их тайное свидание, наверное, было данью прошлому, когда обе еще учились в школе.

Видимо, решили продолжить традицию.

Когда Стэн говорил вчера с Тори, она казалась искренне ошарашенной и взволнованной так называемым похищением Хонор. Интересно, не дурила ли она ему голову. Или уже после этого Хонор прислала ей тревожный сигнал, который Тори решила скрыть от него и от властей.

Все эти мысли заставили Стэна вернуться в машину и поехать в направлении того самого места. За годы, прошедшие с тех пор, как он был здесь с Эдди, старый деревянный мост совсем расшатался. Зато живое дерево стало еще огромнее, а корни его казались еще более кривыми.

Стэн быстро заметил недавние следы шин, но не это привело его в волнение. Хонор и ее подруга вполне могли быть не единственными, кто облюбовал для себя это живописное место. Отлично подходит для подростков, ищущих, где бы припарковаться и начать целоваться. Или выкурить косяк. Или выпить какого-нибудь украденного в супермаркете пойла. А еще в этих местах часто разъезжают съемочные группы, ищущие натуру для съемок.

Стэн хотел уже было развернуться и продолжить свои поиски в другом месте, но когда он чисто машинально опустил глаза на землю, у него перехватило дыхание.

На засохшей грязи под дубом Стэн увидел буквы — неровные, разного размера, но четко различимые:

«Эмили».

На обратном пути Стэн позвонил Доралу:

— Твоему парню надо дать пинка под зад. Тори Шайрах нет внутри дома. Она с Хонор и Эмили.

Они договорились встретиться у Стэна и обсудить, как им выследить эту мерзавку Тори Шайрах. Оба верили, что, если объединят усилия, то сумеют вытащить из Тори, где находится Хонор.

Услышав, что подъехала машина, Стэн вернулся в гараж. Дорал стоял, подперев руками бока и не сводя глаз с футбольного мяча.

— Сукин сын! — с жаром произнес он, обернувшись за звук шагов Стэна.

— Здесь еще ничего. А внутри все так же, как у Хонор.

Дорал тяжело вздохнул и угрюмо выругался.

— Есть какие-нибудь признаки того, что Хонор и Эмили были здесь вместе с ним?

Стэн резко ответил «нет», давая понять неуместность дальнейших вопросов по этому поводу. Он не собирался ни с кем делиться своими сомнениями по поводу верности Хонор.

— Но я знаю, где обе они были недавно. И, возможно, Тори Шайрах сейчас вместе с ними.

У Дорала зазвонил телефон. Он выставил вперед палец, делая Стэну знак, что тот сможет продолжить свою мысль после того, как Дорал закончит разговор. Выслушав собеседника, Дорал коротко бросил:

— Как только будешь знать.

Отключившись, он улыбнулся:

— Возможно, нам не потребуется искать Тори. Это звонил мой человек из ФБР. Кобурн хочет вернуть Хонор.

— Когда? Как?

— Мой человек пытается разузнать подробности.

34

Гамильтон особенно напирал на важность фактора времени.

— Если ты будешь уже на месте, когда он подъедет, Ли это насторожит. Если опоздаешь, он может свернуть весь план, и ты вообще не увидишь ни его, ни миссис Джиллет. Поэтому ты должен приехать в пределах двух минут в ту или другую сторону.

Том ван Аллен приехал на место встречи ровно без двух минут десять. Он заглушил мотор, и после того как стихло потрескивание остывающего мотора, вокруг воцарилась полная тишина, если не считать звука дыхания Тома и прерывистого стрекотания кузнечика.

Том не был создан для приключений в духе «плаща и шпаги». Он знал это. И Гамильтон знал. Но Кобурн поставил свои условия, и у них не было другого выхода, кроме как согласиться.

Заржавевший поезд был справа от Тома — выделялся черной громадой в окружающей темноте. Тому пришло в голову, что Кобурн вполне может прятаться где-нибудь в поезде, наблюдая и выжидая, желая убедиться, что все условия выполнены, прежде чем он пошлет к Тому миссис Джиллет.

Моля бога, чтобы все не испортить, Том приподнял манжет рубашки и посмотрел на светящиеся стрелки наручных часов. С момента его приезда прошло всего тридцать секунд. Интересно, выдержит ли его сердце напряжение следующих полутора минут.

Он смотрел, как движется секундная стрелка, отдаляя еще немного тот несчастливый момент, когда он неожиданно зашел в гостиную.

Том невольно застонал от отчаяния, понимая, что память снова возвращает его к сцене, которая разыгралась сегодня днем, когда он поймал свою жену с ее сотовым телефоном. Поймал, можно сказать, на месте преступления.

Том нагнулся и выхватил у нее телефон.

— Том? — Дженис была в шоке. — Том! — Она требовательным жестом протянула руку ладонью вперед, ожидая, что он немедленно вернет телефон.

Когда он не сделал этого, когда он отвел руку с телефоном так, чтобы Дженис не могла до него достать, и прочитал сообщение на экране, она произнесла его имя в третий раз — с жалобным, виноватым стоном.

Некоторые слова были такими откровенно сексуальными, что Тому показалось, будто они выпрыгивают с экрана телефона и жалят его. Но эти слова так трудно было связать с Дженис. С его женой, с которой у него не было супружеского секса уже... Том не мог даже вспомнить, когда это было с ними в последний раз.

Но что бы там ни было, слова, которые он читал сейчас в телефоне, не были из тех, что они говорили друг другу во время прелюдии или выкрикивали в порыве страсти. До сегодняшнего дня Том мог бы поставить состояние на то, что такие слова никогда не срывались с губ его жены и что она с презрением отнеслась бы ко всякому, кто их произносит. Они были не просто непристойными — это были самые грязные слова, какие только можно представить себе в английском языке.

Том просмотрел последний текст, который кто-то — кто? — прислал Дженис. Это было приглашение к распутству, автор которого расписывал в самых живописных подробностях, что именно он хотел бы проделать с его женой. А ответ, который она писала, был не менее красноречивым согласием.

— Том...

— Кто это?

Дженис только посмотрела на него в ответ, губы ее шевелились, но из них не вылетало ни звука.

Том повторил вопрос, с нажимом произнося каждое слово.

— Никто... я не знаю... он для меня просто имя. Все используют кодовые имена. Никто не знает...

— «Все»?

Он открыл папку «Сообщения» в верхнем левом углу экрана, чтобы посмотреть список адресатов, от которых Дженис получала текстовые сообщения. Выбрал одного из них, и выскочило несколько сообщений. Затем он выбрал еще одно не менее завлекательное кодовое имя. Имена были разными, но содержание сообщений — до тошноты одинаковым.

Том бросил телефон на диван и посмотрел на свою жену с ужасом и любопытством одновременно.

Она сидела с виновато опущенной головой, но продолжалось это недолго. Уже через несколько секунд Дженис встрепенулась, готовая сразиться лицом к лицу.

— Я отказываюсь стыдиться и не буду извиняться, — она словно не произносила слова, а плевала их прямо в Тома. — Ты знаешь, с чем мне приходится жить изо дня в день. Я должна хоть чем-то себя развлечь. Это просто способ провести время. Довольно жалкий и низкопробный, это да. Но совершенно безобидный. Все это ничего не значит.

Том смотрел на сидящую перед ним женщину, словно пытался понять, кто это. У женщины было лицо Дженис, ее волосы, на ней была одежда его жены. Но она была совершенно чужой.

— Это многое значит для меня. — Том взял ключи от машины и направился прочь, не слыша, как Дженис бежит за ним, выкрикивая его имя.

Наверное, она почувствовала в его голосе или разглядела в выражении лица что-то такое, что напугало ее, заставило забыть о дерзости, потому что последним, что услышал Том, была мольба Дженис:

— Не оставляй меня!

Он вышел из дома и захлопнул дверь.

И теперь, несколько часов спустя, звук захлопнувшейся двери и умоляющий голос Дженис отдавались эхом в его мозгу.

Он был так чертовски зол. Сначала все эти манипуляции Гамильтона. Потом выяснилось, что его жена обменивается сообщениями развратного характера черт знает с кем. Извращенцы. Сексуальные маньяки. Его тошнило даже при мысли обо всем этом.

Но оставить Дженис? Бросить ее одну справляться с Ленни, когда она не способна обойтись без помощи больше нескольких часов? Он не мог этого сделать. Не мог просто выйти из ситуации и оставить Дженис расхлебывать все одной. И даже если бы он хотел оставить жену, он не смог бы бросить Ленни.

Том не знал, что станет делать. Возможно, ничего.

Ничего не делать — похоже, это был любимый способ решения проблем Тома и Дженис. Они жили без друзей, без секса, без каких-либо проблесков обычного счастья, просто потому, что никто из них не сделал ничего, чтобы остановить в свое время начавшуюся коррозию. Вот и сексуальная переписка Дженис станет, наверное, еще одной неприятностью, упоминания о которой они будут тщательно избегать, притворяясь, что ее не существует.

Они были незнакомцами, живущими в одном доме, мужчиной и женщиной, которые знали друг друга когда-то давно, которые смеялись и любили. А теперь вынуждены терпеть друг друга из-за чувства ответственности, которым ни один из них не хотел поступиться.

Боже, как жалко они выглядят!

Том потер лицо ладонями и приказал себе сосредоточиться на работе. Он проверил время. Ровно десять часов.

«Сделай так, чтобы тебя увидели», — сказал ему Гамильтон.

Том открыл дверцу машины, вышел и прошел вперед, остановившись в нескольких ярдах от капота. Руки его свободно висели по бокам. Это тоже было указание Гамильтона. Кузнечик продолжал наполнять ночной воздух скрипучими звуками, кроме которых Том слышал только отчаянное биение собственного сердца и свое прерывистое дыхание.

И никаких признаков присутствия человека.

Он так и не понял, что кто-то есть рядом, пока в висок ему не уткнулось дуло пистолета.

Когда Кобурн сказал Хонор, что надо делать, она запротестовала:

— Это ведь против твоего собственного плана.

— Это против того плана, который я изложил Гамильтону.

— Так ты с самого начала не собирался посылать меня на встречу с ван Алленом?

— Черт побери, нет. Кто-то в его конторе работает на Бухгалтера. Может, это и не сам ван Аллен, но кто-то там продался с потрохами. А может быть, этих людей несколько. Бухгалтер испугается того, что ты знаешь или хотя бы подозреваешь, и захочет убрать тебя так же сильно, как хочет убрать меня.

— Но ведь нельзя просто так взять и приказать меня застрелить...

— Еще как можно. Я уже говорил тебе, в такой ситуации, как эта, как и при обмене заложниками, очень легко испортить все к чертовой матери. Иногда это делается специально. Ты можешь стать «случайной» жертвой.

Это была отрезвляющая мысль, заставившая Хонор на несколько минут замолчать. Кобурн загнал их краденую машину в заброшенную мастерскую по покраске и ремонту кузовов, где были свалены на произвол стихии разобранные автомобильные шасси. Когда Хонор спросила, откуда он знает всякие такие места, где можно спрятаться, Кобурн ответил:

— Это моя профессия — знать такие вещи.

Он не стал ничего объяснять, но Хонор предположила, что Ли заранее нанес на карту несколько путей отступления на случай, когда они понадобятся. И сейчас был как раз такой случай.

Они прождали в душном гараже около часа. Потом Кобурн стал давать ей инструкции.

— Оставайся здесь, — сказал он. — Я вернусь через несколько минут после десяти. Или не вернусь. Если нет — уезжай. Забирай Эмили — и ...

— И что? — спросила Хонор, когда Кобурн вдруг замолчал.

— Зависит от тебя. Позвони своему свекру или Доралу. Скажи, где ты. Скоро за тобой приедут — и добро пожаловать обратно в колоду. По крайней мере, на какое-то время.

— Или?

— Или ты гонишь машину изо всех сил, стараясь уехать как можно дальше, пока хватает бензина. Потом звонишь Гамильтону. И говоришь, что не выйдешь на контакт ни с кем, кроме него лично. Он приедет и заберет тебя.

— А почему возможны только два этих варианта?

— Потому что я пришел к тебе в дом в понедельник утром. Сейчас я уже жалею, что сделал это, но ничего нельзя изменить. Так что теперь из-за меня Бухгалтер и любой, кто работает на эту клику, считают, будто тебе что-то известно. И хорошие парни примерно того же мнения. А тебе решать, в чьей команде ты будешь играть.

Хонор со значением посмотрела на него.

— Я уже решила, разве нет?

Кобурн выдержал, не моргнув, ее взгляд, затем произнес:

— Что ж, хорошо. Тогда слушай.

Он дал ей свой сотовый, затем произнес вслух номер, который велел запомнить.

— Это номер Гамильтона? А разве его нет в телефоне?

Ли покачал головой:

— Я очищаю журнал после каждого звонка. И ты будешь делать так же. Запомнила?

Хонор повторила номер.

Затем Кобурн проговорил все снова, особо подчеркивая, что Хонор никому не должна доверять, кроме, может быть, Тори.

— У меня сложилось о ней хорошее впечатление. Не думаю, что она способна тебя предать, но может выдать случайно.

— Как?

— Мы имеем дело далеко не с идиотами. Тори удалось провести их сегодня утром. Но у них возникнут подозрения, когда обнаружится ее отсутствие. Они попытаются взять ее след в надежде, что он приведет к тебе.

— Почему ты так думаешь?

— Потому что именно так поступил бы я сам.

Хонор едва заметно улыбнулась, но голова ее была занята тем, чтобы осмыслить и запомнить все, что говорил ей Кобурн.

— А как отреагирует ван Аллен, когда вместо меня появишься ты?

— Понятия не имею. Но выясню это уже довольно скоро. Помни: если я не вернусь через разумный промежуток времени, это означает, что дело дерьмо. Тогда беги отсюда скорее.

Сказав все, что должен сказать, Кобурн вышел из машины, опустил пальцы в лужицу на полу гаража, где скопилось машинное масло, и вымазал липкой субстанцией лицо и руки.

Потом он вернулся в автомобиль, проверил пистолет, убедился, что тот заряжен, и снова засунул его за пояс. Ли передал Хонор револьвер Фреда. Он был огромным, тяжелым и выглядел угрожающе.

Должно быть, Кобурн почувствовал ее предубеждение.

— Он громкий, как пушка, и плюется огнем, когда стреляет. Может быть, ты и не попадешь в цель, но уж точно напугаешь противника. Не отговаривай себя нажимать на курок, иначе ты умрешь. Хорошо?

— Хорошо.

— Хонор!

Она перевела взгляд с пистолета на Кобурна.

— Иначе умрешь, — повторил он, подчеркивая каждое слово.

Хонор кивнула.

— Не ослабляй бдительность ни на секунду. Даже на наносекунду. Помни, что я тебе сказал. Когда чувствуешь себя в безопасности, в этот момент ты наиболее уязвима.

— Я запомню.

— Хорошо.

Кобурн глубоко вдохнул, с шумом выдохнул, затем произнес слова, которые так боялась услышать Хонор:

— Пора идти.

— Но ведь еще нет и девяти.

— Если они решат расставить снайперов...

— Снайперов?

— ...я должен знать, где они засели.

— Но ты ясно дал понять Гамильтону, что ван Аллен должен прийти один.

— Хотелось бы мне, чтобы ван Аллен был единственным, по поводу кого мне следует беспокоиться.

Он уже поставил на пол левую ногу и собирался вылезти из машины, но вдруг остановился, несколько секунд постоял неподвижно, затем посмотрел через плечо на Хонор и сказал:

— Если говорить о детях — у тебя мировая девчонка.

Хонор открыла рот, чтобы что-то ответить, но вдруг поняла, что не может говорить, и только кивнула головой.

— Что касается футбольного мяча, это был подлый поступок. Я прошу прощения.

В следующую секунду его тень уже мелькнула в узком проеме между стеной и раздвижной дверью гаража. Ролики заскрежетали по ржавым направляющим, когда он закрыл дверь за собой. И Хонор осталась одна в темноте.

И вот она сидела уже больше часа в украденной машине, стоящей посреди заброшенного гаража, и единственной ее компанией были мыши. Хонор слышно было, как они роются в мусоре в углу. Мысли ее беспорядочно метались.

Она беспокоилась об Эмили и Тори. Кобурн разрешил ей позвонить по городскому номеру подруги. После первого гудка она отсоединилась, потом набрала номер снова. Тори ответила и заверила ее, что они без приключений добрались до дома на озере и у них с Эмили все в порядке. Но это было несколько часов назад. С тех пор могло случиться все, что угодно, а у нее даже не было возможности узнать.

Она подумала о Стэне. О том, как он, должно быть, обеспокоен и как ужасно чувствует себя, обнаружив перевернутый вверх дном дом. Несмотря на жесткость и выдержку, он был искренне привязан к ней и к Эмили. В этом Хонор не сомневалась ни секунды.

Поймет ли он когда-нибудь, что Хонор сделала то, что сделала, только чтобы сохранить репутацию Эдди? В конечном счете, разве не было это гораздо важнее, чем сохранить его спортивные медали и снаряжение?

Но Хонор боялась, что Стэн отнесется к этому совсем иначе и никогда не простит ей осквернения спальни покойного сына. Он посчитает это предательством не только в отношении себя, но и в отношении Эдди и их брака. Отношения со Стэном будут сильно осложнены.

Мысли Хонор время от времени возвращались к Кобурну и к тому, что он сказал ей. Для такого человека, как он, произнесенные слова об Эмили были чем-то сверхъестественно милым и любезным. Он извинился за то, что втянул их во все это, за испорченный мяч Эдди. И это было очень важно, потому что Кобурн почти никогда не объяснял своих поступков и не сожалел о них. Когда он извинялся перед Эмили за то, что заставил ее плакать, ему явно было очень неловко.

«Что касается футбольного мяча, это был подлый поступок». Может быть, это были и не самые красноречивые извинения, но зато Хонор не сомневалась в их искренности. Его глаза, синеву и глубину которых, так волновавшие Хонор, еще больше подчеркивала импровизированная маскировка лица, говорили о его сожалении куда лучше, чем произнесенные слова.

«Я извиняюсь». Хонор не сомневалась, что Ли действительно сожалел о сделанном.

Тяжелое детство сделало его циником, а те вещи, которые приходилось видеть и делать на службе отечеству, еще больше закалили характер. Ли часто бывал жестоким, возможно, потому, что отлично усвоил, как легко позволяет жестокость добиться нужного результата. Что бы ни говорил и ни делал Кобурн, он всегда действовал прямо и не размышляя над моральными аспектами, потому что знал, что промедление может погубить его. Он не волновался о будущих сожалениях, потому что не надеялся дожить до старости, когда человек обычно анализирует и переоценивает ключевые решения и события своей жизни.

Все, что делал Кобурн, он делал так, словно от этого зависела его жизнь.

Он все делал как в последний раз — ел, извинялся... целовался.

При этой мысли сумбур, творившийся в голове у Хонор, вдруг прекратился, и ее посетило внезапное озарение.

— О боже! — раздался в тишине ее стон, идущий из глубины сердца.

Неожиданно Хонор почувствовала, что не может просто сидеть вот так. Она распахнула дверцу машины и выбралась наружу. Спотыкаясь о мусор, добралась до двери гаража. У нее едва хватило сил открыть тяжелую железную дверь, застревающую в ржавых направляющих, настолько, чтобы просочиться наружу, что она и сделала, даже не думая о том, какие опасности таятся за дверью.

Она остановилась лишь на несколько секунд, чтобы сориентироваться в пространстве, затем кинулась бежать в сторону железнодорожных рельсов.

И как она не поняла этого раньше? Ведь все инструкции Кобурна были прощанием. Он не надеялся вернуться со встречи с ван Алленом и в своей неуклюжей манере чуждого сентиментальности человека говорил ей таким образом «прощай».

Он говорил с самого начала, что, скорее всего, не выживет, и сегодня пошел на встречу вместо нее, наверное, рассчитывая спасти ее таким образом.

Но ход его мыслей был абсолютно неправильным. Никто не собирается в нее стрелять. Если Бухгалтер верит в то, что у нее есть что-то важное, что-то такое, что может положить конец деятельности преступной группы, то никто не тронет ее, не выяснив, что же это такое, и не завладев этим.

Она была незаменима для бандитов, так же как для Кобурна, Гамильтона и Министерства юстиции. Мнение Бухгалтера о том, что она что-то знает или имеет, было для нее лучше любого пуленепробиваемого жилета.

А у Кобурна не было такой защиты.

Его защитой должна стать она, Хонор.

35

— Кобурн?

Ли крепче прижал дуло пистолета к виску Тома ван Аллена.

— Рад познакомиться.

— Я ожидал миссис Джиллет.

— Она прийти не смогла.

— С ней все в порядке?

— Замечательно. Просто чуть-чуть устала.

— Во всем этом нет ничего смешного.

— Да и не должно быть. Я просто пытаюсь сказать вам и снайперам, которые держат меня сейчас в прицеле своих винтовок с приборами ночного видения, что, если они убьют меня, миссис Джиллет и ее ребенок потеряются навсегда.

Ван Аллен покачал головой:

— Вы ясно объяснили ваши условия Гамильтону. А он не менее ясно — мне. Никаких снайперов тут нет.

— Соврите еще что-нибудь.

— Это правда.

— Прослушка? Говорите условные фразы для всех, кто вас слышит?

— Можете меня обыскать.

Кобурн обошел вокруг ван Аллена, но пистолет по-прежнему держал нацеленным ему в голову. Оказавшись с Томом лицом к лицу, Кобурн смерил его взглядом. Офисная крыса. Не уверен в себе и не в ладах с окружающими.

Угроза, похоже, почти равна нулю.

Честный или коррумпированный? Кобурну пришло в голову, что, пожалуй, честный, потому что у такого не хватит ни смелости, ни хитрости оказаться полезным мафии.

И именно поэтому Кобурн верил, что Том ван Аллен честно не знает про снайпера на водонапорной башне за левым плечом Кобурна. И еще об одном в окне тормозного вагона. И о третьем, которого Кобурн заметил на крыше жилого дома в трех кварталах отсюда.

Этому надо было быть особенно метким. Угол прицела у него дерьмовый. Но справиться можно. Зато потом, когда он продырявит Кобурну голову, у него будет куча времени, чтобы смотаться.

Либо ван Аллен мастерски притворялся, что ничего не подозревает, либо действительно не был посвящен во все детали, и это пугало Кобурна куда больше.

— Где миссис Джиллет и ее ребенок? — спросил Том. — Их безопасность волнует меня больше всего.

— Меня тоже. Именно поэтому перед вами я, а не она.

Кобурн опустил руку с пистолетом.

Ван Аллен проследил взглядом за его рукой и явно вздохнул с облегчением.

— Вы мне не доверяли?

— Нет.

— Какой повод я дал мне не доверять?

— Никакого. Просто не захотелось делать для вас исключение.

— Вы не доверяете никому.

— Вот теперь вы угадали.

Ван Аллен нервно облизал губы.

— Но мне вы можете доверять, мистер Кобурн. Я, как и вы, понимаю, что не должен провалить операцию. С миссис Джиллет все в порядке?

— Да. И мне хотелось бы быть уверенным, что и дальше с ней все будет в порядке.

— Вы считаете, что она в опасности?

— Да, считаю.

— Из-за того, что располагает информацией, обличающей Бухгалтера?

Поскольку оставался шанс, что Том ван Аллен солгал насчет беспроводного микрофона, на этот вопрос Кобурн решил не отвечать.

— Вот что должно произойти дальше, — сказал он. — Вы даете указание местному полицейскому управлению прекратить охоту на меня. Как и вы, я являюсь агентом Федерального бюро расследований при исполнении своих обязанностей. И не могу работать, когда за мной гонится свора сельских жителей, жаждущих нажать на курок.

— Кроуфорд не позволит так просто замять восемь убийств.

— Местный детектив по расследованиям?

— Из конторы шерифа. Он расследует убийство Фреда Хокинса. А убийства на складе как бы перешли к нему по наследству, когда Фреда...

— Картина ясна, — прервал его Кобурн. — Уговорите этого самого Кроуфорда дать мне отсрочку до того момента, когда миссис Джиллет будет в безопасности. Тогда я как следует просвещу его и относительно убийств на складе, и относительно смерти Фреда Хокинса.

— Кроуфорд не пойдет на это.

— Выкрутите ему руки.

— Может, вы дадите мне какую-нибудь оправдывающую вас информацию, которую я мог бы ему передать?

— Спасибо, нет. Ваш офис течет, как решето, и его контора не лучше.

Ван Аллен вздохнул. Вид у него был озабоченный.

— Все это по делу Бухгалтера?

— Да.

— Там что-то крупное?

— Снова правильно.

— Вы не можете ничего мне рассказать?

— Могу. Но не буду.

— Почему?

— Потому что, если бы вам полагалось это знать, Гамильтон уже сам рассказал бы. Он начал бы с того, что рассказал вам обо мне.

Том поморщился, словно ему больно было это слышать. Он также отметил про себя, что Кобурн уже все решил и пытаться переиграть условия бесполезно.

— Хорошо, я приложу все усилия, чтобы договориться с Кроуфордом. А что собираетесь делать вы?

— Я собираюсь передать вам миссис Джиллет, но никто не будет знать, когда и где. Я сам выберу время и место.

— Не думаю, что это пройдет.

— С кем?

— С Гамильтоном. Он просил передать вам, что время истекло.

— Пусть самого себя строит этот Гамильтон. Передайте ему мои слова. А еще лучше, я сам ему скажу. Я все еще иду по следу чего-то важного. И намерен завершить миссию, которую он мне поручил. Если вам надо прийти к Гамильтону с ответом, скажите ему это. А теперь давайте сядем в машину.

— Зачем?

— Все должно выглядеть так, будто я спокойно уехал с вами.

— Выглядеть? — Том оглянулся с таким недоумевающим видом, что Кобурн снова подумал, что если он притворяется, то делает это просто мастерски. — Для кого выглядеть?

— Для снайперов, которые держат меня под прицелом.

— Но кто может хотеть вас застрелить?

Кобурн нахмурился.

— Ну, угадайте же, ван Аллен. Вы знаете, кто. И единственная причина, почему они не сделали этого до сих пор, в том, что они по-прежнему не знают, где же Хонор Джиллет. Так что мы с вами садимся в машину и уезжаем отсюда вместе.

— И что потом?

— Где-то на пути отсюда к вашему офису в Лафайете я сойду. Когда вы приедете в офис, удивитесь. Как так? Меня нет с вами в машине. Того, кто первым выкажет разочарование, следует арестовать, потому что это и будет человек, пославший снайперов. Поняли?

Кобурну хотелось бы, чтобы Том ван Аллен понял его лучше, чем продемонстрировал его кивок.

— Тогда поехали, — сказал Ли.

Ван Аллен подошел к машине и распахнул дверцу водителя. Салон озарился внутренним светом, и Кобурн снова подумал о том, что опыта работы вне канцелярии у Тома ван Аллена явно маловато. Но он был рад этому свету, потому что тот позволил быстро заглянуть в заднюю часть салона. Между сиденьями никто не прятался.

Кобурн открыл дверцу со стороны пассажира и готов был сесть в автомобиль, как вдруг заметил боковым зрением какое-то движение. Он повернулся в сторону старого поезда. Чья-то тень мелькнула между двумя товарными вагонами. Кобурн резко упал на землю, чтобы заглянуть под поезд, и увидел с другой стороны пару убегающих ног. Он начал ползти в том направлении и был уже почти что под поездом, когда зазвонил сотовый.

Обернувшись на звук, Кобурн увидел ван Аллена, протянувшего руку к звонящему аппарату, висевшему у него на поясе.

Кобурн снова посмотрел на убегавшего по ту сторону поезда мужчину.

Затем громко закричал ван Аллену:

— Не-е-ет!

Хонор задыхалась, у нее кололо в боку, но она продолжала бежать изо всех сил. Ей и в голову не приходило, что железнодорожные пути находятся так далеко от заброшенного гаража мастерской, пока она не попыталась до них добежать. Вокруг была промзона, состоявшая в основном из складов, мастерских и небольших заводов, но ночью все здания были пусты. Хонор дважды неверно выбирала направление и попадала в тупик. Приходилось возвращаться, и это еще больше замедляло ее перемещение.

Она только однажды позволила себе остановиться на несколько секунд, чтобы перевести дыхание. Прижавшись спиной к облупленной кирпичной стене, вдоль которой шел переулок, Хонор жадно ловила ртом воздух, поглаживая одной рукой бок в надежде унять боль.

Но стоять там долго она не стала. Кругом копошились крысы, а из-за какого-то забора лаял пес. Хонор не видела его в темноте, но звуки были весьма угрожающими.

Хонор продолжила свой путь.

Наконец она добежала до рельсов. Они заросли сорной травой, но кое-где проглядывали полоски стали, так что ориентироваться стало легче, но идти было по-прежнему тяжело. Хонор казалось, что у нее вот-вот разорвется сердце. Легкие усиленно работали. Боль в боку заставляла время от времени вскрикивать.

Но она бежала и бежала, потому что жизнь Ли Кобурна зависела, возможно, от того, как скоро она до него доберется. Хонор не хотела, чтобы он умирал.

Когда она наконец увидела брошенный поезд возле водонапорной башни, то чуть не закричала от нахлынувшего облегчения. Она бы закричала, но не хватило дыхания. Как только Хонор увидела цель, бежать стало немного легче.

Через несколько шагов она увидела припаркованный около поезда автомобиль. Две фигуры перед капотом. Пока Хонор наблюдала, они разделились. Кобурн подошел к пассажирской дверце. Водитель забрался внутрь и закрыл за собой дверь.

Секунду спустя огненный шар взметнулся в ночное небо, осветив все вокруг красным отблеском ада.

Взрывная волна сбила Хонор с ног.

36

Доралу выпала сомнительная привилегия рассказать о случившемся Бухгалтеру.

— Моему человеку в ФБР едва хватило времени, чтобы приклеить к машине бомбу и запрограммировать номер сотового. Но все сработало четко. Бам! У них не было ни одного шанса.

В трубке стояла зловещая тишина.

— Я видел все своими глазами с водонапорной башни, — продолжал Дорал. — Все мы немедленно убрались из того места. Никто вообще не знает, что мы там были.

По-прежнему тишина.

Дорал прочистил горло.

— Но есть одна вещь...

В трубке ждали продолжения, не говоря ни слова.

— Туда пришла не Хонор. Это был Кобурн, — не зная, как отреагирует Бухгалтер на эту новость, Дорал поспешил продолжить: — Что даже лучше, если подумать. Выследить Хонор будет легче, чем иметь дело с Кобурном.

— Но у тебя были совсем другие инструкции. Для Кобурна планировался другой сценарий.

Дорал понимал недовольство Бухгалтера. Если выбирать между Ли Кобурном и Хонор Джиллет, агент ФБР под прикрытием, конечно, был куда более достойным трофеем. И по личным причинам Дорал получил бы огромное удовольствие, собственными руками сделав его смерть долгой и мучительной. Но теперь сукин сын отделался легко. Ему досталась мгновенная смерть, запланированная для Хонор и Тома ван Аллена.

Получив несколько часов назад указания, Дорал дипломатично переспросил, действительно ли необходимо убивать шефа местного отделения ФБР.

— Ведь на самом деле он ничего не знает.

Ответ Бухгалтера был примерно таким: «Он занимает должность, позволяющую все разрушить, пусть даже непреднамеренно. Даже слепая белка находит время от времени орех. И мексиканцам, думаю, должно понравиться, если мы уберем федерального агента».

— Мы убрали сегодня двух федеральных агентов, — сказал Дорал. — Картель это должно впечатлить.

Но не похоже, чтобы его мнение совпадало с мнением Бухгалтера.

Боже правый, что еще он должен сделать, чтобы заслужить прощение за то, что они с Фредом дали Кобурну ускользнуть в тот вечер со склада? Теперь, когда Кобурн и ван Аллен мертвы, угрозу представляет только Хонор. Она была лишь слепым орудием, но достаточно опасным, которое необходимо устранить. Дорал смирился с этим. Как смирился когда-то с необходимостью убить Эдди.

Они с Фредом пробовали уговорить Бухгалтера пересмотреть свое решение. Боролись за то, чтобы сохранить Эдди жизнь. Неужели Эдди, их друг детства, действительно должен умереть? Может быть, достаточно сурового предупреждения или угроз — реальных или подразумеваемых?

Никаких свидетелей. И никакой пощады. Исключение было невозможно даже для Эдди. Он переступил черту. Он должен был уйти. Приказ был отдан на языке, который понял бы и годовалый ребенок. Ради блага всех, кого это затронет, Фред и Дорал постарались сделать все как можно быстрее и замаскировать под несчастный случай.

Дорал надеялся, что сумеет придумать что-нибудь такое же легкое для Хонор.

Но если отправить ее на тот свет без мучений не получится, виноват во всем будет этот чертов Кобурн, который сначала втянул Хонор в историю — а Дорал был уверен, что вдова Эдди ничего не знала о секрете покойного мужа, — а потом украл предназначенную ей легкую смерть.

Конечно, прежде чем Дорал сможет что-нибудь сделать, Хонор надо еще найти.

— Кобурн мертв. А он единственный, кто знал, где прячется Хонор Джиллет. Как ты собираешься искать ее теперь?

Бухгалтеру всегда удавалось словно бы читать его мысли, заставляя Дорала цепенеть и покрываться мурашками.

— Ну, теперь, когда Кобурн превратился в горстку пепла, Хонор, возможно, перестанет прятаться.

— Ты собираешься сидеть и ждать этого?

Это был явный намек на то, что ожидание — плохая идея.

— Нет, конечно нет. Я собираюсь сосредоточиться на поиске Тори Шайрах. Я уверен: когда мы найдем ее, то найдем и Хонор с Эмили.

— Ради твоего же блага я искренне надеюсь, что это так, Дорал. До связи.

Трубка замолчала. Дорал закрыл телефон и, поворачивая ключ зажигания пикапа, обнаружил, что рука его дрожит.

Его даже не похвалили за то, что больше нет Кобурна, придурка, из-за которого все они потерпели фиаско. Вместо этого прозвучала еще одна завуалированная угроза. Он все еще был у Бухгалтера в списке провинившихся, где не пожелал бы оказаться никому.

Вырулив со стоянки возле небольшого ресторанчика, где еще до звонка Бухгалтеру он остановился, чтобы отпраздновать удачное срабатывание бомбы, пикап Дорала влился в поток автомобилей, движущихся в сторону того места, где еще дымилась взорванная машина Тома ван Аллена, привлекавшая зевак, как большая лампа без абажура стаи мотыльков.

Самолюбию Дорала льстила мысль, что это он устроил событие, привлекшее всеобщее внимание. Жаль, что нельзя было этим похвастаться.

Некоторые из любопытствующих почувствовали отголоски взрыва, некоторые слышали его. А кто-то даже видел огненный шар, озаривший половину города. Доралу пришлось припарковаться за пару кварталов и проделать оставшийся путь до заброшенной железной дороги пешком. Второй раз за сегодняшний вечер.

Зона взрыва была огорожена первыми представителями органов охраны правопорядка, успевшими приехать к месту происшествия. Полицейским в форме все еще приходилось сдерживать толпу и расчищать место для подъезжающих машин спасательных служб. Свет мигалок придавал всей сцене какой-то сюрреалистический вид.

Вновь прибывшие задавали вопросы тем, кто давно уже был здесь.

Дорал услышал с десяток версий того, что произошло и кто во всем этом виноват, ни одна из которых не была правильной. Упоминали Аль-Каиду, наркодилеров, устроивших лабораторию в багажнике грузовика, влюбленных подростков со склонностью к суициду. Все эти гипотезы забавляли Дорала.

Ему выражали соболезнования по поводу гибели брата, ставшей частью этой череды преступлений, охвативших город, — массовое убийство в воскресенье, похищение во вторник, а теперь вот взорванная машина. Озабоченным гражданам хотелось бы знать, что случилось с их маленьким тихим городком.

Выполняя роль городского чиновника, Дорал с серьезным видом отвечал, что муниципальное правительство и местные органы охраны правопорядка делают все от них зависящее, чтобы поймать и наказать виновных и прекратить череду жестоких преступлений.

Он раздавал интервью и пожимал руки уже около часа, когда увидел коронера, пробиравшегося от сгоревшей машины к своему фургону. Дорал постарался оказаться со стороны водителя, когда фургон остановился в ожидании, пока полицейские расчистят ему дорогу через толпу.

Дорал помахал коронеру, чтобы тот опустил стекло.

— Привет, Дорал! — сказал тот. — Ничего себе выдалась ночка, а?

Дорал кивнул на машину ван Аллена:

— Никаких идей, кто это?

— За рулем? — Коронер покачал головой. — Никаких. Там не осталось достаточно материала для опознания. — Он продолжал, понизив голос: — Только не ссылайся на меня. Номера тоже не сохранились. Пытаются установить заводской номер машины, но металл слишком горячий.

— А что насчет второго?

— Какого второго?

— Ну, второго человека. На пассажирском сиденье, — Дорал махнул рукой через плечо. — Слышал от кого-то в толпе, что там было двое.

— Ерунда. Там только один труп.

— Что?!

— На пассажирском сиденье никого не было.

Дорал просунул руки в открытое окно и схватил коронера за грудки.

Ошеломленный этим неожиданным жестом, тот попытался отстранить руки Дорала.

— Эй, что это с тобой?

— Ты уверен? Что там только один труп?

— Да, я же сказал — один.

Доралу показалось, что земля уходит у него из-под ног.

Кобурн был наполовину под вагоном старого поезда, когда взорвалась бомба. Это его и спасло. Приведенное в действие тем, что ван Аллен ответил на звонок мобильного телефона, сработало взрывное устройство. Взрыв тут же оборвал жизнь Тома и уничтожил автомобиль.

Когда Кобурн вылез из-под вагона на другую сторону, его накрыло горящим мусором, который жег кожу, волосы, одежду. Бросаться на землю и кататься по ней было некогда, поэтому он только отрывал самые опасные горящие куски одежды и продолжал бежать что было мочи вдоль поезда.

Человек из товарного вагона спас ему жизнь. Если бы он не побежал, Кобурн стоял бы рядом с машиной Тома ван Аллена, когда раздался взрыв.

Ли обогнул товарный вагон и побежал, пригибаясь, вдоль заросших сорняками рельсов, стараясь как можно меньше выделяться на фоне пылающего яростным пламенем вагона.

Он чуть не споткнулся о Хонор, прежде чем заметил ее, и даже тогда ему потребовалось несколько секунд, чтобы понять, что эта куча тряпья на рельсах — женское тело. Хонор!

Кобурна охватила паника.

О боже, она ранена. Она мертва? Не-е-ет!

Он наклонился и приложил пальцы к ее шее, нащупывая пульс. Хонор отреагировала, оттолкнув его руку и истошно закричав. Кобурн был рад, что она жива, но в то же время очень зол на Хонор за то, что она подвергла себя опасности. Он обнял ее одной рукой за талию, поднял с земли и прижал к себе.

— Прекрати орать! Это я.

Ноги не держали Хонор.

— Ты ранена?

Кобурн чуть отстранил от себя Хонор и осмотрел ее с ног до головы. Никаких видимых ран не было. Ни торчащих из тела осколков стекла, ни выпирающих под кожей сломанных костей. Ни глубоких царапин. Глаза Хонор были раскрыты и смотрели на него, но взгляд был несфокусированным.

— Хонор! — Он слегка потряс ее. — Нам надо убираться отсюда. Пошли!

Крепко схватив Хонор за руку, он побежал, буквально таща ее за собой. Хонор споткнулась еще несколько раз, прежде чем обрела равновесие и смогла спокойно бежать рядом с ним. Когда они добежали до гаража, Кобурн открыл дверь, втолкнул Хонор внутрь и тут же дверь захлопнул. Он не стал ждать, пока глаза Хонор привыкнут к темноте, а на ощупь провел ее к машине, усадил на пассажирское сиденье, а сам, обойдя автомобиль, забрался на водительское.

Стянув футболку, Ли вытер ею от послужившей для маскировки грязи свое лицо и оценивающе посмотрел на собственное отражение в зеркале заднего вида.

Он выглядел так, как и должен был выглядеть: как человек, едва избежавший участи стать живой римской свечой, спрятавшись под товарный вагон.

Протянув руку к заднему сиденью, он взял бейсболку, найденную когда-то в пикапе. Это помогло немного прикрыть лицо. Но Кобурн был почти уверен, что в ближайшие полчаса мысли всех обитателей Тамбура будут заняты взрывом, а не человеком в бейсболке за рулем старого седана.

Он снова поглядел на Хонор. Зубы ее стучали. Она сидела, обхватив себя руками за плечи, словно боясь развалиться от сотрясающей ее крупной дрожи. Что ж, на данный момент неплохо уже то, что она замолчала.

Ли вышел из машины и открыл дверь гаража. Снова сев на свое место, он положил ладонь на макушку Хонор и пригнул ее голову так, чтобы не было видно из окна.

— Спрячься, — коротко бросил он, выводя машину из гаража и направляясь в единственное место, куда можно было сейчас отправиться.

Дерьмовая выдалась работенка.

К этому моменту Диего уже должен был смывать с лезвия бритвы кровь Кобурна. Но весь день пошел насмарку.

Он мог провести его с Изабель. Диего даже раздумывал над тем, что, может быть, уже можно вывести ее на воздух. Они могли бы сходить в парк, посидеть на скамейке, покормить уток, расположиться вместе на пледе под деревьями. Что-нибудь в этом роде.

Он видел, как другие люди делают это, и никогда не понимал, как им не жалко тратить время на такие бесполезные дела. Но теперь Диего вдруг понял, почему это доставляло им удовольствие. Им хотелось побыть рядом друг с другом. Так, чтобы ничто не отвлекало от радости, которую испытываешь, просто находясь рядом.

Он мог бы провести день, глядя в прекрасные глаза Изабель, стараясь заставить ее улыбнуться застенчивой мимолетной улыбкой. Может быть, он даже решился бы взять ее за руку. Он увидел бы впервые, как выглядят при солнечном свете ее волосы и кожа, как легкий речной ветерок шевелит ее одежду вокруг прекрасного тела, сводящего его с ума.

Он мог бы радоваться этому всему.

Или мог бы радоваться, убив федерала.

А вместо этого Диего провел день, наблюдая за машиной толстяка.

Боннел Уоллес не вышел из банка даже на ланч. Как припарковал утром машину на стоянке для сотрудников, так она и стояла там, пока он не собрался домой в пять минут шестого. От Бухгалтера поступило указание следить за ним, вот Диего и пришлось последовать за машиной среди оживленного движения в конце рабочего дня. Уоллес поехал прямо домой.

Через пятнадцать минут после того, как он зашел в дом, чернокожая женщина на джипе и в форме выехала через ворота, которые автоматически закрылись за ней.

Это было уже несколько часов назад, и с тех пор никто не входил и не выходил.

Диего было скучно до смерти. Но если Бухгалтеру охота платить ему, чтоб он наблюдал за запертыми воротами, он будет делать это. Сейчас. Но больше — никогда. Взяв плату за эту работу и пять сотен баксов за якобы устранение Изабель, он заведет себе новый сотовый и исчезнет с радаров Бухгалтера.

Словно подслушав его мысли, завибрировал телефон. Сняв его с ремня, Диего ответил на звонок.

— Готов кое-что сделать, Диего?

— Еще спрашиваете!

Последовали новые инструкции Бухгалтера, вот только они сильно отличались от того, что весь день надеялся услышать Диего.

— Держите меня за дерьмо, да? — с обидой спросил он.

— Нет.

— Я думал, что сижу на стреме, чтобы уделать федерала. «Будь готов, Диего. Действовать придется быстро, Диего!» — передразнил он. — И что же теперь?

— Изменились планы, но все это имеет отношение одно к другому.

— Какое же?

— У всех у нас была тяжелая, изматывающая ночь. Просто делай, что говорят, и не надо спорить.

Диего смотрел на возвышавшийся перед ним белый дом и раздумывал над поручением Бухгалтера. Он был здесь, он уже потратил на все это чертову кучу времени, так лучше уж сделать все до конца.

Слегка запинаясь, он спросил:

— А что прикажете делать с ним потом?

— Глупый вопрос. Ты сам знаешь ответ. Приступай. Эта информация нужна мне как можно скорее. Немедленно.

«Черта с два — немедленно, — подумал Диего, отсоединяясь. — Я-то ждал тебя целый день».

Еще несколько минут он оставался в своем укрытии, откуда внимательно рассматривал дом. Как и раньше, он отмечал про себя все, что делало вторжение опасным.

Не нравилось ему все это. У Диего было предубеждение против этой работы. Причем с самого начала. Почему бы не прислушаться к интуиции и не уйти отсюда? А Бухгалтер пусть ищет другого идиота.

Но тут он подумал об Изабель. Диего хотелось приносить ей красивые вещи, и он не может вечно красть их. Ему нужны деньги. Особенно если он планирует устраивать себе иногда отпуск и проводить его, бездельничая, в ее обществе. Деньги Бухгалтера дадут ему такую возможность, еще пару часов — и он сможет претендовать на неплохой куш. А забрав его, он оставит работу на Бухгалтера.

Решившись, Диего вышел из укрытия. Держась в тени, он двинулся вдоль забора и быстро обнаружил место позади дома, где обвивший стену виноград был особенно густым, а освещение — не особенно сильным.

Диего перемахнул через стену.

37

Здесь по-прежнему никого не было. Амбарный замок на двери отдельно стоящего гаража висел точно в том же положении, в каком оставил его Кобурн. И черный пикап стоял там же, где он припарковал его с утра. Кобурн поставил седан рядом, и они вышли из машины. Хонор, которая двигалась, словно в тумане, посмотрела на Ли, ожидая дальнейших указаний.

— Посмотрим, что у нас там. — Кобурн кивнул на комнату над гаражом. Дверь в конце лестницы была закрыта, но ему потребовалось всего несколько секунд, чтобы обнаружить ключ за дверным косяком. Он отпер и открыл дверь, ощупал стену рядом с ней в поисках выключателя. И комната залилась светом.

Судя по всему, здесь обитал молодой человек. Постеры и аксессуары с символикой разных спортивных команд покрывали стены. На кровати — походное одеяло. Две оленьих головы с восемью рогами каждая смотрели друг на друга с противоположных стен поверх пола из чистых, но выщербленных досок. Тумбочка, комод, синий виниловый пуф-кресло — больше никакой мебели не было. Пройдя через комнату, Кобурн распахнул дверь в чулан, где обнаружились удочки, катушки и прочее рыболовное снаряжение, несколько зимних вещей, убранных в мешки для одежды, и стоящие прямо на полу охотничьи сапоги.

Такая же дверь вела в ванную, которая была не больше чулана. Ванны здесь, впрочем, не было, только чуть выцветшая душевая кабина.

Хонор молча наблюдала за Кобурном, обследовавшим без зазрении совести чужое жилье. Все это казалось ей неправильным. Ей хотелось бы шума за окном или за стенкой, больше пространства и вторую кровать. И чтобы на Кобурне была рубашка.

Но больше всего хотелось, чтобы высохли слезы, готовые политься из глаз.

Кобурн проверил краны над раковиной. Послышался рокот внутри стен и булькающие звуки. И из обоих кранов потекла вода. В аптечке над раковиной он нашел стакан, наполнил его холодной водой и протянул Хонор.

Она с благодарностью приняла и тут же осушила его. Кобурн засунул голову под кран и стал жадно пить прямо оттуда.

Наконец он поднял голову и отер рот.

— Дом, милый дом!

— А если вернутся хозяева?

— Надеюсь, что не вернутся. По крайней мере, пока я не воспользуюсь их душем.

Хонор попыталась улыбнуться, но улыбка вышла совсем не веселой.

— Кто взорвал машину?

— У Бухгалтера есть кто-то в офисе ФБР. Кто-то с доступом к секретной информации, — губы Ли сжались. — Кто-то, кто умрет, как только я узнаю, что он — это он.

— Но как ты это сделаешь?

— Найду сокровище твоего покойного мужа. И держу пари — мы сумеем разыскать этого мерзавца.

— Но мы ведь ничего не нашли.

— Значит, не там смотрели.

— А ван Аллен...

— Он ни о чем не догадывался.

— Что он сказал, когда вместо меня на встречу пришел ты?

Резко и отрывисто произнося фразы, Кобурн пересказал их короткий разговор с Томом ван Алленом. Хонор не знала его лично, но знала, что тот был женат на девушке из класса Эдди — Дженис.

Кобурн, который продолжал говорить, пока ее мысли где-то блуждали, удивленно посмотрел на Хонор и переспросил:

— Что?

Видимо, она произнесла имя жены ван Аллена вслух.

— Извини. Я подумала о его жене. Ее зовут Дженис, если я правильно помню. Сегодня ночью она стала вдовой.

Хонор понимала, что это такое.

— Ее мужу надо было быть умнее, — заметил Кобурн. — Наивный бедняга действительно считал, что мы там одни.

— Кто-то послал его на смерть.

— Вместе с тобой.

— Если не считать того, что мое место занял ты.

Кобурн с кажущимся безразличием пожал плечами.

Хонор постаралась прогнать от себя эмоции, от которых начинало предательски сжиматься горло, и переключиться на что-то другое.

— Болит? — Она показала на плечо Кобурна.

Он повернул голову и посмотрел на клок кожи.

— Думаю, на меня упал кусок тлеющего чехла от сиденья. Немного щиплет. Но не сильно. — Он ощупал глазами Хонор. — А как насчет тебя? Ничего не повредила?

— Нет.

— А ведь могла бы. И очень серьезно. А если бы стояла в момент взрыва рядом с машиной — могла бы умереть.

— Что ж, значит, я везучая.

— Но почему ты убежала из гаража?

Вопрос застал Хонор врасплох.

— Не знаю. Просто убежала — и все.

— Ты не сделала, как я говорил. Не уехала.

— Нет.

— Так почему же нет? Что ты собиралась сделать?

— Я ничего не планировала. Действовала по наитию.

— Собиралась сдаться на милость ван Аллена?

— Нет!

— Тогда что?

— Я не знаю.

Прежде чем Кобурн успел сказать еще что-то, Хонор показала на его голову:

— У тебя волосы обгорели.

Ли машинально провел рукой по волосам, направляясь к комоду. В одном из ящиков он обнаружил футболку, в другом — пару джинсов. Футболка подходила, а вот джинсы оказались коротки в длину и широки в талии.

— Придется оставить брюки твоего отца, — предупредил Ли.

— Мы оба выглядим черт-те как, — заметила Хонор, подумав, что на ней все еще та же одежда, в которой она убежала вчера утром из дома. С тех пор ей пришлось поплавать, побродить по болоту и чуть не погибнуть от взрыва.

— Иди первая в душ.

— Но ты испачкался хуже меня.

— И именно поэтому тебе может не захотеться заходить туда после меня. Давай сейчас. А я пойду поищу, нет ли в большом доме чего-нибудь поесть.

Не произнеся больше ни слова, он вышел из комнаты. Хонор растерянно смотрела на закрытую дверь и слушала, как Ли спускается по лестнице. Потом она сидела несколько минут неподвижно, собираясь с силами, чтобы пошевелиться. Наконец ей удалось себя заставить.

Туалетное мыло в душе было из тех, что кладут в спортивных раздевалках, но тем не менее Хонор щедро использовала его и даже помыла им голову. Она могла бы наслаждаться горячей водой хоть всю ночь, но, вспомнив, что Кобурну это нужно гораздо больше, чем ей, вышла из душа, как только ополоснулась как следует.

Полотенца были тонкими, но ободряюще пахли «Тайдом». Хонор разобрала пальцами колтуны в волосах и снова оделась в грязную одежду, но не смогла заставить себя засунуть чистые ноги в промокшие кроссовки. Их она вынесла в руках.

Кобурн вернулся и принес с собой запасы еды, вроде тех, что привозил на катер ее отца. Он выложил все это на комод и сказал:

— Ничего портящегося в холодильнике, значит, они планировали поездку надолго. Но я нашел одинокий апельсин. — Ли уже успел очистить его и разделить на дольки. — И вот это, — он показал Хонор кухонные ножницы, из тех, которыми разделывают птицу. — Это для твоих джинсов. По-настоящему грязная только нижняя часть.

Кобурн уже проверил ножницы на брюках ее отца. Они были подрезаны до колена.

— Спасибо — Хонор взяла у него ножницы.

— Набрасывайся! — Он кивнул на еду, а сам отправился в ванную и закрыл за собой дверь.

Хонор не ела ничего с тех пор, как перехватила сэндвич в магазинчике на заправке, но все же есть ей не хотелось. Она воспользовалась ножницами и обрезала джинсы, которые заканчивались теперь неровным краем чуть выше ее колен. Было очень приятно избавиться от заскорузлой ткани, впитавшей в себя грязь и болотную воду.

Верхний свет был слишком ярким, поэтому Хонор выключила его и зажгла ночник на тумбочке возле кровати. Затем она подошла к окну и раздвинула дешевенькие шторы.

День был пасмурный, но свинцовые тучи все же уступили место облакам, и сейчас их обрывки дрейфовали по небу на фоне неполной луны. «Я вижу луну, а луна видит меня». Воспоминание о песенке, которую они пели вместе с Эмили, заставило сердце Хонор болезненно сжаться от тоски по дочери. Наверное, малышка крепко спит сейчас, прижав к себе Элмо и уткнувшись носиком в любимый плед.

Интересно, плакала ли она перед сном, когда тоска по дому бывает особенно сильной и так хочется к маме? Тори рассказала ей сказку? Послушала ее молитвы? Ну конечно, наверняка. Даже если это не входило в планы Тори, Эмили, несомненно, попросила ее послушать.

«Благослови, Господи, маму и дедушку, и папочку на небесах, — Эмили читала одну и тут же молитву каждый вечер. А вчера она добавила к привычному тексту: — И благослови, Господи, Кобурна».

Слыша, как он выходит из ванной, Хонор поторопилась вытереть слезы и отвернуться от окна. На Кобурне были обрезанные брюки хаки и огромная футболка, которую он нашел в одном из ящиков комода. Он был босиком и, наверное, нашел где-то в ванной бритву, потому что успел за это время побриться.

Он посмотрел на погашенный верхний свет, затем на лампу у кровати. И только после этого подошел к Хонор и спросил:

— Почему ты плачешь?

— Скучаю по Эмили.

Кобурн понимающе кивнул и посмотрел на выложенную на тумбочку еду.

— Ты что-нибудь ела?

Хонор покачала головой.

— Как так?

— Я не голодна.

— Почему ты плачешь? — снова спросил Кобурн.

— Я не плачу. Уже нет.

Но не успела она произнести это, как слезы снова полились по ее щекам.

— Почему ты рискуешь своей жизнью?

— Что?

— Почему ты вышла из гаража пешком? Зачем побежала к поезду?

— Я уже говорила тебе. Я... я просто... я не знаю.

Последние три слова заглушили рыдания.

Кобурн начал медленно приближаться к ней.

— Почему ты плачешь, Хонор?

— Я не знаю. Я не знаю. — Когда Ли протянул к ней руки и привлек к себе, Хонор еще раз прошептала хриплым шепотом: — Я не знаю.

Несколько минут, которые показались обоим вечностью, он просто смотрел в ее полные слез глаза. Потом взял в ладони ее лицо, провел пальцами вверх по влажным после душа волосам.

— Знаешь. Ты знаешь.

Он поцеловал ее с той же неистовой страстью, что и накануне, но на этот раз Хонор не боролась с ощущениями, которые порождал внутри ее этот поцелуй. Она не смогла бы, даже если бы очень хотела. Ощущения были совершенно неожиданными и захватывающими, и Хонор погрузилась в них целиком.

Нежность его языка, сила его губ, касания его рук, которые переместились на бедра Хонор и крепко прижимали ее к сильному телу Кобурна, делали этот поцелуй до невозможности чувственным, погружали Хонор в давно забытое возбуждение, заставлявшее содрогаться ее тело.

А когда Ли застонал, не отнимая губ от ее губ: «Ты захочешь остановиться?» — она покачала головой и сама привлекла его к себе, продолжая поцелуй.

Ли приподнял край ее футболки, расстегнул лифчик и сжал ладонями груди. Хонор застонала от удовольствия, которое доставляли ей поглаживания его сильных пальцев, и выкрикнула его имя, когда губы его сомкнулись вокруг ее соска.

Он расстегнул одной рукой «молнию» на брюках, затем вдруг впился в ее глаза долгим взглядом своих настойчивых синих глаз, взял ее руку, положил на свою восставшую плоть и подвигал несколько раз туда-сюда. Он отнял руку, но рука Хонор оставалась на том же месте и продолжала его ласкать. Кобурн издал возглас, в котором смешивались удивление и наслаждение, когда Хонор коснулась пальцем самого чувствительного места.

Зарывшись лицом в ее волосы, он прошептал в самое ухо Хонор:

— Думаю, мне понравится, как ты трахаешься.

Они целовались, забыв обо всем вокруг. Кобурн стянул через голову футболку, скинул брюки, так же быстро освободил Хонор от лифчика и ее футболки, затем упал на колени, расстегнул ее джинсы и стянул их вместе с трусиками. Он страстно поцеловал Хонор ниже живота и увлек за собой на пол.

Скользнув между ее бедер, он оказался сверху и вошел в нее. От нее уже ничего не зависело. Потому что он делал это так же, как и все остальное, — не зная сомнения и не прося прощения. Глаза Хонор расширились, дыхание перехватило. Глядя ей прямо в глаза, Кобурн вошел глубже, затем отодвинулся немного, затем снова оказался еще глубже.

Хонор нравилось чувствовать вес его тела, жар чистой кожи, волосы на его груди, прижавшейся к ее груди, давление внутри, жесткость, мужскую суть. Кобурн прижал ее колено к груди, изменяя угол движения, стал двигаться быстрее, и удовольствие Хонор сделалось еще пронзительнее.

Это было потрясающе. Почти невыносимо. Одной рукой Хонор закрыла глаза, другой цеплялась за ускользающую реальность, пытаясь вонзить пальцы в дощатый пол. Но ее все равно уносило куда-то все дальше отсюда, все ближе к...

— Хонор!

Задохнувшись, она отняла руку от лица и поглядела в глаза Ли Кобурна.

— Обними меня, — прошептал он. — Давай притворимся, что все это что-то значит.

С тихим стоном Хонор обвила его руками, провела по спине, потом положила руки под себя и приняла такое положение, при котором Кобурн оказался еще глубже внутри. Он застонал, ткнулся лицом в ложбинку под ее горлом. Его тело словно бы обрушилось на нее. Одновременно оргазм накрыл Хонор горячей волной.

И притворяться ей вовсе не пришлось.

38

Ожидание было пыткой для Клинта Гамильтона.

Час назад агент из Лафайета официально уведомил его, что встреча Хонор Джиллет и Тома ван Аллена закончилась взрывом бомбы в машине Тома.

С тех пор, как он услышал эту чудовищную новость, Гамильтон ходил из угла в угол своего кабинета в Вашингтоне или сидел за столом, подперев голову и массируя пальцами лоб. Он подумывал сделать глоток виски из бутылки, которую держал в нижнем ящике стола. Но пока что ему удавалось это желание побороть. Что бы ни было в очередных новостях из Тамбура, надо было воспринимать их на трезвую голову.

Он ждал. Снова ходил из угла в угол. Долготерпение не принадлежало к числу его достоинств.

Звонок раздался после часа ночи.

К сожалению, это было подтверждение того, что Том ван Аллен погиб в результате взрыва.

— Мои соболезнования, сэр, — сказал агент из Луизианы. — Я знаю: у вас были с покойным особые отношения.

— Да, спасибо, — рассеянно отозвался Гамильтон. — А миссис Джиллет?

— Ван Аллен стал единственной жертвой.

Гамильтон чуть не уронил трубку.

— Что?! А миссис Джиллет? Кобурн? Ребенок?

— Местонахождение неизвестно, — отозвался в трубке агент.

Изумленный услышанным, Гамильтон попытался представить себе, что же могло произойти, но не находил ответа.

— Что говорят местные пожарники о взрыве? — спросил он.

Агент сообщил, что инспектора по возгораниям и поджогам из Нового Орлеана попросили оказать помощь в этом деле. Привлекли также агентов экспертного управления. В деле было много нерешенных вопросов, но в одном все сходились наверняка: в сгоревшей машине обнаружено только одно тело.

Гамильтон спросил, уведомили ли жену Тома ван Аллена.

— Я хочу позвонить ей сам, но не раньше, чем ее уведомят официально.

— Двух агентов отправили к ван Аллену домой.

— Держите меня в курсе. Я также хочу знать обо всем, что коснется ваших ушей, — будь то официальная информация или сплетни. Обо всем. Особенно что касается Кобурна и миссис Джиллет.

Завершив разговор, Гамильтон стукнул кулаком по столу. Почему, черт побери, Кобурн не позвонил ему, чтобы рассказать о сложившейся ситуации? Черт бы его побрал. Хотя, Гамильтон был вынужден с неохотой признаться в этом самому себе, заложенная в присланном на встречу автомобиле бомба — не то, что преисполняет агента доверием к своему ведомству. Совсем не то.

Гамильтон пришел к выводу, что ситуацией больше невозможно управлять отсюда, из Вашингтона. Надо выезжать на место самому. Он запоздало пожалел, что не заказал себе билет в Луизиану, как только раздался первый тревожный звонок от Кобурна. С тех пор все изменилось только в худшую сторону, и теперь все они в полном дерьме.

Гамильтон сделал несколько звонков. Получил разрешение у вышестоящего начальства. Запросил команду людей, прошедших подготовку для участия в спецоперациях.

— Не меньше четырех человек и не больше восьми. Я хочу, чтобы они прибыли в Лэнгли со всем снаряжением и были готовы вылетать в два тридцать.

Все, с кем говорил Гамильтон, удивлялись, что он собирается перебрасывать на самолете людей и оборудование, вместо того чтобы воспользоваться ресурсами полицейского управления Нового Орлеана.

Ответ был для всех одинаковым:

— Потому что я не хочу, чтобы о моем приезде кто-нибудь знал.

Когда зазвонил дверной звонок, Дженис ван Аллен тут же кинулась открывать, помня, что на ней надета только ночная рубашка, но не беспокоясь особо по поводу такой нескромности. Дверь она открыла с телефоном в руке и выражением озабоченности на лице.

На Дженис смотрели с порога двое незнакомых людей — мужчина и женщина. Темные костюмы и серьезное выражение лица делали их практически одинаковыми.

— Миссис ван Аллен? — Женщина протянула ей кожаные корочки служебного удостоверения. То же самое сделал ее напарник. — Я — агент по особым поручениям Бет Тернер, а это — агент по особым поручениям Уорд Фицджеральд. Мы из офиса Тома.

Дженис сделала несколько частых вдохов и выдохов.

— Где Том?

— Мы можем войти? — ласково спросила женщина.

Дженис покачала головой:

— Где Том?

Агенты молчали, но их молчание о многом говорило.

Дженис издала душераздирающий вопль и схватилась за дверь, чтобы не упасть.

— Он мертв?

Агент по особым поручениям Тернер протянула к ней руку, которую Дженис оттолкнула, прежде чем она успела ее коснуться.

— Он мертв? — повторила она, на этот раз сотрясаясь от рыданий. Затем колени ее подогнулись, и Дженис обрушилась на пол.

Агенты ФБР подняли ее и, взяв под руки, почти что понесли в гостиную, где посадили на диван. Все это время Дженис выкрикивала имя Тома.

Затем агенты Тернер и Фицджеральд начали задавать ей вопросы.

— Есть кто-то, кому мы можем позвонить, чтобы пришли вас поддержать?

— Нет, — Дженис рыдала, закрыв лицо руками.

— Ваш священник? Друг семьи?

— Нет, нет.

— Есть ли родственники, которых необходимо уведомить?

— Нет! Расскажите же мне, что случилось.

— Сделать вам чаю?

— Я ничего не хочу! Я хочу только Тома! Я хочу своего мужа!

— А ваш сын...

Они явно знали о Ленни, но не находили слов, чтобы заговорить об этом.

— Ленни, Ленни! — застонала Дженис. — О господи!

Она снова зарыдала. Том так любил их сына. Несмотря на то что не было надежды на ответные чувства, его отношение к Ленни ни разу не поколебалось.

Особый агент Тернер села рядом с Дженис и обняла ее за плечи, стараясь утешить. Фицджеральд отошел и сейчас стоял к ним спиной, тихо разговаривая по мобильному телефону.

— Вы можете рассчитывать на полную поддержку бюро, госпожа ван Аллен, — сказала агент Тернер. — Все очень любили и уважали Тома.

— Как это случилось?

— Мы все еще пытаемся установить.

— Как это случилось? — резко повторила свой вопрос Дженис.

— Он был один в машине.

— В своей машине?

— Машина была припаркована около каких-то заброшенных железнодорожных рельсов.

Дженис поднесла к губам дрожащие пальцы.

— О господи! Самоубийство? Мы... мы поссорились сегодня днем. Том уехал из дома расстроенным. Я пыталась позвонить ему... объяснить. Но он не отвечал по телефону. О господи! — Дженис взвыла и вскочила на ноги.

Тернер схватила ее за руку и снова усадила на диван. Она ласково погладила вдову по руке.

— Том не расставался с жизнью по собственной воле, миссис ван Аллен, — сказала она. — Он был убит при исполнении служебного долга. В предварительном отчете сказано, что в его машину заложили бомбу.

Дженис ошалело уставилась на Тернер.

— Бомбу?

— Да, взрывное устройство. Полномасштабное расследование уже ведется.

— Но кто... кто...

— Больно говорить об этом, но лицо, подозреваемое в преступлении, — еще один федеральный агент.

— Кобурн? — прошептала Дженис.

— Вы знаете о нем?

— Конечно. Услышала впервые в связи с массовым убийством на складе. А потом Том сказал мне, что тот был агентом под прикрытием.

— Они вступали друг с другом в контакт?

— Насколько я знаю, нет. Хотя Том говорил мне сегодня утром, что, возможно, именно его попросят встретиться с Кобурном и помочь тому перейти на легальное положение. — От Дженис не укрылось выражение боли на лице Тернер. — Так это и был тот служебный долг, при исполнении которого Том погиб?

— Там, у заброшенного поезда, должна была быть миссис Джиллет. А Том должен был привезти ее.

— Кобурн подставил его?

— Мы пока еще должны убедиться...

— А теперь, пожалуйста, скажите мне, что Кобурн уже за решеткой.

— К сожалению, нет.

— Боже правый! Но почему же нет? Что там у вас творится? Совершенно очевидно, что Кобурн сумасшедший. Если бы его остановили до вчерашнего вечера, заперли, как давно уже следовало сделать, Том был бы сейчас жив, — выдержка снова оставила Дженис, и она зарыдала. — Все ваше чертового бюро ничего не смыслит в своей работе. И из-за вас Том теперь мертв.

— Миссис ван Аллен?

Дженис подпрыгнула от неожиданности. Она не замечала, что Фицджеральд снова присоединился к ним, пока он не положил руку ей на плечо и не назвал по имени.

Теперь он протягивал Дженис свой сотовый:

— Это вас.

Она ошалело переводила взгляд с трубки на Фицджеральда и обратно. Затем наконец взяла телефон и поднесла к уху:

— Алло!

— Миссис ван Аллен? Меня зовут Клинт Гамильтон. Я решил позвонить вам лично, чтобы сказать, как много...

— Твою мать! — Дженис отключилась и вернула телефон Фицджеральду.

Затем, собрав в кулак всю свою выдержку, отерла от слез лицо, сделала несколько глубоких вдохов, встала и вышла из комнаты, бросив через плечо:

— Выйдите сами. Мне надо заняться сыном.

39

— Так тебе...

— Что мне?

— Тебе понравилось, как я... — Хонор так и не нашла в себе силы закончить вопрос.

Кобурн повернул голову и посмотрел на нее.

— Нет. Я притворялся. Неужели ты сама не почувствовала?

Хонор смущенно улыбнулась и спрятала лицо у него на груди.

Он прижал ее к себе еще крепче.

— Мне понравилось.

— Больше, чем чихать или кашлять?

— Можно, я подумаю об этом и снова займусь тобой?

Хонор тихонько рассмеялась.

Они перебрались с пола на кровать и лежали, переплетясь ногами. Хонор подула на волоски на груди Кобурна, щекотавшие ей нос.

— Как его звали?

— Кого?

— Коня, которого тебе пришлось застрелить. Ты дал ему имя. Какое же?

Ли посмотрел на Хонор, затем отвел глаза.

— Я забыл.

— Неправда, ничего ты не забыл, — тихо произнесла Хонор.

Кобурн лежал молча и абсолютно неподвижно несколько секунд, затем вдруг сказал:

— Дасти.

Хонор положила кулачок ему на грудь, затем водрузила на кулачок свой подбородок и внимательно посмотрела в лицо Кобурна.

Несколько секунд он держался, затем опустил глаза, чтобы встретиться с ее взглядом.

— Каждый день, когда я приходил из школы, он просовывал голову через прутья загона, как будто радовался мне. Думаю, он меня любил. Но только потому, что я его кормил.

Хонор провела пальцем вдоль линии его подбородка.

— Сомневаюсь, чтобы это была единственная причина.

Кобурн повел плечом, изображая равнодушие.

— Это был конь. Что он мог понимать? — Затем, повернувшись лицом к Хонор, он продолжил: — Глупо говорить об этом сейчас.

Сжав между пальцами прядь ее волос, Кобурн стал внимательно ее изучать.

— У тебя красивые волосы.

— Спасибо. Они знали лучшие времена.

— И ты сама красивая.

— Еще раз спасибо.

Кобурн жадно вбирал в себя черты ее лица. В конце концов глаза их снова встретились.

— Ты не была ни с кем после Эдди?

— Нет.

— Мне это понравилось. Но я подумал, что тебе, возможно, было больно.

— Сначала немного. Потом — нет.

— Извини. Я не подумал об этом.

— Я тоже, — хриплым шепотом произнесла Хонор.

Непросто было в этом признаться, но это была правда. Хонор была рада тому, что мысли об Эдди не омрачили момент, хотя даже если бы они пришли ей в голову, то не помешали бы заняться любовью с Кобурном.

Два мужчины, два совершенно разных набора чувств и переживаний. Эдди был потрясающим и очень страстным любовником. И она всегда будет бережно хранить в памяти приятные воспоминания о нем. Но у Кобурна было одно неоспоримое преимущество. Он был живым, теплым, полным мужской силы и прижимался к ней прямо здесь и прямо сейчас.

Их поцелуй был чувственным и сексуальным. Затем они долго ласкали друг друга. Хонор обнаружила на теле Кобурна шрамы, которые покрыла поцелуями, несмотря на его протесты. Ли назвал ее испорченной, когда она обвела кончиком языка его сосок. И тут же добавил, что он — большой поклонник испорченных девчонок. Рука ее скользнула с упругих мускулов его живота ниже.

— Сделай, как тогда, кончиками пальцев, — прошептал Кобурн и, когда Хонор исполнила его просьбу, застонал от возбуждения и тихо выругался.

Его чуткие пальцы безошибочно находили на теле Хонор самые чувствительные места, и когда он ласкал их, у Хонор перехватывало дыхание. Хонор снова почувствовала нараставшее внутри ее возбуждение и прижалась к Кобурну, приглашая действовать. Он долго целовал ее грудь. Затем поднял руку Хонор над головой и стал целовать нежную кожу тыльной стороны предплечья. Затем, не переставая поглаживать ее по ребрам, он тихонько перевернул Хонор так, что она оказалась на животе, и, раздвинув волосы, легонько куснул ее сзади в шею и стал покрывать поцелуями позвоночник.

Его теплое дыхание приятно щекотало кожу, и вдруг он издал короткий смешок.

— Боже мой! Кто бы мог подумать?

Понимая, что он увидел, Хонор строго произнесла:

— Ты ведь тоже не остался неохваченным рынком татуировок.

Перед этим она провела несколько минут, любуясь колючей проволокой, оплетавшей его бицепсы.

— Да. Но татуировка на копчике? У учительницы второго класса? Я помню свою учительницу второго класса и серьезно сомневаюсь, что у нее была такая. — Наклонившись к Хонор, он игриво куснул ее за мочку уха. — Но меня аж в жар бросает, когда об этом думаю. Что тебя вдохновило?

— Два коктейля «Ураган» в баре «Пэт О'Брайен». Мы с Эдди как-то вырвались на уик-энд в Новый Орлеан. А Стэн сидел с Эмили.

— И ты напилась?

— Слегка. По крайней мере меня было легко уговорить.

Кобурн снова покрыл поцелуями ее спину. И сейчас его язык описывал круги вокруг татуировки.

— А что на ней?

— Китайский символ. Может, японский. Не могу вспомнить, — она застонала от удовольствия. — Если честно, когда ты так делаешь, я вообще думать не могу.

— Да? А что происходит, когда я делаю это?

Просунув руку между Хонор и матрацем, он принялся ласкать ее спереди, навалившись всей тяжестью на спину.

— В тот день, у тебя в ванной, — бормотал он, касаясь губами уха Хонор. — Когда я прижал тебя к двери...

— Мммм...

— Именно это мне тогда хотелось сделать. Коснуться тебя... там.

От движений его пальцев у Хонор перехватывало дыхание, но все же она сумела сказать:

— Я очень боялась.

— Меня?

— Того, что ты мог сделать.

— Обидеть тебя?

— Нет. Заставить меня чувствовать то, что я чувствую сейчас.

Кобурн на секунду замер.

— Это правда?

— К моему стыду, да.

— Перевернись! — почти что прорычал Ли.

Он помог ей снова оказаться на спине и принялся покрывать поцелуями низ ее живота. Поцеловал каждую косточку, ложбинку между ними, затем потерся носом ниже.

— Кобурн?

— Шшш.

Его ладонь легла на живот Хонор. Пальцы продолжали ласкать, а язык властно проник внутрь. Хонор сначала часто задышала, потом выкрикнула его имя и выгнулась всем телом, словно умоляя не останавливаться. Он не стал.

После Кобурн взял в ладони ее лицо и водил большими пальцами по скулам.

Напряженное выражение его лица заставило Хонор спросить, в чем дело.

— Я никогда не был большим поклонником миссионерской позы.

— О, — неопределенно отреагировала Хонор, не зная, что тут можно сказать.

— Предпочитал любой другой способ.

— Почему?

— Потому что нужно смотреть женщине в лицо, — пробормотал Ли, словно сам удивляясь собственному открытию.

У Хонор вдруг сжалось горло. Подняв руку, она погладила Кобурна по щеке.

— А в мое лицо тебе хотелось смотреть?

Он впился взглядом в ее глаза еще на несколько секунд, а потом вдруг перевернулся так резко, что разрыв возникшей эмоциональной связи между ними оказался столь же ощутимым, сколь и физическое разделение тел. Не желая этого, Хонор повернулась вслед за ним. Кобурн лежал на спине, глядя в потолок с совершенно отчужденным видом.

Хонор произнесла его имя.

Он повернул голову в ее сторону:

— Когда все это кончится, я ведь больше не увижу тебя, не так ли? — тихо спросила Хонор.

Он помедлил несколько секунд, затем резко мотнул головой.

— Правильно, — печально улыбнулась Хонор. — Я так и думала.

Кобурн вернулся к изучения потолка, и Хонор подумала, что все кончено.

Но Ли вдруг сказал:

— Я вижу, это изменило твое мнение.

— О чем?

— О том, чтобы спать со мной. Но ты ведь знала, на что шла, — он говорил так, словно Хонор собиралась с ним спорить. — Во всяком случае, должна была знать. Я не скрывал, кто я и какой я. И да, я хотел видеть тебя голой рядом с собой с той минуты, как увидел, и из этого тоже секрета не делал. Но я не из тех парней, которые дарят цветы и сердечки на День влюбленных. Я даже не из тех, кто остается на всю ночь. Не из тех, с кем можно сидеть, взявшись за руки. Не из тех, кто обнимается... в общем, всего этого я не делаю.

— Нет. Ты всего-навсего рисковал своей жизнью, чтобы спасти мою. И уже не один раз.

Кобурн повернул голову и посмотрел на нее.

— Ты спрашивал меня, зачем я вышла из гаража. А теперь я хочу спросить тебя кое о чем. Зачем ты шел обратно в гараж?

— Хм?

— Ты сказал мне, что, если не вернешься через несколько минут после десяти, я должна вывести машину из гаража и постараться убраться как можно дальше от Тамбура. То есть ты думал, что так я и сделала. После того как ты чуть не погиб во время взрыва, тебе опалило волосы и обожгло плечо, ты мог бы бежать в любом направлении, чтобы спастись, но ты этого не сделал. Когда ты нашел меня на рельсах, ты бежал обратно в гараж. Ко мне.

Кобурн ничего не сказал. Только крепче сжал челюсти.

Хонор улыбнулась и подвинулась к нему ближе, прижимаясь всем телом к его телу.

— Тебе не надо дарить мне цветы, Ли Кобурн. Тебе даже не надо меня обнимать. — Она положила голову ему на грудь и обвила руками его шею. — Дай-ка я сама обниму тебя.

40

Диего держал бритву у кадыка Боннела Уоллеса, который, к его удивлению, оказался на редкость упрямым сукиным сыном.

Проникнуть в его дом оказалось гораздо проще, чем ожидал Диего. Сигнализация не была включена, так что ему не пришлось наносить удар мгновенно и стараться потом убежать до приезда полиции. Вместо этого Диего успел спрятаться и изучить дом до того, как Боннел Уоллес понял, что он не один.

Диего уже было подумал, что преодолел все препятствия, как вдруг до него дошло: Уоллес находится в своем кабинете на той стороне дома, которая выходила на улицу, где Диего видел его прошлой ночью. А это означало, что он отлично виден каждому прохожему.

Звуки телевизионного шоу приглушили шаги Диего по витой лестнице. На втором этаже спальни располагались по обе стороны коридора. Диего не составило труда обнаружить ту, что принадлежала хозяину дома.

Серый костюм в мелкую полоску, в котором Уоллес ходил сегодня в банк, висел на подлокотнике одного из кресел. Ботинки красовались посреди комнаты, а галстук лежал в ногах кровати.

Диего отлично спрятался в большом стенном шкафу. Прошло часа полтора, прежде чем Уоллес поднялся к себе.

Сидя в шкафу, Диего слушал писк кнопок на пульте системы безопасности, которую Уоллес включал на ночь. Это, конечно, создавало определенные проблемы, так как означало, что Диего не сможет выбраться из дома, не потревожив сигнализацию. Но он решил не волноваться по этому поводу, пока не придет время. Прежде всего надо было подумать о том, как справиться с мужчиной, который весил в два раза больше его.

Уоллес сам помог ему. Едва войдя в спальню, он направился в примыкавший к ней санузел, и пока тот возился с брюками, Диего подошел к нему сзади и дернул голову назад, положив ладонь на лоб, а затем приставил к горлу банкира лезвие бритвы. Уоллес вскрикнул, но не столько от страха, сколько от изумления. Затем он рефлекторно протянул назад обе руки и попытался обернуться, чтобы отстранить нападавшего. Моча залила при этом стену за комодом.

А Диего сделал надрез на руке Уоллеса, дабы показать ему, что разговор будет серьезным.

— Будешь сопротивляться — перережу горло.

Уоллес прекратил борьбу. Тяжело дыша, он спросил:

— Кто ты? Что тебе надо? Деньги? Кредитные карты? Возьми их. Я не видел твоего лица и не смогу тебя опознать. Так что просто возьми, что тебе нужно, и уходи.

— Мне нужна твоя сучка.

— Что?

— Твоя сучка. Тори.

Уоллес был явно обескуражен этим заявлением. Диего почти чувствовал, как бегут мысли в голове банкира, которую он крепко прижимал к своей груди.

— Она... ее здесь нет.

— Это я знаю, придурок. Но почему, как ты думаешь, я держу бритву у твоего горла? Я хочу, чтобы ты сказал, где она.

— Зачем она тебе?

Рука Диего дернулась почти незаметно, и бритва срезала тонкий слой кожи со щеки Уоллеса.

— О господи!

— О, прошу прощения. Очень больно?

Он уперся коленом в спину Уоллеса, заставляя его прогнуться, но тело толстяка не очень-то поддавалось, и держать его становилось все тяжелее и тяжелее.

— На колени!

— Но зачем? Я сотрудничаю с тобой. Не пытаюсь сопротивляться.

— На колени, — снова прошипел Диего сквозь зубы.

Уоллес повиновался. Такой угол нравился Диего больше. Он открывал массу возможностей. И еще это была поза просителя, которая работала на Диего.

— Скажи мне, где искать Тори.

— Я не знаю. Я не видел ее сегодня и даже не разговаривал с ней.

Диего взмахнул бритвой, и нижняя часть мочки уха Уоллеса упала ему на плечо.

— В следующий раз отрежу все ухо. И Тори больше не захочет тебя, ты, старый бурдюк. И ни одна другая шлюха тоже, потому что ты станешь полным уродом. Так где Тори?

Трюк с ухом обычно работал безотказно. После этого Диего рассказывали то, что он хотел узнать, и он в благодарность прекращал мучения жертвы, быстрым взмахом перерезая ей горло. Только один мужчина продержался до тех пор, пока не были отрезаны оба уха и нос. Но он был крепким сукиным сыном.

Диего надеялся, что с банкиром не придется возиться так долго. Ему не нравилось находиться в доме. До Диего вдруг дошло, что Уоллес вполне мог успеть нажать на какую-нибудь беззвучную сигнализацию, что-то типа тревожной кнопки, сообщающей полиции, что в дом проник злоумышленник. Но он отмел эту мысль. Но Диего не прожил бы долго, если бы был склонен проявлять беспечность.

И теперь, через пять минут этой вот пляски с бубном, он приготовился покончить с Уоллесом и сказать «до свидания» Бухгалтеру.

— Еще один раз. Последний. Даю тебе последний шанс. Потому что такой вот я добрый парень. Где Тори?

— Клянусь, что не знаю, — произнес Уоллес. — Сегодня рано утром я получил от нее короткое сообщение о том, что ей надо срочно покинуть город.

— И куда она отправилась?

— Про это ничего не сказала.

— Где твой телефон?

— Я оставил его в офисе.

— Считаешь меня идиотом! — Крик Диего эхом отразился от мраморных стен ванной. Взмах бритвы — и Уоллес лишился половины другого уха.

Банкир словно подавился воздухом, который вдыхал, но на этот раз не вскрикнул.

— Я бросил телефон в кресло, когда вошел в спальню, прежде чем пойти в туалет, — сказал он. — Пойди посмотри, если не веришь.

— Я вижу, что ты пытаешься мне нос натянуть!

— Вовсе нет. Клянусь!

— Ты хочешь, чтоб я пошел посмотреть, в спальне ли твой телефон. Отлично! Но сначала мне придется тебя убить, потому что я не отпущу тебя, пока ты не скажешь мне то, что я хочу знать, или пока не будешь мертв, — он подождал, пока до Уоллеса дойдет смысл сказанного. — Мне-то, в общем, все равно, а ты сам решай.

— Я думаю, что ты убьешь меня в любом случае.

— Скажи мне, где Тори.

— Я не знаю.

— Где она?

— Если бы знал, был бы вместе с ней.

— Где она?

— Я не знаю. Но если бы и знал, все равно бы тебе не сказал.

— Говори, где она, или умрешь в следующие пять секунд!

— Ни хрена я тебе не скажу. Я люблю ее.

Диего двигался быстро и бесшумно, как змея. Но он не перерезал Уоллесу горло. Вместо этого он приложил его башкой об унитаз. Тело толстяка тяжело шлепнулось на мраморный пол, а лоб оставил на краю унитаза причудливый кровавый узор.

Диего взял полотенце с монограммой и вытер лезвие бритвы, затем сложил ее, засунул в карман и вышел из ванной. Сотовый лежал именно там, где сказал Уоллес. Со своего наблюдательного пункта Диего пропустил момент, когда банкир бросил его в кресло, прежде чем пойти облегчиться.

Диего быстро спустился вниз. Стараясь, чтобы его не заметили в окнах, выходящих на фасад дома, он отправился в кухню, через которую вошел в дом. Там горела всего одна лампа над плитой. Поднеся к лампе сотовый Уоллеса, он открыл раздел с сообщениями. Тори. Восемь сорок семь. Она писала, что надо срочно уехать из города, но не сообщала, куда. Затем Диего посмотрел список звонков. Куча исходящих на номер Тори, и ни одного от нее. Толстяк говорил ему правду.

Диего достал свой телефон и позвонил Бухгалтеру.

— Я добыл номер мобильного Тори Шайрах, — сообщил он.

— Мне нужен был не номер, а местонахождение.

Диего продиктовал номер и объяснил про сообщение в телефоне Уоллеса.

— Все это хорошо, — голос Бухгалтера звучал весьма напряженно. — Но где она?

— Уоллес не знает.

— Ты не смог из него вытащить?

— Он не знает.

— Не знает? В настоящем времени?

— Чего мы добьемся, убив его?

— Что с тобой случилось, Диего? Мертвец не сможет тебя опознать.

— Уоллес и так не сможет. Он меня не видел.

В трубке повисла тяжелая пауза, затем снова послышался голос Бухгалтера:

— Ты сейчас где?

— Все еще в доме.

— Так попробуй еще раз. Кроме ушей, у него есть пальцы на руках и ногах. Пенис, в конце концов.

— Это ни к чему не приведет.

Диего всегда доверял своим инстинктам, а Боннел Уоллес явно был человеком, который умрет, защищая любимую женщину.

— Он говорит, что не знает, где Тори, и я ему верю, — с нажимом произнес Диего.

— Никаких свидетелей!

— Я же говорил вам уже, что меня он не видел, а вас я не упоминал.

— Ты никогда не оставлял жертву в живых. Что случилось сейчас? Откуда такая мягкость?

— Это не мягкость. Просто мои мозги все еще при мне. Убивать Уоллеса рискованно, потому что я не могу смыться из его дома по-тихому. Как только открою дверь, заорет сигнализация. И если я не успею убежать от полиции, не хотелось бы быть пойманным на трупе.

— Ты отказываешься добыть то, что тебе было заказано?

— То, что мне было заказано, добыть невозможно. Глупо убивать человека из-за информации, которой у него нет.

И снова на другом конце линии послышалась зловещая тишина.

— Ты уже дважды разочаровал меня на этой неделе, Диего. — От шелковых ноток в голосе Бухгалтера у него побежали мурашки по спине.

Все, кто знал что-нибудь о Бухгалтере, были осведомлены и о том, что происходит с людьми, которые разочаровали или подвели этого человека. Диего не боялся, что с ним могут поквитаться. Он был слишком ловок и изворотлив, чтобы даться им в руки. Но Бухгалтер мог наказать его другим способом...

И вдруг он понял кое-что такое, что обрушилось на него, словно тонна кирпичей. Во второй раз.

Желудок Диего болезненно сжался. Казалось, его вот-вот вырвет. Отсоединившись, он, не задумываясь ни на секунду о последствиях, распахнул дверь кухни. Сработала сигнализация. Звук был оглушительным, но Диего почти не слышал его. Тот страх, который поселился внутри его несколько секунд назад, оказался куда сильнее страха ареста.

Он пробежал по каменной террасе, затем по газону. Когда Диего добрался до стены, ему уже не хватало воздуха, но он не стал останавливаться, чтобы перевести дыхание. Он быстро взобрался наверх по какому-то вьющемуся растению, вылез на стену и спрыгнул оттуда, тяжело приземлившись на землю четырьмя метрами ниже. Его колени приняли на себя силу удара и чудовищно заболели, но боль не замедлила его бег.

Диего слышал сирену приближающейся полицейской машины, но все равно воспользовался кратчайшим путем к краденому автомобилю, на котором приехал, хотя для этого пришлось бежать по открытой местности, а не красться в тени.

Никто не остановил его. Добравшись до машины, Диего был мокрым от пота. Руки его тряслись, и он едва смог завести двигатель. Не обращая внимания на запрещающий знак, он резко тронулся с места, тормоза оглушительно завизжали.

Он сжимал руль пальцами, ставшими белыми, как кость, от страха и ярости. Диего никогда не учили молиться, он не знал никакого бога, и сейчас он торговался с абстрактной высшей силой и взывал к небесам, которые, он надеялся, слышали его мольбы.

Нарушив свое незыблемое правило, Диего погнал машину прямо к дому. Остановился у входа так резко, что запахло жженой резиной. Выскочил, не заботясь о том, чтобы заглушить двигатель или хотя бы закрыть дверцу.

Замок с двери, которая стояла сейчас распахнутой, был срезан автогеном. Диего вбежал внутрь и очутился в кромешной тьме. Пробежав по коридору, он кинулся вниз по ступенькам, которые знал на ощупь.

Добежав до низа и увидев распахнутую дверь в комнату, он резко остановился. Дыхание его вырывалось наружу со свистом, и это был единственный звук во всем заброшенном здании. Он подумал, что мог бы умереть прямо сейчас от боли, пронзившей грудь. Диего почти надеялся, что это произойдет и он будет избавлен от необходимости увидеть то, что находилось внутри.

Но он должен был пройти через это.

И он заставил себя сделать еще несколько шагов и войти в освещенную комнату, которая казалась ему таким безопасным убежищем. Еще вчера.

Изабель лежала на спине на кровати. Ее раздели и уложили в неприличную позу. Мерзавцы надругались даже над ее лицом, которое все было в синяках и царапинах. Также виднелись следы укусов, глубоких укусов, разорвавших ее нежную золотистую кожу. Еще кругом была сперма. И кровь.

Его держали подальше отсюда весь день, чтобы подручным Бухгалтера хватило времени спокойно пытать и убивать Изабель, дабы преподать Диего кровавый урок покорности и послушания.

Нетронутыми остались только гладкие черные волосы его несчастной возлюбленной. Диего опустился на колени рядом с кроватью и стал гладить их, затем уткнулся в них носом и отчаянно зарыдал.

Когда Диего наконец поднялся на ноги, он почти не чувствовал затекших колен.

Он переложил тело Изабель в скромную позу, аккуратно снял с цепочки серебряное распятие. Поцеловал ее распухшие губы. Их первый поцелуй стал последним. Наконец Диего прикрыл тело Изабель одеялом.

Он окинул взглядом комнату, словно стараясь запомнить каждую деталь. И решил: здесь нет ничего, что ему хотелось бы сохранить. Даже дорогой ковер был больше не нужен. Он выпустил золотую рыбку в унитаз и спустил воду. Это была гуманная смерть. Лучше, чем свариться в кипятке.

Диего собрал на середину комнаты свои вещи, поднес к ним зажигалку и подождал несколько минут, пока займется огонь. Когда он повернулся спиной, чтобы покинуть комнату, огонь уже подбирался к кровати. К погребальному ложу Изабель.

Диего медленно, едва передвигая ноги, шел через заброшенную фабрику на улицу. Он чувствовал за собой запах гари и понимал, что огню потребуется не так уж много времени, чтобы поглотить здание целиком.

Машины у входа, разумеется, не было. Но это не имело никакого значения. Диего пошел по улице, поближе к домам, рукой сжимая в кармане брюк рукоятку бритвы и думая о том, что Бухгалтер вряд ли удовлетворится смертью Изабель. И наверняка считает, что с Диего еще не все закончено.

И уж конечно, у Диего не все закончено с Бухгалтером.

41

Когда Боннел Уоллес пришел в сознание, он лежал лицом вверх на спине в ванной, и кто-то, склонившись над ним, светил фонариком в глаз Боннела, приоткрыв ему веки рукой в резиновой перчатке.

— Вы слышите меня, мистер Уоллес?

— Выключите этот гребаный свет, — от звуков собственного голоса его череп словно пронзили изнутри тысячи иголок. Врач «Скорой помощи» не сделал того, о чем просил Боннел. Вместо этого он открыл другой глаз Уоллеса и замахал фонариком в дюйме от зрачка.

Боннел оттолкнул руку в синей перчатке. Вернее, попытался оттолкнуть. Схватив рукой воздух, он понял, что в глазах у него двоится и он выбрал не то изображение.

— Мистер Уоллес, лежите, пожалуйста, спокойно. У вас сотрясение мозга.

— Я в порядке. Вы поймали его?

— Кого?

— Негодяя, который сделал со мной это.

— Задняя дверь была распахнута, когда мы приехали. Тот, кто напал на вас, успел убежать.

Уоллес старался сесть, в то время как двое фельдшеров пытались удержать его в горизонтальном положении.

— Мне надо поговорить с копами.

— Они обыскивают дом, мистер Уоллес.

— Пойдите и приведите их.

— Вы сможете поговорить с офицерами позже. Им нужно ваше заявление. А пока что мы отвезем вас в реанимацию и сделаем рентген...

— Вы никуда меня не отвезете, — Уоллес оттолкнул руку фельдшера, на сей раз попав правильно. — Отвалите. Со мной все в порядке. Я должен предупредить Тори, принесите мой телефон. Он на кресле в спальне.

Фельдшеры обменялись друг с другом понимающими взглядами. Один из них вышел из ванной в спальню, и через несколько минут послышался его голос:

— На кресле нет никакого телефона.

Уоллес застонал в ответ:

— Он забрал мой телефон. А там был ее номер...

— Чей номер?

— Господи! Да Тори, чей же еще!

— Сэр, пожалуйста, ложитесь и позвольте нам...

Боннел сгреб молодого фельдшера за грудки:

— Я ведь сказал вам: со мной все в порядке. Но если что-нибудь случится с Тори, я прежде всего расправлюсь с вами, и поверьте, я сумею превратить вашу жизнь в ад. Поэтому вам лучше привести сюда копов немедленно!

Кобурна научили спать также эффективно, как и делать все остальное. Он проснулся ровно через два часа, чувствуя себя если не отдохнувшим, то по крайней мере восстановившим силы.

Хонор все еще лежала рядом с ним, словно слившись с его телом. Кобурн отлежал правую руку, и теперь ее пощипывало, но он не обращал внимания. И вовсе не собирался вынимать руку оттуда, где она лежала между грудями Хонор. Ли не хотел будить ее раньше времени. Да и руке было там вполне уютно.

А правая рука Хонор лежала на его груди, и Кобурн с ужасом осознал, что во сне накрыл эту самую руку своей левой рукой, прижимая крепче к сердцу.

Он вынужден был признать: этой женщине удалось задеть его за живое. Этой скромной школьной училке, хранившей верность покойному мужу, которая тем не менее занималась с ним любовью также страстно и неистово, как боролась с ним два дня назад, и удалось-таки проникнуть под маску цинизма и равнодушия, которую он носил.

Черты ее лица казались такими мягкими и женственными, но, когда было надо, она вовсе не вела себя как неженка. И даже когда Ли готов был удушить ее за безрассудные глупости, которые она совершала, он не мог не восхищаться мужеством Хонор. Он знал с самого начала, что эта женщина убьет его или умрет сама, если он попытается обидеть ее ребенка.

При мысли об Эмили на губах Кобурна заиграла улыбка. Маленькая болтушка! Ли приятно было думать, что она в безопасности, но ее отсутствие радовало совсем не так сильно, как он пытался показать. Возможно, Кобурн не увидит ее больше. Но всегда будет думать о ней, как только ему попадется на глаза это странное существо с красными жуками вместо глаз. И еще он всегда будет помнить, как девчушка поцеловала его в щеку с такой непритворной нежностью и доверием, что при каждом воспоминании у него наверняка будет немного болеть где-то рядом с сердцем.

Как болит сейчас.

Ли поспешил отогнать от себя все эти неуместные мысли. В последние дни в голову ему лезло множество глупостей, которые можно было хоть как-то объяснить только тем, что с тех пор, как Кобурн убежал со склада после убийства семерых человек, он практически провалил миссию, и дальше все пошло кувырком. Неудивительно, что он немного сбрендил и вместо того, чтобы думать, как быть дальше, он лежал тут, наслаждаясь наготой Хонор и давая сокам ее тела проникнуть сквозь его кожу, подобно целительному бальзаму.

Но как же ему было хорошо с ней! Какой она была горячей! Как сильно хотела его!

А когда Кобурн понял, что был первым любовником Хонор с тех пор, как она похоронила мужа, он почувствовал себя суперменом. Но именно это так смутило его, именно это превратило обычный секс в нечто большее, именно поэтому ему захотелось, чтобы руки Хонор ласкали его тело, чтобы она поняла, что для того, чтобы доставить ей наслаждение, нужен не бесплотный призрак, а сильный, горячий мужчина. Ли хотел, чтобы Хонор знала, что этот мужчина — он.

И все это пугало его.

Потому что никогда в жизни ему не было нужно, чтобы его хотели, чтобы в нем нуждались.

Хорошо, что они вместе ненадолго, и, когда все закончится, он сможет просто повернуться и уйти. И никаких обязательств. Они вернутся каждый к своей прошлой жизни и никогда больше не увидят друг друга. Кобурн четко дал понять, что будет именно так, и Хонор приняла это.

И пусть он позволил ей заснуть, прижавшись к нему покрепче и устроившись поудобнее. Если ей захотелось обнять его, это хорошо. Хорошо. До тех пор, пока оба понимают, что такая близость между ними ненадолго.

Но бесполезно было отрицать, как приятно ему было чувствовать ее рядом с собой. Ли ощущал кожей дыхание Хонор. Мягкая и нежная внутренняя сторона ее бедра покоилась на его ноге. Груди словно обхватывали его руку. А вторая рука лежала как раз там, где сходились ее бедра. И если он сейчас перевернет ладонь и...

Ли снова почувствовал возбуждение.

Они ведь могут заняться сексом еще раз. Кому от этого будет хуже? Он никому ничего не расскажет. Хонор тоже. Если рука его проникнет внутрь ее тела и начнет ласкать ее там, она проснется, улыбающаяся и сонная, и снова готовая принять его возбужденную плоть.

Они будут целоваться, сгорая от возбуждения. Ее губы будут снова сводить его с ума, а язык Ли будет проникать к ней в рот, чувствуя теперь уже ставший знакомым вкус. Он будет касаться языком ее сосков, а она снова сожмет в ладони его естество и проведет большим пальцем по самому чувствительному месту. И он почувствует, что готов взорваться.

А может быть, нет. Может быть, он сделает то, чего никогда не пробовал делать ни с одной женщиной. Просто будет рядом. Будет лежать спокойно и слушать в тишине биение их сердец. Не станет больше размышлять ни о чем и, когда все будет закончено, сможет двигаться дальше, возможно, насытившись физически, но не затронутый эмоционально.

Нет, все же решил он, на этот раз он, пожалуй, позволит себе насладиться близостью с другим существом, такой тесной, какая только может быть между мужчиной и женщиной. Насладиться тем, что стал единым целым с Хонор.

Он поцелует ее и, если она ответит, как отвечает всегда, то Ли тут же потеряет всякий контроль над собой.

А потом он будет дразнить ее, обвинять в легкомыслии, а она будет делать вид, что возмущена. Он снова станет шутить по поводу татушки на копчике, так удачно расположенной между двумя ямочками чуть повыше ее аппетитной попы. Скажет, что знает, каким будет его призвание в следующей жизни. Он хотел бы работать в тату-салоне и специализироваться на учительницах младших классов, хвативших во время уик-энда пару коктейлей «Ураган» и позволивших сделать себе татуировку там...

...где никто ее не увидит.

Ленивый ход его мыслей прервала неожиданная догадка.

Он почти скинул Хонор с себя и скатился с кровати.

— Хонор. Проснись!

Слегка испуганная его криком и неожиданным пробуждением, Хонор поднялась на локтях и заслонила глаза от света, когда Ли включил лампу на потолке.

— Что случилось? Здесь кто-то есть?

— Нет. Перевернись!

— Что?

— Ложись на живот!

Он поставил на кровать одно колено и перевернул Хонор лицом вниз, не ожидая, пока она послушается.

— Кобурн!

— Ты сказала «меня было легко уговорить».

— Что? Дай же мне встать.

Но Кобурн положил ладонь ей на ягодицы и прижал Хонор к кровати.

— Твоя татуировка. Ты сказала, что подвыпила и тебя было легко убедить. Легко убедить сделать татуировку?

— Ну да. Сначала идея мне не понравилась. Но Эдди...

— Заставил тебя?

— Эдди никогда не заставлял никого...

— Ну хорошо, он настаивал?

— Что-то в этом роде. Или, скорее, подначивал меня. И наконец я сдалась.

Кобурн стоял рядом с ней на коленях, изучая причудливый рисунок татуировки.

— И место выбрал он.

— Да. Сказал, что она выглядит там очень сексуально.

— Очень. Как и все, что вокруг нее. Но не думаю, что Эдди именно поэтому захотел сделать ее именно на этом месте. — Кобурн провел пальцем по спиралевидному рисунку. — Что это означает?

— Ничего. — Хонор смотрела на него через плечо. — Я ведь уже говорила тебе, это какой-то китайский символ.

— Она должна что-то значить, иначе почему ты ее выбрала?

— Это не я. Ее выбрал Эдди. На самом деле он...

Кобурн резко вскинул голову. Глаза его впились в глаза Хонор:

— Он сам придумал ее.

Они смотрели друг на друга несколько секунд, затем Кобурн произнес:

— Мы нашли карту сокровища.

Тори в сотый раз вертела в руках свой разобранный телефон. И в сотый раз еле сдерживалась, чтобы не вставить в него аккумулятор и не позвонить Боннелу. Ей так хотелось поговорить с ним. И что с того, что он не смазлив и не атлетически сложен? Он вовсе не был чудовищем. Он нравился Тори. Она знала, что его восхищение ею совершенно искренне и их отношения могли бы перерасти из увлечения в настоящую любовь. Боннел будет волноваться по поводу ее неожиданного отъезда, задавать себе вопрос: почему она решила податься без объяснений неизвестно куда и не отвечает на телефонные звонки, которые наверняка не замедлили последовать?

Конечно, если Боннел пошевелит мозгами, то сумеет понять, что ее отъезд связан с подругой, про которую она ему рассказывала. С той, которую похитили вместе с ребенком. Может быть, Боннел слышал последние новости о поисках Хонор и малышки Эмили.

Послав Боннелу Уоллесу с утра одно короткое сообщение, она следовала инструкциям Кобурна, хотя и сомневалась в их правильности. Через полчаса после прибытия в дом на озере они с Эмили уже лепили куличики на площадке для игр недалеко от берега.

Это доставляло Тори такое удовольствие, что она забывала время от времени, почему именно они здесь оказались.

Но как только Три вспоминала о тех ужасных обстоятельствах, в которых они находятся, ей начинало особенно остро не хватать присутствия рядом Боннела — такого умного и надежного. Она с негодованием думала о Кобурне и установленных им правилах. Тори просто не переносила никаких правил и провела большую часть жизни, нарушая их.

Негодование ее росло с каждым часом. И вот теперь, лежа одна в постели и мечтая о Боннеле, Тори решила, что не будет ничего плохого в одном коротком разговоре. Просто чтобы Боннел не волновался, знал, что с ней все в порядке. Что она, как всегда, готова к плотским утехам и очень по нему скучает.

Тори села на постели и приготовилась протянуть руку к лежавшему на тумбочке телефону. Но вместо этого истошно завопила.

В ногах кровати стоял человек в горнолыжной маской на лице.

Наклонившись к Тори, он одетой в перчатку рукой зажал ей рот, заглушая крик. Тори сопротивлялась, как пантера. Ей удалось оттолкнуть от своего лица руку нападавшего, затем она перешла в наступление и впилась в него зубами и ногтями. Тренированное мускулистое тело Тори было отлично приспособлено для борьбы. Она была сильнее многих мужчин и отлично знала, как эффективно использовать эту свою силу.

Нападавший едва увернулся от пятки, нацеленной ему в мошонку. Тори попыталась стащить с его лица маску, но мужчина сумел обхватить ее запястье и дернуть так сильно, что Тори почти услышала треск ломающихся костей. Она невольно вскрикнула от боли.

Тогда мужчина дулом пистолета ударил ее в висок. Темнота, подобно мягкому пледу, окутала угасающее сознание Тори. Ее последняя мысль была о Хонор и Эмили и о том, как сильно она их подвела.

Дорал стянул с лица горнолыжную маску и склонился над распростертым телом Тори, уперев руки в колени и пытаясь перевести дыхание и остановить кровь, капающую из носа. Все же Тори удалось нанести хотя бы один точный удар.

Он твердо решил, что покажет ей, что сделан из другого теста и что он не из тех, кто станет терпеть подобное от бабы. За ней до сих пор должок с тех пор, как в старшей школе она не только обломала его, но и посмеялась над неуклюжими попытками Дорала ее соблазнить.

Мысль о возможности наконец-то преподать ей урок восхищала и одновременно возбуждала его. Дорал потянулся к «молнии» на брюках.

Однако, когда он уже почти справился с застежкой, рука его вдруг замерла. Дорал подумал, что все это наверняка не понравится Бухгалтеру. И вовсе не из-за щепетильности, а из-за потерянного зря времени.

Бухгалтер ведь ожидает с нетерпением его звонка. И на этот раз новости должны быть хорошими.

Заложенная в машину Тома ван Аллена бомба не помогала избавиться ни от Кобурна, ни от Хонор. Эта неприятная новость вызвала у Бухгалтера куда большую ярость, чем ожидал Дорал, а ожидал он чего-то вроде реакции Гитлера на сообщение о падении Третьего рейха.

— Ты чертов идиот! Ты ведь говорил мне, что он там!

— Но Кобурн и был там. Я видел его своими глазами.

— Тогда как он мог оттуда исчезнуть?

— Я не...

— И почему ты не проверил и не убедился, что он мертв, прежде чем смотаться оттуда?

— Машина была в огне. Просто невозможно...

— Как же надоели мне твои отговорки, Дорал!

Так продолжалось несколько минут. Но Дорал предпочитал крики и ругань холодному и отчужденному тону последней фразы Бухгалтера:

— Если ты не умеешь работать лучше, то ты больше не нужен мне, Дорал, ты же понимаешь, правда?

В этот момент Дорал осознал, что, если он не добудет Хонор и Кобурна, он мертвец.

Или.

До Дорала вдруг дошло, что у него есть другой выход. Он может убить Бухгалтера.

Эта предательская мысль с тех пор крутилась в мозгу Дорала, будоражила его воображение. И чем больше он об этом думал, тем соблазнительнее казалась такая перспектива. Почему нет?

Главным ответом на этот вопрос было то, что смерть Бухгалтера положит конец благосостоянию самого Дорала. Но кто сказал, что он не сможет взять все дело под себя, теперь, когда так старательно проделал всю грязную работу?

Чтобы не терять времени даром, Дорал решил отложить эту мысль на будущее. А пока отыскать Хонор и Кобурна. Он хотел, чтобы этот мерзавец был мертв, независимо от того, даст ли такое распоряжение Бухгалтер.

С этими мыслями Дорал позвонил Эмбер, легкомысленной секретарше фитнес-центра Тори Шайрах. Представился парнем, с которым она познакомилась накануне в сэндвич-баре. И пригласил глупышку выпить.

Она стала разыгрывать недотрогу. Сказала, что уже поздно, что уже одиннадцать. И почему он не позвонил раньше. Ей ведь открывать фитнес-центр в шесть утра...

И Дорал ляпнул первое, что пришло ему в голову:

— Просто мне больно видеть, когда такую хорошую девчонку, как ты, хотят обвести вокруг пальца.

— Ты это о чем?

— Тори проводит собеседования с кандидатками на твою должность.

Наглая ложь сработала лучше волшебной палочки. Дорала пригласили на выпивку домой к Эмбер, которой потребовалось всего две водки с тоником, чтобы начать перечислять все случаи, когда эта мерзавка Тори Шайрах обводила вокруг пальца хороших людей. Не был забыт и домик на озере Поншартрен, который она выманила у бывшего мужа.

Дорал покинул Эмбер, пообещав в скором времени пригласить ее пообедать, и тут же доложил о полученной информации Бухгалтеру. Выложив все, он вызвался лично отправиться в дом Тори на озере и проверить, что там.

И усилия его были вознаграждены. Правда, Хонор и Кобурна он здесь не обнаружил. Но в одной из гостевых спален мирно посапывала Эмили, а это было ничуть не хуже.

И чем скорее он доложит о своем открытии Бухгалтеру, тем теплее станет рабочая обстановка и тем лучше будет для всех.

Проклиная себя за рассудительность, помешавшую сделать то, о чем он мечтал столько лет, Дорал застегнул «молнию», прошептав, что Тори так и не узнает никогда, как много она потеряла, отошел на несколько шагов и направил дуло пистолета в голову Тори.

Самолет Гамильтона приземлился в аэропорту Лафайета в три сорок по местному времени. Таким образом он выиграл час. Аэропорт был практически закрыт в это время, и из персонала присутствовала только команда технического обслуживания самолетов.

Гамильтон первым сошел с борта и приветливо поздоровался с мужчиной у трапа, которому сообщил, что их команду по поручению госдепартамента послали вперед, чтобы обеспечить безопасность при предстоящем визите правительственной шишки.

— Правда? А кто едет? Не сам ли президент?

— Нам запрещено говорить, — с заговорщицкой улыбкой сообщил Гамильтон. — И мы не знаем, сколько продлится наше задание. Так что пилоты останутся в самолете.

— Да, сэр.

Тем временем шестеро человек, сошедших с самолета вслед за Гамильтоном, разгружали свое снаряжение и укладывали его в два огромных внедорожника с тонированными стеклами, которые по запросу Гамильтона подали прямо к трапу.

Если молодому человеку и стало интересно, зачем это группе охраны из госдепартамента столько автоматического оружия и снаряжения для спецназа, он разумно решил не демонстрировать своего любопытства.

Всего через несколько минут после посадки самолета все они уже ехали прочь на джипах.

Гамильтон сообщил своему шоферу домашний адрес ван Алленов, который тот ввел в автомобильный навигатор. Прежде всего ему хотелось заехать засвидетельствовать свое почтение вдове Тома ван Аллена. В конце концов, ведь это он послал Тома на встречу к заброшенной железной дороге.

Рискованно было заезжать к вдове так поздно, но он решил, вдруг она не спит, окруженная друзьями, соседями и родственниками, которые кинулись поддержать ее, узнав о смерти Тома.

Больше всего Гамильтон боялся застать вдову одну. Обстоятельства, связанные с сыном ван Алленов, заставили эту супружескую пару вести довольно изолированный образ жизни, и происходило так в значительной степени потому, что к этой изоляции стремились они сами. Судя по тому, что знал Гамильтон о Дженис, вполне в ее характере было полностью отгородиться от общества теперь, когда Том мертв.

Агенты из офиса Тома, прибывшие к Дженис с печальной новостью, сообщили, что их попросили удалиться вскоре после того, как они исполнили свой долг.

Агенты, которых посылали допросить ее по поводу смерти Тома, прислали имейл, в котором говорилось, что Дженис охотно отвечала на их вопросы, но указала им на дверь, как только закончился допрос, и наотрез отказалась от предложения прислать к ней священника или специалиста по психологической помощи после утраты близких, чтобы кто-то побыл с ней ночью.

Она оттолкнула Гамильтона, обругав его, а затем вообще отказалась говорить, когда он перезвонил, и он серьезно подозревал, что на ту же стену наталкиваются все попытки проявить сочувствие и выразить соболезнования.

Гамильтон надеялся, что ошибается, что в доме Дженис ван Аллен полно людей, и от этого встреча их будет не такой неловкой, не такой заметной. А его скрытые цели — менее очевидными.

Поскольку, хотя главной причиной посещения Гамильтоном дома вдовы было желание выразить соболезнования, существовал еще и тайный мотив, Гамильтон замыслил что-то вроде экспедиции по выуживанию информации.

Существовал микроскопический шанс, что Дженис может что-то знать о Бухгалтере. Какие-нибудь обрывки фраз, вырвавшихся у Тома в разное время, которые Дженис, соединив их вместе подобно частичкам пазла, смогла понять. Хоть какие-то намеки, дающие возможность получить хотя бы часть целой картинки.

Гамильтону необходимо знать, что именно может быть известно Дженис ван Аллен.

Между тем, пока они ехали, он не стал терять времени даром. Гамильтон позвонил в контору шерифа в Тамбуре и потребовал, чтобы его соединили с помощником Кроуфордом. Ему сказали, что Кроуфорд действительно находится сейчас во временном центре руководства поисками Кобурна, но отошел по нужде.

— Когда придет, передайте, чтобы позвонил мне, — велел Гамильтон. — По этому номеру.

Отсоединившись, Гамильтон проверил список звонков, чтобы выяснить, не пытался ли Кобурн связаться с ним. Две минуты спустя телефон завибрировал у него в руке.

— Гамильтон, — резко ответил он.

— Это помощник шерифа Кроуфорд. Вы передали, чтобы я перезвонил.

Гамильтон представился.

— Бюро потеряло вчера вечером человека, — сказал он. — Моего человека.

— Тома ван Аллена. Мои соболезнования.

— Вы ведете расследование?

— Сначала вел я. Но с того момента, как мистера ван Аллена опознали, ваши ребята взяли все на себя. Почему бы вам не поговорить с ними?

— С ними я уже говорил. Но считаю, что кое о чем надо знать и вам, так как это связано с другими вашими делами.

— Я вас слушаю.

— Том ван Аллен отправился на заброшенную железнодорожную ветку с единственной целью: забрать миссис Джиллет и поместить ее под арест с целью обеспечения безопасности.

Кроуфорду понадобилось несколько секунд, чтобы переварить новость:

— Откуда вы знаете? — спросил он затем.

— Потому что это я заключил сделку с Ли Кобурном.

— Понимаю.

— Сомневаюсь в этом, — резко произнес Гамильтон. — Извините. Ничего личного.

Помощник шерифа несколько секунд молчал на другом конце линии, но Гамильтон так и не смог понять, было ли это молчание враждебным или сосредоточенным. Впрочем, это не очень его волновало.

Наконец Кроуфорд заговорил:

— В морг отправлено только одно тело. Что же случилось с миссис Джиллет?

— Отличный вопрос, помощник!

— Ли Кобурн подставил Тома ван Аллена?

Гамильтон только хмыкнул в ответ:

— Если бы Кобурн хотел видеть ван Аллена мертвым, он не стал бы утруждать себя подкладыванием бомбы.

— Так что же вы пытаетесь сообщить мне, мистер Гамильтон?

— Кто-то, кроме Кобурна и меня, знал о предстоящей встрече, и кто бы это ни был, этот человек хотел смерти миссис Джиллет. Кто-то подложил бомбу, желая одним камнем убить двух птиц. Вдову полицейского и федерального агента. Кого-то очень беспокоила их встреча. И этот кто-то сработал быстро и наверняка, чтобы ее предотвратить.

— Кто-то... Есть идеи, кто?

— Тот, кто слушает и этот разговор.

— Не улавливаю ход вашей мысли.

— Черта с два вы не улавливаете. Ваша контора превратилась в чертово решето. И полицейское управление не лучше. Вынужден с огорчением признать, что офис Тома тоже под подозрением.

Гамильтон сделал паузу, предоставляя Кроуфорду возможность поспорить с этим. И то, что тот спорить не стал, кое о чем говорило. Был или не был испачкан в грязной игре Кроуфорд, он, должно быть, не видел смысла отрицать обвинения.

— Я не учу вас, как делать вашу работу, помощник...

— Но?

— Но если не хотите продолжить подсчет трупов, удвойте усилия и отрядите лучшие кадры на поиски миссис Джиллет и Кобурна.

— Женщина с ним по доброй воле?

— Да.

— Я так и думал. Кобурн работает на вас?

На это Гамильтон ничего не сказал.

— Кобурн привлек ее для какого-то дела? Для меня все выглядит именно так. Чем же они заняты, что столько людей хотят их убить?

Гамильтон снова промолчал.

Помощник шерифа тяжело вздохнул. Гамильтон живо представил себе, как он проводит рукой по волосам. Если у него имелись волосы.

— Они успешно оставались в слепой зоне радаров несколько дней, мистер Гамильтон. Я не знаю, что еще могу сделать, тем более, как вы только что мне сообщили, враждебные силы умудряются быть на несколько шагов впереди меня. Но если мне повезет и удастся их обскакать, что тогда?

— Я должен быть первым, кому вы позвоните, — резко приказал Гамильтон.

42

Когда Кобурн остановил машину перед домом Стэна Джиллета, Хонор удивленно произнесла:

— А я думала, что мы проберемся сюда тайком, как в прошлый раз.

— Я устал прятаться по кустам. Настало время нам с ним встретиться лицом к лицу.

Когда они шли по дорожке к дому, Хонор нервно спросила, взглянув на Кобурна:

— Что ты собираешься сделать?

— Тебе надо только позвонить в дверь. Дальше я все беру на себя.

Кобурн видел, что Хонор сильно сомневается в том, что делает, но все же она решительно поднялась на крыльцо и позвонила в дверной звонок. Они слышали его трель внутри дома. Кобурн прижался спиной к стене рядом с входной дверью.

Хонор увидела, как он достает из-за пояса пистолет, и это не на шутку ее встревожило.

— Что ты собираешься делать?

— Стэн может не очень обрадоваться нашей компании.

— Только не причиняй ему зла.

— Не собираюсь, если только он не вынудит меня.

— Стэн принимает лекарства от давления.

— Тогда надеюсь, что он подумает дважды, прежде чем наделать глупостей.

Услышав за дверью шаги, Кобурн взмахнул в воздухе свободной рукой. Дверь открылась, и затем очень быстро, практически одновременно, произошло несколько вещей.

Сначала предупреждающе запищала сигнализация.

Стэн удивился, увидев Хонор, схватил ее за руку и втащил внутрь через порог.

Кобурн запрыгнул в дом через открытую дверь за спиной Хонор и захлопнул дверь.

Затем он приказал Хонор отключить систему безопасности.

И оттолкнул женщину, чтобы ее не задели, когда рука Джиллета с зажатым в ней ножом метнулась в его сторону.

— Нет! — закричала Хонор.

Кобурн резко выгнул спину и втянул живот, но кончик лезвия все же проник через футболку и добрался до его кожи.

Ли почти не чувствовал боли, но его поразила ярость атаки. Он тут же убедился в том, что Стэн Джиллет был готов к их появлению, так как тот немедленно выбил у него из рук пистолет.

Прошипев сквозь зубы проклятие, Кобурн попытался перехватить руку Джиллета с ножом. Он промахнулся, и следующим взмахом Стэн рассек ему кожу на плече.

— Остановись, Джиллет! — крикнул Кобурн, уворачиваясь от следующего взмаха ножа. — Нам надо поговорить.

Но Стэн Джиллет не собирался слушать эти глупости. Он продолжал неистово нападать на Кобурна.

Хонор, успевшая успокоить сигнализацию, молила, чуть не плача:

— Пожалуйста, Стэн! Остановись!

Но то ли тот ничего не слышал от ярости, то ли предпочитал попросту игнорировать ее мольбы.

Он явно собирался если не убить, то покалечить Кобурна, не оставляя тому другого выхода, кроме как проявить в ответ не меньшую агрессивность. Ли ожидал от бывшего десантника сопротивления, горячего спора, возможно, нескольких ударов, но не полномасштабного нападения.

Каждый сражался, чтобы победить. Они падали на мебель, опрокидывали торшеры, сшибали со стен картины. Они дрались, пытались уколоть друг друга. Кобурн понимал, что у него нет времени, чтобы найти свой пистолет и прицелиться, не подставив себя под нож Джиллета. Одним словом, просто продолжали сражаться: ведь их обоих этому учили. И борьба шла не на жизнь, а на смерть.

Все это время Хонор умоляла обоих остановиться.

— Даже не мечтай, — процедил сквозь зубы Кобурн, отбив очередной раз нож Стэна.

Но тот не собирался сдаваться. Он жаждал крови. Крови Ли Кобурна. Когда лезвие ножа прорезало почти до кости его предплечье, Кобурн громко выругался. И решил послать к черту возраст старого мерзавца, его повышенное давление и братство морской пехоты. Он начал драться в полную силу и не успокоился до тех пор, пока меткий удар в голову не сшиб Джиллета с ног.

Кобурн кинулся на него и перехватил руку с ножом. Джиллет вовсе не собирался отдавать нож добровольно. Кобурну пришлось выкручивать его запястье, пока тот не заорал от дикой боли. Почти безжизненные пальцы разжались сами по себе, и нож упал на пол.

Кобурн уложил Джиллета лицом на пол и уперся коленом ему в спину. Подняв ему рывком руки, он зажал их между лопаток Стэна.

Хонор рыдала в голос.

— Там, на верстаке в гараже, рулон изоленты, — сказал ей Кобурн. — Принеси его.

Хонор тут же побежала выполнять его приказ, понимая, что спор лишь продлит страдания и Ли, и Стэна. Кобурн обрадовался, что не пришлось с ней объясняться, потому что ему едва хватило дыхания выдавить из себя и эти несколько слов.

— Ты покойник! — рычал Джиллет, прижатый щекой к полу.

— Пока еще нет, — жизнерадостно ответил Кобурн, хотя кровь из раны на руке хлестала вовсю.

Вернулась Хонор с рулончиком изоленты. Кобурн велел ей отодрать кусок и связать руки своему свекру. Она посмотрела на человека, с которым носила одну фамилию, потом на Кобурна и отрицательно покачала головой.

— Послушай, — с трудом отдышавшись, сказал Ли. — Этот человек может понадобиться мне в качестве свидетеля. Последнее, чего я хочу, — это убить его или покалечить. Но мы не сможем сделать то, зачем пришли, если мне придется все время драться с ним, а он не прекратит, если его не связать.

Кобурн уже не был уверен, что сумеет сладить с Джиллетом, если у того откроется второе дыхание и он решит продолжить борьбу. Поэтому надо было обуздать старого десантника, пока на это еще остались силы и пока раненая рука не стала совершенно бесполезной. Смахнув с глаз пот, Кобурн снова обратился к Хонор:

— Только если его связать, я смогу гарантировать, что мы оба останемся живы и относительно невредимы. Не надо сейчас сердиться на меня, Хонор. Отмотай наконец эту чертову изоленту.

Поколебавшись еще несколько секунд, Хонор выполнила его просьбу. Она отмотала кусок изоленты, оторвала ее зубами и связала запястья Джиллета. Затем они с Кобурном посадили своего пленника на стул, который Хонор по приказу Ли принесла из кухни.

Лицо Стэна распухло и напоминало кровавое месиво, но Хонор успела получить достаточно доказательств его враждебности и непримиримости.

— Я думал, что знаю тебя, — укоризненно бросил ей свекор.

— Ты действительно знаешь меня, Стэн.

— Как ты могла это сделать?

— Я? Но ты налетал на Кобурна так, будто хочешь его убить. Ты попросту не оставил мне выбора.

— Выбор есть всегда. Ты просто не умеешь делать правильный.

Кобурн тем временем перематывал изолентой рану от ножа Стэна у себя на руке, стараясь остановить кровотечение.

Хонор встала перед связанным свекром на колени и заглянула ему в лицо:

— Стэн, пожалуйста...

— Даже если в тебе нет уважения к памяти Эдди, как смеешь ты подвергать риску жизнь моей внучки?!

Кобурну показалось, что высокомерный тон Стэна не на шутку разозлил Хонор, но она ответила абсолютно спокойно:

— Вообще-то, Стэн, я защищала себя и свою дочь.

— Объединившись вот с этим?

— Он федеральный агент.

— С каких это пор агенты инсценируют похищения?

— Я знаю, что мы заставили тебя мучиться от беспокойства. Я хотела позвонить, рассказать тебе, что произошло, но я не могла сделать этого, не ставя под угрозу нашу безопасность. Мою. Эмили. И Кобурна. Он работал под прикрытием в очень опасных условиях и...

— И переметнулся, — Стэн окинул Кобурна ненавидящим взглядом. — Подкупили или еще что. Такое случается сплошь и рядом.

Кобурна уже вывел из себя этот самодовольный болван, но Хонор наивно продолжала взывать к его разуму:

— Вовсе он не слетел с катушек. Я говорила по телефону с его куратором из Вашингтона, с человеком по имени Клинт Гамильтон. Он полностью доверяет Кобурну.

— И ты решила, что тоже можешь ему доверять?

— Честно говоря, я доверилась ему еще до того, как поговорила с мистером Гамильтоном. Кобурн спас наши жизни, Стэн. Мою и Эмили. Он защитил нас от людей, хотевших причинить нам зло.

— Что же это за люди, например?

— Например, близнецы Хокинсы.

Джиллет рассмеялся. Но, увидев серьезное выражение лица Хонор, осекся:

— Разумеется, ты шутишь!

— Уверяю тебя, что нет.

— Это просто смешно! — Стэн бросил полный ярости взгляд на Кобурна: — Что за чушь ты вбил ей в голову? — Он снова повернулся к Хонор: — Эти ребята не тронули бы и волоса на твоей голове. Дорал, не переставая, искал тебя и Эмили с того момента, как вы исчезли. Его брат лежал мертвым, а он...

— Выкачивал из тебя информацию о том, где они могут быть и кто может предоставить им убежище? — перебил его Кобурн, вставая рядом с Хонор, чтобы обращаться к Джиллету напрямую.

Подбородок Стэна непроизвольно дернулся вверх.

— Дорал всегда был верным другом. Он искал вас без сна и отдыха. Не ел и не пил. Перевернул все вокруг.

— И все время получал информацию от своих стукачей из полицейского управления?

На это Джиллет ничего не сказал.

— Дорал использовал эту информацию, чтобы всегда быть на шаг впереди властей, не так ли? Вместо того чтобы скорбеть по брату, он отчаянно старался добраться до нас раньше, чем доберется какое-нибудь подразделение охраны правопорядка. Интересно, почему? — Кобурн дал Джиллету несколько секунд, чтобы переварить его слова, затем продолжил: — Дорал и Фред Хокинсы убили Сэма Марсета и остальных шестерых.

Старик посмотрел снизу вверх на Кобурна, затем рассмеялся сухим, неприятным смехом:

— И это говоришь ты. Человек, которого самого обвиняют в этом убийстве.

— Фред убил бы и Хонор, а вероятно, и Эмили, если бы я не застрелил его первым. С прошлого воскресенья Дорал пытается подчистить концы той кровавой бойни, которую они с братом учинили на складе. А это была именно бойня. У Марсета и остальных не было ни малейшего шанса. Близнецы целенаправленно уничтожили их.

— И только ты остался, чтобы рассказать об этом.

— Так и было.

— Я не верю тебя. Я знаю этих парней практически всю их жизнь.

— А ты уверен, что знаешь их? Уверен, что знаешь, на что они способны? Дорал рассказал тебе, например, что вломился в дом Тори Шайрах и запугивал ее? Да, — кивнул Кобурн, заметив проблеск удивления в глазах Стэна. — А потом, когда Тори сказала ему, что не разговаривала с Хонор, он угрожал убить ее, если она не сообщит, как только Хонор объявится. Дорал не упоминал об этом при вас, мистер Джиллет? Вижу, что не упоминал.

— Откуда ты знаешь, что это правда?

— А откуда ты знаешь, что нет?

— Ну, если ты слышал это от той шалавы, я сказал бы, что источник информации ненадежен. — Он перевел взгляд на Хонор: — Эмили с ней?

— Эмили в безопасности.

— Только не с точки зрения морального разложения.

— Давайте отложим анализ морального облика Тори Шайрах, — перебил его Кобурн. — У нас нет на это времени.

— В этом я согласен с тобой, Кобурн. Твое время истекло.

— Правда? — Кобурн приблизил лицо к лицу Джиллета. — Ты говоришь это с такой уверенностью? Откуда тебе знать наверняка, что мое время вот-вот выйдет?

Глаза Джиллета едва заметно сузились.

Кобурн продолжал:

— Близнецы Хокинсы умны, но не кажутся мне достаточно смышлеными, чтобы управлять такой сложной системой, как организация Бухгалтера.

Джиллет посмотрел над головой Кобурна на Хонор:

— О чем это он?

— Эй, — Кобурн постучал по колену Джиллета, снова привлекая к себе его внимание. Когда тот перевел на него яростный взгляд своих глаз, Ли продолжал: — Речь идет о человеке достаточно властном, с комплексом господа бога, который регулярно отдавал приказы Фреду и Доралу. Пожалуй, будь у меня деньги, я бы на тебя поставил, Стэн.

— Я не знаю, о ком идет речь.

Кобурн притворился, что смотрит на наручные часы, хотя на самом деле ничего такого на его запястье не было.

— Ты либо очень поздно ложишься, либо очень рано встаешь. Почему у тебя не был сонный вид, когда тебя разбудил звонок в дверь? Почему ты не в пижаме или не в белье? Вместо этого мы видим перед собой мистера Джиллета полностью одетым. И даже в ботинках. Как это так? Почему ты уже начищен и наглажен в такую рань?

Джиллет только молча смотрел на него в ответ.

— Знаешь, как это все выглядит в моих глазах? Похоже, ты наготове, потому что чего-то ждешь. Чего же? Схватки со мной? С федеральным агентом, который потревожил твою преступную цепочку?

От Джиллета волнами исходила враждебность, но он продолжал молчать.

Кобурн медленно выпрямился, по-прежнему не отводя взгляд.

— Единственное, что заставляет меня сомневаться, это то, что ты бы вряд ли мог отдать приказ убить своих родных, свою плоть и кровь. Не потому, что тебе помешали бы моральные принципы, а потому, что твое непомерно раздутое эго не позволило бы уничтожить собственную ДНК.

С Джиллета, похоже, было достаточно. Он возобновил борьбу, стараясь разорвать ленту, скрипя зубами от отчаяния и ярости.

— Ты унизил меня, сукин сын. Ты оскорбил меня не только как человека, но и как патриота. Кроме того, ты действительно сумасшедший. — Он снова перевел взгляд на Хонор: — Ради всего святого! Почему ты просто стоишь тут и ничего не говоришь? Неужели он промыл тебе мозги настолько, что ты веришь во всю эту чушь?

— Он убедил меня, что причиной смерти Эдди была не авария.

Джиллет перестал извиваться на стуле также неожиданно, как и начал. Глаза его перебегали с Хонор на Кобурна и обратно. Наконец он выбрал Кобурна. Тот кивнул:

— Эдди умер, потому что у него был компромат на многих людей. Не просто на разную шушеру, а на уважаемых граждан вроде Сэма Марсета и сотрудников разных органов охраны правопорядка, участвовавших в наркотрафике, контрабанде оружия и торговле людьми.

— Они убили Эдди прежде, чем он успел их разоблачить, — подала голос Хонор.

— Или, — вмешался Кобурн, — прежде, чем он начал их шантажировать.

— Наркотики? Шантаж? Да мой сын заслуженный офицер полиции, имеет награды!

— Ну да. А я агент федерального бюро расследований, но пять минут назад ты обвинил меня в том, что я переметнулся. И сказал, что такое случается сплошь и рядом.

— Только не с моим сыном! — Стэн кричал так, что изо рта у него полетела слюна. — Эдди был на это не способен.

— Тогда докажите это, — бросил ему вызов Кобурн. — Если вас так беспокоит честь святого Эдди, если вы не участвуете в преступной деятельности, вы должны охотно помочь нам найти то, что успел спрятать Эдди, прежде чем его убили.

Хонор сделала шаг в сторону свекра:

— Я уверена, что Эдди умер героем, а не стал жертвой аварии. Мое поведение на этой неделе может показаться весьма необычным и непонятным. Но, Стэн, все, что я делала, делалось лишь с одной целью: устранить малейшее подозрение в том, что Эдди был коррумпированным полицейским.

— Этот человек, — Джиллет кивнул в сторону Кобурна, — которому, как ты говоришь, ты доверяешь, — именно тот, кто поставил под сомнение репутацию Эдди. Не удивляет ли тебя такой парадокс?

— Кобурн ставит под сомнение все и всех. Это его работа. Но что бы ни говорил или ни подозревал Кобурн, я не утратила веры в Эдди, — Хонор сделала паузу. — А ты, Стэн?

— Разумеется, нет!

— Тогда помоги доказать, что он был честным человеком. Помоги нам найти то, что мы ищем.

Стэн с шумом выдохнул воздух. Он переводил взгляд с Хонор на Кобурна и обратно, и в глазах его отчетливо читалась неприязнь.

Кобурн почувствовал, что старика надо как-то подтолкнуть.

— Кстати, почему ты ненавидишь меня так сильно? — поинтересовался он.

— И ты еще спрашиваешь!

— Но ведь мы объяснили, почему мне пришлось увезти Хонор и Эмили. Теперь, когда ты знаешь, что я не похититель, когда ты знаешь, что они в безопасности, мне казалось, уместнее было бы испытывать ко мне хоть немного благодарности. А вместо этого ты напал на меня, как коршун, чуть не отрезал мне руку. Почему, Джиллет? — Подождав немного, Кобурн попытался сам ответить на свой вопрос: — Только потому, что тебя возмущают мои необоснованные подозрения по поводу Эдди? Или потому, что ты боишься, что я окажусь прав?

Глаза Джиллета зажглись еще большей яростью, но в конце концов до него дошел скрытый смысл сказанного.

— И что вы там такое ищете? — спросил он.

— Точно не знаем. Но у нас есть ключ к разгадке, — Кобурн махнул рукой Хонор: — Покажите ему.

Повернувшись к свекру спиной, Хонор приподняла рубашку и приспустила пояс джинсов, обнажая копчик. Затем она объяснила, как появилась на ее теле татуировка:

— Мы ездили в Новый Орлеан на выходные всего за неделю до того, как был убит Эдди. Он сам нарисовал эскиз татуировки. Эдди не хотел подвергать меня опасности, передавая то, что надо спрятать, непосредственно мне. Но он оставил указание, где это найти.

— И ты до сих пор не знаешь, что это такое? — спросил Стэн.

— Нет. Но Кобурн считает, что на татуировке зашифровано «Ястребы 8».

Потребовалось немало времени, чтобы разобрать цифры, спрятанные среди изящных завитушек вроде бы случайного рисунка. Важность времени и обстоятельств, при которых могла быть разгадана такая загадка, не ускользнула от Стэна.

— Ты легла с этим парнем в постель, не так ли?

Хотя свекор прорычал эти слова обвиняющим тоном, Хонор и глазом не моргнула.

— Да, это так, — спокойно ответила она.

— И конечно, для того, чтобы доказать честность покойного мужа? Ты рассчитываешь, что я в это поверю?

Бросив короткий взгляд на Кобурна, Хонор вдруг посмотрела свекру прямо в глаза:

— Честно говоря, Стэн, мне все равно, во что ты поверишь или не поверишь. Единственная причина, почему я переспала с Кобурном, — потому что мне этого хотелось. И к Эдди это не имело никакого отношения. Можешь меня осуждать от всей души. Но я сразу хочу тебе сказать, что твое мнение по этому вопросу мне безразлично. Мне не требовалось твое разрешение, чтобы переспать с Кобурном. И оправдываться я тоже не собираюсь. Я не жалею об этом. И не собираюсь извиняться. Ни сейчас, ни потом, — Хонор расправила плечи. — А теперь давай подумаем, что означает «Ястребы 8».

Кобурн ясно видел, что именно в этот момент Джиллет понял, что проиграл. Попранная гордость изменила даже его внешний вид. Высокомерно торчащий подбородок опустился, плечи расслабились, не сильно, но заметно. Ярость в его глазах была уже не такой пламенной. А голос, когда Стэн заговорил, звучал усталым:

— «Ястребы» — это была футбольная команда в Батон-Руж. Эдди играл за них один сезон. Под номером восемь.

— У него есть фотография команды в рамке? — предположил Кобурн. — Список участников? Кубок? Форма?

— Ничего такого. Это была плохо организованная команда, которая вскоре распалась. В основном они собирались по субботам попить пива после игры. Играли в шортах и футболках. Ничего затейливого. И никаких групповых фото.

— Не спускай с него глаз, — велел Кобурн Хонор.

Он быстро прошел в спальню Эдди, так как вспомнил, что видел в ванной футбольные шиповки. Он вроде осмотрел каждый ботинок. Но, может быть, что-то все же пропустил?

Вынув из шкафа шиповки, Кобурн принялся за правый. Оторвал стельку. Ничего. Перевернул. Изучил подошву и понял, что нужно что-то, чтобы ее поддеть. То же самое было проделано с левым ботинком, и когда Кобурн отодрал стельку, на руку ему вдруг выпал крошечный кусочек бумаги.

Сложенная вдвое тонкая бумага, не выделявшаяся под стелькой. Развернув записку, Ли прочел единственное слово, написанное печатными буквами: МЯЧ.

Кинувшись прочь из комнаты, он задел плечом косяк и чуть не задохнулся от боли. На глаза навернулись слезы. Но Кобурн не остановился.

— Что это? — спросила Хонор, когда он влетел в комнату.

Ли, не останавливаясь, сунул записку ей под нос.

— Мяч для соккера. Черт побери!

— Я положил его обратно в коробку на чердаке! — крикнул ему вслед Джиллет.

Кобурн за несколько секунд добежал через кухню до гаража. Он включил свет, обогнул машину Джиллета и быстро вскарабкался по лестнице на чердак. Разорвал склеенную коробку, перевернул ее вверх дном и едва успел поймать мяч, прежде чем он шлепнется с чердака. Кобурн потряс его. Но внутри ничего не было.

Зажав мяч локтем, он вернулся в гостиную. Под ожидающими взглядами Хонор и Стэна Кобурн сжал мяч, как сжимают дыню, проверяя ее спелость. И тут ему бросилось в глаза, что один из швов отличается от остальных тем, что грубо зашит вручную. Подняв с пола нож Джиллета, Ли использовал его, чтобы распороть шов. Расширив отверстие, он еще раз потряс мяч.

И на ладонь ему выпала флэшка.

Он встретился глазами с Хонор.

Содержимое флэшки либо оправдает, либо обличит ее покойного мужа, но Кобурн не мог позволить себе думать сейчас о том, как все это отразится на Хонор. Он потратил год жизни, работая на складе Марсета и ожидая, когда его усилия принесут плоды. И вот сейчас все должно окупиться.

Джиллет требовал объяснить, что это за флэшка и что на ней, но Кобурн словно не слышал его. Он молча прошел в хозяйскую спальню, активировал компьютер, который пребывал в спящем режиме, и вставил флэшку в порт. Эдди не озаботился паролем. На флэшке был всего один файл, и, как только Кобурн нажал на него, он немедленно открылся.

Кобурн просматривал содержимое файла и, когда к нему присоединилась Хонор, не смог сдержать восхищенного восклицания:

— Он добыл имена основных связных и компаний по всему коридору на шоссе И-десять между Тамбуром и Фениксом. Именно здесь проходит большинство контрабанды из Мексики. Но самое главное — у него здесь есть имена подкупленных госслужащих. Я знаю точно, что информация достоверная, потому что некоторые имена мне знакомы. С ними имел дело Марсет.

Кобурн указал на одно из имен в списке:

— Это парень из весовой, который пропускает машины. А это — торговец подержанными автомобилями из Хьюстона, который поставляет фургоны. Два копа из Билокси. Господи, вы только посмотрите на это!

— Наверное, Эдди потребовалось много времени, чтобы собрать эту информацию, но как она попала к нему?

— Я не знаю. И не знаю, были ли его мотивы благородными или преступными, но Эдди оставил нам бесценное сокровище. Тут есть и клички — Толстяк, Рикша, Шаму. А около Диего стоит звездочка. Наверное, он очень важен для организации.

— А там написано, кто скрывается под кличкой Бухгалтер?

— Пока не вижу. Но мы ведь в самом начале. Гамильтон кипятком описается от счастья.

Достав сотовый, Кобурн попытался включить его, но обнаружил, что сел аккумулятор.

— Вот дерьмо!

Он быстро достал из кармана мобильный Фреда Хокинса и вставил в него батарею. Когда телефон включился, Ли прочел надпись на экране и нахмурился.

— Что такое? — встревожилась Хонор.

— Дорал звонил три раза. И все три — за последний час.

— Но это же бессмысленно. Зачем ему звонить Фреду?

— Абсолютно незачем, — задумчиво произнес Кобурн. — И это означает, что он звонил мне.

Обуреваемый дурным предчувствием, пришедшим на смену только что пережитому радостному возбуждению, Кобурн нажал на кнопку вызова.

Дорал ответил после первого же гудка.

— Привет, Кобурн, — веселым голосом произнес он. — Как хорошо, что ты наконец-то перезвонил мне.

Кобурн молчал.

— Тут кое-кто хочет с тобой поздороваться.

Кобурн ждал, замерев в тревоге.

Из трубки отчетливо послышалась электронная песенка Элмо.

43

Услышав песенку, Хонор прижала обе ладони ко рту, но безмолвный крик сотрясал все ее тело. Кобурн не умел кричать беззвучно, но ему тоже хотелось заорать. Страх, который был ему незнаком, вдруг пронзил все существо Ли. И сила этого страха была такова, что Кобурн не мог пошевелиться. Ему вдруг открылось, почему страх — такой хороший стимул. Почему он превращает сильных мужчин в нелепо лепечущих детей, почему перед лицом страха люди готовы поступиться верой, родиной, чем угодно, только бы исчезла нависшая над ними угроза.

Перед глазами его вдруг пронеслись, подобно слайд-шоу, картины ужасов, которые он видел на войне, обгорелые, избитые, изрубленные до утраты человеческого облика детские трупы. Их юность и невинность не избавили их от жестоких, бессовестных маньяков, требовавших полного подчинения своей воле. Таких, как Бухгалтер.

И вот в лапах у Бухгалтера оказалась Эмили.

— О'кей, Дорал, — сказал Ли в трубку. — Тебе удалось привлечь мое внимание.

— Так и думал, что у меня получится.

Его довольный смешок вывел Кобурна из себя.

— А может, ты блефуешь?

— А ты проверь.

— Каждый дурак споет, как Элмо. Откуда мне знать, что этот игрушка Эмили?

— Отличное местечко тут, у Тори на озере.

Рука Кобурна непроизвольно сжалась в кулак.

— Посмеешь тронуть девочку и... — сквозь зубы процедил он.

— Ее судьба зависит от тебя. Не от меня...

Хонор по-прежнему стояла, прижимая ладони ко рту. А над ними Ли видел ее глаза — мокрые, с расширенными зрачками и темные от ужаса. Перепалка с Доралом не могла помочь вернуть Эмили живой и невредимой. Хотя Ли было чудовищно противно, он прекратил угрозы и спросил об условиях возвращения малышки.

— Все очень просто, Кобурн. Ты исчезаешь — она живет.

— Исчезаешь — значит умираешь?

— Ты чертовски сообразителен.

— Достаточно сообразителен, чтобы не взорваться от бомбы в машине.

Дорал предпочел пропустить это мимо ушей.

— Таковы условия.

— Дерьмовые у тебя условия.

— Они не обсуждаются.

Вспомнив, что он уже несколько минут говорит по телефону, который могут отследить, Кобурн быстро спросил:

— Где и когда?

Дорал сказал ему, куда ехать, в какое время прибыть в назначенное место и что делать потом.

— Если все выполнишь, Хонор отправится домой с Эмили. А мы останемся один на один, парень.

— Жду не дождусь, — пробормотал Кобурн. — Но еще одно...

— Что же?

— Ты ведь так все чудовищно провалил, Дорал, почему же ты до сих пор жив? У Бухгалтера, должно быть, имеются на то причины. Подумай об этом.

Отсоединившись, Дорал грязно выругался.

Кобурн играл с ним. Он отлично понимал это. И Кобурн был превосходным игроком, потому что он сумел нащупать слабое место Дорала. Воскресить его худшие опасения. Дорал являлся шестеркой, ничего не значащей фигурой в игре Бухгалтера, а после всех заваленных им за последние семьдесят два часа заданий он превратился в пешку, которой готовы пожертвовать, в расходный материал.

Дорал посмотрел через плечо на заднее сиденье, где спала Эмили, одурманенная бенадрилом, который он дал ей, чтобы не боялась. И чтобы не создавала проблем, когда ей станет ясно, что дядя Дорал так и не объяснил, почему он увез ее среди ночи из дома тети Тори.

Как раз когда Дорал спускал курок, собираясь сделать второй выстрел, который должен был прекратить жизнь Тори Шайрах, он услышал прямо за собой тоненький голосок:

— Здравствуй, дядя Дорал!

Обернувшись, он увидел на пороге спальни Эмили в ночной рубашке. С Элмо и любимым пледом в руках. И, что самое ужасное, девчушка оказалась очень рада его видеть.

— А мы с тетей Тори делали куличики. И знаешь что? Завтра она даст мне поиграть в ее косметику. А почему у тебя на руках перчатки? На улице ведь не холодно. Ой. А почему тетя Тори на полу?

Доралу понадобилось несколько секунд, чтобы переварить неожиданное появление Эмили. Девочка двигалась все дальше в комнату, и тут Дорала посетило вдохновение:

— Она закрыла глаза и считает. Потому что мы решили поиграть в прятки.

Полностью доверившись Доралу, Эмили включилась в игру. Она прокралась вместе с ним тихо-тихо вниз, потом в машину, которую Дорал одолжил у двоюродного брата, и забралась, заговорщицки хихикая, на заднее сиденье. Они успели отъехать на несколько километров, когда веселье девочки уступило место беспокойству.

— Но ведь тетя Тори не найдет нас, если мы спрячемся так далеко, — сказала она. А потом: — Ты везешь меня к маме? А где Кобурн? Он обещал купить мне мороженое. Я хочу к маме и Кобурну!

Вопросы сыпались один за другим, все больше раздражая и нервируя Дорала. Он мысленно поблагодарил свою сестру, которая как-то раз заговорила при нем о том, что детей хорошо успокаивать жидкими антигистаминами. Дорал остановился около круглосуточного супермаркета, купил вишневый напиток слурпи и бутылочку лекарства. Выпив приготовленный им коктейль, Эмили быстро и крепко заснула.

Тогда Дорал позвонил Бухгалтеру доложить о своем успехе, его не похвалили за хорошо сделанную работу, но Доралу показалось, что он услышал на другом конце линии вздох облегчения.

— Посмотри, не ответит ли Кобурн по телефону твоего брата. Постарайся организовать встречу.

И вот все было оговорено, и единственное, что оставалось Доралу, это ждать назначенного часа. Он старался смотреть вперед не в силах взглянуть в ангельское личико Эмили и вспомнить еще раз, как гнусно он воспользовался ее искренним расположением. Боже правый, ведь это была малышка Эмили, дочка его друга Эдди. Он убил ее отца. А теперь ему придется убить ее мать. Дорал с горечью подумал о том, что сделал странную карьеру, венец которой — оставить сиротой такую милую малышку, как Эмили.

Как же он успел пасть так низко и не заметить этого? Он оказался по уши в дерьме, причем так глубоко, что даже не видел больше, что творилось на поверхности.

Он выбрал свой путь, и для него не было дороги назад. Сначала Доралу казалось, что сжечь за собой мосты — это хорошо. Он сбросил с себя старую жизнь, как змея сбрасывает кожу. С него хватило сполна вечно пьяных, отвратно ведущих себя клиентов, отправляющихся на рыбалку. И его жестокого кредитора. Он отряхнул пыль прежних занятий со своих рук. Он выбыл из числа тех, кто оказывает услуги, и ступил на путь приключений и жестокости. Доралу нравилось, что ему предоставили полномочия наезжать и запугивать, а если надо, и убивать.

Но сейчас, оглядываясь назад, Дорал не мог не признать, что его жизнь в тот период, когда он зарабатывал с помощью своего катера, была куда легче и приятнее. Да, работа была тяжелой, а доход слишком сильно зависел от обстоятельств, на которые Дорал не мог повлиять, и все же он вспоминал те времена с ностальгией и даже хотел в них вернуться.

Но, связавшись с Бухгалтером, он заключил сделку с дьяволом. И понимал, что эта сделка на всю жизнь. Ничего нельзя было изменить. Ведь невозможно же в самом деле повернуть время вспять и все исправить.

Что же до его грандиозной идеи устранить Бухгалтера и возглавить сеть самому — кого он хотел обмануть? Этого не будет никогда. Даже если бы Дорал решился на попытку, он бы все равно не справился и его бы убили.

Он решил не сворачивать с выбранного пути, пока тот не заведет его в тупик.

Но прежде чем он выйдет из игры, будь то через двадцать лет или через двадцать минут, он убьет Ли Кобурна за то, что тот убил Фреда.

Закончив разговор с Доралом, Кобурн набрал номер дома Тори на озере, но услышал лишь сообщение на автоответчике.

— Какой сотовый у Тори? — спросил он Хонор, надеясь, что ее подруга не послушала его и вставила аккумулятор в аппарат.

Только теперь Хонор опустила руки, которые все это время прижимала к губам. Губы ее были белыми и еле двигались, когда она чуть слышно произнесла номер.

Но и по сотовому отвечал автоответчик.

— Черт побери!

— Кобурн? Эмили жива? — дрожащим голосом спросила Хонор.

— Если бы они ее убили, им бы не о чем было торговаться.

Ли понимал, как сильно Хонор хочется в это верить. Да и ему самому очень хотелось.

— Он держит Эм заложницей в доме на озере?

— Мне показалось по звукам на фоне разговора, что Дорал в машине.

— Как ты думаешь, Тори... — Хонор не смогла закончить фразу.

Кобурн набрал 911, и когда оператор ответил, дал адрес дома на озере.

— По этому адресу напали на женщину, — сказал он. — Вышлите полицейских и «Скорую». Вы меня поняли?

Он заставил оператора повторить адрес, но когда ему стали задавать вопросы, отсоединился.

Хонор била крупная дрожь.

— Они убьют моего ребенка?

Какой бы жестокой ни была правда, Кобурн не решился ей солгать.

— Я не знаю, — честно сказал он.

Из груди Хонор вырвался звук, полный такого отчаяния, что Кобурн, не выдержав, привлек Хонор к себе здоровой рукой и прижался щекой к ее макушке.

— Мы должны позвонить в полицию, Кобурн.

Когда он ничего не ответил, Хонор подняла голову и заглянула ему в лицо.

— Можем и позвонить, — тихо произнес Ли.

— Ты ведь считаешь, что мы не должны этого делать?

— Речь идет о твоем ребенке, Хонор. И решать тебе. Какое бы решение ты ни приняла, я подчинюсь. Но думаю, что, если ты вмешаешь в это дело копов, Бухгалтер узнает обо всем в считаные секунды.

— И Эмили убьют.

Кобурн с неохотой кивнул:

— Скорее всего, Бухгалтер не терпит неповиновения. Если не исполнит угрозу, будет выглядеть слабым. А такой человек, как Бухгалтер, не может себе этого позволить. Я знаю: это не то, что ты хотела бы услышать, но я не стану водить тебя за нос.

Хонор закусила нижнюю губу:

— А офис ФБР?

— Тоже не лучше. И это доказывает смерть ван Аллена.

— То есть мы можем рассчитывать только на себя.

— Я сделаю все, что потребуется, чтобы спасти жизнь Эмили.

— Все, что потребуется... — оба они знали, что это значит. — Ведь такова цена? Они хотят твою жизнь в обмен на жизнь Эм?

— Да, такова цена, — но на этот раз Кобурн не смог произнести эти слова с привычным равнодушием. Похоже, за последние несколько дней он стал по-другому относиться к идее собственной смерти. Она больше не казалась ему одним из возможных результатов, о котором надо подумать, как и о любом другом.

— Я не хочу, чтобы ты умирал, — хриплым голосом произнесла Хонор.

— Может быть, я и не умру. У меня есть кое-что в запасе, чтобы поторговаться.

Кобурн отпустил Хонор, сел за компьютер и снова погрузился в чтение файла с флэшки.

— У нас нет на это времени. — Хонор стояла у него за спиной, заламывая руки. — Где они держат Эмили? Ты слышал, как она плачет?

— Нет.

Хонор протяжно застонала.

— Это хорошо или плохо? Она ведь должна была испугаться. Почему же она не плакала? Как ты думаешь? Что это значит?

— Я стараюсь об этом не думать.

Истерика Хонор была вполне объяснима, но Кобурн старался отвлекать ее как можно дольше, чтобы иметь возможность сосредоточиться на том, что ему необходимо было сделать очень быстро, но при этом не совершив ни единой ошибки. Он открыл веб-браузер Джиллета, зашел на почтовый сервис и ввел пароль, чтобы получить доступ к своей учетной записи. Кобурн послал файл с флэшки в качестве приложения к письму. Затем прервал процесс, быстро выйдя из сервиса, и закрыл браузер, не забыв предварительно очистить историю посещений, чтобы никто не мог понять, по крайней мере в ближайшее время, куда он заходил.

Адрес электронной почты, с которого Кобурн послал сообщение, был закреплен за единственным компьютером, и его можно было открыть с помощью пароля, известного только Кобурну и Гамильтону. О местоположении компьютера также знали только они двое.

Сделав свою работу, он вынул флэшку из разъема, встал и положил руки на плечи Хонор.

— Если бы не я, — сказал он, — ты бы спокойно умерла от старости, так и не поняв значения своей татуировки. Все это не должно было с тобой случиться.

— Ты извиняешься?

— Что-то вроде этого.

— Кобурн, — произнесла Хонор, энергично тряхнув головой, — мне не нужны сейчас извинения.

— Я извиняюсь не за то, что сделал. А за то, о чем попрошу тебя сейчас. Если ты хочешь получить Эмили обратно живой...

— Ты всегда использовал ее как средство давления!

— Потому что это всегда безотказно работало!

— Говори, что надо сделать.

После разговора с Гамильтоном Кроуфорд вышел из полицейского управления, где стены имели уши, и использовал свой сотовый, чтобы обзвонить офицеров полиции и помощников шерифа, которым, по его мнению, мог доверять. Он просил их всех о помощи. Он должен был обязательно усилить поиски миссис Джиллет, ее дочери и Ли Кобурна.

Кроуфорд провел краткое совещание с людьми, которых включил в свой список, и объяснил им, как важно соблюдать секретность. Некоторых из них он попросил проверить еще раз места, где они уже побывали.

— Возвращайтесь на катер, в квартиру Кобурна, в дом миссис Джиллет. Мы, должно быть, что-то упустили.

Остальных он отправил проверять всевозможные линии, наметившиеся за эти дни, вплоть до чокнутой дамочки с Сайпрес-стрит, которая звонила не реже чем раз в сутки доложить, что видела Муссолини, Марию Каллас или Иисуса — как знать, не приняла ли она за одного из них Кобурна, — до супружеской пары сельских жителей, которая обнаружила, вернувшись из двухнедельного круиза по Средиземному морю, что их машину украли из запертого гаража, кто-то похозяйничал в кухне, а в комнате над гаражом ночевало не меньше двух человек, причем совсем недавно, потому что полотенца в ванной еще влажные.

Возможно, все эти линии никуда не вели. Но Кроуфорд по крайней мере принимал упреждающие меры, а не вяло отбивался в ответ на очередные неприятности.

И ему совсем не нравилось, что его рукой пытался водить Клинт Гамильтон из большого и страшного ФБР. Кроуфорд решил, что свекра Хонор Джиллет он допросит сам.

Стэн Джиллет, который появлялся везде, где что-то происходило, казалось, был напрямую связан с органами охраны правопорядка Тамбура. Эта связь должна была бы разорваться, когда умер его сын. Но она сохранилась. И это беспокоило Кроуфорда. Очень беспокоило. Как подробно знал он на самом деле о так называемом похищении Хонор? И что скрывал?

Кроуфорду не хотелось дожидаться наступления дня, чтобы задать Джиллету свои вопросы. Он решил, что лучше поднимет его с кровати и будет допрашивать довольно жестко. Только что разбуженные люди не сразу успевают сориентироваться и делают ошибки. Например, выдают информацию, которую из них в противном случае не удалось бы вытащить.

Но когда Кроуфорд прибыл к дому Джиллета и увидел, что тот сверкает огнями, как новогодняя елка, внутри его зашевелились недобрые предчувствия. Да, бывший десантник привык вставать рано. Но чтобы так рано?

Кроуфорд вылез из машины и пошел по дорожке к дому. Дверь была приоткрыта. Кроуфорд достал из кобуры табельное оружие.

— Мистер Джиллет?

Не получив ответа, он постучал в дверь дулом пистолета, затем распахнул дверь и вошел в гостиную, которая выглядела так, словно по ней пронесся ураган. На бежевом ковровом покрытии выделялись красные капли и струйки крови.

В центре комнаты, надежно привязанный изолентой к стулу, сидел Стэн Джиллет. Голова его низко свесилась на грудь. Казалось, что старик без сознания. Или мертв. Быстро и ловко обойдя пятна крови, Кроуфорд подошел к нему.

— Есть ли еще кто-нибудь в доме? — шепотом спросил он.

Джиллет покачал головой и хрипло ответил:

— Они ушли.

— Они?

— Кобурн и Хонор.

Кроуфорд потянулся к сотовому.

— Что вы делаете? — спросил Стэн.

— Я должен доложить об этом.

— Забудьте. Выключите телефон. Я не позволю, чтобы мою невестку арестовали, как банальную преступницу.

— Вам нужен врач.

— Я сказал: забудьте. Со мной все в порядке.

— Кобурн бил вас?

— Он выглядит хуже.

— Миссис Джиллет его соучастница?

Губы старика сжались в жесткую прямую линию.

— У нее есть на то причины.

— Честного свойства?

— Так она думает.

— А что думаете вы?

— Вы собираетесь освободить меня от этого стула или нет?

Кроуфорд убрал пистолет в кобуру.

Пока он перерезал изоленту кончиком карманного ножа, Джиллет рассказал в общих чертах, что произошло. К концу истории он был уже свободен и, вскочив со стула, стал приводить в порядок свое тело, разминаясь, потягиваясь и шевеля пальцами, чтобы восстановить кровообращение.

— Они забрали флэшку с собой? — спросил Кроуфорд.

— И мяч для соккера тоже.

— А что было на этой флэшке?

— Они отказались мне рассказать.

— Наверное, это было что-то очень важное, иначе ваш покойный сын не пошел бы на такие ухищрения, чтобы это спрятать.

На это Джиллет ничего не ответил.

— Они не сказали, куда направляются?

— А сами вы как думаете?

— Но, может быть, прозвучали какие-то намеки? Или вы сумели догадаться?

— Они уходили в дикой спешке. Когда пробегали через гостиную, я потребовал, чтобы мне объяснили, что происходит. Кобурн остановился и склонился надо мной, так что мы оказались лицом к лицу. Он напомнил мне, что, если морской пехотинец выполняет задание, он не позволяет никаким обстоятельствам встать у него на пути. Я сказал, что да, конечно, ну и что с того. А он заявил: «Я бывший морской пехотинец. И я выполняю задание. А ты — намеренно или нет — стоишь у меня на пути. Поэтому ты должен понять, почему я делаю вот это». И мерзавец ударил меня так, что я вырубился. А следующим, что я увидел, было ваше лицо.

— У вас синяк на скуле. Все в порядке?

— А вас когда-нибудь лягала лошадь копытом?

— Не думаю, что вы видели, на какой они были машине.

— Не видел.

— А где ваш компьютер?

Стэн провел Кроуфорда по коридору в свою спальню:

— Наверное, он в спящем режиме.

Кроуфорд сел за стол и включил компьютер. Проверил почтовый сервис, домашнюю страницу веб-браузера и даже файлы Джиллета, но ничего не нашел. Впрочем, примерно так он и думал.

— Кобурн не стал бы оставлять нам след, по которому так легко идти, — сказал он. — Но все же я хотел бы забрать ваш компьютер с собой. Отдам его нашим технарям. Пусть попробуют восстановить, что было на той флэшке. Похоже, это все, что мы можем сейчас сделать.

Обернувшись, Кроуфорд осекся. В одной руке Стэн Джиллет держал охотничье ружье. А другой целился в него из шестизарядного револьвера.

44

— Это Кобурн.

— Чертовски вовремя! — заорал Гамильтон на другом конце линии. — Черт бы тебя побрал, Кобурн! Ты все еще жив? Миссис Джиллет? Ребенок? Что случилось с ван Алленом?

— Хонор со мной. С ней все в порядке. Но они добрались до ее дочери. Я только что говорил с Доралом Хокинсом. Бухгалтер хочет поторговаться. Я — в обмен на Эмили.

Гамильтон шумно выдохнул:

— Что ж, мы, похоже, движемся к развязке.

— Похоже.

— Ван Аллен? — спросил Гамильтон после паузы.

— С ним встретилась не Хонор, а я. Я подозревал ловушку. Но думал, что расставит ее именно ван Аллен. Оказалось...

— Что Том был чист.

— Возможно.

— Возможно? Насколько я понял, его разорвало на молекулы.

— Плохие парни тоже умеют вести двойную игру. Как бы то ни было, он ответил на звонок мобильника, прежде чем я убедил его этого не делать.

— Где ты сейчас?

— Об этом потом. Слушай. Я нашел то, за чем гонялся. Это оказалась флэшка с компроматом.

— На кого?

— На многих. Некоторые местные. Некоторые нет. Информации куча.

— Ты сам видел ее?

— Я держу ее в руке.

— Чтобы обменять на Эмили?

— Если до этого дойдет. Но не думаю.

— Что это означает?

— Это означает: я не думаю, что до этого дойдет.

— Хватит с меня твоих гребаных загадок, Кобурн! Скажи, где вы. И я...

— Я отправил тебе все по электронке несколько минут назад.

— На мой телефон ничего от тебя не приходило.

— Я не пользовался обычным адресом. Ты знаешь, где смотреть.

— То есть данные там стоящие?

— Еще какие стоящие!

— Но по ним нельзя опознать Бухгалтера?

— Как ты догадался?

— Если бы можно было, ты сказал бы мне об этом в первую очередь.

— Ты прав. Здесь нам не повезло. Но то, что там есть, позволит отследить Бухгалтера. В этом я уверен.

— Хорошая работа, Кобурн. А теперь скажи мне...

— Некогда! Пора идти!

— Подожди! Ты не можешь идти туда без страховки! Ты можешь снова угодить в ловушку.

— Придется рискнуть.

— Ни в коем случае. И я не собираюсь с тобой об этом спорить. Я разговаривал с помощником шерифа Кроуфордом. Думаю, что могу за него поручиться. Позвони ему и...

— Не могу, пока Эмили не вернут Хонор. После этого она сразу обратится к властям.

— Ты не можешь сражаться с этим людьми в одиночку.

— Это условие обмена.

— Это условие любого обмена! — заорал в трубку Гамильтон. — Только никто не выполняет такое дурацкое условие!

— Я выполняю. Вернее, выполню на этот раз.

— Из-за тебя убьют маленькую девочку!

— Возможно. Но ее убьют наверняка, если на сцене появятся копы и федералы.

— Не обязательно. Мы можем...

Кобурн отсоединился, затем выключил телефон.

— Наверняка кроет меня сейчас последними словами, — сказал он Хонор, бросая телефон на заднее сиденье.

— Он считает, что ты должен запросить подкрепление.

— Ну да, как в кино. Скажи ему, где мы, и он пришлет спецназ, вертолеты, всех в радиусе пятидесяти километров, кто носит полицейский значок или звезду, и армию Сталлоне, которые только все испортят.

— Я злилась на тебя, — тихо произнесла Хонор через несколько секунд.

Кобурн вопросительно посмотрел на нее.

— Когда ты растерзал мяч Эдди.

— Да. Я помню. Щека до сих пор горит.

— Я думала, что ты беспричинно жесток. Но на самом деле интуиция сработала правильно. Только мяч ты выбрал не тот.

Вовсе не интуиция заставила его тогда вонзить нож в футбольный мяч. Это была ревность. Неприкрытая, яростная, животная ревность к тому, каким было выражение лица Хонор, когда она гладила этот чертов футбольный мяч, вспоминая с любовью своего покойного мужа. Но он решил не разубеждать Хонор. Пусть лучше считает его болваном, полагающимся на интуицию, чем ревнивым поклонником.

Хонор потирала предплечья. Кобурн успел запомнить, что так она делает всегда, когда волнуется.

— Хонор!

Она повернулась к нему.

— Я могу перезвонить Гамильтону — и пусть высылает свою кавалерию.

— Два дня назад ты не предоставил бы мне право выбора, — тихо и нежно произнесла она. — Кобурн, я...

— Не надо. Что бы еще ты ни собиралась сказать, не говори, — мечтательное выражение ее лица встревожило его больше, чем если бы Хонор кинула в него гранату. — И не смотри на меня телячьими глазами. И не вынашивай романтические планы только лишь потому, что я сказал тебе, что ты красивая, и поведал сопливую историю про старого коня. Секс? Как вспомню, голову сносит! Я хотел тебя, а ты хотела меня. И еще до того, как поцеловаться на старом катере, мы оба знали, что это произойдет, что это только вопрос времени. И это было потрясающе. Но не обманывай себя. Не думай, что я стал другим человеком с тех пор, как забрался в твой двор. Я все тот же подлый и беспринципный негодяй. Я остался собой.

Кобурн старался, чтобы слова его звучали как можно резче, потому что было очень важно, чтобы Хонор поняла их. Через час или даже меньше он тем или иным способом уйдет навсегда из ее жизни так же быстро, как вошел в нее. И Ли хотелось, чтобы уход этот прошел для нее как можно безболезненнее, даже если для этого надо нанести ей рану сейчас.

— Я не изменился, Хонор.

Но она только невесело улыбнулась в ответ и тихо произнесла:

— Зато изменилась я.

Глаза Тори отказывались открываться, но она различала за закрытыми веками движение и свет, слышала какие-то звуки, каждый из которых оглушительно усиливался. Затем наступила полная темнота, поглотившая все на свете. Пока Тори опять не пришла в сознание.

— Миссис Шайрах, оставайтесь с нами. Вы получили серьезную травму. Но мы везем вас в центр «Скорой помощи». Вы меня слышите? Сожмите мою руку.

Что за странная просьба? Но Тори повиновалась и снова услышала голос, который произнес, обращаясь уже не к ней:

— Она реагирует, доктор. Вот уже две минуты.

Тори попыталась облизать губы. Но язык словно прилип и отказывался ей повиноваться.

— Эмили, — тихо простонала она.

— Эмили? Она зовет Эмили. Кто-нибудь знает, кто такая Эмили?

— В доме никого больше не было.

На Тори снова опустилась темнота, из которой долетали до сознания время от времени обрывки слов.

— Нет-нет, миссис Шайрах, не пытайтесь пошевелиться. Мы должны привязать вас к носилкам. У вас огнестрельное ранение в голову.

Огнестрельное ранение? Дорал в лыжной маске? Драка с ним из-за...

Эмили! Ей надо попасть к Эмили!

Тори попыталась сесть, но не смогла. О боже, снова наступает эта ужасная темнота.

Когда Тори снова вынырнула на поверхность, за закрытыми веками горел яркий свет. А вокруг что-то происходило. Но у Тори было странное ощущение, что она словно плывет над всем этим, наблюдая со стороны.

А это кто там? Боннел? Но почему у него на лбу какой-то дурацкий бинт? И почему уши в крови?

Боннел сжал ее руку:

— Милая моя, кто бы ни сделал это с тобой...

Он плачет? Боннел Уоллес? Тот самый Боннел Уоллес, которого она знала, умеет плакать?

— Все будет хорошо. Клянусь тебе. Я обо всем позабочусь. Ты выживешь. Ты обязана выжить. Я не могу тебя потерять.

— Мистер Уоллес, нам пора везти ее в операционную.

Тори почувствовала, как губы Боннела коснулись ее губ.

— Я люблю тебя, родная моя. Я очень тебя люблю.

— Мистер Уоллес, пожалуйста, отойдите.

— Она выживет?

— Мы сделаем все возможное.

Ее увозили от него, но Боннел держал ее за руку, пока его не оторвали насильно.

— Я люблю тебя, Тори!

Тори пыталась преодолеть наплывающее забытье. Но темнота снова окутывала ее. И все же Тори беззвучно кричала: «Я тоже, я тоже люблю тебя, Боннел!»

Кобурн упрямо намеревался продолжать шоу одного актера, и Гамильтон должен был успеть остановить его, пока не случилось непоправимое. Смерть Тома ван Аллена не убедила Кобурна в невиновности агента, поэтому для Гамильтона было особенно важно переговорить с его вдовой и попробовать выяснить, что она знала. Если вообще что-то знала.

Но когда Гамильтон со своей командой прибыли к дому ван Алленов, там, как он и предполагал, не было никаких других машин. Вдова проводила ночь в одиночестве. Но не спала. Внутри горел свет.

Гамильтон вышел из джипа, прошел по дорожке к дому, позвонил в дверной звонок и стал ждать.

Когда никто не ответил, он подумал, что, может быть, Дженис, в конце концов, все-таки спит. Возможно, в доме не выключали свет, потому что сын ван Алленов нуждался в круглосуточном уходе.

Он снова позвонил. Затем постучал.

— Миссис ван Аллен! Это Клинт Гамильтон! — прокричал он сквозь деревянную дверь. — Я знаю, вы переживаете трудные времена. Но мне очень важно поговорить с вами прямо сейчас.

Ответа по-прежнему не последовало. Гамильтон попробовал дверь. Она оказалась заперта. Он достал сотовый, покопался в контактах и нашел домашний номер ван Алленов. Нажал на кнопку и вскоре услышал, как звонит телефон внутри дома.

После пятого звонка он отсоединился и крикнул, обернувшись к джипу:

— Тащите что-нибудь из инструмента. Будем взламывать.

Группа ребят из спецназа присоединилась к нему через несколько минут.

— Это не нападение. Миссис ван Аллен сейчас переживает трудный период. И в доме беспомощный мальчик. Так что аккуратнее.

Им потребовалось несколько минут, чтобы справиться с входной дверью. Гамильтон прошел вперед. Остальные рассыпались по комнатам.

В конце широкого главного коридора Гамильтон обнаружил комнату Ленни. Здесь царил сладковатый неприятный запах, какой бывает только в комнатах прикованных к постели. Но, кроме больничной кровати и всяких медицинских аксессуаров, все здесь было абсолютно нормальным. Работал телевизор. Лампа отбрасывала успокаивающий неяркий свет. На стенах висели картины, посреди комнаты лежал цветной коврик.

Но лежащий неподвижно на кровати мальчик напоминал сцену из фильма ужасов. Глаза Ленни были открыты, но взгляд казался абсолютно пустым. Гамильтон подошел к краю кровати, чтобы убедиться, что мальчик дышит.

— Сэр?

Гамильтон обернулся к офицеру, обратившемуся к нему с порога комнаты. Тот еще не успел ничего сказать, но на его лице было написано крупными буквами, что возникла **НЕШТАТНАЯ СИТУАЦИЯ.** Он махнул головой в шлеме в сторону остальной части дома.

Дорал увидел фары машины, приближавшейся по боковой улице.

Подошло время встречи.

Он последний раз затянулся сигаретой, затем выкинул ее из окна взятой взаймы машины. Прежде чем упасть на тротуар и догореть, сигарета описала в воздухе огненную дугу.

Дорал включил телефон и позвонил Бухгалтеру:

— Он прибыл по расписанию.

— Я скоро подъеду, — послышалось в ответ.

— Что? — Сердце Дорала болезненно заныло.

— Ты отлично меня слышал. Я не могу позволить тебе снова все испортить.

Это было подобно пощечине. Впрочем, Дорал понимал: на карту поставлено сотрудничество с мексиканским картелем, и Бухгалтер не мог позволить, чтобы что-то еще пошло не так.

И это был уже не просто бизнес. Совсем не так, как с Марсетом, который просто мешал работе. Тут дела обстояли совсем по-другому. Бухгалтеру хотелось свести с Ли Кобурном личные счеты.

Кобурн остановил машину в тридцати метрах от того места, где Дорал решил с ним покончить, — под трибуной футбольного стадиона. Дорал слышал урчание ее невыключенного мотора. В это время года здесь было безлюдно. Стадион находился на окраине города. Идеальное место.

Кобурн включил фары во всю мощь. Сама машина была чуть больше ловушки для крыс, но вид ее почему-то казался Доралу угрожающим, напоминал о повести Стивена Кинга, где машина сошла с ума и стала убивать людей. Дорал поспешил отогнать эту мысль, рассердившись, что Кобурну будто бы снова удалось проникнуть к нему в мозги.

Но он понимал, что федерал не приблизится, пока не убедится, что Эмили действительно находится у Дорала. Он вышел из машины, предварительно сделав так, чтобы не включился свет в салоне. Пригнулся, дабы его голова не была выше крыши автомобиля, открыл заднюю дверцу и вынул оттуда спящую Эмили. Тело ее было обмякшим, дыхание ровным, сон абсолютно безмятежным. Дорал взвалил ребенка на левое плечо.

Каким же негодяем надо быть, чтобы использовать такую маленькую милую девочку, такую легкую и нежную, для спасения собственной шкуры?

Он использует. Именно таким он стал.

Кобурн загадил ему мозги, заставил считать себя хуже последнего дерьма, нервничать и испытывать неуверенность в себе. Но Дорал не хотел позволять себе купиться на все это, иначе, он это знал, будет мертв. Все, о чем он мечтал, — проделать всего одну дырку в Кобурне. И если надо, использовать Эмили, чтобы выманить Кобурна. Жизнь есть жизнь. А кто сказал, что жизнь устроена справедливо?

Он положил правую руку, в которой обычно сжимал пистолет, на спину Эмили, так чтобы руку было видно. Затем выпрямился и обошел капот машины, стараясь изо всех сил выглядеть уверенным в себе человеком, полностью контролирующим ситуацию, совершенно расслабленным, хотя на самом деле ладони его были липкими от пота, а сердце отчаянно билось.

Машина Кобурна со скоростью улитки поползла вперед. У Дорала все сжалось внутри. Свет фар на секунду ослепил его. Машина остановилась метра за четыре до него.

— Погаси фары! — крикнул Дорал.

В этот момент водитель вылез из машины, и, несмотря на ослепляющий свет, Дорал без труда различил силуэт Хонор.

— Что за черт! — воскликнул он. — Где Кобурн?

— Он прислал вместо себя меня. Сказал, что в меня ты не будешь стрелять.

— Он соврал. — Вот дерьмо! Дорал вовсе не рассчитывал убивать Хонор лицом к лицу. — Отойди от машины и подними руки, чтобы я мог их видеть. Что за трюк пытается провернуть Кобурн?

— Ему не нужны никакие трюки, Дорал. Ему даже больше не нужна я. Он вычислил тебя благодаря Эдди.

— Какое отношение имеет к этому Эдди?

— Самое прямое. Кобурн нашел улики, которые насобирал мой муж.

У Дорала пересохло во рту.

— Я не знаю, о чем ты говоришь.

— Конечно, знаешь. Ведь именно поэтому вы убили его.

— На тебе записывающая аппаратура?

— Нет. Кобурн уже получил то, за чем приходил. Ему теперь наплевать, что случится со мной и с Эмили. Но мне не наплевать. Я хочу забрать свою дочь.

Дорал крепче сжал пистолет:

— Говорю тебе, отойди от машины!

Хонор вышла из-за капота с поднятыми руками.

— Я ничего не буду делать, Дорал. Оставлю тебя системе правосудия. Или Кобурну. Мне все равно. Меня волнует только Эмили, — на имени дочери ее голос дрогнул. — Она любит тебя. Как ты мог сделать с ней такое?

— Ты удивишься, узнав, на что способен человеческий род.

— Она?..

— С ней все в порядке.

— Но она не двигается.

— За это благодари своего дружка Кобурна. За все, что случилось.

— Почему Эмили не двигается?

— Где Кобурн?

— Она мертва? — истерично заорала Хонор.

— Где...

— Ты уже убил ее, да?

Крики Хонор разбудили девочку. Эмили зашевелилась, потом подняла голову и пробормотала:

— Мамочка...

— Эмили! — закричала Хонор, протягивая к ней руки.

Дорал начал отступать обратно к машине.

— Прости, Хонор, но Кобурн испортил сделку.

— Эмили!

Услышав голос матери, девочка принялась извиваться у него на плече.

— Эмили, сиди спокойно, — прошипел он. — Слушайся дядю Дорала.

— Я хочу к своей мамочке, — плакала Эмили, пиная его ногами в бедро и барабаня кулачками по плечам.

Хонор продолжала выкрикивать ее имя. Девочка голосила прямо в ухо Доралу.

Он отпустил девчонку, и она побежала вперед, прямо на свет фар.

Дорал направил пистолет в грудь Хонор, но прежде чем он успел нажать на курок, что-то сильно ударило его сзади в затылок, так что зазвенело в ушах.

Одновременно погасли фары стоявшей впереди машины, и теперь вместо ярких лучей света он видел только два малиновых огонька на черном фоне.

Дорал быстро моргал, пытаясь восстановить зрение, и до него доходило постепенно, в чем состояла стратегия Кобурна. Ослепить его, оглушить его, вывести из себя, а затем напасть сзади. Он обернулся как раз вовремя, чтобы встретиться лицом к лицу с Кобурном, который, перескочив через капот его машины, обрушился на Дорала, словно мешок цемента, и буквально пригвоздил его к земле.

— Федеральный агент! — закричал Кобурн.

От неожиданного падения у Дорала перехватило дыхание, но он продолжал сражаться не на жизнь, а на смерть. Инстинкт выживания усиливался приливом адреналина. Он выбросил вверх руку, сжимавшую пистолет.

Раздался выстрел.

Кобурн отстранился от Дорала.

Крови почти не было, так как он выстрелил Доралу в грудь практически в упор. В момент смерти Дорал вовсе не выглядел зловещим, скорее растерянным. Словно не понимал, как это его, такого умного, смогли уделать с помощью мяча для соккера.

— Ты должен был понять, увидев своего брата, что я не вступаю в переговоры, — прошептал Кобурн.

Ощупав тело, Ли нашел мобильный телефон Дорала. Он боялся, что трубка может исчезнуть в суматохе после обыска полиции, поэтому поспешил засунуть ее в карман джинсов, прежде чем встал и направился к машине. Хонор сидела на водительском сиденье, прижимая к себе Эмили, и раскачивалась, баюкая ее.

— С ней все в порядке?

— Она слабая совсем и опять уснула. Он, наверное, что-то дал ей. Он?..

— Уже в аду.

— Он отказался сдаться?

— Что-то в этом роде, — последовала пауза. — Ты отлично сработала.

На губах Хонор задрожало подобие улыбки:

— Я так боялась.

— Я тоже.

— Не верю. Ты ничего не боишься.

— Впервые в жизни боялся за все, — в этих словах было куда больше эмоций, чем он мог позволить себе выказать. Но Хонор, казалось, поняла и истинный смысл сказанного, и почему он не стал ничего говорить дальше. Они обменялись долгим взглядом, затем Кобурн сказал:

— Тебе надо отвезти Эмили к доктору. Пусть осмотрит ее.

Он тихонько взял спящую девочку у матери и положил ее на заднее сиденье.

— А что собираешься делать ты? — спросила Хонор.

— Позвоню Гамильтону, расскажу обо всем. Он захочет подробностей. Захочет, чтобы я ждал здесь, пока не прибудут его агенты. А потом...

— Ли Кобурн?

Прозвучавший за спиной тихий голос удивил обоих. Хонор взглянула через плечо Кобурна, и брови ее изумленно поползли вверх. Кобурн обернулся.

Лицо женщины, когда она нажимала курок, было абсолютно безучастным.

45

Схватившись за живот, Кобурн медленно опустился на тротуар.

Хонор истошно закричала.

Кобурн услышал, как Эмили отреагировала на шум, сонно спросив, где Элмо.

Но все эти звуки доносились до него словно бы из узкого просвета в конце длинного тоннеля. Он боролся, чтобы сохранить сознание, но борьба эта давалась ему очень тяжело.

До этого он дважды в жизни бывал ранен. Один раз в плечо, второй — в лодыжку. Но на этот раз все оказалось по-другому. Все было плохо. Он видел, как получали пулю друзья и враги, и большинство из них умирали. И пуля мелкого калибра точно так же могла отправить тебя на тот свет, как и пуля большого размера.

Он привел себя в полулежащее положение, продолжая зажимать пальцами пульсирующую дыру на животе. Привалившись к кузову машины, он пытался сфокусировать зрение на совершенно обыкновенно выглядевшей женщине, которая его подстрелила.

Она приказывала Хонор, держа ее на мушке, оставаться внутри машины. Женщина успела разоружить Кобурна. Он видел свой пистолет, лежащий на тротуаре всего в нескольких шагах. Но это было все равно, как если бы он находился за несколько километров. Пистолет Фреда оставался в машине под сиденьем водителя, но Хонор не могла добраться до него, не рискуя быть застреленной.

Не переставая рыдать, Хонор спрашивала женщину:

— За что? За что?

— Из-за Тома, — ответила та.

Ах вот как. Жена Тома ван Аллена. Вдова. Что ж, по крайней мере, он не умрет, не зная, за что его отправили на тот свет. Однако для женщины, только что совершившей насильственное преступление, эта дамочка выглядела удивительно спокойной и хладнокровной. Она даже не казалась рассерженной. Интересно, почему?

— Если бы Том не поехал на ту встречу с Кобурном к заброшенной железной дороге, он был бы сейчас жив, — продолжала женщина.

Она обвиняла его в гибели своего мужа. Небо на востоке постепенно светлело перед рассветом. Интересно, доживет ли он до того момента, когда солнце появится над горизонтом? Было бы здорово увидеть в этой жизни еще один рассвет.

И ему очень не хотелось истекать кровью на глазах у Хонор. А что, если Эмили проснется и увидит кровь? Девочка очень испугается, а ведь он старался сделать все, что в его силах, чтобы защитить ее от страха.

Он и так втянул Хонор и малышку во все это дерьмо. Достаточно странно, что обе прониклись к нему симпатией. Хотя бы чуть-чуть. А теперь Ли предстояло нанести им еще одну травму, и потом его даже не будет рядом, чтобы извиниться.

Кобурн всегда думал, что, когда настанет его смертный час, он должен будет возблагодарить бога за то, что это не произошло раньше. То есть сумеет спокойно смириться со своим уходом. Но у него это не получилось.

Уж слишком не вовремя. Ведь он только вчера узнал, что такое заниматься любовью с женщиной. Не просто удовлетворять возбужденную плоть, а действительно сливаться в одно целое с той, чьим телом наслаждаешься. И толку теперь было от того, что он понял разницу, если позволил себя подстрелить и жить ему осталось считаные часы.

Все это было плохо, плохо и неправильно.

Впрочем, он знал, что не смеет думать о всяких глупостях, когда надо вычислить напоследок кое-что очень важное. Что-то за пределами его понимания. Но что? Что-то очень важное, но все время ускользающее. Что-то подмигивающее ему так же, как последняя в его жизни звезда, мерцающая над головой Дженис ван Аллен. Он должен был понять это раньше, но не смог. Что-то...

— Как ты узнала? — Только выдохнув свой вопрос, Кобурн вдруг понял, что это.

Дженис ван Аллен посмотрела на него сверху вниз.

— Что?

Дыхание Кобурна слабело. Он с трудом боролся с наступающей темнотой.

— Как ты узнала, что это я был на заброшенной железной дороге?

— Том рассказал мне.

Это была ложь. Если бы Том рассказал ей что-то до отъезда на встречу, он ответил бы, что едет к Хонор, поскольку Том ожидал встречи именно с ней. А после встречи Том уже не имел возможность сообщить жене, что все вышло иначе.

Джénис узнала это от кого-то еще. От кого же? Только не от агентов, которых послали известить ее о смерти мужа. Они сами не могли знать. Даже Гамильтон выведал все это только полчаса назад, когда Кобурн рассказал ему, что же на самом деле случилось на заброшенной железной дороге.

Ей могли рассказать только люди, которые прятались у места встречи, которые подложили бомбу в машину ее мужа и вертелись поблизости, чтобы убедиться, что достигли своей цели — устранили Тома ван Аллена и Хонор.

Между тем Хонор со слезами умоляла Джénис позвонить в службу спасения.

— Ведь он же умрет, — рыдала она.

— Именно так и должно быть, — хладнокровно отвечала ей миссис ван Аллен.

— Я не понимаю, как ты можешь обвинять Кобурна? Он такой же федеральный агент, каким был твой муж. Том только выполнял свою работу, и Кобурн тоже. Подумай о своем сыне. Если Кобурн умрет, тебя отправят в тюрьму. И что тогда станет с мальчиком?

Кобурн неожиданно завалился вперед и застонал сквозь сжатые зубы.

— Пожалуйста, дай мне помочь ему, — умоляла Хонор.

— Ему уже нельзя помочь. Он умирает.

— А что потом? Меня ты тоже убьешь? И Эмили?

— Я не причиню зла ребенку. За кого ты меня принимаешь?

— Ты ничем не лучше меня, — с этими словами, собрав последние силы, Кобурн метнул в Дженис вынутый из-за голенища нож Стэна Джиллета. Он попал в щиколотку и, вероятно, задел ахиллово сухожилие. Дженис закричала и пошатнулась, и в этот момент Кобурн сумел лягнуть ее обеими ногами, так что она повалилась навзничь.

— Хонор! — Ли пытался кричать, но с губ его срывался какой-то невнятный хрип.

Хонор почти вывалилась из машины, схватила выпавший из рук Дженис пистолет и прицелилась в нее, приказав ей не двигаться.

— Кобурн? — едва слышно произнесла она.

— Держи ее под прицелом. Помощь уже здесь.

Хонор вдруг поняла, что по нескольким дорогам сразу к ним несутся служебные машины. Первым добрался до места автомобиль с логотипом конторы шерифа. Во время торможения машину занесло на тротуар, и через секунду из нее уже выскакивали водитель в форме и пассажир, которым оказался Стэн Джиллет. Человек в форме держал в руке пистолет, Стэн — ружье для охоты на оленей.

— Хонор, слава богу, с тобой все в порядке! — воскликнул Стэн, бросаясь к невестке.

— Миссис Джиллет, я помощник шерифа Кроуфорд. Что здесь произошло?

— Она стреляла в Кобурна.

Кроуфорд и еще два подоспевших помощника шерифа взяли на себя охрану Дженис, которая сидела на тротуаре, сжимая раненую ногу, и то стонала, то осыпала Кобурна проклятиями. Прибывшие полицейские, выскочив из машин, бросились к безжизненному телу Дорала Хокинса.

Стэн обнял за плечи Хонор:

— Под дулом пистолета мне пришлось заставить Кроуфорда привезти меня сюда.

— Я рада, что ты здесь, Стэн. Присмотри, пожалуйста, за Эмили. Она в машине на заднем сиденье.

Хонор высвободилась из объятий Стэна, крикнула фельдшеру, вылезавшему из машины «Скорой помощи», чтобы он остановился, и упала на колени рядом с Кобурном.

Она гладила его по волосам, по лицу.

— Не умирай, — умоляла она. — Не смей умирать.

— Гамильтон, — произнес вдруг Кобурн.

— Что?

Ли кивнул куда-то в сторону, и Хонор обернулась. Из двух черных джипов выпрыгивали люди, увешанные оружием с ног до головы. Потом вылез мужчина, выглядевший куда более устрашающе, хотя одет он был в костюм с галстуком.

Мужчина тут же кинулся к Кобурну, но глаза его при этом жадно впитывали все подробности происходящего вокруг.

— Миссис Джиллет? — обратился он к Хонор, приблизившись.

Хонор кинула:

— Кобурн тяжело ранен.

Гамильтон угрюмо покачал головой.

— Почему ты не в Вашингтоне? — спросил его Ли.

— Потому что на меня работает чертов агент, который не выполняет приказов.

— Я держу ситуацию под контролем.

— Да уж, — тон Гамильтона был ворчливым, но Хонор тут же поняла, что от него не укрылась серьезность раны Кобурна. — Прошу прощения, что не успел вовремя, чтобы помешать всему этому. Мы были у нее дома. — Он кивнул в сторону Дженис, которой оказывали медицинскую помощь. — И нашли доказательства того, что она собирается скрыться. И даже покинуть страну. На разных сотовых были письма и эсэмэски, говорящие о том, что Дженис ван Аллен хочет отомстить Кобурну за смерть мужа. Я связался с Кроуфордом, который как раз за минуту до этого получил сообщение о выстрелах в этом районе. Оставил одного парня с ее сыном и поспешил с остальными сюда.

— Пусти! — прорычал Кобурн фельдшеру, который пытался поставить ему капельницу.

Короткая борьба закончилась победой Кобурна. Он высвободил руку и засунул ее в карман брюк, принадлежавших когда-то отцу Хонор, которые были сейчас насквозь пропитаны кровью.

Ли вынул из кармана сотовый и поднял его так, чтобы стало видно Гамильтону:

— Это трубка Дорала. Он звонил кому-то за минуту до того, как вышел из машины.

Кобурн все чаще останавливался, голос его слабел. Измазанным в крови пальцем он коснулся экрана телефона и нажал на кнопку звонка.

— Он звонил Бухгалтеру!

Через секунду все повернули голову на звук звонка сотового, раздававшегося из кармана ветровки Дженис ван Аллен.

Следующие полтора часа прошли для Хонор как в тумане. Сделав потрясающее открытие о том, что Бухгалтером оказалась Дженис ван Аллен, Кобурн потерял сознание. И это облегчило работу фельдшеров, которые через несколько минут погрузили его в вызванный вертолет с медицинским оборудованием.

Хонор казалось настоящим чудом, что Эмили проспала все события, способные нанести ей душевную травму. С другой стороны, столь крепкий сон дочери начинал не на шутку тревожить Хонор. Их обеих отвезли в больницу. Хонор разрешили поехать с дочерью в машине «Скорой помощи», но в больнице находиться рядом с ней запретили.

Пока девочку осматривали врачи, Хонор и Стэн нервничали под дверью со стаканчиками остывшего кофе, которые купил в автомате Стэн. Между ними возникла неловкость, которой они никогда не испытывали раньше.

Наконец Стэн заговорил:

— Думаю, я должен перед тобой извиниться!

— Вряд ли, — отозвалась Хонор. — После того, что я помогла сделать с твоим домом? После того, как позволила оставить тебя привязанным к стулу? И позволила Кобурну завладеть твоим волшебным ножом?

Стэн быстро улыбнулся, но ему явно было еще что сказать.

— Ты ведь пыталась объяснить мне свои мотивы. А я не слушал. Я отбросил их с самого начала.

— Ну, трудно было сразу переварить такое.

— Но я ведь извиняюсь не только за то, что произошло за последние несколько дней. С тех пор как умер Эдди, — с горечью продолжал Стэн, — я держал тебя под строгим контролем. Нет-нет, не пытайся отрицать, мы оба знаем, что это правда. Я боялся, что ты встретишь мужчину, полюбишь его. Выйдешь замуж. И мне не останется места в вашей жизни. Твоей и Эмили.

— Этого никогда не произошло бы, — заверила его Хонор. — Ты наша семья. Эмили любит тебя. И я тоже.

— Спасибо вам за это, — хрипло произнес Стэн.

— Это не пустые слова. Я не знаю, что делала бы последние два года, если бы не твоя поддержка. Ты находился рядом, и я никогда не смогу отблагодарить тебя как следует за то, что ты делал для нас.

— Ну, я бываю иногда слишком властным.

Хонор улыбнулась и тихо произнесла:

— Иногда.

— Я позволил себе вчера несколько отвратительных реплик по поводу твоей личной жизни. Прошу за это прощения!

— Ну, тебе тяжело было узнать, что я и Кобурн...

— Как ты сказала, это не мое...

— Нет, Стэн, позволь мне закончить. Я вдруг поняла, что Эдди знал, что мою татуировку сможет обнаружить только любовник. Кто еще мог бы ее увидеть? И Эдди доверял моему выбору. Эдди знал, что я смогу быть близка только с порядочным человеком. — Последовала долгая пауза, затем Хонор продолжила: — Я очень любила Эдди. Ты ведь знаешь это, Стэн. И он будет жить в моем сердце до последнего вдоха. Но... — Она взяла Стэна за руку и сжала ее, прежде чем договорить. — Но боль утраты не может заполнять всю мою жизнь. Эдди нет, а я должна двигаться дальше. И ты тоже, Стэн.

Стэн кивнул, но не произнес ни слова. Глаза его выглядели подозрительно влажными. Хонор была очень благодарна ему за то, что и сейчас он находился с ней рядом. Она по-прежнему держала Стэна за руку, когда к ним присоединился помощник Кроуфорд.

— Миссис Шайрах — ваша подруга? — спросил он Хонор. — Полиция приехала по вызову в ее дом. Она была там одна. С огнестрельной раной в голове.

— Что? О боже!

Кроуфорд помахал рукой в воздухе, давая понять, что хочет продолжить:

— Ей сделали операцию, чтобы извлечь пулю. Я говорил с ее другом, человеком по имени Боннел Уоллес, который находится с миссис Шайрах в больнице. Состояние ее стабильное. Хирург сказал мистеру Уоллесу, что пуля не нанесла необратимых повреждений. Врач, разумеется, был сдержан, но намекнул, что она полностью поправится.

— Слава богу, — от накатившего облегчения Хонор вдруг почувствовала себя очень слабой и оперлась на плечо Стэна.

— Мистер Уоллес дал мне номер своего сотового. Просил вас позвонить ему, когда вы сможете говорить. Он многое хочет вам сказать и многое хотел бы услышать. Он хотел, чтобы вы знали: миссис Шайрах узнала его после операции и они обменялись парой слов. Миссис Шайрах очень беспокоилась о вас и Эмили. Мистер Уоллес успокоил ее, что вас спасли и вы в безопасности.

— Я скоро позвоню ему, — заверила Кроуфорда Хонор. — А что с миссис ван Аллен?

— Ей оказывают медицинскую помощь под усиленной охраной.

— А Кобурн? — осипшим голосом спросила Хонор. — Про него вам что-нибудь известно?

— Боюсь, что нет, — ответил Кроуфорд. — Но надеюсь, Гамильтон свяжется со мной, как только ему будет что сообщить.

Ожидание казалось бесконечным, но в конце концов педиатр, руководивший осмотром Эмили, вышел к ним с хорошими новостями. Он подтвердил, что девочке дали повышенную дозу антигистамина.

— Я помещу ее в палату, и пусть спит, пока не закончится действие лекарства. Она будет под постоянным наблюдением. — Он ободряюще коснулся руки Хонор. — Я не обнаружил никаких признаков, что девочке нанесли вред каким-либо другим способом.

Хонор со Стэном разрешили идти рядом, когда Эмили перевозили в палату. Девчушка выглядела на больничной койке такой маленькой и беззащитной, но, когда Хонор думала о том, что могло случиться, она благодарила бога за то, что Эмили здесь.

Хонор гладила дочь по волосам, склонившись над койкой, когда услышала, как Стэн тихо произнес ее имя. Она медленно повернулась.

На пороге палаты стоял Клинт Гамильтон. Не сводя глаз с Хонор, он медленно подошел к ней.

— Я подумал, что должен сообщить вам лично.

— Нет, — прошептала Хонор. — Нет! Нет!

— Мне очень жаль, — сказал Гамильтон. — Но Кобурн не смог выкарабкаться.

Эпилог

Шесть недель спустя.

«Как удивленно звучит ваш голос, мистер Гамильтон. Том не говорил вам, что я очень умна? Нет? Но теперь-то вы знаете. До того, как родился Ленни и я стала практически узницей в собственном доме, мне предсказывали блестящее будущее в качестве бизнес-консультанта и финансового аналитика. Но все карьерные планы пошли прахом. А потом, несколько лет назад, устав вести жизнь тени, я решила применить свой ум... хм... в другой сфере.

Я была в отличном положении, чтобы этим заняться. Кто стал бы подозревать Дженис ван Аллен, маму ребенка-инвалида и жену человека, полностью лишенного уверенности в себе и амбиций, в том, что она способна создать такую успешную и могущественную организацию?»

В этом месте Дженис ван Аллен рассмеялась.

«Ирония судьбы в том, что саму идею подал мне муж. Он все время говорил о контрабанде, о неограниченных прибылях. О бесплодных попытках правительства остановить надвигающуюся волну. Но чаще всего он рассказывал о посредниках, которые куда меньше других рискуют попасться, потому что обычно скрываются под личиной благопристойности и респектабельности. Это показалось мне очень умным и заслуживающим внимания.

Том был бесценным источником информации, который невозможно проконтролировать. Я просто задавала вопросы, а он отвечал. Том объяснял мне, как обычно ловят преступников. Все, что мне оставалось сделать, это добраться до тех, кто ловит, и через таких, как Фред и Дорал Хокинсы, предложить им щедрый гонорар за участие. Контрабандисты платили мне за охрану. А те, кто отказывался, не успевали прожить достаточно, чтобы об этом пожалеть. Многие садились в тюрьму. Но они не могли выдать меня, чтобы выклянчить смягчение или заключить сделку с законом, потому что не знали, кто я. Между мною и каждым из них всегда был буфер в несколько человек.

С удовольствием сообщаю вам, мистер Гамильтон, что моя маленькая кустарная мастерская выросла и превратилась в весьма прибыльное предприятие. У меня не было практически никаких накладных расходов, кроме как на мобильные телефоны. Фред и Дорал приносили мне новые аппараты для одноразового использования примерно раз в неделю, когда Том находился на работе.

Я хорошо платила своим сотрудникам, и все равно прибыли превосходили мои самые смелые ожидания. Это было очень важно. Мне надо было копить деньги на то время, когда Ленни больше не будет служить препятствием. После того как он умрет, я не собиралась оставаться на одном месте. Я насытилась по горло этим домом, Томом, моей жизнью. Я заработала себе на спокойную обеспеченную жизнь после ухода от дел. Я никогда не испытывала ненависть к Ленни, но я ненавидела подгузники, которые приходилось менять, пищу, которую мне приходилось в него впихивать, катетеры...

Впрочем, вам не обязательно все это слушать. Вас ведь интересуют подробности про Бухгалтера. Хорошая кличка, правда? В общем, миллионы долларов ждали меня в банках по всему миру. Просто удивительно, что можно проделывать через Интернет.

Но потом появился Ли Кобурн, и мне пришлось ускорить претворение в жизнь своего плана, то есть побега за границу. Ленни, — тут голос Дженис вдруг сделался хриплым, — Ленни все равно не заметил бы разницы. Он ведь не смог бы даже скучать по мне, правда? В обмен на чистосердечное признание поклянитесь, что мой сын будет помещен в лучшее медицинское учреждение для таких, как он, в этой стране».

«Даю вам честное слово».

«И он будет получать пенсию Тома?»

«Каждый цент будет направлен на заботу о его сыне».

«Том хотел бы этого. Он был предан Ленни. Я даже завидовала иногда его способности так сильно любить нашего несчастного сына. У меня так не получалось. Я пыталась, но...»

После короткой паузы Дженис снова заговорила:

«Вся эта интимная переписка — я не занималась сексом по телефону или чем-то подобным. Хочу, чтобы вы знали: я считаю это отвратительным. Неужели я стала бы посылать Фреду и Доралу эсэмэски неприличного содержания? О боже! Нет! Это был шифр. Способ объяснить мою обширную телефонную переписку, в случае если бы Том что-то заподозрил. Вы же понимаете?»

«Понимаю, — ответил Гамильтон. — Но неужели так просто было убить собственного мужа?»

«Конечно нелегко! Это стало самым трудным, что мне пришлось сделать в качестве Бухгалтера. Дорал пытался меня отговорить, но другого выхода уже не было. Кроме того, я сделала Тому одолжение. Он был несчастен. Наверное, еще несчастнее, чем я. Он с трудом отбывал повинность на работе, так же как я дома. Том плохо делал свою работу. Уж вы-то должны это знать, Гамильтон. Из-за вас он был еще несчастнее. Том знал, что ему никогда не выполнить всего того, что вы от него ждете».

«Я всегда считал, что у Тома есть потенциал, и только неуверенность в себе мешает ему самореализоваться. Я думал, что под моим руководством и с моей помощью...»

«Все это какие-то спорные понятия, не находите, мистер Гамильтон?»

«Да, похоже на то».

«Мне больно говорить об этом. Я оплакивала Тома. Я честно горевала по нему. Но так по крайней мере Том умер с честью. И даже с некоторой долей героизма. Думаю, он предпочел бы это смерти в безвестности».

После небольшой паузы снова зазвучал голос Дженис:

«Думаю, это все. Хотите, чтобы я что-нибудь подписала?»

Гамильтон протянул руку через стол и нажал на кнопку, останавливая запись.

Хонор и Стэн, которых пригласили в окружной офис в Новом Орлеане, чтобы дать им послушать запись признания Дженис ван Аллен, все время сидели неподвижно, ошеломленные повседневной обыденностью тона, которым эта ужасная женщина признавалась Гамильтону несколько дней назад в своих преступлениях.

— Это она приказала убить Эдди, — тихо произнесла Хонор.

— И многих других, — подтвердил Гамильтон. — С помощью информации с флэшки вашего покойного мужа расследование постепенно продвигается. Но, — со вздохом добавил он, — миссис ван Аллен права в одном: преступники размножаются куда быстрее, чем мы успеваем их ловить. И все же мы продолжаем выполнять свою работу.

— В этом файле нет ничего, что обличало бы Эдди, — поднял болезненную тему Стэн. — Но близнецам Хокинсам отлично удавалось водить меня за нос. Я использовал Дорала, чтобы получать информацию, зная, что у него есть уши в полиции и других силовых структурах, но я и помыслить не мог, чем они занимаются. За меня моя репутация. Можете ее проверить.

— Уже проверил, — сообщил Гамильтон, хитро улыбаясь бывшему морскому пехотинцу. — Вы чисты как младенец, мистер Джиллет. И ничто в этом файле не обличает вашего сына в качестве преступника. По словам руководителя управления полиции Тамбура, который кажется мне честным человеком, Эдди предложил провести кое-какие следственные мероприятия под прикрытием. Наверное, заметил какие-то несостыковки, когда работал на Марсета ночным охранником. В любом случае — начальник санкционировал все это. Но когда погиб Эдди, ему не пришло в голову связать это с его тайным расследованием, которое, насколько было известно начальнику, не успело принести никаких видимых результатов. Эдди передал улики вам, — Гамильтон обращался к Хонор.

Она посмотрела на своего свекра. Затем протянула руку и сжала его плечо. Через несколько секунд, не опуская руки, кивнула на магнитофон:

— Как скоро после этой записи миссис ван Аллен была...

— Убита? — закончил за нее Гамильтон.

Хонор кивнула.

— Спустя считаные минуты. Ее адвокат настоял, чтобы допрос проводился в отдельном кабинете в реабилитационном центре, где она проходила терапию после ранения ноги. В дверях стояли двое охранников. Миссис ван Аллен была в инвалидном кресле. Мы с агентом стояли по бокам, а адвокат катил ее.

Как только все мы вышли из офиса, чтобы отвезти ее обратно в палату, молодой человек появился, казалось, из ниоткуда. Он полоснул охранника бритвой по щеке. Агенту, который пытался достать оружие, той же бритвой быстро перерезал горло. Тот умер почти мгновенно. Миссис ван Аллен он порезал быстро, но жестоко. Бритва прошла по горлу почти до позвоночника. И от уха до уха. Очень уродливая была смерть. У нее было время понять, что она умирает. А парень скончался от смертельного огнестрельного ранения.

В новостях передали, что Гамильтон выстрелил нападавшему дважды в грудь и один раз в голову.

— Это был поступок самоубийцы. Парень понимал, что у него нет шансов ускользнуть. А мне он не оставил выбора.

— И его не опознали?

— Нет. Удостоверение личности отсутствовало, никакой информации о нем тоже не обнаружили. Никто не потребовал его тело, чтобы похоронить. Мы не знаем, как именно этот парень был связан с Бухгалтером. Все, что у нас есть, — это его опасная бритва и серебряное распятие на цепочке.

Несколько секунд все помолчали, затем Гамильтон встал, давая понять, что встреча завершилась. Они со Стэном пожали друг другу руки. Затем Гамильтон взял в ладони руку Хонор:

— Как ваша дочь?

— Хорошо. Она, слава богу, абсолютно ничего не помнит о тех ужасных событиях. Но все время говорит о Кобурне и спрашивает, куда он ушел, — возникла неловкая пауза, затем Хонор продолжила: — А Тори уже выписали из больницы. Мы два раза ездили ее навестить. За ней ухаживают в доме мистера Уоллеса сиделки.

— Как она себя чувствует?

— Она задает им всем перцу! — хмуро ответил на этот вопрос Стэн.

— Да уж, — Хонор рассмеялась. — С ней все будет хорошо, и это — настоящее чудо. Единственный раз в жизни Доралу не удалось поразить цель.

— Я рад слышать, что обе поправились, — сказал Гамильтон. — И я в очередной раз хочу поблагодарить вас, миссис Джиллет, за мужество и выдержку.

— Спасибо.

— Берегите себя и свою девочку.

— Обязательно.

— Спасибо, что пришли.

— И вам тоже спасибо за приглашение, — сказал Стэн, направляясь к двери.

Но Хонор стояла на месте, не сводя глаз с Гамильтона.

— Я сейчас присоединюсь к тебе, Стэн, — сказала она. — Дай нам еще пару минут.

Стэн вышел из кабинета. И как только за ним закрылась дверь, Хонор быстро спросила:

— Где он?

— Простите?

— Не надо притворяться, что не понимаете меня, мистер Гамильтон. Где Кобурн?

— Я и в самом деле не уверен, что понимаю вас...

— Черта с два!

— Вы хотите знать, где он похоронен? Но его не хоронили. Его тело кремировали.

— Вы лжете. Он не умер. Не надо говорить со мной так, будто я не старше Эмили. Даже она увидела бы, что вы блефуете. Где он?

Поколебавшись еще несколько секунд, Гамильтон указал Хонор на стул, с которого она недавно встала.

— Он сказал мне: если вы когда-нибудь спросите...

— Он знал, что я спрошу.

— Ли приказал мне не говорить вам, что выжил. Практически угрожал нанести мне физические увечья, если я не скажу вам, что он умер. Но он также заставил меня поклясться, что, если вы когда-нибудь подвергнете факт его смерти сомнению, я отдам вам вот это.

Открыв верхний ящик стола, Гамильтон вынул из него простой белый конверт. Он колебался несколько секунд, которые показались Хонор вечностью, прежде чем толкнул конверт через стол в ее сторону. Сердце Хонор билось так быстро и сильно, что она едва могла дышать. Ладони вдруг сделались холодными и влажными, а пальцы словно обмякли, когда она вскрывала конверт. Внутри лежал единственный сложенный листок, на котором размашистым почерком было написано:

«Это действительно что-то значило».

Хонор с шумом выдохнула воздух, крепко зажмурилась и прижала листок к груди. Когда она открыла глаза, в них стояли слезы.

— Где он?

— Миссис Кобурн, выслушайте меня и поймите, что я хочу предостеречь вас ради вашего же блага и блага вашей дочери. Кобурн...

— Скажите мне, где он!

— Вы прошли вместе через чудовищные испытания. И вполне естественно, что у вас возникла эмоциональная привязанность друг к другу, но вы с ним никогда не сможете быть вместе.

— Где он?

— Все закончится разбитым сердцем.

Хонор встала, оперлась ладонями о стол и приблизила лицо к лицу Гамильтона:

— Где. Он. Находится?

Он приходил каждый день в аэропорт вот уже две недели. С тех пор как смог покидать постель больше, чем на несколько минут. Когда он в третий раз был замечен в зале выдачи багажа, к нему подошел сотрудник службы безопасности и спросил, что он тут делает.

Ли показал ему свой значок. И хотя Кобурн больше не выглядел, как на фотографии — он стал сейчас гораздо бледнее, на десять килограммов легче, с более длинными и менее ухоженными волосами, — но все же его можно было узнать. Для охранника Кобурн изобрел какую-то историю про работу под прикрытием и сказал, что, если парень не оставит его в покое, его тут же разоблачат, а на охранника ляжет вина за сорванную операцию.

С тех пор его никто не трогал.

Кобурну по-прежнему приходилось пользоваться тростью, но он надеялся, что еще через пару недель сможет выбросить наконец эту чертову палку. Сегодня утром ему уже удалось проделать путь из спальни на кухню без нее. Но Ли пока не решился появиться без трости в багажном зале аэропорта, кишащем рассерженными пассажирами, потерявшими свои вещи, спешащими к стойке аренды автомобилей, обнимающими своих родственников или просто не смотрящими, куда они идут. После всего, через что пришлось пройти, ему не хотелось, чтобы его зашибло гражданское лицо без преступных намерений.

Даже помогая себе тростью, он двигался с большим трудом и уже обливался потом к тому моменту, как доходил до скамейки, на которой обычно сидел в ожидании прибытия рейса из Далласа, потому что, если хочешь полететь из Нового Орлеана в Джэксон-Хоул, наверняка выберешь маршрут через аэропорт Далласа.

Местоположение скамейки позволяло видеть каждого пассажира, выходящего из зала прилета. Ли все время ругал себя за то, что он такой идиот. Хонор наверняка купилась на ложь Гамильтона. Этот человек умеет быть убедительным. И теперь Ли Кобурн для нее был мертв. Конец истории.

В один прекрасный день в далеком будущем она посадит на колени внуков и расскажет им о том, какое приключение пережила когда-то в обществе федерального агента. Эмили, наверное, будет смутно помнить об этой истории. Хотя вряд ли. На сколько там хватает памяти у четырехлетних девочек? Наверное, она уже забыла о нем.

Рассказывая историю внукам, Хонор наверняка пропустит ту часть, в которой они занимались любовью. Может быть, она покажет внукам татуировку. А может, не захочет. Или вообще сведет ее к тому времени.

И даже если Хонор не поверит в его смерть и прочтет записку, поймет ли она ее истинный смысл? Помнит ли тот момент, когда он сказал ей в разгар той полной страсти ночи: «Обними меня. Давай притворимся, что все это что-то значит»?

Если бы можно было повернуть время вспять, он сказал бы больше. Он бы объяснил ей, что их близость значила для него очень много, а иначе его вообще не волновало бы, обнимает она его во время секса или нет. Если бы ему дали еще один шанс, он сказал бы Хонор...

Черт, да ей даже говорить ничего было бы не надо. Она бы просто поняла сама. Посмотрела бы на него странным взглядом, и он бы тут же ощутил, что эта женщина знает, что он чувствует. Как тогда, когда Ли рассказал ей, как пришлось пристрелить Дасти.

«Как его звали?»

«Я забыл».

«Неправда, ты не забыл».

Ему ничего не потребовалось говорить, Хонор и так поняла, что тот день, когда пришлось застрелить несчастного коня, был самым ужасным в его жизни. Все остальные убийства, которые пришлось совершить позже, не затронули его так сильно, как это. И Хонор это знала.

От мыслей о ней — о ее глазах, губах, ее теле — Ли становилось больно. И эта боль была даже глубже, чем та, причиной которой стала рана на животе, которую зашили достаточно хорошо, чтобы он не истек кровью, но предупредили, что нельзя напрягать живот еще как минимум шесть месяцев, иначе это может кончиться дыркой в кишках.

Ночью он принимал сильнодействующее лекарство, позволявшее забыть на время о боли, необходимое, чтобы провалиться в сон. Но ничто не могло избавить его от той боли, которую он испытывал, тоскуя по Хонор, мечтая коснуться ее, почувствовать вкус ее губ, прижать к себе, заснуть с ее рукой на своей груди поверх сердца.

Но даже если Хонор поймет, что он написал ей в зашифрованной записке, захочет ли она быть с ним? Захочет ли, чтобы Эмили постоянно находилась рядом с таким человеком? Чтобы попала под влияние бойца, владеющего тактикой партизанской войны, знающего, как убивать людей голыми руками, но понятия не имеющего, кто такие Элмо и Паровозик Томми?

Чтобы закрыть на все это глаза, она должна была разглядеть в нем что-то такое, чего он и сам в себе, возможно, не подозревал. Она должна захотеть его по-настоящему. Она должна его любить.

Зашипели динамики системы оповещения, отвлекая Кобурна от его размышлений. Объявили прилет ежедневного рейса номер семьсот пятьдесят семь из Далласа. Внутри у Кобурна все сжалось. Ли вытер о джинсы ставшие вдруг влажными ладони и встал, слегка пошатываясь и тяжело опираясь на трость.

Он обозвал себя в который раз мазохистом за то, что каждый день приходил сюда терпеть эту пытку.

Он приготовился снова испытать разочарование и в одиночестве побрести домой.

Он приготовился к счастью, подобного которому не знал всю свою жизнь.

Ли снова пристально смотрел на дверь, через которую они могли войти.

Благодарности

Сотовые телефоны изменили нашу жизнь: теперь человек не может просто взять и исчезнуть. Это очень хорошо, если кто-то, например, заблудился и его необходимо спасать. И очень плохо, если ты писатель, которому надо помочь своим героям не попасть в лапы преследователей.

Вот почему я хочу поблагодарить Джона Касбона, предоставившего мне бесценную информацию. В тот момент, когда я пишу это, технологии, описанные в романе, являются самыми современными. Но это не значит, что уже завтра они не устареют. Если к тому моменту, когда вы будете читать этот роман, технические подробности покажутся вам смехотворными, не судите меня строго. Я сделала все, что могла, даже купила себе «одноразовый» телефон, чтобы самой испытать его возможности.

Я также хочу поблагодарить свою подругу Финли Мэри, которая не один раз подсказывала мне, к кому лучше обратиться за необходимой информацией. Если бы не она, я бы не познакомилась с мистером Касбоном, которого мои близкие знают теперь как «моего друга по телефонным разговорам».

Спасибо вам обоим!

Сандра Браун

Литературно-художественное издание

Сандра Браун

СМЕРТЕЛЬНО ВЛЮБЛЕННЫЙ

Ответственный редактор *М. Носкова*
Редактор *Е. Новикова*
Младший редактор *В. Стрюкова*
Художественный редактор *В. Безкровный*
Технический редактор *Л. Козлова*
Компьютерная верстка *В. Фирстов*
Корректор *Е. Родишевская*

В оформлении переплета использованы фото:
Anton Zabelsky / iStockphoto / Thinkstock / Fotobank.ru;
Piotr Wawrzyniuk / Shutterstock.com
Используется по лицензии от Shutterstock.com

ООО «Издательство «Эксмо»
127299, Москва, ул. Клары Цеткин, д. 18/5. Тел. 411-68-86, 956-39-21.
Home page: **www.eksmo.ru** E-mail: **info@eksmo.ru**

Подписано в печать 02.11.2012.
Формат 80×100 $^{1}/_{32}$. Гарнитура «Ньютон».
Печать офсетная. Усл. печ. л. 22,22.
Тираж 8 000 экз. Заказ № 3210.

Отпечатано с электронных носителей издательства.
ОАО "Тверской полиграфический комбинат". 170024, г. Тверь, пр-т Ленина, 5.
Телефон: (4822) 44-52-03, 44-50-34, Телефон/факс: (4822)44-42-15
Home page - www.tverpk.ru Электронная почта (E-mail) - sales@tverpk.ru

ISBN 978-5-699-60523-1

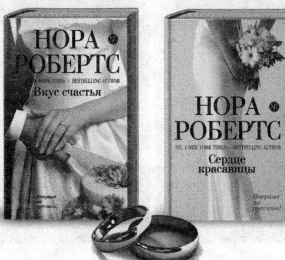